No.1

NEW TOPIK

新韓檢 中高級 應考祕笈

前言

即使有上等的食材和高級的料理工具，如果不知道烹飪的方法，也無法做出美味佳餚。每一位準備參加韓國語能力考試（TOPIK）的考生，都想要在考試中獲得優異的成績，但卻有很多人，覺得備考無從下手。本教材不僅能夠幫助考生熟悉考試題型、提高自身的語言能力，還會傳授許多能夠在TOPIK考試中有效獲得好成績的方法。

本教材是以欲參加TOPIK的學生為對象所編寫綜合學習教材。內容分為單字、文法、題型解析、考題解析和實戰練習五個階段。考生可以透過必考單字和必考文法的整理，針對考試中一定會出現的單字和文法進行集中學習。接著，在題型分析階段熟悉解題方法，並以考題分析中的考古題和範例題練習。最後，透過實戰模擬考試題進行最終的檢驗。

本教材中的單字和文法，都是以歷屆TOPIK考試的考古題和國際通用韓國語標準內容（韓國國立國語院頒布）為依據，同時也將重點大學的韓語教材納入。此外，閱讀、聽力和寫作題中的題材和內容，都是經過對歷年考試題目的分析，以及對考試方向的發展變化做分析之後，所精心挑選。

本教材就像老師親自講課一樣，內容相當詳細。本書的教材編著團隊由韓語一線教師、TOPIK考試相關機構運營人員、教材主編以及TOPIK考試出題組、評審組的老師們構成，編著團隊經驗豐富，而這樣的經驗，都是出自老師們對考生的需求調查、分析和研究。

本教材就像老師親自講課一樣，內容相當詳細。本書的教材編著團隊由韓語一線教師、TOPIK考試相關機構運營人員、教材主編以及TOPIK考試出題組、評審組的老師們構成，編著團隊經驗豐富，而這樣的經驗，都是出自老師們對考生的需求調查、分析和研究。

教材編校組

TOPIK 韓語檢定考試介紹

測驗目的

— 為母語非韓國語之韓國僑民、外國人提供學習方向；並希望能普及韓語。
— 測試和評斷韓語使用能力， 並以此為留學韓國或就業的依據。

應考對象

母語非韓國語之韓國僑民、外國人
— 計劃到韓國留學者
— 欲至韓國企業或公共機構就業者
— 就讀或畢業於海外學校之駐外韓國公民

成績效期

自公布成績日起兩年內有效

考試時間表

等級	節數	領域	台灣考場			考試時間（分鐘）
			入場	開始	結束	
TOPIK I	1	聽力 閱讀	08:40	09:00	10:40	100
TOPIKII	1	聽力 寫作	11:40	12:00	13:50	110
	2	閱讀	14:10	14:20	15:30	70

※ 可以同時報考 TOPIKI、TOPIKII。
※ TOPIKI 只有一節考試。

測驗等級與級數

— 測驗等級：TOPIKI、TOPIKII
— 成績級數：共分六級（1~6 級）
　等級依照總分區分，分數如下表。

<table>
<tr><td rowspan="2">等級</td><td colspan="2">TOPIK Ⅰ</td><td colspan="4">TOPIKⅡ</td></tr>
<tr><td>1 級</td><td>2 級</td><td>3 級</td><td>4 級</td><td>5 級</td><td>6 級</td></tr>
<tr><td>級數區分</td><td>80 分以上</td><td>140 分以上</td><td>120 分以上</td><td>150 分以上</td><td>190 分以上</td><td>230 分以上</td></tr>
</table>

※ 35回以前為舊制考試，TOPIKI 為舊制初級、TOPIKII 為舊制中、高級。

題型與配分

1) 考題構成

<table>
<tr><td>考試等級</td><td>節數</td><td>科目（時間）</td><td>類型</td><td>題數</td><td>配分</td><td>總分</td></tr>
<tr><td rowspan="2">TOPIK Ⅰ</td><td rowspan="2">1</td><td>聽力(40 分)</td><td>選擇題</td><td>30</td><td>100</td><td rowspan="2">200</td></tr>
<tr><td>閱讀(60 分)</td><td>選擇題</td><td>40</td><td>100</td></tr>
<tr><td rowspan="3">TOPIKⅡ</td><td rowspan="2">1</td><td>聽力(60 分)</td><td>選擇題</td><td>50</td><td>100</td><td rowspan="3">300</td></tr>
<tr><td>寫作(50 分)</td><td>寫作題</td><td>4</td><td>100</td></tr>
<tr><td>2</td><td>閱讀(70 分)</td><td>選擇題</td><td>50</td><td>100</td></tr>
</table>

2) 考題類型

— 選擇題

— 寫作題

完成句子（簡短回答）：2 題

作文題：2 題（200~300字的中級程度説明文一篇，600~700字的高級程度論述文一篇）

考試報名與成績查詢

※請參考官方網站的最新資訊：
http://www.topik.com.tw/

※主辦單位：財團法人語言訓練測驗中心(LTTC)
https://www.lttc.ntu.edu.tw/

※韓國官方網站：
http://www.topik.go.kr/

本書構成

Step 1~2 必考單字、必考文法

應考 TOPIK 之前，首先要培養基本韓語能力。如果沒有建築材料，即便設計圖再好，也沒有辦法蓋房子，同樣地，沒有單字和文法的實力做基礎，是沒有辦法通過 TOPIK 考試的。

必考單字&文法

教材中收錄了歷屆 TOPIK 考試中出現的重要單字和文法，內容取自國立國語院編纂的《國際通用韓語標準課程》中的重要單字和文法，也自重點大學的韓語教材篩選，備考必備的慣用語也收錄其中。為了讓考生能夠確實掌握使用方式，教材中的單字和文法都有附例句。

1-3

Step 1 必考單字

검사	名 檢查	어디가 아픈지 검사를 해 봅시다. 我們來檢查看看哪裡不舒服。
구매	名 購買	요즘은 충동적으로 구매를 하는 경우가 많다. 最近有很多因衝動而購買的情況。
나타나다	動 出現	그 기획안을 검토해 보니 문제가 많이 나타났다. 那份計畫案經檢討後，發現有很多問題。
늘다	動 增長	처음 동호회 활동을 시작했을 때 한 명이던 회원이 지금은 백 명으로 늘었다. 第一次參加同好會時，會員只有一個，現在增加到一百個了。
맡기다	動 交給、存放	나는 도서관에 신분증을 맡기고 책을 빌렸다. 我把身分證交給圖書館，借了書。
싸다	動 包裝、包	남은 음식은 싸 드리겠습니다. 剩下的食物，我幫您打包起來。
쏟다	動 灑	물을 쏟아서 바닥이 미끄럽다. 水灑出來，地板濕滑。
이용하다	動 使用	버스나 지하철 같은 대중교통을 이용하면 아주 편리하다. 利用像是公車或地鐵等大眾交通工具的話，非常方便。
젖다	動 浸濕	비가 와서 옷이 다 젖었다. 因為下雨，所以衣服都淋濕了。
조사하다	動 調查	외국인을 대상으로 한국에서 가장 가고 싶은 곳을 조사했다. 以外國人為對象，調查了他們在韓國最想去的地方。
줄어들다	動 減少	농촌 인구가 계속 줄어들고 있다. 農村的人口持續縮減中。
켜지다	動 開著、亮著	밤이 되자 가게에 하나둘 불이 켜졌다. 天一暗，店家一一亮起了燈。
뒤를 잇다	排在後面	외국인이 가장 좋아하는 음식으로 비빔밥이 1위를 차지했고 불고기, 삼계탕이 그 뒤를 이었다. 外國人最喜歡的食物中，拌飯獲得第一，烤肉、蔘雞湯則緊接在後。

14

Step 3 題型分析

解題之前先要掌握題型和結構，如此一來，不論遇到什麼主題，都可以迎刃而解。如果對試題類型一無所知，即使韓語實力再雄厚，也無法在考試中獲得高分。

題型分析

書中的每個題型都有詳細而具體的說明，並提供精確的解題方法，透過對考題的分析，能讓考生快速、準確地解題。另外，「※」部分是有助於解題的重要表達方式和文法，熟記有助於答題。

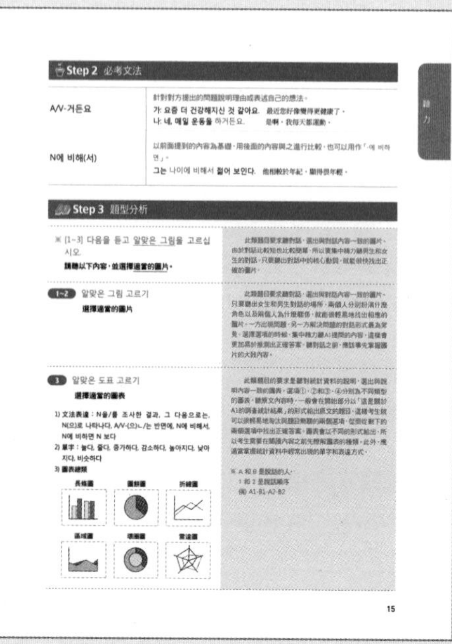

Step 2 必考文法

A/V-거든요	針對對方提出的問題說明理由或表述自己的想法。 가: 요즘 더 건강해지신 것 같아요. 最近您好像變得更健康了。 나: 네, 매일 운동을 하거든요. 是啊，我每天都運動。
N에 비해(서)	以前面提到的內容為基礎，用後面的內容與之進行比較，也可以用作「-에 비하면」。 그는 나이에 비해서 젊어 보인다. 他相較於年紀，顯得很年輕。

Step 3 題型分析

※ [1~3] 다음을 듣고 알맞은 그림을 고르십시오.
請聽以下內容，並選擇適當的圖片。

此類題目要求聽對話，選出與對話內容一致的圖片。由於對話比較短也比較簡單，所以要集中精力聽男生和女生的對話，只要聽出對話中的核心動詞，就能很快找出正確的圖片。

1~2 알맞은 그림 고르기
選擇適當的圖片

此類題目要求聽對話，選出與對話內容一致的圖片。只要聽出女生和男生對話的場所、兩個人分別扮演什麼角色以及兩個人為什麼關係，就能很輕易地找出相應的圖片。一方出現問題，另一方解決問題的對話形式最為常見。選擇選項的時候，集中精力聽A1提問的內容，這樣會更加易於推測出正確答案。聽對話之前，應該事先掌握圖片的大致內容。

3 알맞은 도표 고르기
選擇適當的圖表

1) 文法表達：N을/를 조사한 결과, 그 다음으로는, N(으)로 나타나다, A/V-(으)ㄴ/는 반면에, N에 비해서, N에 비하면 N 보다
2) 單字：늘다, 줄다, 증가하다, 감소하다, 높아지다, 낮아지다, 비슷하다
3) 圖表總類

此種題目的要求是聽對統計資料的說明，選出與說明內容一致的圖表。選項①、②和③、④分別為不同類型的圖表。聽原文內容時，一般會在開始部分以「這是關於A1的調查統計結果」的形式給出原文的題目，這樣考生就可以很輕易地淘汰與題目無關的兩個選項，並從剩下的兩個選項中找出正確答案。圖表會以不同的形式給出，所以考生需要在聽讀內容之前先瞭解圖表的種類。此外，應適當掌握統計資料中經常出現的單字和表達方式。

※ A 和 B 是說話的人，
1 和 2 是說話順序
例) A1-B1-A2-B2

聽力

15

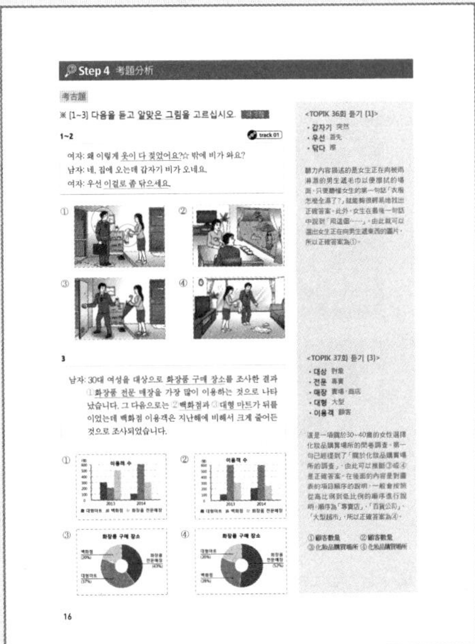

Step 4 考題分析

教材中的所有題目，都有相對應的解題方法和詳細說明，對於初次挑戰考試的考生來說，一定要仔細研讀。學習時不能滿足於找到答案，而應該對題目的題材、單字及文法進行重點學習。

考古題

為了能讓考生全面瞭解考題類型，教材自 35~37 回的考古題中挑選了各類型的代表題目，希望幫助考生掌握最真實的考試方向。教材中對需要加以留意的內容以藍色標註，部份另外提供了說明。

範例題

本階段幫助考生在做練習題之前，對考題類型再次進行確認。用藍色進行標註的部分要特別注意。題目中有各類型考題中可能出現的題材、單字以及文法，所以務必在解題後，再次研讀文章。

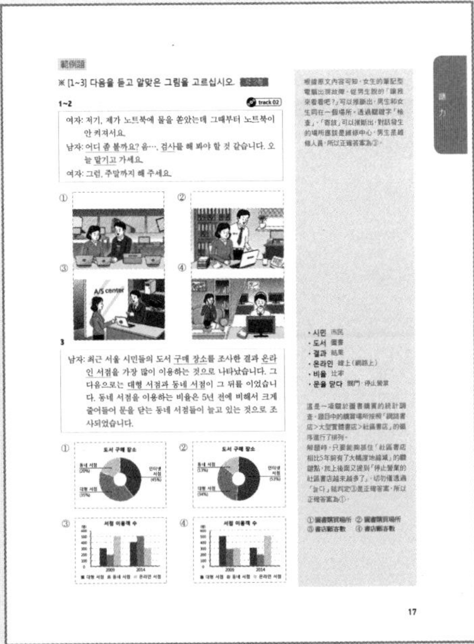

補充單字

在考題分析中，題目和選項中的重點單字也另外羅列，只要熟記這些內容，就能累積應考的單字實力。

解題祕訣

本部分是題目的詳細解析，希望考生能夠認真學習這個部分，確實掌握解題方法。

Step 5 實戰練習

準備和分析都結束了，帶著實際考試的心情，測試自己的解題實力吧。

解題完成後，可以翻至後面的答案與解析核對，尤其遇到答錯的問題時，更要仔細確認，如此一來，才能避免犯相同的錯誤。

作答完成後，最好能將題目當成教材，回頭複習單字，並研讀文章，如此一來，不但能熟悉題型，還能有效提升閱讀、理解能力。

附錄

附錄中收錄必考慣用語&俗語整理，以及運用慣用語&俗語的文法，讓考生不僅能看得懂，還能運用於作文題中，有效提升成績。

收錄的內容，都是選自歷屆考題，也有部分整理自教材中經常出現的內容，同時，這些慣用語和俗語，在韓國人生活中也經常使用，因此，不但能增進應考能力，也能提升韓語實力。

必考慣用語 & 俗語整理

和身體相關的慣用語

눈살을 찌푸리다	形容因為不稱心、不喜歡或不滿足而皺眉頭。 그 남자의 무례한 행동은 사람들의 눈살을 찌푸리게 했다. 那個男生無禮的行為讓大家皺起了眉頭。
눈 밖에 나다	形容對某人失去了信任，只剩下怨恨。 그는 약속을 지키지 않아 친구들의 눈 밖에 났다. 他不遵守約定，讓朋友們對他失去信任。
눈 감아 주다	形容對別人的過錯裝作不知道。 직장상사는 이번 일에 대해 작은 실수라며 눈 감아 줬다. 公司上司說這次的事情只是個小失誤，而睜一隻眼閉一隻眼帶過。
콧등이 시큰해지다	形容因為某事感動、激動或傷心而流淚。 엄마는 1년 만에 무사히 돌아온 딸을 보자 갑자기 콧등이 시큰해졌다. 媽媽一看到睽違一年平安無事歸來的女兒，就立刻鼻酸流淚。
입 밖에 내다	形容用言語表達某種想法或事實。 이번 일은 절대 입 밖에 내서는 안 됩니다. 絕對不能跟任何人說這件事。
입을 모으다	形容很多人持一樣的意見。 의사들은 건강을 위해 규칙적인 운동을 해야 한다고 입을 모아 말한다. 醫生們一致表示，為了健康必須規律地運動。
혀를 차다	用舌頭發出聲音，來表達不好的狀態或遺憾的心情。 어르신들은 지하철에서 예의 없이 행동하는 젊은이들을 보고 혀를 차셨다. 老人家在地鐵看到沒禮貌的年輕人不禁咋了舌。
귀가 솔깃하다	形容對別人說的話很感興趣。 물건을 아주 싸게 판다는 말에 귀가 솔깃해졌다. 聽到人家說東西賣很便宜，讓我不禁豎起耳朵。
고개를 젓다	形容用搖頭的方式表達否定或拒絕。 미나의 말에 친구들은 고개를 저어 거절의 표시를 했다. 朋友對美娜說的話紛紛搖頭表示拒絕。
골치가 아프다	形容因為不知道該如何是好而苦悶到頭痛的地步。 그 남자는 요즘 결혼 문제로 골치가 아프다. 那個男生最近為了結婚問題傷透腦筋。

280

目次

듣기 聽力 11

答案與解析 122

쓰기 寫作 137

答案與解析 165

읽기 閱讀 167

答案與解析 269

듣기 聽力

－聽力考試高分應考 TIP
－Step 1 必考單字
－Step 2 必考文法
－Step 3 題型分析
－Step 4 考題分析：範例題、考古題
－Step 5 實戰練習
－答案與解析

考前必讀！聽力考試高分應考 TIP

1. 按照自己的目標等級制定應試策略

— TOPIKⅡ 的聽力部分共有 50 題，需要在 60 分鐘之內做完。3、4 級 25 題，5、6 級 25 題，難度按照 1 到 50 題的順序逐漸增加。

— 滿分 300 分、達到 120 分以上為 3 級、達到 150 分以上為 4 級、190 分以上為 5 級、230 分以上為 6 級。

類別	TOPIKⅡ			
	3 級	4 級	5 級	6 級
等級	120 分以上	150 分以上	190 分以上	230 分以上

— 以通過中級考試為目標的考生，在第一次參加 TOPIK 考試的時候，容易因為高級（5,6 級）的考題而影響考試成績。但是，考試時一定要牢記自己的目標是通過中級的考試。後半部分的考題難度較高是理所當然的，所以要先要弄清楚想要通過自己的目標等級，至少需要做到哪一題。

— 一般情況下，相較閱讀和寫作部分，最好在聽力部分拿到更多的分數。目標等級為 3 級時，能夠拿到 50 分以上，目標等級為 4 級，能夠拿到 60 分以上的話，可以說在這部分已經成功了。也就是說，想要通過 3 級的考試的話，要竭盡全力答到第 30 題，想要通過 4 級考試的話，則至少要答到第 35 題左右。

— 聽力部分中，聽力內容會從第 1 題到第 50 題按順序播放，考生需要一邊聽內容一邊審題，所以要像閱讀部分一樣，透過分配時間的方法解題。此外，因為聽力內容不能重複播放，所以一定要集中精力。

— TOPIK 考試中 ①②③④ 四個選項成為正確答案的幾率各為 25%。因此，按照自己的目標等級，在保證準確做完相應的考題之後，剩下的題目則最好盡量選擇前面出現的較少的答案。

2. 事先瞭解聽力內容播放的方法

— 關於聽力內容的題目只有一題時，播放一遍，兩題時會播放兩遍。所以，1~20 題一遍，21~50 題兩遍。

— 每個問題之間會停頓 14 秒左右。

— 播放兩遍時，沒有間隔，連續播放。

— 舉例如下：

第 [17~20] 題

「叮~咚~」	第 17~20 題	「只讀一遍」
'第 17 題'	聽力內容	無聲 (14 秒)
'第 18 題'	聽力內容	無聲 (14 秒)

‘第 19 題’	聽力內容	無聲 (14 秒)
‘第 20 題’	聽力內容	無聲 (14 秒)

第 [21~22] 題

「叮~咚~」	第 21~22 題	「讀兩遍」
聽力內容	「再聽一遍。」	聽力內容

‘第 21 題’	無聲 (14 秒)
‘第 22 題’	無聲 (14 秒)

3. 事先掌握題型

— 開始聽聽力內容之前，先要對考題進行整體瞭解。歷屆 TOPIK 考試都會出現相同題型的考題。

— 在「選出女生接下來要做的事情」，「選出男生的中心思想」等題型中，解題時需要注意聽重點內容，而指明重點的關鍵字往往就藏在問題中。

— 此外，問題中的「對話、採訪、講演、新聞、實錄、教養節目」等題材，會在聽力內容的開始說明主題，所以事先掌握題目類型，有助於找出聽力內容的重點。

4. 先瞭解問題和選項的內容再聽內容

— 在開始聽聽力內容之前，最好先瀏覽題目和 ①②③④ 四個選項。聽力內容的語速比想像中的要慢一些，所以是有時間讀選項內容的。相反地，如果聽力內容結束後才讀選項內容，時間就會不夠。

— 最好能夠找出選項中反覆出現的單字，從而掌握聽力內容的主題。

— 仔細聽聽力內容的同時，也要閱讀選項，準確的掌握各個選項的內容，找出正確答案。

— 第 21 題以後的題目，聽力內容會播放兩遍。兩題中的其中一題會要求「選出男生/女生是誰、男生/女生的中心思想、態度或者行動」等。一開始聽聽力內容的時候，要注意問題中給出的「男生/女生」的聲音集中精力聽，從而掌握中心內容。

— 第二遍聽聽力內容的時候，則要側重於細節內容，解答要求選出與內容一致的選項的問題。

5. 需要集中精力聽的部分

— 題目要求選出中心思想時，總結中心思想的語句往往在連接副詞的後面，所以內容中一旦出現連接副詞，一定要集中精力，仔細聽這部分內容。

— 聽力內容為兩個人對話的形式時，後說話的人很可能是某領域的專家。主持人會先對整個對話內容的主題或專家的身分進行介紹，然後專家再圍繞主題給出具體的說明。所以，先要認真聽主持人所說的話，從而掌握對話的主題，然後集中精力聽專家所說的話，掌握細節內容。

— 題目要求選出中心思想或態度時，專家用強調的語氣說的內容中，往往就是對答案的提示。因此要集中精力聽這部分內容。

1-3

Step 1 必考單字

검사	名 檢查	어디가 아픈지 검사를 해 봅시다. 我們來檢查看看哪裡不舒服。
구매	名 購買	요즘은 충동적으로 구매를 하는 경우가 많다. 最近有很多因衝動而購買的情況。
나타나다	動 出現	그 기획안을 검토해 보니 문제가 많이 나타났다. 那份計畫案經檢討後，發現有很多問題。
늘다	動 增長	처음 동호회 활동을 시작했을 때 한 명이던 회원이 지금은 백 명으로 늘었다. 第一次參加同好會時，會員只有一個，現在增加到一百個了。
맡기다	動 交給，存放	나는 도서관에 신분증을 맡기고 책을 빌렸다. 我把身分證交給圖書館，借了書。
싸다	動 包裝，包	남은 음식은 싸 드리겠습니다. 剩下的食物，我幫您打包起來。
쏟다	動 灑	물을 쏟아서 바닥이 미끄럽다. 水灑出來，地板濕滑。
이용하다	動 使用	버스나 지하철 같은 대중교통을 이용하면 아주 편리하다. 利用像是公車或地鐵等大眾交通工具的話，非常方便。
젖다	動 浸濕	비가 와서 옷이 다 젖었다. 因為下雨，所以衣服都淋濕了。
조사하다	動 調查	외국인을 대상으로 한국에서 가장 가고 싶은 곳을 조사했다. 以外國人為對象，調查了他們在韓國最想去的地方。
줄어들다	動 減少	농촌 인구가 계속 줄어들고 있다. 農村的人口持續縮減中。
켜지다	動 開著，亮著	밤이 되자 가게에 하나둘 불이 켜졌다. 天一暗，店家一一亮起了燈。
뒤를 잇다	排在後面	외국인이 가장 좋아하는 음식으로 비빔밥이 1위를 차지했고 불고기, 삼계탕이 그 뒤를 이었다. 外國人最喜歡的食物中，拌飯獲得第一，烤肉、蔘雞湯則緊接在後。

Step 2 必考文法

A/V-거든요	針對對方提出的問題說明理由或表述自己的想法。 가: 요즘 더 건강해지신 것 같아요. 最近您好像變得更健康了。 나: 네, 매일 운동을 하거든요. 是啊，我每天都運動。
N에 비해(서)	以前面提到的內容為基礎，用後面的內容與之進行比較，也可以用作「-에 비하면」。 그는 나이에 비해서 젊어 보인다. 他相較於年紀，顯得很年輕。

Step 3 題型分析

※ [1~3] 다음을 듣고 알맞은 그림을 고르십시오.
請聽以下內容，並選擇適當的圖片。

此類題目要求聽對話，選出與對話內容一致的圖片。由於對話比較短也比較簡單，所以要集中精力聽男生和女生的對話。只要聽出對話中的核心動詞，就能很快找出正確的圖片。

1~2 알맞은 그림 고르기
選擇適當的圖片

此類題目要求聽對話，選出與對話內容一致的圖片。只要聽出女生和男生對話的場所、兩個人分別扮演什麼角色以及兩個人為什麼關係，就能很輕易地找出相應的圖片。一方出現問題，另一方解決問題的對話形式最為常見。選擇選項的時候，集中精力聽A1提問的內容，這樣會更加易於推測出正確答案。聽對話之前，應該事先掌握圖片的大致內容。

3 알맞은 도표 고르기
選擇適當的圖表

1) 文法表達：N을/를 조사한 결과, 그 다음으로는, N(으)로 나타나다, A/V-(으)ㄴ/는 반면에, N에 비해서, N에 비하면 N 보다
2) 單字：늘다, 줄다, 증가하다, 감소하다, 높아지다, 낮아지다, 비슷하다
3) 圖表總類

長條圖
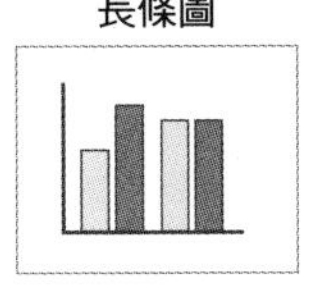

圖餅圖
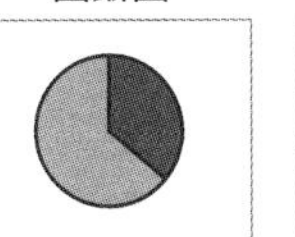

折線圖
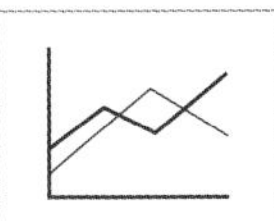

區域圖
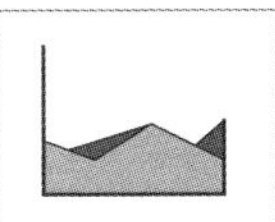

環圈圖
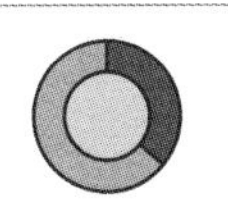

雷達圖
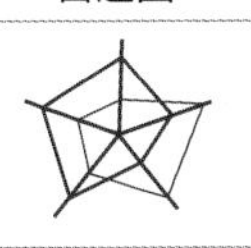

此類題目的要求是聽對統計資料的說明，選出與說明內容一致的圖表。選項①、②和③、④分別為不同類型的圖表。聽原文內容時，一般會在開始部分以「這是關於A1的調查統計結果」的形式給出原文的題目，這樣考生就可以很輕易地淘汰與題目無關的兩個選項，從而從剩下的兩個選項中找出正確答案。圖表會以不同的形式給出，所以考生需要在閱讀內容之前先瞭解圖表的種類。此外，應適當掌握統計資料中經常出現的單字和表達方式。

※ A 和 B 是說話的人，
1 和 2 是說話順序
例) A1-B1-A2-B2

Step 4 考題分析

考古題

※ [1~3] 다음을 듣고 알맞은 그림을 고르십시오. 각 2점

1~2 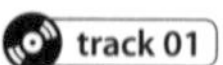

여자: 왜 이렇게 옷이 다 젖었어요?☆ 밖에 비가 와요?
남자: 네, 집에 오는데 갑자기 비가 오네요.
여자: 우선 이걸로 좀 닦으세요.

①  

② 

③ 

④ 

<TOPIK 36회 듣기 [1]>

- 갑자기 突然
- 우선 首先
- 닦다 擦

聽力內容描述的是女生正在向被雨淋濕的男生遞毛巾以便擦拭的場面。只要聽懂女生的第一句話「衣服怎麼全濕了?」就能夠很輕易地找出正確答案。此外，女生在最後一句話中說到「用這個……」。由此就可以選出女生正在向男生遞東西的圖片，所以正確答案為①。

3

남자: 30대 여성을 대상으로 화장품 구매 장소를 조사한 결과 ①화장품 전문 매장을 가장 많이 이용하는 것으로 나타났습니다. 그 다음으로는 ②백화점과 ③대형 마트가 뒤를 이었는데 백화점 이용객은 지난해에 비해서 크게 줄어든 것으로 조사되었습니다.

①  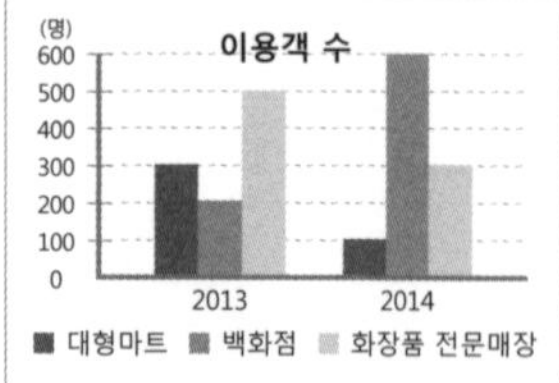

② 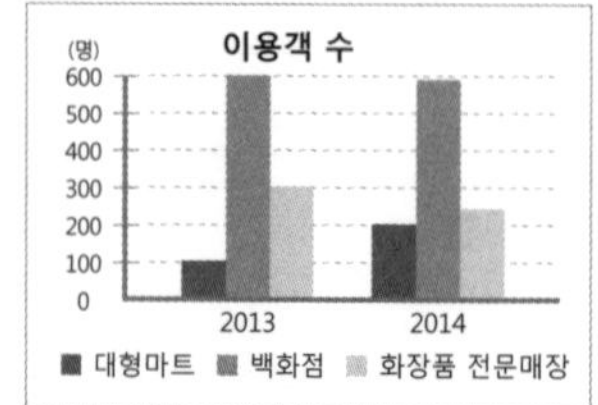

③ 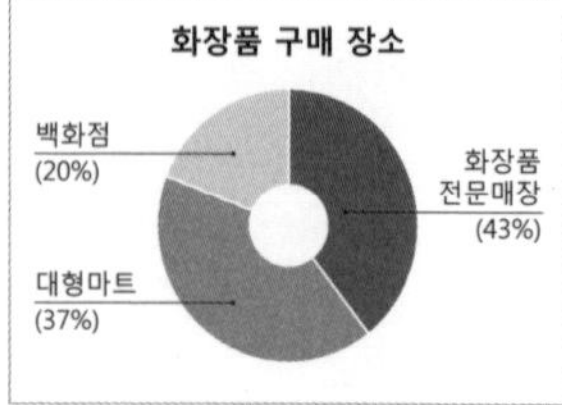

④ 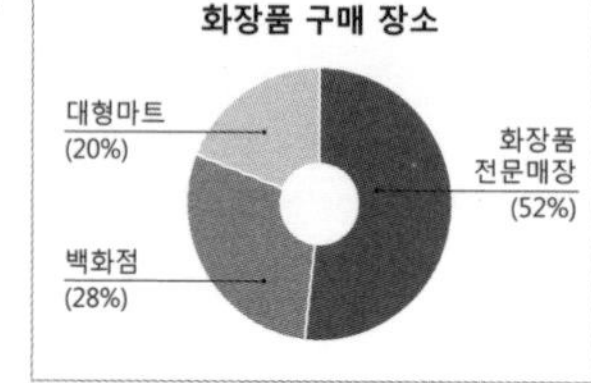

<TOPIK 37회 듣기 [3]>

- 대상 對象
- 전문 專賣
- 매장 賣場，商店
- 대형 大型
- 이용객 顧客

這是一項關於30~40歲的女性選擇化妝品購買場所的問卷調查。第一句已經提到了「關於化妝品購買場所的調查」，由此可以推斷③或④是正確答案。在後面的內容是對圖表的項目順序的說明，一般會按照從高比例到低比例的順序進行說明。順序為「專賣店」、「百貨公司」、「大型超市」，所以正確答案為④。

① 顧客數量 ② 顧客數量
③ 化妝品購買場所 ④ 化妝品購買場所

範例題

※ [1~3] 다음을 듣고 알맞은 그림을 고르십시오. 각 2점

1~2 track 02

여자: 저기, 제가 노트북에 물을 쏟았는데 그때부터 노트북이 안 켜져서요.
남자: 어디 좀 볼까요? 음…, 검사를 해 봐야 할 것 같습니다. 오늘 맡기고 가세요.
여자: 그럼, 주말까지 해 주세요.

①

②

③

④

根據原文內容可知，女生的筆記型電腦出現故障。從男生說的「讓我來看看吧？」可以推斷出，男生和女生同在一個場所。透過關鍵字「檢查」、「寄放」可以推斷出，對話發生的場所應該是維修中心，男生是維修人員，所以正確答案為③。

3

남자: 최근 서울 시민들의 도서 구매 장소를 조사한 결과 온라인 서점을 가장 많이 이용하는 것으로 나타났습니다. 그 다음으로는 대형 서점과 동네 서점이 그 뒤를 이었습니다. 동네 서점을 이용하는 비율은 5년 전에 비해서 크게 줄어들어 문을 닫는 동네 서점들이 늘고 있는 것으로 조사되었습니다.

① 도서 구매 장소
동네 서점 (20%)
인터넷 서점 (45%)
대형 서점 (35%)

②
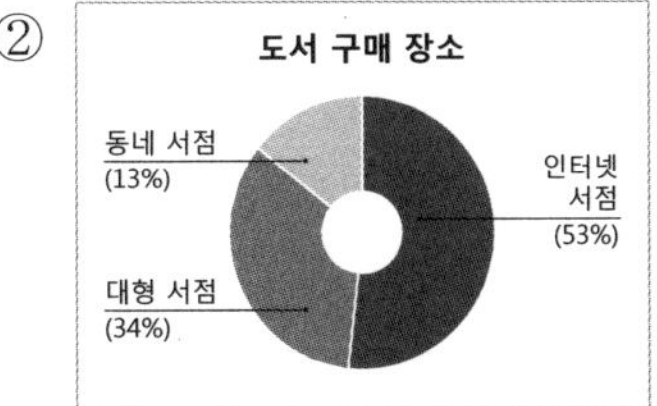

③ 서점 이용객 수
(명) 600 500 400 300 200 100 0
2009 2014
■ 대형 서점 ■ 동네 서점 ■ 온라인 서점

④
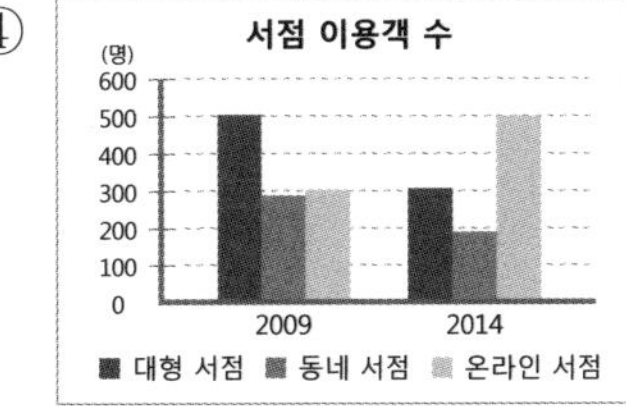

・시민 市民
・도서 圖書
・결과 結果
・온라인 線上(網路上)
・비율 比率
・문을 닫다 關門，停止營業

這是一項關於圖書購買的統計調查。題目中的購買場所按照「網路書店>大型實體書店>社區書店」的循序進行了排列。
解題時，只要能夠抓住「社區書店相比5年前有了大幅度地縮減」的關鍵點，加上後面又提到「停止營業的社區書店越來越多了」，切勿僅透過「늘다」就判定③是正確答案，所以正確答案為①。

① 圖書購買場所 ② 圖書購買場所
③ 書店顧客數 ④ 書店顧客數

Step 5 實戰練習

※ [1~3] 다음을 듣고 알맞은 그림을 고르십시오. 각 2점

track 03

1

①

②

③

④

2

①

②

③

④

예매하다 預購	성함 姓名	남다 超過，溢出	바로 直接	포장하다 包裝

聽力

3 ①

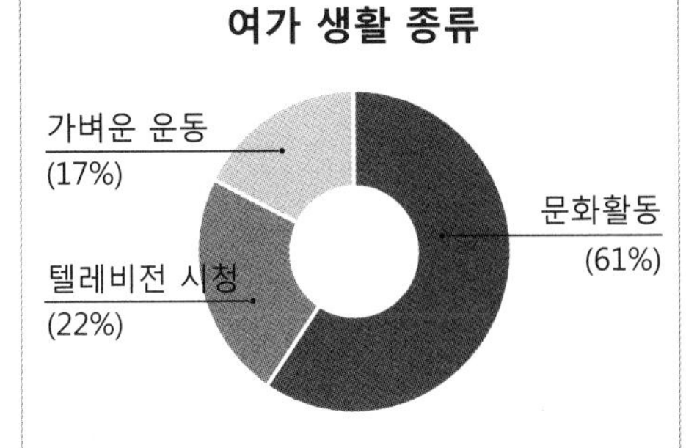

②

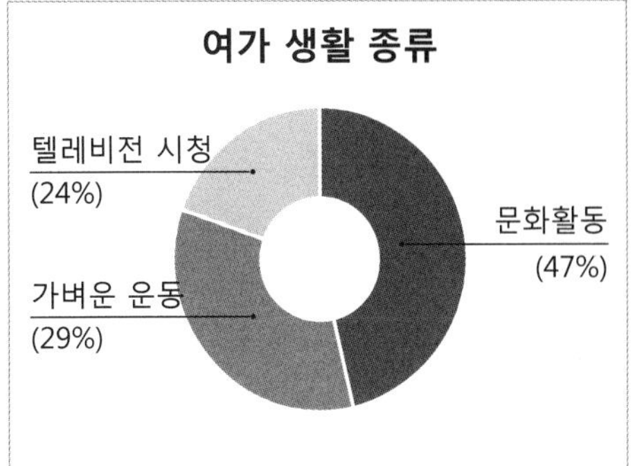

③

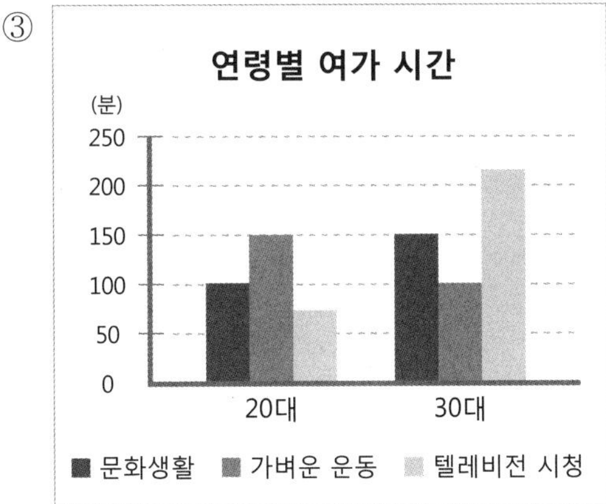

④

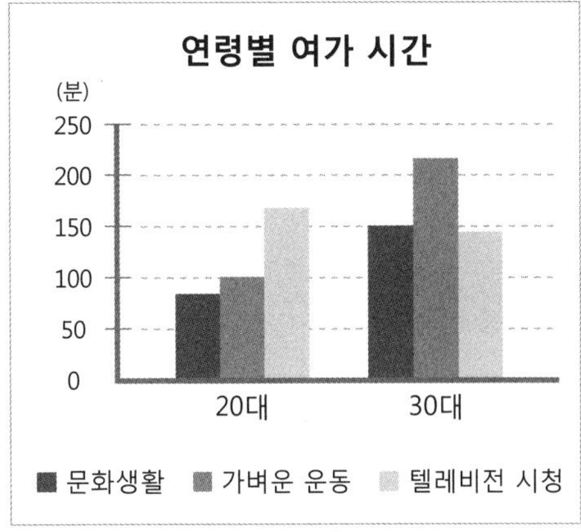

여가 空閒	**문화생활** 文化生活	**즐기다** 享受	**직장인** 職場人	**이어서** 接下來	**시청** 市政府
어리다 年幼	**종류** 種類	**연령별** 年齡層			

4-8

Step 1 必考單字

고객	名 顧客	저희 식당은 고객님의 만족을 위해 언제나 노력하겠습니다. 我們餐廳為了滿足顧客的需要，無論何時都會努力。
보호	名 保護	우리는 문화재 보호를 위해 노력해야 한다. 為了保護文化財產，我們必須努力。
소음	名 噪音	이 지역은 소음으로 인한 문제가 너무 많다. 這個地區因為噪音的關係，問題很多。
접수	名 申請	회원 접수는 인터넷 홈페이지에서만 가능하다. 只能在網頁上申請會員。
마음껏	副 盡情地	음식을 많이 준비했으니 마음껏 드세요. 我準備了很多食物，請盡情享用。
직접	副 親自，直接	내가 직접 들은 이야기는 아니다. 這事情不是我親自聽到的。
망설이다	動 猶豫不決	잠시 무엇을 사야 할지 망설였다. 該買什麼呢？稍微猶豫了一下。
방문하다	動 訪問，來訪	이번 전시회를 방문한 사람이 만 명이 넘었다. 這次展示會的來訪人數超過一萬人。
알리다	動 通知，通告	도착하면 저에게 알려 주십시오. 抵達後請告訴我。
알아보다	動 打聽，尋找	요즘 옮길 직장을 알아보고 있어요. 最近在找下一份工作。
이사하다	動 搬家	내년 6월에 부모님 집으로 이사할 겁니다. 明年六月會搬回父母親的家。
준비하다	動 準備	학교 행사를 준비하느라 모두 바쁘게 움직이고 있다. 為了準備學校的活動，大家都很忙碌。
아쉽다	形 惋惜，可惜	자주 가던 도서관이 없어져서 아쉽다. 我常去的圖書館關了，真可惜。

Step 2 必考文法

V-아/어 보니	表示在嘗試過經歷過某種情況之後做出的評價。 인생을 살아보니 20대 때가 가장 행복했던 것 같아. 人生活到現在，20 幾歲那時候，好像是最幸福的。
V-도록 하다	向對方提出某種建議或命令，常用作「-도록 합시다, -도록 하세요」的形式。 다음부터는 숙제를 일찍 내도록 하세요. 下次開始請盡早繳交作業。
A/V-(으)ㄹ수록	表示程度的逐漸加深，相當於中文的「越來越……」，常用作「-(으)면 -(으)ㄹ수록」的形式。 산은 올라가면 올라갈수록 기온이 떨어진다. 越往山上去，氣溫越低。
V-(으)려고	表示想要做某事的意圖或計劃。 겨울방학이 길어서 고향에 다녀오려고요. 寒假很長，我想要回故鄉一趟。

Step 3 題型分析

※ [4~8] 다음 대화를 잘 듣고 이어질 수 있는 말을 고르십시오.

請聽以下對話，並選擇可以接應的句子。

4~8 이어질 수 있는 말 고르기

選擇接應的句子

題目要求聽錄音，選出語意聯貫的下句。聽A1-B1的對話，對A2的內容進行選擇，所以做對此類題的關鍵就在於準確的掌握B1的內容。但是，相比較單純要求選擇答語的問題，需要考生掌握對話的全部大意，才能找出正確答案的題型則更為常見。也就是說，需要在瞭解整個對話脈絡的同時，重點理解B1的內容。

題目主要以在不同場所（家、學校、公司、餐廳等）發生在不同關係（朋友、同事、師生、上下級、顧客和店員等）的人之間的，關於諮詢、請求、邀請、提議、指示等內容的對話為背景題材，所以，只要能夠掌握對話發生的場所和對話雙方的人物關係，就能輕鬆解題。

Step 4 考題分析

考古題

※ [4~8] 다음 대화를 잘 듣고 이어질 수 있는 말을 고르십시오.

4~8 각 2점 

여자: 요즘 새로 이사할 집을 알아보고 있어.
남자: 왜?☆ 지금 사는 집 아주 마음에 든다고 했잖아.
여자: ________________

① 살아 보니 소음이 너무 심하더라고.
② 혼자 사는 것보다 둘이 사는 게 좋았어.
③ 지금 집은 학교와 가까워서 편하고 좋아.
④ 부동산에 가서 알아보는 게 좋을 것 같아서.

<TOPIK 36회 듣기 [5]>

- 새로 新
- 마음에 들다 稱心，喜歡
- 심하다 嚴重
- 부동산 不動產，房地產

題目以「女生想要搬家，正在找房子」為背景展開。這道題的關鍵詞是「搬新家」。只要能抓住男生的提出的「為什麼？」的問題，也能夠找出女生搬家的理由，所以正確答案為①。

①住一陣子後發現噪音很嚴重。
②比起自己住，兩人一起住比較好。
③現在的房子離學校近，很方便很好。
④你去不動產詢問一下比較好。

範例題

※ [4~8] 다음 대화를 잘 듣고 이어질 수 있는 말을 고르십시오.

4~8 각 2점 

여자: 부장님, 제가 어제 감기에 걸려서 회의 자료를 아직 다 준비하지 못했습니다.
남자: 괜찮아요. 그럼, 언제까지 할 수 있겠어요?
여자: ________________

① 일이 생겨서 못 갔습니다.
② 일을 끝낼 수 있어서 다행입니다.
③ 내일까지는 꼭 끝내도록 하겠습니다.
④ 오늘 못 가게 되면 알려 드리겠습니다.

- 부장 部長
- 자료 資料
- 다행 幸虧，幸好

題目以「女生因為感冒，所以不能按時完成工作」為背景，解題的關鍵在與找出女生承諾的能夠完成工作的時間，所以正確答案為③。

①有事而沒辦法去。
②事情能夠完成真是太好了。
③明天前一定把它完成。
④今天沒辦法去的話我會告訴您。

Step 5 實戰練習

※ [4~8] 다음 대화를 잘 듣고 이어질 수 있는 말을 고르십시오. 각 2점 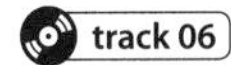

4 ① 제시간에 도착해서 다행입니다.
② 받는 대로 연락드리도록 하겠습니다.
③ 보내신 분의 성함과 연락처를 알려 주십시오.
④ 죄송하지만 오늘은 택배가 많아서 접수가 어렵습니다.

5 ① 돈을 많이 바꿀수록 싸지겠네요.
② 수수료를 안 내도 되니까 잘됐어요.
③ 그럼 인터넷으로 신청을 해야겠네요.
④ 은행에 가지 않아도 돼서 편했는데 아쉬워요.

6 ① 그럼 내가 음식 시켜 놓고 있을게.
② 지금 출발하니까 조금만 기다려 줘.
③ 길이 막히니까 지하철 타라고 했잖아.
④ 언제든지 괜찮으니까 출발할 때 연락해.

7 ① 생각보다 준비할 게 별로 없나 봐요.
② 제 친구한테 도움을 받아 보는 게 어때요?
③ 그러고 싶은데 아직 다 준비를 못 했어요.
④ 망설이지 말고 자연 보호 단체를 찾아보세요.

8 ① 직접 만들어 볼 수 있어서 좋네요.
② 음식은 함께 만들어 먹어야 맛있죠.
③ 집 앞에 반찬 가게가 있어서 편해요.
④ 그래도 뭐 해 먹을까 걱정하지 않아도 되잖아요.

택배 快遞	**제시간** 準點，按時	**도착하다** 到達	**연락처** 聯繫方式	**환전** 換錢	**수수료** 手續費
먼저 首先	**인터넷 뱅킹(internet banking)** 網路銀行匯款			**신청** 申請	**시키다** 使，讓
언제든지 無論何時	**캠핑(camping)** 露營		**유행** 流行	**캠핑장** 露營場所	**자연** 自然
망설여지다 猶豫	**도움** 幫助	**자연 보호 단체** 自然保護團體		**반찬** 配菜，小菜	**인기** 人氣
간편하다 簡便	**다양하다** 多樣	**별로** 不太			

9-12

Step 1 必考單字

고장	名 故障	텔레비전은 고장이 나서 소리가 안 난다. 電視故障了，沒有聲音。
배송	名 送貨	온라인 쇼핑몰은 물건 배송이 빠르다. 網路購物商城配送物品很快。
원인	名 原因	경찰은 이번 사건의 원인을 조사하고 있다. 警察正在調查這次事故的原因。
정확히	副 準確地	예전 집 주소가 정확히 기억은 안 나지만 찾아갈 수 있다. 雖然不是準確地記得以前的住址，但可以找到去的路。
고치다	動 修理	이 휴대 전화를 고치려면 가까운 수리 센터에 가야 합니다. 想要修理這手機的話，必須到附近的維修中心去。
관련되다	動 相關，有關係	이 일에 관련된 사람들이 모두 모였다. 和這件事有關係的人全都聚集了。
수리하다	動 修理	세탁기가 고장 나서 수리해야 한다. 洗衣機壞了，需要修理。
수집하다	動 收集	그 사람은 취미로 우표를 수집한다. 那個人的興趣是集郵。
작성하다	動 填寫	신청서를 작성하여 사무실에 제출하세요. 填寫完申請書後，請繳交到辦公室。
제출하다	動 提交	교수님께서 이번 주말까지 과제를 제출하라고 하셨다. 教授說這個週末前，要繳交作業。
주문하다	動 點餐	우리는 배가 고파서 식당에 들어가자마자 음식을 주문했다. 我們因為肚子餓，所以一進餐廳就馬上點餐。
짜다	動 制定	나는 시험 보기 전에 공부 계획을 짰다. 我把考試前的讀書計畫訂好了。
확인하다	動 確認	시험 결과를 확인하고 싶은 사람은 사무실로 오세요. 想要確認考試結果的人，請到辦公室來。
비용이 들다	花費費用	집을 수리하는 데 비용이 얼마나 들었어요? 修理房子的部分花了多少錢？

Step 2 必考文法

A/V-(으)ㄹ 테니(까)	表示對說話者的意志或推測。 회의 자료는 내가 준비할 테니(까) 걱정하지 마세요. 會議資料我會準備的，請別擔心。
V-(으)려던 참이다	表示說話時或不久前正要做某事。 저도 마침 도서관에 가려던 참이었어요. 我也正好準備要去圖書館。
A-(으)ㄴ지 V-는지	表示對內容的懷疑或疑問。 정답이 맞았는지 확인해 보세요. 請確認看看答案是否正確。
A/V-아/어야지	表示告訴聽話者或他人必須做某事或必須達到某種狀態。 빨리 건강해지려면 담배부터 끊어야지. 想要快速變健康的話，得從戒煙開始。

Step 3 題型分析

※ [9~12] 다음 대화를 잘 듣고 여자가 이어서 할 행동으로 알맞은 것을 고르십시오.
請聽以下對話，並選擇女生接下來的行為。

9~12 여자가 이어서 할 행동 고르기
選擇女生接下來要做的行為

1) 文法與表達：
A/V-겠다, V-아/어야겠다, V-(으)ㄹ게요, V-아/어 주다, V-(으)러 가다, V-아/어 두다, V-아/어 보다

2) 單字：
부탁하다, 알아보다, 예약하다, 전화하다, 점검하다, 접수하다, 조사하다, 취소하다, 확인하다

題目要求聽對話，選出說話人接下來的行動。對話主要以A1-B1-A2-B2, A1-B1-A2-B2-A3的形式出現。對話的內容以請求、提議、指示、忠告為主，由此可以判斷出男生（女生）接下來要做的事。一般情況下答案的線索會隱藏在A2和B2，B2和A3中，所以要注意聽這一部分的對話內容。左側是一些有助於解題的文法和表達方式。

Step 4 考題分析

考古題

※ [9~12] 다음 대화를 잘 듣고 여자가 이어서 할 행동으로 알맞은 것을 고르십시오. 각 2점 track 07

9~12

여자: 관리사무소지요? 아파트 관리비 고지서를 아직 못 받아서요.

남자: 아, 그렇습니까? 혹시 우편함은 확인하셨나요? 어제 넣어 드렸는데요.

여자: 봤는데 없더라고요. ☆지금 관리사무소에 가면 받을 수 있나요?

남자: 네, 오시면 바로 재발급해 드리겠습니다.

① 사무실에 전화해서 고지서를 받는다.
② 고지서가 있는지 우편함을 확인한다.
③ 고지서를 받으러 관리사무소에 간다.
④ 우편함에 관리비 고지서를 넣어 둔다.

<TOPIK 37회 듣기 [10]>

- 관리사무소 管理事務所
- 관리비 管理費
- 고지서 通知書
- 혹시 萬一，或許
- 우편함 信箱
- 재발급하다 補辦，重發

女生沒有收到管理事務所發出的通知書，所以打來電話諮詢。女生問男生是否去管理事務所就可以領到通知書，男生給出了肯定的回答。由此可以推斷，女生在掛斷電話後應該去管理事務所，所以正確答案為③。

①打電話到辦公室後，收通知書。
②確認通知書是否在信箱裡。
③為了拿通知書到管理事務所。
④把管理費通知書放到信箱裡。

範例題

※ [9~12] 다음 대화를 잘 듣고 여자가 이어서 할 행동으로 알맞은 것을 고르십시오. 각 2점 track 08

9~12

여자: 김 부장님, 사무실 에어컨을 새로 사야 할 것 같은데요.

남자: 왜요? 수리할 수 있다고 하지 않았어요?

여자: 고칠 수는 있는데 비용이 많이 들 것 같다고 합니다. 새로 사는 게 나을 것 같은데 어떻게 할까요?

남자: 그럼, 그렇게 합시다. 이 대리가 괜찮은 에어컨 좀 찾아 봐 주세요.

① 에어컨의 고장 원인을 찾는다.
② 에어컨을 서비스 센터에 맡긴다.
③ 에어컨의 종류와 가격을 조사한다.
④ 사무실에서 사용할 에어컨을 사러 간다.

- 낫다 好
- 대리 代理（職務名稱）
- 서비스 센터 客服中心
- 가격 價格

對話從女生提出辦公室應該買一台新的空調開始。男生在第二句話中向女生給出了去找一台不錯的空調的指示，所以女生收到指示後，接下來應該去尋找一台適合辦公室使用的空調，因此正確答案為③。

①找尋空調故障的原因。
②把空調交給維修中心。
③調查空調的種類和價格。
④去買辦公室用的空調。

Step 5 實戰練習

※ [9~12] 다음 대화를 잘 듣고 여자가 이어서 할 행동으로 알맞은 것을 고르십시오. 각 2점

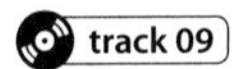

9 ① 은행에 가서 참가비를 입금한다.
② 홈페이지에서 참가 신청을 한다.
③ 서류를 작성해서 우편으로 보낸다.
④ 사무실에 전화해서 접수 방법을 물어본다.

10 ① 발표 주제를 정한다.
② 명절에 대한 자료를 수집한다.
③ 수집한 자료들을 정리해서 제출한다.
④ 친구에게 연락해서 도와달라고 한다.

11 ① 커튼 주문을 취소한다.
② 배송 회사에 연락한다.
③ 집 창문의 사이즈를 잰다.
④ 다른 사이즈로 바꿔서 주문한다.

12 ① 여행 일정을 다시 짠다.
② 전화로 예약한 표를 취소한다.
③ 친구와 다른 여행 장소를 찾아본다.
④ 여행을 갈 수 있는 친구를 알아본다.

대회 比賽，大會	**안내** 介紹	**참가비** 報名費	**신청서** 報名表	**접수하다** 報名	**입금하다** 存錢
참가 參加	**서류** 資料	**우편** 郵寄	**한국사** 韓國史	**발표** 發表	**명절** 節日
모으다 聚集	**정리** 整理	**주제** 主題	**정하다** 確定	**커튼** 窗簾	**주문 제작** 訂制
길이 長度	**재다** 測量	**일정을 짜다** 擬定日程		**그렇지 않아도** 即便不是那樣也	
미루다 延遲					

13-16

Step 1 必考單字

공공	名 公共	공공 기관에서는 예절을 지켜야 합니다. 在公共場合必須要遵守禮儀。
시설	名 設施	시민들의 편의를 위한 시설에 많은 투자를 하고 있다. 為了市民的便利，在設施部分投資非常多。
예정	名 預期	이번 출장은 예정보다 길어질 것 같다. 這次的出差時間，應該會比預計的長。
위기	名 危機	사라질 위기에 놓인 동물들을 보호해야 한다. 必須要保護面臨滅絕危機的動物們。
점검	名 檢修	엘리베이터 점검이 끝날 때까지 계단을 이용해 주세요. 電梯維修檢查完成之前，請使用樓梯。
지역	名 地區	이 지역은 관광지로 유명한 곳이다. 這個地區是有名的觀光景點。
감소하다	動 減少	수출이 감소하고 수입이 늘어서 경제가 어려워지고 있다. 因為輸出減少、輸入增加的緣故，經濟越來越不景氣。
비우다	動 空出，騰出	새로운 사람이 오기 전에 방을 비워 주세요. 在新的人來之前請把房間空出來。
실시하다	動 實施	올해부터 분리수거를 실시하기로 했다. 從今年開始要實施垃圾分類。
양해하다	動 諒解	열차가 지연되고 있으니 양해해 주시기 바랍니다. 列車延遲敬請見諒。
연장하다	動 延長	이번 행사는 고객들의 호응이 좋은 편이어서 일주일 더 연장하기로 했다. 由於這次的活動受到顧客的好評，因此決定要延長一個星期。
작동되다	動 運轉，運行	기계가 제대로 작동되는지 확인해 봅시다. 我們去確認機器是否有好好地運轉。
정리하다	動 整理	사용한 물건은 정리하고 나가야 한다. 必須要把使用的物品整理好之後再出去。
확대하다	動 擴大	정부는 복지 시설을 확대하기 위해 시민들의 의견을 조사했다. 政府為了擴大福利設施，調查了市民們的意見。

Step 2 必考文法

A/V-던데	表示對過去的經歷或情況的表述，同時期待聽話者對此做出反應。 그 지역은 겨울에 정말 춥던데. 다른 곳으로 가는 게 어때요? 那個地區到冬天真的很冷，去別的地方如何呢？
V-(으)ㄴ 지	表示從某事發生的時候開始到現在為止的一段時間，常用作「-(으)ㄴ 지 (시간이) 지나다/흐르다/되다/경과하다」的形式。 내가 한국에서 공부한 지 벌써 3년이 흘렀다. 我在韓國讀書已經三年了。
V-기 바라다	表示希望某事發生或某種情況的出現，常用作「-기를 바라다」的形式。 다음에는 밝은 얼굴로 다시 만날 수 있기 바랍니다. 期望下次能以開心的面孔再次相見。
V-아/어 내다	表示艱難地完成某事或經歷了某個過程後得到了某種結果。 아버지가 일찍 돌아가셨지만 어머니는 7남매를 훌륭하게 키워 냈다. 雖然父親很早就過世了，但母親仍然堅強地將七個兄妹扶養長大。

Step 3 題型分析

※ [13~16] 다음을 듣고 내용과 일치하는 것을 고르십시오. **請聽以下內容，並選擇與內容相符的選項。**	此類題目要求選出與聽力內容相符的選項。聽力內容題材廣泛，囊括了從日常生活中經歷的瑣事到專業領域內容的各種對話。涉及到專業領域知識內容雖然稍顯複雜，但是相對比較容易理解。
13 내용과 일치하는 것 고르기 **選擇與內容相符的選項**	通常以A1-B1-A2-B2的對話形式出現。如果A1表達的內容可以體現整段對話的主題，那麼在B1中將會圍繞這個主題進行詳細的說明。如果出現關於A提出的觀點是否定意見的話，那麼後文中必然會出現勸說B的內容。聽力內容中往往會出現A和B意見對立的情況，所以要注意區分兩者意見的不同之處，以免發生混淆。
14 내용과 일치하는 것 고르기 **選擇與內容相符的選項**	此類題目要求聽廣播，選出與廣播內容相符的選項。廣播的內容以日常生活中經常會接觸到的場景為主，包括公共場所中的變更事項以及注意事項等，因此要盡量提取聽力內容中關於時間、地點、事件等的關鍵資訊。

15 내용과 일치하는 것 고르기

選擇與內容相符的選項

此類題目要求找出聽力內容想要傳達的資訊。文化藝術、政府政策等領域以及以廣告宣傳為目的的內容在題目中出現的頻率相對較高。整段聽力內容的中心思想往往會在第一句中被明確點出，後面的內容則對意圖、目的或宣傳對象進行羅列。在短文的最後則大多是邀求廣泛關注或積極參與。

16 내용과 일치하는 것 고르기

選擇與內容相符的選項

此類題目要求聽對某領域專家或相關人士的採訪，選出與聽力內容相符的選項。題目以A-B對話的形式出現。首先A會對場所名稱和採訪對象進行簡單的介紹。然後B會對相關場所的背景、採訪目的或主旨以及由此而得出的結果和現在的狀況依次進行說明。因此，詳細對照B的內容就能找出正確答案。

Step 4 考題分析

考古題

※ [13~16] 다음을 듣고 내용과 일치하는 것을 고르십시오.

13 대화 對話 각 2점 

여자: 민수야, 미안한데 도서관에서 책 좀 빌려 줄래? 어제 학생증을 잃어버렸어.
남자: 도서관에 가면 도서관 출입증을 만들어 주던데.
여자: 도서관 출입증? 사진이 없는데……. 사진이 없어도 만들어 줘?
남자: 도서관에서 사진을 찍어 줄 거야. 그 사진으로 만들면 돼.

① 여자는 사진을 한 장 가지고 있다. X
② 남자는 여자에게 학생증을 빌려 줬다. X
③ 도서관에 가면 학생증을 바로 만들어 준다. X
④ 도서관 출입증을 만들려면 사진이 필요하다.

※ 和聽力內容無關的打X

<TOPIK 37회 듣기 [13]>
- 빌리다 借
- 학생증 學生證
- 잃어버리다 遺失
- 출입증 出入證

對話內容大意為：女生遺失了自己的學生證，男生正在告訴女生辦圖書館出入證的方法。圖書館的出入證需攜帶個人照片在圖書館辦理，所以正確答案為④。

①女生自己有一張照片。
②男生將學生證借給女生。
③去圖書館的話，會直接幫忙辦一張學生證。
④要辦圖書館出入證的話需要照片。

14 안내방송 廣播指南

여자: 총무과에서 안내 말씀 드리겠습니다. 오늘 오후 두 시부터 소방 시설 점검을 실시할 예정입니다. 점검 중에 비상경보 벨이 작동될 수 있습니다. 그리고 엘리베이터를 사용할 수 없으니 계단을 이용해 주시기 바랍니다. 조금 불편하시더라도 양해해 주시면 감사하겠습니다.

① 점검을 할 때 비상벨이 울릴 수 있다.
② 불편한 점은 총무과에 전화하면 된다. X
③ 점검하는 동안 계단으로 가면 안 된다. X
④ 소방 점검은 두 시간 동안 진행될 것이다. X

<TOPIK 37회 듣기 [14]>
- 총무과 總務部
- 소방 시설 消防設施
- 비상경보 緊急警報
- 계단 樓梯
- 비상벨이 울리다 緊急警報鳴響
- 불편하다 不方便，不舒服
- 진행되다 進行

這是一則關於消防設施檢修的說明廣播。廣播中提到，緊急警報會自動鳴響，電梯也將會停用。選項中與這兩點相符的選項即為正確答案，所以正確答案為①。

①檢查期間緊急警報可能會鳴響。
②若有不便之處打電話給總務處即可。
③檢查期間不能走向樓梯。
④消防檢測將會進行兩個小時。

15 정보전달 訊息傳達

> 남자: 인주시에서는 지난 4월부터 맞춤형 순찰제를 도입했습니다. 이것은 각 구역마다 담당 경찰관을 지정하는 제도입니다. 구역 게시판에 담당 경찰관의 사진과 연락처를 붙여 두고 주민들이 24시간 연락할 수 있도록 한 것입니다. 도입한 지 6개월 만에 범죄 발생률이 절반 가까이 줄어 이 제도를 다른 지역으로 확대하는 방안이 검토되고 있습니다.

① 맞춤형 순찰제도는 작년부터 실시되었다.
② 이 제도를 도입한 후 범죄율이 감소하였다.
③ 맞춤형 순찰제도는 전국에서 시행되고 있다.
④ 주민들이 경찰관과 함께 담당 구역을 순찰한다.

※ 在第一句有內容的中心主旨

<TOPIK 36회 듣기 [15]>

- 맞춤형 순찰제 責任制巡邏制度
- 도입하다 引進
- 구역 區域
- 담당 負責
- 지정하다 指定
- 제도 制度
- 붙이다 黏貼
- 범죄 발생률 犯罪率
- 절반 一半
- 검토되다 研究
- 시행되다 實行
- 순찰하다 巡邏，巡查

這是一段對實施責任制巡邏制度後發生的變化的介紹。這個制度與當年4月份開始實行，每一位居民都可以與值班警察取得聯繫。制度實行6個月後，犯罪率大幅降低，因此其他地區也將引入該制度。由題意可知，正確答案為②。

①責任制巡邏制度從去年開始實施。
②引進此制度之後犯罪率降低了。
③責任制巡邏制度正在全國實行中。
④居民和警察一起巡邏負責的地區。

16 인터뷰 訪問

> A 여자: 시장님, 시청연수원을 시민을 위한 문화 공간으로 바꾸는 공사가 진행 중인 것으로 아는데요. 소개 좀 부탁드립니다.
> B 남자: 네, 시청연수원은 시설이 낡아서 몇 년간 비워 두었던 곳입니다. 그래서 재건축을 계획하면서 시민들의 생각을 알아봤더니 문화 공간으로 사용하자는 의견이 많았습니다. 앞으로 이곳은 공연장이나 행사장으로 활용할 계획입니다. 다음 달이면 우리 시에도 새로운 문화 공간이 탄생하는 것이죠.

① 이곳은 오래된 문화 공간이다.
② 이곳은 시민들이 직접 사용하고 있다.
③ 이곳은 다음 달에 새로 문을 열 계획이다.
④ 이곳은 시장을 위한 공간으로 바뀔 것이다.

※ 在聽的時候要把B的內容與選項做比較

<TOPIK 37회 듣기 [16]>

- 연수원 研修院
- 공사 施工
- 낡다 陳舊
- 재건축 重建
- 계획하다 計劃
- 의견 意見
- 공연장 演出場地，劇場
- 행사장 活動場地
- 활용하다 使用，利用
- 탄생하다 誕生

這是一段關於市府研修院和施工情況的對話。內容中提到，全新的文化空間將在下個月誕生，所以正確答案為③。

①此處為年代久遠的文化空間。
②市民正直接使用此場地。
③此處計畫下個月將重新開幕。
④此處將轉變為市場用地。

範例題

※ [13~16] 다음을 듣고 내용과 일치하는 것을 고르십시오.

13 각 2점 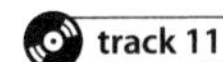 track 11

여자: 요즘 인터넷 공동구매로 물건을 많이 산다던데?
남자: 응. 물건 배송이 좀 오래 걸리기는 해도 훨씬 싸던데.
여자: 그래? 나도 구매를 하고 싶은데 하는 방법을 잘 몰라.
남자: 그럼 내가 가르쳐 줄게 한번 해 봐. 별로 어렵지 않아.

① 인터넷 공동구매는 개인이 직접 살 수 없다.
② 남자는 인터넷 공동구매를 이용해 본 적이 없다.
③ 여자는 인터넷 공동구매를 하는 방법을 잘 안다.
④ 인터넷 공동구매는 물건을 받을 때까지 오래 걸린다.

- 공동구매 團購
- 훨씬 更加
- 개인 個人

兩個人正在談論網路團購。男生指出，團購的缺點在於快遞時間過長，所以正確答案為④。

① 網路團購無法個人直接購買。
② 男生沒有用網路團購買過東西。
③ 女生非常了解網路團購的方法。
④ 網路團購要等很久才能拿到商品。

14

여자: 안내 말씀 드리겠습니다. 다음 주부터 도서관 사물함의 올바른 사용을 위해 개인 사물함을 없애고, 공공 사물함으로 모두 교체할 예정입니다. 사물함에 넣어 두신 개인 짐은 다음 주말까지 모두 가져가 주시기 바랍니다. 앞으로 공공 사물함은 방문 당일에만 이용 가능하니 협조해 주시기 바랍니다.

① 공공 사물함이 부족하여 더 늘릴 계획이다.
② 개인 사물함은 다음 달까지 사용할 수 있다.
③ 공공 사물함을 이용하려면 회원 가입을 해야 한다.
④ 사물함 안의 개인 물건은 다음 주말까지 정리해야 한다.

- 사물함 儲物箱
- 올바르다 正確，恰當
- 교체하다 交替，替換
- 짐 行李
- 당일 當天
- 가능하다 可能，可以
- 협조하다 協作，合作
- 부족하다 不足
- 회원 가입 加入會員

這是一則關於圖書館置物櫃使用變更事項的廣播。現在正在使用的個人置物櫃將全部被取消，變為公共置物櫃，所以要求會員清理個人置物櫃中的個人物品，正確答案為④。

① 由於公共置物櫃不足，預計將增加。
② 個人置物櫃可使用至下個月。
③ 要使用公共置物櫃就要加入會員。
④ 置物櫃中的個人物品須於下週末前整理掉。

15

> 남자: 다음은 지역 문화행사 소식입니다. 이 행사는 전남문화 예술단과 전남 경찰서 동호회가 지역 주민들을 위해 준비한 공연인데요. 이웃과 함께하는 솜사탕 음악회라는 주제로 음악 해설과 노래 따라 부르기 등을 진행할 예정입니다. 공연을 준비 중인 예술단장은 이번 공연으로 지역 주민들에게 솜사탕처럼 달콤한 음악을 선물할 계획이라고 말했습니다.

① 이 공연에는 음악 해설이 포함되어 있다.
② 이 행사는 참가자에게 솜사탕을 선물한다.
③ 지역 주민들이 이웃을 위해 공연을 준비했다.
④ 이 행사는 솜사탕에 대한 노래를 함께 부른다.

- 문화행사 文化活動
- 전남문화예술단 全羅南道文化藝術團
- 동호회 社團，同好會
- 주민들 居民們
- 이웃 鄰居
- 솜사탕 음악회 棉花糖音樂會
- 해설 解說，解析
- 예술단장 藝術團長
- 달콤하다 甜蜜
- 선물하다 送禮物
- 연주되다 演奏
- 참가자 參加者

短文主要介紹了地方文化藝術團和同好會即將共同舉辦文化活動。活動中會為廣大居民講解音樂作品，還有會帶領大家唱歌，所以正確答案為①。

①這次的演出包含音樂解析。
②這次的活動將送給參加者棉花糖。
③地方居民們為了鄰居而準備了表演。
④這次的活動將一起唱關於棉花糖的歌。

16

> 여자: 지금 저는 벽화로 유명한 마을에 와 있습니다. 이 마을 이장님을 만나 이야기를 들어 보겠습니다.
>
> 남자: 5년 전에 우리 마을은 재개발 지역이 되면서 없어질 위기에 놓여 있었습니다. 이를 안타깝게 여긴 근처 미술대학 학생들이 작년부터 무료로 벽에 그림을 그려주기 시작하면서 지금과 같은 벽화 마을이 된 것입니다. 벽화 덕분에 마을에 사건 사고도 줄고, 주민들이 카페나 식당을 열어 생활하고 있습니다. 주말이면 관광객들의 발길도 끊이지 않고 있습니다.

① 5년 후에 카페와 식당을 열 계획이다.
② 관광객들이 늘면서 사건과 사고가 많아졌다.
③ 관광객들의 인기를 얻자 벽화를 그리기 시작했다.
④ 미술대학 학생들이 돈을 받지 않고 벽화를 그렸다.

- 벽화 壁畫
- 유명하다 有名
- 마을 村莊
- 이장님 里長，村長
- 재개발 再開發
- 위기에 놓이다 陷入危機
- 안타깝다 焦急
- 근처 附近
- 무료 免費
- 덕분 託…的福
- 사건 사고 意外事故
- 발길이 끊이지 않다 絡繹不絕
- 인기를 얻다 受歡迎

壁畫村5年前被設立為再開發地區；學生們免費在村子裡的牆壁上畫滿了畫，壁畫村就此誕生了，所以正確答案為④。

①預計五年後會開咖啡廳及餐廳。
②隨著觀光客增加意外事故也變多。
③受到觀光客的歡迎才開始畫壁畫。
④藝術大學的學生無償畫壁畫。

Step 5 實戰練習

※ [13~16] 다음을 듣고 내용과 일치하는 것을 고르십시오. 각 2점 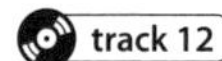

13 ① 남자는 부산 여행을 가 본 적이 없다.
② 각 지역마다 다른 교통카드를 사용한다.
③ 여자는 서울 교통카드를 가지고 있지 않다.
④ 서울에서 쓰던 교통카드는 부산에서 사용할 수 있다.

14 ① 주말부터 지하철 노선이 확장된다.
② 지하철 공사로 주말에 운행이 중단된다.
③ 이번 주말에만 지하철 노선이 바뀔 것이다.
④ 1, 2호선은 축제 때문에 평소보다 늦게까지 운행한다.

15 ① 공사 현장에서는 안전모를 반드시 써야 한다.
② 사고를 당한 사람들은 안전모를 쓰고 있었다.
③ 올해 들어 공사 현장의 사건 사고가 줄고 있다.
④ 대부분의 사람들이 공사 현장에서 안전모를 쓰지 않는다.

16 ① 이곳은 1989년부터 기차마을이었다.
② 열차 이용객은 주민들이 대부분이다.
③ 예전에 이용하던 기차를 그대로 운행하고 있다.
④ 이 기차를 타고 섬진강 근처 풍경을 즐길 수 있다.

교통카드 交通卡	**전국** 全國	**잠시** 一下子	**안내 방송** 廣播通知	**등 축제** 燈節	**관계** 關係
운행 運行	**노선** 路線	**승객** 乘客	**확장되다** 被擴大	**중단되다** 被中斷	**평소** 平時
공사 현장 施工現場	**끊이다** 斷	**안전모** 安全帽	**떨어지다** 墜落	**벽돌** 磚塊	**맞다** 正確，打
주의하다 注意	**수칙** 守則	**기차마을** 火車村	**관계자** 相關人士	**증기기관차** 蒸汽火車	
그대로 原封不動地	**복원하다** 復原	**흐르다** 流淌	**예전** 以前	**철로** 鐵路	**달리다** 奔跑
승마 騎馬	**하이킹(hiking)** 兜風，散心		**체험** 體驗	**이어지다** 接著，接續	
도로 道路	**풍경** 風景				

17-20

Step 1 必考單字

기술	名 技術	과학 기술은 나날이 발전하고 있다. 科學技術日益發展。
나중	名 以後	나중을 위해서 돈을 아껴 두는 것도 좋다. 為了將來多省點錢也好。
업무	名 業務	회사 업무가 많아 야근을 자주 한다. 因為公司的業務繁多，所以經常加班。
칭찬	名 稱讚	오늘 수업 시간에 한국어 발음이 좋다고 칭찬을 받았다. 今天在課堂上被稱讚了韓語發音很好。
충분히	副 充分的	학생들에게 생각할 시간을 충분히 주어야 한다. 必須多給予學生們充分的思考時間。
강조하다	動 強調	아이들에게 저축의 필요성을 강조했다. 向孩子們強調儲蓄的重要性。
거절하다	動 拒絕	민수는 나의 부탁을 거절했다. 民秀拒絕了我的請託。
구하다	動 尋找	경기가 어려워서 그런지 일자리를 구하기가 쉽지 않네요. 不知道是不是因為經濟不景氣，工作真不好找。
따라가다	動 跟著，比得過	식당 음식이 아무리 맛있어도 어머니 손맛은 따라갈 수 없다. 餐廳的食物再怎麼好吃，也比不過媽媽的手藝。
무리하다	動 過分，勉強	너무 무리하지 말고 좀 쉬세요. 不要太過勉強自己，休息一下吧。
반복하다	動 重複	너는 왜 같은 말을 반복하니? 你為什麼一直重複一樣的話呢？
빠지다	動 掉，遺漏	수업에 빠지지 말고 학교에 오세요. 不要翹課，請來學校上課。
참석하다	動 出席	이번 회의는 회장님도 참석하시는 중요한 회의입니다. 這次的會議是董事長也會出席的重要會議。

Step 2 必考文法

A-다면서 V-ㄴ/는다면서	表示再一次詢問從別人那裡聽到的內容，達到確認的目的。 이번에 입사한 신입 사원들이 그렇게 예쁘다면서? 聽說這次新職員都很漂亮？
A/V-(으)ㄹ 텐데	表示說話人對某事實或情況的預料或推測。 내일은 주말이라서 영화관에 사람이 많을 텐데. 明天是週末，電影院應該會很多人。
A/V-잖아요	表示就某一事實對對方進行提醒或向對方確認某事。 미진이가 어렸을 때부터 머리가 좀 좋았잖아요. 美珍不是從小時候開始就很聰明了嘛。
A-대 V-ㄴ/는대	用於轉達對方已知的事實或說話人新獲得的訊息，是「-는다고 해」的縮寫。 철수가 요즘 철이 들었는지 공부를 그렇게 열심히 한대. 聽說哲秀最近變懂事了，非常認真在唸書。

Step 3 題型分析

※ [17~20] 다음을 듣고 남자의 중심 생각을 고르십시오. **請聽以下內容，並選擇男生的中心思想。**	題目要求選出正確表述男生想法的選項。對話中，男生和女生通常持不同的觀點，或男生向女生敘述自己的看法，並試圖說服女生。
17~19 남자의 중심 생각 고르기 **選擇男生的中心思想**	對話通常由男生開始，闡述自己的觀點，而女生就此提出問題或不同看法。接下來男生會對自己的觀點進行具體說明，所以要注意領會男生第二段話的內容。
20 남자의 중심 생각 고르기 **選擇男生的中心思想**	解題時應該把注意力集中在採訪時男生針對女生的提問給出的答話上。仔細聽男生的答話，並和選項進行對照，這樣就能很容易地找出答案。

Step 4 考題分析

考古題

※ [17~20] 다음을 듣고 남자의 중심 생각을 고르십시오.

17~19

각 2점 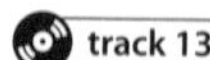

남자: 수미야, 좀 전에 동아리 후배한테 무슨 칭찬을 그렇게 많이 해?

여자: 왜? 그 후배는 동아리 일도 다 맡아서 하고 다른 사람이 도움이 필요하다고 할 때 한 번도 거절한 적이 없어. 칭찬할 만하지.

남자: 그래? 근데 후배가 그런 칭찬을 들으면 나중에 거절하고 싶어도 못 하겠어. 그 칭찬에 신경을 써서 그 말대로 꼭 해야 한다고 생각하게 되거든.

① 칭찬을 받으면 일할 의욕이 높아진다.
② 칭찬을 받으려면 거절하지 말아야 한다.
③ 칭찬을 받으면 그 말을 의식해서 행동하게 된다.
④ 칭찬을 받으면 다른 사람도 칭찬해 줘야 한다.

※ 在聽之前要透過重複出現的內容提前預測聽力的內容

<TOPIK 36회 듣기 [18]>

- 동아리 社團
- 후배 後輩，學弟、學妹
- 칭찬 稱讚
- 신경을 쓰다 費心思，操心
- 의욕 慾望，熱情
- 의식하다 意識

男生覺得後輩在聽了女生的稱讚後，會因為介懷女生所說的話更沒有辦法拒絕別人的請求，所以正確答案為③。

①受稱讚的話做事熱情會增加。
②想要受到稱讚就不能拒絕他人。
③受到稱讚的話會因為過於在意稱讚而影響行動。
④受到稱讚的話也要稱讚別人。

20

여자: 최 교수님, 이번에 '화해의 기술'이라는 책을 내셨는데요. 그 책에서 가장 강조하시는 부분은 무엇입니까?

남자: 화해를 원한다면 나에 대한 이야기를 하라는 겁니다. 많은 경우에 사람들은 화해하려고 할 때 상대방의 말과 행동만을 반복해서 말합니다. 이건 관계 회복에 전혀 도움이 되지 않아요. 오히려 악영향을 줍니다. 내 말과 행동에 대해 먼저 살피고 말해 보세요. 상대방의 환한 미소를 볼 수 있을 겁니다.

① 웃음으로 서로의 관계를 회복해야 한다.
② 화해하고 싶으면 먼저 나를 되돌아봐야 한다.
③ 상대방의 웃음을 보면 화해를 먼저 해야 한다.
④ 화해하려면 상대방의 행동을 미리 살펴야 한다.

※ 類似的表達
내 말과 행동에 대해 먼저 살피다：先檢視我的話及行為
=>먼저 나를 되돌아보다：先回頭檢視自己

<TOPIK 36회 듣기 [20]>

- 화해(하다) 和解
- 책을 내다 出書
- 회복 恢復
- 악영향 負面影響
- 살피다 剖析，觀察
- 환하다 明亮，燦爛
- 미소 微笑
- 웃음 笑
- 되돌아보다 回顧

在採訪的最開始提出自己的主張和是在最後闡明觀點的情況時有出現。解題時可以透過開頭部分的「나에 대한 이야기를 하라」和結尾部分的「내 말과 행동에 대해 먼저 살피고 말하라」判斷出正確答案為②。

①必須用笑容恢復彼此的關係。
②想要和解的話要先反省自己。
③如果看到對方的笑容，就要先和解。
④想要和解的話，要先檢視對方的行為。

範例題

※ [17~20] 다음을 듣고 남자의 중심 생각을 고르십시오.

17~19

각 2점 

남자: 수미 씨, 회사를 그만두고 해외 봉사활동을 간다면서요?
여자: 네, 맞아요. 지금이 아니면 기회가 없을 것 같아서요. 해외에 갔다와서 다시 직장을 구하는 게 힘들긴 하지만 일찍 해외에 나갔다 오는 게 좋을 것 같아서요.
남자: 그런데 회사를 그만두고 해외에 나가서까지 봉사활동을 한다는 게 좀 이해가 안 되네요. 봉사활동이라면 국내에서도 충분히 할 수 있을 텐데요.

① 어릴 때 해외 봉사활동을 가야 한다.
② 봉사활동을 반드시 해외에서 할 필요는 없다.
③ 해외 봉사활동을 다녀오면 국내에 들어오기 힘들다.
④ 해외 봉사활동을 가기 전에 계획과 준비가 필요하다.

- 그만두다 辭職
- 해외 海外
- 봉사활동 志工活動，公益活動
- 기회 機會
- 국내 國內
- 반드시 一定，必須

女生決定辭掉工作去海外從事公益活動，男生對此表示無法理解，男生覺得在國內也可以從事公益活動，所以正確答案為②。

①要趁年輕時去國外從事公益活動。
②公益活動不必非要在國外參加。
③去國外從事公益活動後要再回到國內會有困難。
④去國外從事公益活動前必須有計劃跟準備。

20

여자: 이복현 선생님은 전통 그대로의 방식으로 전통 악기를 만드시는 걸로 유명한데요. 혹시 특별한 이유라도 있으십니까?
남자: 저는 전통 악기의 대중화보다는 우리 고유의 전통성을 지키는 것이 더 중요하다고 생각합니다. 공장에서 만들어 낸 악기들은 전통 악기를 대중화하는 데 기여했습니다. 하지만 기계로 만들어 낸 악기가 전통 그대로의 방식으로 만들어낸 악기의 소리를 따라가지 못합니다. 고유의 소리를 담아 내지 못한다면 진정한 전통이라고 할 수 없죠.

① 전통 악기의 대중화는 중요하지 않다.
② 전통 방식으로 만든 악기는 대중화하기 어렵다.
③ 전통 악기의 대중화를 위해 공장에서 대량 생산해야 한다.
④ 공장에서 만든 악기는 전통 악기만큼의 소리를 내지 못한다.

- 방식 方式
- 악기 樂器
- 대중화 大眾化，普及
- 고유 固有
- 전통성 傳統性
- 기여하다 貢獻，捐贈
- 기계 機器
- 담아 내다 呈現，反映
- 진정하다 真正
- 대량 大量
- 생산하다 生產

這是一段對傳統樂器製作師傅的採訪。師傅指出，在樂器工廠大量生產的樂器發出的聲音沒有按照傳統工藝手工製成的樂器好，所以正確答案為④。

①傳統樂器的普及不重要。
②用傳統方式製作的樂器很難普及。
③為了讓傳統樂器普及，必須要在工廠大量生產。
④在工廠製作的樂器，沒辦法發出如同傳統樂器的聲音。

Step 5 實戰練習

※ [17~20] 다음을 듣고 남자의 중심 생각을 고르십시오. 각 2점 

17 ① 취미 생활로 자격증을 따는 것은 좋지 않다.
② 자격증을 따기 위해서는 많은 준비가 필요하다.
③ 자격증을 따 두는 것은 미래를 위한 대비가 된다.
④ 자격증을 따다 보면 업무에 집중하지 못할 때가 있다.

18 ① 매일 요리 수업을 들어야 한다.
② 무리해서라도 요리 수업에 가야 한다.
③ 시간이 날 때만 수업에 참석하면 된다.
④ 수업에 빠지면 다음날 수업 내용을 이해할 수 없다.

19 ① 간접 광고는 많은 부작용이 있다.
② 간접 광고는 소비자의 부담을 덜어 준다.
③ 간접 광고는 소비자의 선택권을 빼앗는다.
④ 간접 광고는 프로그램에 방해가 되지 않는다.

20 ① 폐품으로 미술 도구를 만들 수 있다.
② 재활용품은 작품의 훌륭한 재료가 된다.
③ 작품에 사용한 미술 도구를 재활용해야 한다.
④ 재활용품을 활용한 작품에 이야기를 담아야 한다.

자격증을 따다 考證照		**푹 빠지다** 沉迷於	**대비** 預備	**집중하다** 集中	**전혀** 完全
예능 藝能	**간접 광고** 間接廣告	**방해** 妨礙	**상품** 商品	**튀다** 顯眼，醒目	**자연스럽다** 自然的
등장하다 登場	**억지로** 勉強	**가리다** 遮擋	**답답하다** 煩悶	**부작용** 副作用	**선택권** 選擇權
부담을 덜다 減輕負擔、壓力		**빼앗다** 搶走	**우유팩** 牛奶盒	**폐품** 廢品	**작품** 作品
재활용품 再生物品		**재료** 材料	**특성** 特性	**불과하다** 只不過	**도구** 工具
흥미롭다 有趣					

21-22

Step 1 必考單字

여유	名 餘裕	시간 여유가 있으면 나 좀 도와 줘. 時間上可以的話請幫我一下。
자기 개발	名 自我提升	평소에 자기 개발을 게을리하면 안 된다. 平時不行懶惰於自我提升。
쓸데없이	副 無用的	쓸데없이 돈을 낭비하지 마세요. 請不要隨意浪費錢。
가입하다	動 加入，註冊	물건을 사려면 홈페이지에 가입해야 한다. 要買東西的話必須註冊網站會員。
구비되다	動 具備	백화점에 다양한 전자 제품이 구비되어 있다. 百貨公司裡有各式各樣的電子產品。
권하다	動 勸說，規勸	억지로 술을 권하는 것은 좋지 않다. 硬要勸人喝酒的話不太好。
막다	動 阻擋	에너지 손실을 막기 위한 시설을 만들었다. 製造了能防止能量損失的設施。
숨기다	動 隱瞞	민수는 나에게 그 사실을 숨겼다. 民秀對我隱瞞了事情的真相。
유출되다	動 遭洩露	시험 정보가 유출되지 않게 관리를 잘 해야 한다. 必須要好好管理考試資訊，不能讓消息洩漏出去。
후회하다	動 後悔	수미는 이번 시험에 열심히 공부하지 않은 것을 후회했다. 秀美很後悔這次考試沒有好好認真讀書。
부담스럽다	形 有壓力、負擔	민수는 부담스러울 정도로 나에게 잘해 준다. 民秀對我好到讓我有壓力。
철저하다	形 徹底	이 병원은 고객 관리를 철저하게 하기로 유명하다. 這間醫院以完善的顧客管理而聞名。

Step 2 必考文法

A/V-(으)ㄹ걸	表示說話人對已經過去的事情感到後悔或惋惜。 부모님이 살아계실 때 자주 찾아뵐걸. 在父母還在世時，應該常常去看他們的。

A/V-아/어도	以假設、讓步的表達方式，表達否定、極端或艱難的情況不會對後面的內容造成影響。 비록 이번 시험에 실패해도 절대 포기하지 않을 거예요. 儘管這次考試失敗，我也絕對不會放棄的。
A/V-더라고요	表示說話人把自己透過親身經歷得知的事實告知對方，「-더라」的為非敬語形式。 그 이탈리아 식당 음식이 맛있더라고요. 這間義式餐廳的料理很好吃。

Step 3 題型分析

※ [21~22] 다음을 듣고 물음에 답하십시오. **請聽以下內容，並回答問題。**	題目中兩個人正在談論社會熱門話題。日常生活中能夠接觸到的社會問題以及與此相關的內容都可能在題目中出現。希望考生能夠注意在這一方面的知識累積。
21 남자의 중심 생각으로 맞는 것 고르기 **選擇男生的中心思想**	此類問題多以A1-B1-A2-B2型的對話形式給出，要求選出男生的中心思想。在A1中提出對話的主題並闡明自己的觀點，B1在後文中和A1相呼應的同時，給出一些相關資訊。在聽對話是應注意體會這種語言結構，一般情況下，中心思想會包含在B2中。
22 들은 내용으로 알맞은 것 고르기 **選擇符合所聽內容的選項**	解答此類題目時，要從整體出發進行分析。以排除法先去掉與內容無關或與短文脈絡不符的選項，最後找出正確答案。由於選項中會用與原文中不同的表達方式進行表述，所以在平時的學習中，應該加強相似、相近表達方式的訓練。

Step 4 考題分析

考古題

※ [21~22] 다음을 듣고 물음에 답하십시오. 각 2점 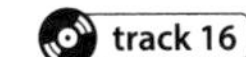

A1 여자: 예전에 가입해 놓은 쇼핑몰에서 개인 정보가 유출됐다고 연락이 왔는데 뭘 어떻게 해야 되는 거야?
B1 남자: 개인 정보 유출? 홈페이지에 들어가서 비밀번호부터 바꿔야지.
A2 여자: 자주 이용하지도 않는데 가입하지 말 걸 그랬어. 그런데 쇼핑몰에서 개인 정보를 더 철저하게 관리해야 하는 거 아냐? 요즘 사고가 얼마나 많은데….
B2 남자: 개인 정보 관리를 쇼핑몰에 다 맡길 수는 없지. 네가 비밀번호라도 자주 바꿨으면 이런 일이 없었을 거야.

<TOPIK 37회 듣기 [21~22]>
- 쇼핑몰(shopping mall) 購物商城
- 개인 정보 個資
- 홈페이지(homepage) 網站
- 비밀번호 密碼
- 본인 本人

21 남자의 중심 생각으로 맞는 것을 고르십시오.
① 쇼핑몰은 개인 정보를 잘 관리해야 한다.
② 쇼핑몰에 가입하면 쉽게 개인 정보가 유출된다.
③ 개인 정보 유출을 막으려면 본인이 신경 써야 한다.
④ 잘 이용하지 않는 쇼핑몰에는 가입하지 말아야 한다.

※ 集中聆聽B2

女生的個資遭到外洩，對此男生認為是女生沒有經常更換密碼導致的，所以正確答案為③。

①購物商城應該要好好管理個資。
②若註冊網路商城，個資很容易流出。
③想要避免個資流出，本人要多注意。
④應該不要加入不常使用的購物商城。

22 들은 내용으로 알맞은 것을 고르십시오.
① 여자는 쇼핑몰 가입을 후회하고 있다.
② 여자는 쇼핑몰의 비밀번호를 자주 바꿨다. X
③ 이 쇼핑몰은 개인 정보 유출 사실을 숨겼다. X
④ 이 쇼핑몰은 개인 정보 없이 가입할 수 있다. X

※ 和聽力內容無關的打X
②沒有常常換密碼
③購物商城來電
④沒有相關的資訊

女生的個資透過購物網站被洩露，女生在很多不常用的購物網站上註冊了會員，為此她感到十分後悔，所以正確答案為①。

①女生正在後悔註冊購物商城。
②女生很常更換購物商城的密碼。
③這間購物商城隱瞞了個資流出的事。
④這間購物商城沒有個資無法加入。

範例題

※ [21~22] 다음을 듣고 물음에 답하십시오. 각 2점

track 17

> 여자: 김 대리, 요즘 점심시간에 밥은 안 먹고 어디 가는 거야?
> 남자: 회사 앞 헬스장에 가서 운동을 하고 있어. 운동을 하고 싶어도 시간을 내기가 어렵더라고.
> 여자: 점심시간이 이렇게 짧은데 운동까지 하는 게 부담스럽지 않아? 식사 후 공원을 산책하는 게 더 좋을 것 같은데.
> 남자: 요즘 바쁜 직장인들이 점심시간을 활용한 자기 개발이 유행이래. 저녁에는 약속도 있고 업무가 많아서 시간이 없잖아. 그래서 점심시간에 개인 시간도 갖고 운동도 할 수 있어서 좋은 것 같아.

- 헬스장 健身房
- 충분하다 充分
- 휴식 休息
- 영향을 미치다 受影響
- 스트레스 精神壓力
- 찬성하다 贊成

21 남자의 중심 생각으로 맞는 것을 고르십시오.

① 바쁜 현대인들은 충분한 휴식이 필요하다.
② 직장인들에게 자기 개발의 시간이 필요하다.
③ 식사 후 산책은 건강에 좋은 영향을 미친다.
④ 회사원들은 업무가 많아서 여유 시간이 없다.

男生想要利用午餐時間去健身。他認為在短短1小時的午餐時間裡也可以實現自我提升，所以正確答案為②。

①忙碌的現代人需要充分的休息。
②上班族需要有自我提升的時間。
③吃飯後散步對健康有益。
④職員因為工作繁忙而沒有休閒時間。

22 들은 내용으로 알맞은 것을 고르십시오.

① 회사에서 운동을 하라고 권한다.
② 여자는 운동하는 것에 스트레스를 받고 있다.
③ 여자는 점심시간에 자기 개발을 하는 것에 찬성한다.
④ 남자는 점심시간을 활용할 수 있어서 좋다고 생각한다.

男生說現下很流行利用午餐時間進行自我提升，男生認為午餐時間去做一些自己想做的事情或去健身房很不錯的選擇，所以正確答案為④。

①公司鼓勵大家多運動。
②女生因為運動而感到壓力。
③女生贊成在午餐時間做自我提升。
④男生認為能利用午餐時間很好。

Step 5 實戰練習

※ [21~22] 다음을 듣고 물음에 답하십시오. 각 2점 track 18

21 남자의 중심 생각으로 맞는 것을 고르십시오

① 풀옵션 임대는 쓸데없이 비싸다.
② 풀옵션 임대는 가격이 싸다는 장점이 있다.
③ 풀옵션 임대는 가전제품을 새로 사는 것이 좋다.
④ 풀옵션 임대는 생활에 필요한 물건들이 모두 있어 편리하다.

22 들은 내용으로 알맞은 것을 고르십시오.

① 회사 근처에 사는 사람들이 줄고 있다.
② 풀옵션 임대는 임대료가 비싸서 인기가 없다.
③ 여자는 지금 회사 근처로 이사를 가고 싶어 한다.
④ 풀옵션 임대는 모든 물품을 구입하지는 않아도 된다.

이사 搬家	**오피스텔 (officetel)** 套房，公寓式辦公室	**임대(하다)** 租賃	**꽤** 非常，特別	**풀옵션** 設施齊全
임대료 租金	**가전제품** 家電用品 **물론** 無論，儘管	**장점** 優點，長處	**물품** 物品	**구입하다** 購買

23-24

Step 1 必考單字

긍정적	名 積極的	항상 긍정적인 생각을 하며 산다. 總是抱有正面的想法生活。
노년층	名 老年層	한국의 노년층 인구가 계속 증가하고 있다. 韓國的老年人口正逐漸增加。
반응	名 反應	이번에 음반을 출시했는데 반응이 아주 좋다. 這次發行了唱片得到很好的迴響。
적성	名 適性	적성에 맞는 전공을 찾아서 공부해야 한다. 必須要找到適合自己的專業科目學習才行。
허락	名 允許	청소년들은 부모님의 허락을 받고 여행을 가야 한다. 青少年應該要得到父母的允許，才能去旅遊。
괜히	副 多餘，白白地	괜히 쓸데없는 곳에 돈 쓰지 말고 나중을 위해 저축해. 不要把錢白白地花在不必要的地方，為了未來儲蓄一下吧。
권장하다	動 勸勉，鼓勵	학교에서는 학생들에게 독서를 권장한다. 學校鼓勵學生們多讀書。
신청하다	動 申請	방문 서비스를 신청하실 분들은 내일까지 연락을 주십시오. 欲申請拜訪服務的人，請於明天前聯絡我們。
옮기다	動 搬，挪	이 책상을 옆 교실로 옮겨 주세요. 請把這張桌子搬到隔壁教室。
제안하다	動 提案，提議	이번 모임에서 동창들에게 해외여행을 가자고 제안했다. 在這次的聚會中，我向同學們提議去國外旅遊。
처리하다	動 處理	저에게 그 일을 맡겨 주시면 신속하게 처리하겠습니다. 若將那件事情交予我，我會盡速處理的。
홍보하다	動 宣傳	회사를 홍보하기 위해 열심히 노력하고 있다. 為了宣傳公司非常地努力。
간단하다	形 簡單	이 컴퓨터 프로그램의 이용 방법은 아주 간단해요. 這個電腦程式的使用方法非常簡單。

Step 2 必考文法

A-(으)ㄴ 편이다	表示以說話人的標準為界限，更加靠近某一方向。 수미는 성격이 급한 편이다. 秀美的個性偏急。
N 덕분에	表示「託某人或某物的福」，形容因為某人或某事促成了後面肯定的結果。 교수님 덕분에 대학 생활을 잘 할 수 있었습니다. 託教授的福，才能順利度過大學生活。

Step 3 題型分析

※ [23~24] 다음을 듣고 물음에 답하십시오.

請聽以下內容，並回答問題。

社會活動中，在使用公共設施（公園、銀行、圖書館、市政府），便利設施（便利店、餐廳、咖啡廳）以及線上服務（招聘求職網站、購物網站）時可能遇到很多問題，這部分題目就以解決這些問題的過程為主要題材。

23 남자가 하고 있는 일 고르기

選擇男生正在做的事

※ 常用表達：제안하다, 설명하다, 소개하다, 문의하다, 강조하다, 보고하다, 요구하다

對話以A1-B1-A2-B2的形式出現，詢問男生正在做什麼。這裡要仔細聽男生的第一句話，一般情況下A提出自己的煩惱、疑問或是提議，而B則就此給出建議、說明或者解決辦法。這時候要注意區分男生是提出煩惱的人還是給出建議的人，此外，掌握選項中經常出現的表達方式（如左）也相當重要。

24 들은 내용과 같은 것 고르기

選擇和所聽內容相符的選項

解題時要先掌握整體內容再進行分析，用排除法先去掉與內容無關或與文章脈絡不符的選項，最後找出正確答案。由於選項中常會使用與原文中不同的表達方式進行表述，所以在平時的學習中應注意加強對相似、相近表達方式的訓練。

Step 4 考題分析

考古題

※ [23~24] 다음을 듣고 물음에 답하십시오. 각 2점

track 19

여자: 영우 씨는 회사 생활 어때? 나는 일이 적성에 안 맞아서 좀 힘들어.

남자: 그래? 그럼 부서를 좀 바꿔 보면 어때? '잡 마켓' 있잖아. 부서 이동을 원하는 직원들이 직접 희망 부서에 자기를 홍보하는 것 말이야.

여자: 나도 그런 게 있다는 이야기는 들었는데 이용하기가 좀 부담스럽네. 괜히 부장님 눈치도 보이고.

남자: 그렇게 생각하지 마. 회사에서도 이용을 권장하는 편이고, 이용해 본 사원들도 만족스러워 하던데.

<TOPIK 36회 듣기 [23~24]>

- 부서 部門
- 잡 마켓 (job market) 求職平台
- 이동 移動，調動
- 희망 希望
- 부담스럽다 有負擔，有壓力
- 만족스럽다 滿足，滿意
- 경험 經驗
- 문제점 問題點
- 상사 上司

23 남자는 무엇을 하고 있는지 고르십시오.

① 잡 마켓 이용을 제안하고 있다.
② 직장 내의 각 부서를 설명하고 있다.
③ 잡 마켓 이용 경험을 소개하고 있다.
④ 상사의 문제점에 대해 이야기하고 있다.

※ 男生針對女生的苦惱（工作性質不適合自己）提出他的建議（利用求職平台）。

女生不太適應現在的工作，表示很辛苦。男生對此向女生提出了透過「求職平台」嘗試調換部門的建議。在這裡，「-는 게 어때?」是提出建議時較為常用的表達方式，所以正確答案為①。

① 正在提議使用求職平台。
② 正在說明職場中的各個部門。
③ 正在介紹求職平台的經驗。
④ 正在說關於上司的問題點。

24 들은 내용으로 맞는 것을 고르십시오.

① 여자는 일하고 있는 부서에 만족해 한다. X
② 잡 마켓은 회사를 홍보하기 위해 만들었다. X
③ 잡 마켓은 상사의 허락이 있어야 이용한다. X
④ 직원들은 적성에 맞는 부서로 옮길 기회가 있다.

男生正在向女生介紹「求職平台」，想要調換工作部門的職員可以直接向希望部門直接介紹自己。在這裡「이동」的替換成「옮기다（調換）」，「희망 부서」指代的是自己想去工作的部門，所以正確答案為④。

① 女生很滿意目前工作的部門。
② 求職平台是為了宣傳公司而成立的。
③ 求職平台必須有上司許可才能使用。
④ 職員們有轉換到其他適合自己的部門的機會。

範例題

※ [23~24] 다음을 듣고 물음에 답하십시오. 각 2점

track 20

여자: 김 대리, 노년층을 대상으로 한 '그림 안내장' 서비스의 반응이 어떤가요?

남자: 지금까지는 아주 좋은 것 같습니다. 그림으로 정리된 안내장을 보며 인터넷 뱅킹을 이용할 수 있도록 한 것이 반응이 아주 좋습니다.

여자: 또 다른 반응은요? 그리고 부정적인 의견은 없었나요?

남자: 네. '그림 안내장' 덕분에 간단한 계좌 조회나 이체를 할 수 있는 노년층 고객이 크게 늘었고 다들 만족스러워하던데요.

- 안내장 通知
- 서비스 服務
- 인터넷 뱅킹 (internet banking) 網路匯款
- 부정적 否定的，負面的
- 계좌 조회 賬戶查詢
- 이체 轉賬
- 개선 改善
- 요구하다 要求
- 불필요성 不必要性

23 남자는 무엇을 하고 있는지 고르십시오.

① '그림 안내장' 서비스를 제안하고 있다.
② '그림 안내장' 서비스의 개선을 요구하고 있다.
③ '그림 안내장' 서비스의 불필요성을 강조하고 있다.
④ '그림 안내장' 서비스에 대한 반응을 보고하고 있다.

這是一段發生在公司上司（女生）和下屬職員（男生）之間的對話。女生向男生詢問一項名為「圖片說明書」的服務反向如何，男生回答非常好。這是一段以匯報業務為主題的對話，所以正確答案為④。

①提議「圖片說明書」的服務。
②要求改善「圖片說明書」服務。
③強調「圖片說明書」服務的不必要性。
④報告「圖片說明書」服務的反應。

24 들은 내용으로 맞는 것을 고르십시오.

① 은행에서 처리하는 업무가 더 늘었다.
② 이 서비스는 은행을 홍보하기 위해 만들었다.
③ 이 서비스에 대한 고객들의 반응이 긍정적이다.
④ 노년층의 인터넷 뱅킹 이용이 점점 줄어들고 있다.

男生說，因為有了「圖片說明書」，可以獨立完成簡單的賬戶查詢和轉帳匯款的老年族群顧客的數量大幅增加，由此可見，顧客們對該項服務反應很好，所以正確答案為③。

①銀行方面需要處理的業務增加了。
②這個服務是為了宣傳銀行而成立的。
③顧客關於這個服務的反應是正面的。
④老年族群的網路銀行使用率逐漸減少。

Step 5 實戰練習

※ [23~24] 다음을 듣고 물음에 답하십시오. 각 2점 track 21

23 남자는 무엇을 하고 있는지 고르십시오.

① 세미나 접수를 하고 있다.
② 세미나에 대해 설명하고 있다.
③ 세미나 신청 절차에 대해 문의하고 있다.
④ 세미나를 열기 위해 장소를 알아보고 있다.

24 들은 내용으로 알맞은 것을 고르십시오.

① 콘서트는 세미나 마지막에 즐길 수 있다.
② 은행 방문으로도 이 세미나를 신청할 수 있다.
③ 세금 문제에 힘들어 하는 고객들을 위한 세미나이다.
④ 인터넷으로 신청하고 문자를 받은 고객만 참여할 수 있다.

우수 優秀	**초청** 邀請	**세미나(seminar)** 會議，研討會		**당첨** 中獎	**당일** 當天
세금 稅金	**강의** 講課	**절차** 程序，手續	**문의하다** 諮詢		

25-26

Step 1 必考單字

기부	名 捐贈	어려운 사람들을 위한 기부가 나날이 증가하고 있다. 為了生活困難的人們所進行的捐贈日益增加。
나눔	名 分享	나눔의 실천은 행복의 지름길입니다. 實踐分享是抵達幸福的捷徑。
만족	名 滿足	그 사람은 몸이 불편한데도 삶에 만족을 한다. 那個人即使身體不舒服，仍然對生活感到滿足。
재능	名 才能	요즘 재능을 기부하는 사람들이 많아졌다. 最近貢獻才能的人變多了。
함부로	副 隨意	남의 물건을 함부로 쓰면 안 된다. 不能隨意使用他人的物品。
도전하다	動 挑戰	그녀는 늘 새로운 일에 도전하고 연구하는 것을 좋아한다. 那個女生喜歡不斷挑戰及研究新事物。
안심하다	動 安心	요즘은 안심하고 먹을 수 있는 음식이 별로 없다. 最近沒什麼能安心食用的食物。
차별화(되다)	動 差別化	독특하고 차별화된 제품은 젊은이들 사이에서 인기가 많다. 獨特又具有差別性的產品，在年輕人之間很受歡迎。
참여하다	動 參與	홍보 부족으로 사람들이 많이 참여하지 못했다. 由於宣傳不足，因此參加的人不多。
평가하다	動 評價	너무 쉽게 그 사람을 평가하지 마세요. 不要太輕易就去評斷那個人。
포기하다	動 放棄	나이가 어리기 때문에 공부를 포기하면 안 된다. 不能因為年輕而放棄讀書。
효과를 거두다	得到效果	음악을 활용한 치료 방법이 스트레스를 줄이는 데 많은 효과를 거두었다. 利用音樂的治療法在減少壓力上獲得了許多成效。

Step 2 必考文法

A-(으)ㄴ데요 V-는데요	表示說話人等待對方對自己所說的話做出反應，或表示感嘆。 오늘 회의에 늦은 이유가 있을 것 같은데요. 今天會議晚到好像有理由。
A-게나마	雖然不是最好的選擇，但是也感到很萬幸。 늦게나마 행사에 참여할 수 있어서 다행입니다. 雖然晚了點，但幸好還能參加這場活動。

Step 3 題型分析

※ [24~25] 다음을 듣고 물음에 답하십시오. **請聽以下內容，並回答問題。**	題目會邀請在社會上比較有知名度的嘉賓進行採訪。在對話的開始，主持人向被採訪者就從事某項工作的動機、背景、具體情況等進行提問。從主持人的提問中就可以獲得關於被採訪者職業的相關資訊，被採訪者也會隨之對自己從事這項工作的背景、意圖、過程、成果等進行介紹。
25 남자의 중심 생각 고르기 **選擇男生的中心思想**	男生會在回答第一個問題時，明確說明自己從事某項工作的動機，而這個動機往往就會成為全文的中心思想。也有可能在對話的最後，對整個對話內容進行整理，引導出中心思想。
26 들은 내용과 같은 것 고르기 **選擇和所聽內容相符的選項**	解答此類題目時，要從整體出發進行分析，以排除法先去掉與內容無關或短文脈絡不服的選項，最後找出正確答案。由於選項中會用與原文中不同的表達方式進行表述，所以在平時的學習中應該加強對相似、相近表達方式的訓練。

Step 3 題型分析

考古題

※ [25~26] 다음을 듣고 물음에 답하십시오. 각 2점 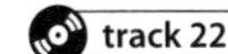

여자: 선생님, 이 학교에는 자기 계발을 스스로 할 수 있는 프로그램이 있다고 들었는데요. 간단히 소개해 주시겠습니까?

남자: 네, ☆자기 계발 프로그램은 자기주도적으로 이루어지는 게 중요한데 우리 학교의 프로그램이 그렇습니다. 학생들은 학기 초에 하고 싶은 일을 정하고 그 중 하나를 골라 계획서를 제출합니다. 학교에선 중간에 진도만 확인해 주는데요. 학생들은 보고서를 쓰거나 관련 분야의 전문가를 만나 인터뷰를 하기도 합니다. 평가도 학기가 끝날 때쯤 스스로 하는데 결과에 만족 못했을 땐 다음 학기에 다시 도전할 수 있습니다.

<TOPIK 37회 듣기 [25~26]>

- 자기 계발 自我提升
- 스스로 自己
- 자기주도적 自主的
- 이루어지다 形成，完成
- 학기 學期
- 계획서 計劃書
- 제출하다 提交
- 진도 進度
- 관련 相關
- 분야 領域
- 만족도 滿意度

25 남자의 중심 생각으로 맞는 것을 고르십시오.

① 자기 계발은 계획서 작성이 필요하다.
② 진정한 자기 계발은 스스로 하는 것이다.
③ 자기 평가가 안 좋으면 다시 도전할 수 있다.
④ 자기 계발의 결과에 대한 만족도가 중요하다.

※ 通常會在前面部分或最後部分提到主要想法

男生認為自我提升計劃的方向和內容應該有本人自主決定，所以正確答案為②。

① 自我提升必須撰寫計畫書。
② 真正的自我提升必須自己進行。
③ 自我評價不好的話，可以再次挑戰。
④ 對於自我提升結果的滿意度很重要。

26 들은 내용으로 맞는 것을 고르십시오.

① 학생들은 스스로 계획서를 작성한다.
② 보고서를 쓰려면 전문가를 만나야 한다. X
③ 학교가 학생들의 자기 계발 결과를 평가한다. X
④ 학생들은 학기 말에 자기 계발 계획서를 낸다. X

※ 跟聽力內容無關的打X
②寫報告或與相關專家見面
③學生自主評價
④學期初繳交計畫書

男生提出，學生們會在學期初確定本學期想做的事情，並擬定計劃書交到學校，所以正確答案為①。

① 學生自主撰寫計畫書。
② 想要寫報告的話，必須與專家見面。
③ 學校會評分學生的自我提升成果。
④ 學生於學期末繳交自我提升計畫書。

範例題

※ [25~26] 다음을 듣고 물음에 답하십시오. 각 2점

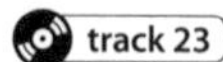

여자: 얼마 전에 아름다운가게 홍보대사로 위촉되셨다고 들었습니다. 이런 활동을 하시는 데에는 이유가 있을 것 같은데요.

남자: 저는 평소 나눔과 재능 기부에 대한 생각을 많이 해 왔고, 작게나마 실천해 왔습니다. 이번 기회에 더욱 더 진심을 다해 적극적으로 참여해 보려고 합니다. 사실 많은 분들이 나눔과 재능 기부에 대해 생각해 보셨겠지만 실천하기는 힘드셨을 것 같습니다. 이런 분들에게 받는 기쁨보다 나눠 주는 행복이 더 크다는 것을 알려 드리고 싶습니다.

- 아름다운가게 美麗商店
- 홍보대사 宣傳大使
- 위촉되다 委託
- 활동 活動
- 실천하다 實踐
- 진심을 다하다 竭盡真誠
- 적극적 積極地
- 사실 事實
- 기쁨 高興，喜悅
- 행복 幸福
- 낭비하다 浪費
- 유도하다 引導，誘導

25 남자의 중심 생각으로 맞는 것을 고르십시오.

① 나눔과 재능 기부는 실천하기 어렵다.
② 재능을 함부로 낭비하는 것은 좋지 않다.
③ 많은 사람들이 나눔의 즐거움을 알았으면 좋겠다.
④ 평소에도 재능 기부에 대한 생각을 많이 해야 한다.

男生想要告訴大家，只有大家都參與到分享和貢獻才能，才能更加深切地感受到分享所帶來的幸福感，所以正確答案為③。

①分享與貢獻才能在實踐上很困難。
②隨意浪費才能是不好的事。
③希望能有更多人知道分享的喜悅。
④平時也要常有貢獻才能的想法。

26 들은 내용으로 맞는 것을 고르십시오.

① 남자는 지금까지 나눔에 관심이 없었다.
② 남자는 다른 사람의 참여를 유도하고 있다.
③ 남자는 적극적으로 재능 기부에 참여해 왔다.
④ 남자는 활동이 어려워서 포기하고 싶어 한다.

男生希望讓那些曾經想要參與分享和貢獻才能，卻沒能實現的人們，了解到分享比得到更加讓人感到幸福。也就是說，男生在引導大家積極參與，所以正確答案為②。

①男生至今對分享不怎麼有興趣。
②男生正在勸導其他人參與。
③男生一直以來都很積極參與才能貢獻。
④男生因為活動很困難而想放棄。

Step 5 實戰練習

※ [25~26] 다음을 듣고 물음에 답하십시오. 각 2점 track 24

25 남자의 중심 생각으로 맞는 것을 고르십시오.

① 심야시간에 여성들이 다니는 것은 바람직하지 않다.
② 안심 귀가 서비스는 경찰의 적극적인 협력이 필요하다.
③ 온주시도 적극적으로 안심 귀가 서비스를 시행해야 한다.
④ 온주시에서 시행 중인 안심 귀가 서비스가 확대되어야 한다.

26 들은 내용으로 맞는 것을 고르십시오.

① 안심 귀가 서비스는 온주시에서만 시행 중이다.
② 안심 귀가 서비스를 이용하려는 여성들이 많지 않다.
③ 온주시의 경찰과 민간단체는 적극적으로 협력하고 있다.
④ 온주시는 다른 지역과 안심 귀가 서비스를 공유하고 있다.

밤길 夜路	**안심 귀가** 安心回家	**심야시간** 深夜時間	**귀가하다** 回家	**안전** 安全	**시행** 實行
인력 人力	**실질적** 實質性的	**민간단체** 民間團體	**의기투합하다** 意氣相投		**조직적** 有組織的
호응을 얻다 得到好評		**확대되다** 擴大	**바람직하다** 希望，可取		**협력(하다)** 協力
공유하다 共享，分享					

27-28

Step 1 必考單字

규정	名 規定	대회의 규정에 따라 선수들은 금지된 약을 복용하면 안 된다. 根據大會的規定，選手不能服用禁藥。
반칙	名 犯規	우리 편 선수가 반칙을 할 때마다 감독은 괴로운 표정을 지었다. 我們隊選手每次犯規的時候，教練都擺出很痛苦的表情。
온통	名 整個，全部	눈이 많이 와서 세상이 온통 하얗다. 因為雪下得很多，全世界都變成白色的了。
처벌	名 懲罰	잘못을 했으면 당연히 처벌을 받아야 한다. 做錯事的話當然要接受懲罰。
검토하다	動 研究，檢查	시험이 끝나기 전에 시험지를 다시 한 번 검토해야 한다. 考試結束前，必須再檢查一次考卷。
대신하다	動 代替	나는 아침마다 빵으로 아침을 대신한다. 我每天早上都吃麵包當早餐。
비판하다	動 批判	경제가 안 좋을수록 사회의 모순을 비판하는 책이 많이 나온다. 經濟越不好，批判社會矛盾的書就越多。
지적하다	動 指出	선생님은 내 태도에 문제가 있다고 지적하셨다. 老師指出我的態度有問題。
마땅하다	形 合適，恰當	나쁜 일을 해서 죄를 지은 사람은 감옥에 가는 것이 마땅하다. 做了壞事的人被關進監獄是理所當然的。
안타깝다	形 可惜	이번 대회에서 일등을 하지 못한 것이 안타깝다. 很可惜這次比賽沒能拿第一。
유도하다	動 誘導，倡導	금연을 유도하기 위해 금연 광고를 하고 있다. 為了倡導禁菸，正在製作禁菸廣告。
반감을 사다	引起反感	그 남자는 교수님 앞에서 예의 없는 모습을 보이는 바람에 친구들의 반감을 샀다. 因為那個男生在教授面前沒禮貌的樣子被看到，所以引起朋友們的反感。
일리가 있다	有道理	신경을 많이 쓰면 머리카락이 하얘진다는 말은 일리가 있다. 過於傷腦筋會讓頭髮會變白的說法是有道理的。

Step 2 必考文法

A/V-기는	用於以簡單輕鬆的語氣否定對方的意見時，口語中常用作「-긴」的形式。 가: 저 사람 멋있지 않니?　不覺得那個人很帥嗎？ 나: 멋있기는 뭐가 멋있어?　哪裡帥了？
V-(으)ㄹ 뻔하다	表示差一點就發生了後面的情況，但是最終沒有發生。 길이 막혀서 약속 시간에 늦을 뻔했어요. 因為塞車，約會差點就遲到了。
A/V-더라	表示陳述自己親眼所見或親身經歷的事實。 이번 오디션에서 철수가 노래를 잘 부르더라. 這次的試鏡中，哲秀歌唱得很好。
A/V-도록	表示後面行為的目的、程度、標準等，可以與「-게」替換使用。 사람들이 지나가도록 좀 비켜 주시겠어요? 可以稍微讓開一下，讓大家可以過嗎？

Step 3 題型分析

※ [27~28] 다음을 듣고 물음에 답하십시오.

請聽以下內容，並回答問題。

題目是關於個人日常生活以及社會熱點的對話。A提出某一個社會熱門話題或者個人的煩惱、顧慮，B就此表達自己的觀點或給出意見、建議。也可以是在A1中提出對話主題，先在B1中表示同意，然後在B2中提出不看法。這時候，A1會以「-(으)ㄴ/는 것 같다, -(으)면 좋겠다」等表達方式委婉地進一步說明自己的意見。

27 여자가 남자에게 말하는 의도 고르기

選擇女生向男生說話的用意

1) 提出問題：V-아/어 봤지?, A-다면서?, V-ㄴ/는다면서?, A-다던데, V-ㄴ/는다던데

2) 誘導對方同意：A/V-아/어야 하는 거 아냐?, A/V-(으)ㄹ 수 있지, A/V-더라, A/V-았/었잖아, A/V-(으)ㄴ/는 건 아닌데

3) 提出自己的意見：A/V-(으)ㄴ/는 것 같다, A/V-(으)ㄹ 것 같은데?, A/V-(으)면 좋겠어, A/V-(으)ㄹ 걸

此類題目以A1-B1-A2-B2-A3 的對話形式給出，要求找出正確表述A的意圖的選項。A的意圖一般會在A1或A3中體現出來。A1中提出自己的煩惱或顧慮，然後在A3中給出解決方法或是自己的意見。此外，根據給出意見的種類，常會使用左方表達方式。

28 들은 내용으로 맞는 것 고르기

選擇和所聽內容相符的選項

解題時要先掌握整體內容再進行分析，用排除法先去掉與內容無關或與文章脈絡不符的選項，最後找出正確答案。由於選項中常會使用與原文中不同的表達方式進行表述，所以在平時的學習中應注意加強對相似、相近表達方式的訓練。

Step 4 考題分析

考古題

※ [27~28] 다음을 듣고 물음에 답하십시오. 각 2점

track 25

A1 여자: 또 선거 운동이야? 선거 운동을 하는 건 좋은데 꼭 저렇게 시끄럽게 해야 돼? 요즘에는 조용한 선거 유세가 늘고 있다던데.

B1 남자: 그러게. 조용히 악수를 청하는 후보자도 있고 손을 흔들며 인사하는 후보자도 있다는데 말이야.

A2 여자: 소리가 크다고 홍보가 잘되는 건 아닌데.

B2 남자: 그건 모르지. 후보들이 각자 자기를 잘 알릴 수 있는 방법을 선택하는 거니까. 뭐가 좋고 뭐가 나쁘다고는 말할 수는 없는 것 같아.

A3☆ 여자: 네 말이 맞긴 한데, 저런 식의 선거 유세는 오히려 사람들한테 반감만 살 걸.

<TOPIK 37회 듣기 [27~28]>

- 선거 운동 競選活動
- 유세 遊說
- 악수를 청하다 主動握手
- 후보자 候選人
- 흔들다 搖，晃
- 각자 各自
- 지지 支持
- 홍보 宣傳
- 살피다 分析觀察
- 건네다 搭(話)，交給
- 불쾌감 不舒服、不痛快的感覺

27 여자가 남자에게 말하는 의도를 고르십시오.

① 후보자 지지를 부탁하기 위해
② 선거 유세 방법을 비판하기 위해
③ 선거 유세 효과를 강조하기 위해
④ 다양한 홍보 방법을 확인하기 위해

※ 在A3中經常出現自己的意見
「시끄러운 선거 유세는 오히려 사람들한테 반감만 살 걸：吵鬧的選舉遊說反而會造成人們的反感」
⇒批判

女生正在向男生表述自己對選舉運動所持的否定看法。也就是說，女生正在批判競選活動的方式、方法，所以正確答案為②。

①為了拜託支持候選人
②為了批評競選活動方法
③為了強調競選活動的效果
④為了確認多樣的宣傳方法

28 들은 내용으로 맞는 것을 고르십시오.

① 선거를 할 때 유세 방법을 살펴야 한다. X
② 큰 소리로 선거 운동하는 것은 효과가 좋다. X
③ 사람들에게 악수를 건네는 선거 운동은 불쾌감을 준다. X
④ 후보자는 자신이 원하는 선거 유세 방법을 선택한다.

男生提出，候選人們會選擇例如「輕輕的握握手」或是「揮手問候」等可以宣傳自己的最佳方法來表現自己，所以正確答案是④。

①選舉的時候要觀察競選的方法。
②大聲地進行競選活動的效果很好。
③跟人們握手的競選活動會帶來不愉快感。
④候選人自己選擇要進行競選活動的方法。

範例題

※ [27~28] 다음을 듣고 물음에 답하십시오. 각 2점

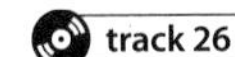

여자: 어제 그 축구 경기 봤어? 어떻게 상대편 선수의 팔을 물 수가 있어?

남자: 어, 나도 봤는데 정말 어이가 없더라. 심판이 그 광경을 봐서 다행이야. 안 그랬으면 어쩔 뻔했어. 인터넷에 온통 그 선수 얘기뿐이야.

여자: 그런 선수들은 중징계를 줘야 마땅해. 상대 선수는 얼마나 황당하고 아팠을까?

남자: 근데 경기를 하다 보면 가벼운 몸싸움은 할 수 있는 거 아냐? 가벼운 징계를 줘도 괜찮을 거 같은데.

여자: 네 말이 일리가 있긴 한데. 매번 경기에서 반칙을 하면 가볍게 처벌을 주니깐 이런 일이 계속해서 발생하는 것 같아. 이번 기회에 반칙을 하면 어떻게 되는지 확실하게 보여 줬으면 좋겠어.

- 상대편 對方
- 물다 咬，叼
- 어이가 없다 無可奈何，無言
- 심판 裁判
- 광경 光景，景象
- 중징계 重罰，嚴懲
- 황당하다 荒唐
- 몸싸움 打架
- 징계 懲戒
- 확실하다 確實，確切
- 책임을 묻다 追究責任
- 화제 話題

27 여자가 남자에게 말하는 의도를 고르십시오.

① 경기의 규정을 알기 위해
② 경기 결과를 보고하기 위해
③ 징계에 대한 책임을 묻기 위해
④ 처벌의 필요성을 강조하기 위해

女生主張對犯規的運動員應給與重罰，以示警惕，依此強調處罰的重要性。正確答案為④。

①為了知道比賽的規則
②為了報告比賽的結果
③為了追究關於懲戒的責任
④為了強調處罰的必要性

28 들은 내용으로 맞는 것을 고르십시오.

① 선수는 심판에게 중징계를 받았다.
② 반칙을 한 축구 선수가 화제가 되고 있다.
③ 어제 축구 경기에서 선수가 심판을 물었다.
④ 어제 경기에서 선수들이 반칙을 많이 했다.

透過關於犯規運動員的消息在網路上被傳得沸沸揚揚的事實，說明運動員犯規已經成為熱門話題，所以正確答案為②。

①選手被裁判下了嚴懲。
②犯規的足球選手成為了話題。
③昨天的足球比賽中，選手咬了裁判。
④昨天的足球比賽中，選手們頻繁犯規。

Step 5 實戰練習

※ [27~28] 다음을 듣고 물음에 답하십시오. 각 2점 track 27

27 여자가 남자에게 말하는 의도를 고르십시오.

① 봉사활동의 취지를 전달하기 위해
② 봉사활동의 참여를 유도하기 위해
③ 봉사활동을 헌혈로 대신하도록 하기 위해
④ 봉사활동의 제도적 문제점을 지적하기 위해

28 들은 내용으로 맞는 것을 고르십시오.

① 봉사활동 제도는 원래의 취지와 달라졌다.
② 봉사활동은 대학 입시 점수와 상관이 없다.
③ 고등학생들이 적극적으로 봉사활동을 하고 있다.
④ 고등학생들은 헌혈을 통해 봉사정신을 깨닫고 있다.

헌혈 捐血	**취지** 宗旨	**점수** 分數	**대학 입시** 大學入學考試	**편법** 偏方
자체 本身，自己	**전달하다** 傳達	**제도적** 制度性的		

29-30

Step 1 必考單字

가치관	名 價值觀	교육은 올바른 가치관을 형성하는 데 도움을 준다. 教育對於養成正確的價值觀是有幫助的。
교육적	名 教育上的	이 영화는 폭력적인 장면이 많아서 교육적으로 좋지 않다. 這部電影因為有許多暴力的場面，所以在教育面上來說不好。
금지	名 禁止	출입 금지 구역에는 들어가면 안 된다. 不能進入禁止進入區域。
사고방식	名 思維方式	사고방식의 차이로 오해가 생기기도 한다. 因為思考方式的不同，可能會產生誤會。
성장	名 成長	어렸을 때의 가정환경은 아이들의 성장에 영향을 준다. 小時候的生長環境，會對孩子們的成長造成影響。
정서적	名 情緒上，心理上	게임은 정서적인 면에서 아이들에게 좋지 않다. 遊戲對孩子的心理層面不好。
초점	名 焦點	글을 쓸 때는 주제에 초점을 맞춰야 한다. 寫文章的時候，主題必須與焦點一致。
개방시키다	動 促使開放	문화를 개방시키면 다양한 문화에 대한 이해도가 높아진다. 讓文化開放的話，對於文化的理解度也會提高。
관리하다	動 管理	어릴 때부터 돈을 관리하는 방법을 배워야 한다. 從小時候開始就要學習管理錢的方法。
교체하다	動 交替，交換	오래된 컴퓨터를 새 컴퓨터로 교체했다. 把使用很久的舊電腦換成新的。
손상되다	動 損傷，受損	파마를 많이 해서 머리가 많이 손상되었다. 因為太常燙髮了，所以頭髮受損嚴重。
수용하다	動 受用，接受	다른 사람의 의견을 수용하지 못하고 자신의 주장만 내세운다. 沒辦法接受他人的意見，只提出自己的主張。
훼손하다	動 毀損	등산을 하는 것은 좋지만 자연은 훼손하지 말아야 한다. 雖然登山很好，但不應毀損大自然。
귀중하다	形 貴重	부모님께 받은 귀중한 반지를 잃어버려서 속상했다. 弄丟了父母給的貴重戒指，覺得很難過。

Step 2 必考文法

A/V-아/어서는 안 되다	表示某種行為或狀態不被允許或被禁止，可以與「-으면 안 되다」替換使用。 시험 볼 때 다른 사람의 답안지를 봐서는 안 됩니다. 考試的時候不能看別人的答案卷。
A/V-게 마련이다	表示某事的發生是理所當然的，可以與「-기 마련이다」替換使用。 사람들은 누구나 늙게 마련이다. 人變老是理所當然的。
N(이)라면	表示被強調或被提到的對象。 한국 사람이라면 누구나 김치를 좋아하지요. 只要是韓國人都喜歡泡菜。
A/V-(으)며	表示兩種以上的形態或行為的羅列。 김치박물관에서는 김치의 역사를 배울 수 있으며 직접 만들어 볼 수도 있다. 在泡菜博物館中，不但可以學習泡菜的歷史，還可以直接動手做做看。

Step 3 題型分析

※ [29~30] 다음을 듣고 물음에 답하십시오. **請聽以下內容，並回答問題。**	這是聽專家訪談解題的題型。主持人A提出問題，B則以專業知識或是個人見解對問題進行解答。一般情況下，專家意見會在B開始的部分或者結尾部分被提出。對話題材以文化藝術、傳統歷史、教育以及醫學方面的內容居多。掌握與這些領域相關的文章中經常出現的表達方式，會對解題很有幫助。
29 남자가 누구인지 고르기 **選擇男生的身分**	此類題目要求選出男生的職業或從事工作的領域。仔細聽在採訪開始A提出的問題，就能從接下來B的回答中得知男生從事工作的領域，進而在B後面的回答中找出男生的具體職業。
30 들은 내용으로 맞는 것 고르기 **選擇和所聽內容相符的選項**	解題時要先掌握整體內容再進行分析，用排除法先去掉與內容無關或與文章脈絡不符的選項，最後找出正確答案。由於選項中常會使用與原文中不同的表達方式進行表述，能夠熟練掌握相似、相近表達方式，才能更加準確地找出正確答案。

Step 4 考題分析

考古題

※ [29~30] 다음을 듣고 물음에 답하십시오. 각 2점

track 28

여자: 문화재도 손상되면 수리가 필요할 텐데요. ☆어떤 부분에 초점을 두고 수리해야 할까요?

남자: 문화재를 수리한다고 하면 보통 뭔가 새로운 것으로 교체해야 한다고 생각합니다. 그런데 문화재 수리는 손상된 부분을 단순히 교체하는 것이 아니라 원형을 훼손시키지 않는 범위에서 재창조하는 것을 의미합니다. 이때 중요한 것은 문화재에 담긴 고유한 표현 의도를 벗어나서는 안 된다는 것이죠. 그래서 저는 그러한 의도가 제대로 드러날 때까지 반복 작업을 수없이 되풀이하곤 합니다. 그런데 무엇보다 중요한 건 귀중한 문화재가 손상되지 않게 잘 관리하고 보존하는 것입니다.

<TOPIK 37회 듣기 [29~30]>

- 문화재 文物，文化遺產
- 원형 原型
- 범위 範圍
- 재창조하다 再創造
- 담기다 蘊含，包含
- 고유하다 固有的
- 의도 意圖
- 벗어나다 擺脫，脫離
- 드러나다 顯現出
- 수없이 不計其數，無數
- 되풀이하다 翻來覆去，重複
- 보존하다 保存
- 복원하다 復原，恢復
- 발굴하다 發掘

29 남자는 누구인지 고르십시오.

① 문화재를 복원하는 사람
② 문화재를 관리하는 사람
③ 문화재를 해설하는 사람
④ 문화재를 발굴하는 사람

※ 在聽之前要透過重複的內容提前預測聽力問題類似的表達
※ 수리、교체、재창조 ⇒ 복원

透過女生的問題可以得知男生從事的是與文化遺產相關的工作。男生的答話中提到了「修繕、替換、再造、重複作業」等關鍵字，由此可以推斷出，男生是從事文物復原工作，所以正確答案為①。

①復原文化遺產的人
②管理文化遺產的人
③解說文化遺產的人
④發掘文化遺產的人

30 들은 내용으로 맞는 것을 고르십시오.

① 문화재 수리는 작가에게 책임이 있다.
② 문화재 수리는 반복되는 교체 작업이다.
③ 문화재 수리는 원형을 훼손하지 않아야 한다.
④ 문화재 수리는 손상되지 않게 관리하는 것이다.

文物修繕不是替換的過程，而是在不損壞文物的基礎上對文物進行再創造，所以正確答案為③。

①修復文化遺產是作者的責任。
②修復文化遺產是反覆的替換過程。
③修復文化遺產必須不毀損原型。
④修復文化遺產是使其不致毀損的管理。

範例題

※ [29~30] 다음을 듣고 물음에 답하십시오. 각 2점

track 29

> 여자: 요즘 중, 고등학교에서 시행되고 있는 체벌 금지 제도에 대한 찬반 논란이 뜨거운데요. 이에 대해 어떻게 생각하십니까?
>
> 남자: 체벌은 아이들의 교육과 성장에 영향을 주게 마련입니다. 체벌이 아이에게 정서적, 교육적으로 부정적인 영향을 준다는 의견에 저도 동의합니다. 하지만 현실적으로 가치관이 형성되지 않아 판단 능력이 부족한 아이들에게 책임감을 가르치는 데에 다른 대안이 없는 것도 사실입니다. 체벌이 아이들에게 교육면에서 긍정적인 효과가 있다는 조사 결과도 있습니다. 따라서 저는 부모나 교사가 믿음과 애정을 가지고 최소한의 체벌을 하는 것은 교육적으로도 필요하다고 생각합니다.

- 체벌 금지 제도 禁止體罰制度
- 찬반 贊成和反對
- 논란이 뜨겁다 爭論熱烈
- 동의하다 同意
- 현실적 現實上的
- 형성되다 形成
- 판단 判斷
- 책임감 責任感
- 대안 對策，方案
- 믿음 信任
- 애정 愛情，情感
- 최소한 最少的
- 진로 前途，未來發展方向
- 상담가 諮商師
- 바탕 基礎
- 허용하다 容許，許可

29 남자는 누구인지 고르십시오.

① 진로 상담가　　② 교육 전문가
③ 정부 관계자　　④ 학부모 대표

對話中針對體罰在教育上，(孩子的)心裡上會產生怎樣的效果，透過列舉調查結果的方式進行了專業的分析，所以正確答案為②。

①未來發展諮商師
②教育專家
③政府相關人員
④家長代表

30 들은 내용으로 맞는 것을 고르십시오.

① 부모와 교사는 체벌 금지 제도를 찬성한다.
② 애정이 바탕이 된 체벌도 허용해서는 안 된다.
③ 효과적인 교육을 위해 때로는 체벌도 필요하다.
④ 체벌은 아이들의 가치관 형성에 도움이 되지 않는다.

男生認為，父母或者教師以信任和疼愛為基礎實施的體罰行為，在某種意義上也是具有正面的效果。所以正確答案為③。

① 父母及教師贊成禁止體罰制度。
② 以疼愛為基的體罰也不被允許。
③ 為了有效的教育，偶爾也需要體罰。
④ 體罰對形成孩子的價值觀沒有幫助。

Step 5 實戰練習

※ [29~30] 다음을 듣고 물음에 답하십시오. 각 2점  track 30

29 남자는 누구인지 고르십시오.

① 대중문화 창작가　　② 문화 정책 연구가
③ 청소년 상담 전문가　　④ 문화체육관광부 장관

30 들은 내용으로 맞는 것을 고르십시오.

① 사회 혼란을 일으키는 문화 개방을 중지해야 한다.
② 우리에게 어울리는 문화를 스스로 개발하도록 해야 한다.
③ 문화의 개방은 청소년들에게 긍정적인 영향을 주기도 한다.
④ 전통적 사고방식은 청소년들의 성장에 도움이 되지 않는다.

무분별하다 盲目，荒唐		**문화 개방** 文化開放	**유지하다** 維持，保持	**혼란** 混亂
야기하다 導致	**당장** 當場，立刻	**중지하다** 終止	**무조건** 無條件的，必須	**견해** 見解
폭넓다 廣泛，寬泛	**시각** 時刻，視覺	**글로벌 시대** 國際化時代	**정체되다** 停滯	**정서** 情緒，心理
선별하다 篩選	**창작가** 創作者	**정책** 政策	**장관** 長官	

31-32

Step 1 必考單字

고충	名 苦衷	고충 센터는 사람들의 고민을 들어 주는 곳이다. 煩惱中心是聽取人們苦惱的地方。
근본적	名 根本上的	근본적인 문제를 해결하지 않으면 문제는 또 발생할 것이다. 如果不解決根本上的問題，相同的問題只會再次發生。
기존	名 現有的	이사하면서 기존에 사용하던 전자제품을 모두 버렸다. 搬家的時候，把原本使用的家電用品都丟了。
대안	名 對策	이 문제를 해결할 다른 대안이 없다. 沒有解決這個問題的其他方法。
편의 시설	名 便利設施	집 주변에는 도서관, 은행, 병원 등의 편의 시설이 많다. 家附近有圖書館、銀行、醫院等眾多便利設施。
혜택	名 優惠	아이를 많이 낳을수록 정부에서 주는 해택도 커진다. 孩子生得越多，政府給的補助就越多。
효율	名 效率	사무실의 환경을 변화시켜 일의 효율을 높이기 위해 노력하고 있다. 為了改變工作環境、使工作的效率提高而正在努力。
동의하다	動 同意	저도 사장님의 의견과 같으므로 동의합니다. 我的意見跟總經理相同，所以我同意。
분석하다	動 分析	교통사고의 원인을 분석한 자료가 있다. 有分析交通事故原因的資料。
설득시키다	動 勸說	유학을 반대하는 부모님을 어렵게 설득시켜서 유학을 오게 되었다. 好不容易說服了反對我出國唸書的父母，才終於來留學。
유지하다	動 維持，保持	몸무게를 일정하게 유지하기 위해서 항상 운동을 한다. 為了保持一定的體重經常做運動。
존중하다	動 尊重	다른 사람의 의견을 존중해야 좋은 리더가 될 수 있다. 必須要尊重其他人的意見，才能成為一位好的領導者。
지지하다	動 支持	정부의 정책에 반대하는 사람이 있는 반면 지지하는 사람도 많다. 有人反對政府的政策，相反地，也有許多人支持。

Step 2 必考文法

A/V-(으)ㄹ 게 뻔하다	表示推測某種情況的發生是理所當然的。 공부를 안 했으니 대학에 떨어질 게 뻔하다. 因為沒有讀書，所以考不上大學是當然的。
N마저	表示狀態的疊加或包含，相當於中文的「連……也都……」，可以與「까지」替換使用。 겨울이라서 날씨도 추운데 바람마저 불어 더 춥다. 因為是冬天，原本就很冷了，加上起風就更冷了。
N(으)로 인해	表示某種情況出現的理由、原因。 지진으로 인해 많은 인명 피해가 발생했다. 地震造成了很多死傷。

Step 3 題型分析

※ [31~32] 다음을 듣고 물음에 답하십시오.
請聽以下內容，並回答問題。

題目是關於已經成為社會問題的熱門話題，或是以日常生活中的瑣事為主題展開的討論或辯論。有的是單方發表意見的形式，也有的是就各自持有的不同觀點進行討論。

31 남자의 생각으로 맞는 것 고르기
選擇符合男生想法的選項

此類題目主要以 A1-B1-A2-B2的對話形式給出，要求從對話中找出男生的中心思想。A1中提出討論的主題或個人觀點，接著B1提出與A1相反的意見或是自己的看法。一般情況下，男生的觀點會在B2中進一步明確說明，所以要集中精力，仔細聽這部分內容。

32 남자의 태도로 맞는 것 고르기
選擇符合男生態度的選項

1) 如何：
객관적인 자료를 통해, 구체적인 사례를 들어, 근거를 들어, 비교를 통해, 상대방의 의견을 존중하며

2) 做什麼：
동조를 구하다, 의견을 수용하다, 의견을 지지하다, 주장을 반박하다, 주제를 설명하다, 일어날 일을 전망하다, 차이점을 드러내다, 책임을 묻다, 타협점을 찾다, 해결책을 제시하다

此類題目會針對B（男生）說話的態度提出問題。從男生說話的語氣中可以判斷出男生的態度。因此，要注意提出個人見解時常用的表達方式，例如「음..., -(으)ㄴ/는데요, -다고 봅니다, -지 않을까요?」等句型，以及說話的語氣。選項中經常出現的表達方式整理如左，熟記有助加快解題。

Step 4 考題分析

考古題

※ [31~32] 다음을 듣고 물음에 답하십시오. 각 2점

track 31

A1 여자: 실업 문제에 대한 여러 가지 대안들을 말씀해 주셨는데요. 시간제 일자리를 늘리는 게 지금으로서는 최선이라고 생각합니다.

B1 남자: (부드러운 반박 톤으로)☆ 네, 물론 시간제 일자리를 늘리는 게 당장은 효과가 있겠지만 근본적인 문제를 해결하기는 어렵다고 봅니다. 오히려 더 큰 문제를 가져올 수도 있고요.

A2 여자: 어떤 문제가 생길 수 있는지 구체적으로 말씀해 주시겠습니까?

B2 남자: 시간제 일자리를 늘리면 그만큼 신규 채용의 폭은 줄어들 수밖에 없습니다. 그렇게 되면 정규직을 원하는 사람들에겐 오히려 취업문이 좁아져 실업 문제가 더 심각해질 수도 있습니다.

<TOPIK 37회 듣기 [31~32]>

- 실업 失業
- 시간제 일자리 時薪制工作機會
- 최선 最好的
- 신규 채용 招募
- 폭 範圍，幅度
- 정규직 正職員工
- 취업문이 좁아지다 就業變困難
- 방안 方案
- 확대 擴大
- 사례 實例
- 주장하다 主張
- 반박하다 反駁
- 심각해지다 變嚴重

31 남자의 생각으로 맞는 것을 고르십시오.

① 정규직을 늘리면 실업 문제를 해결하기 어렵다.
② 신규 채용의 폭을 줄여 실업 문제를 해결할 수 있다.
③ 시간제 일자리는 실업 문제를 해결하는 최선의 방안이다.
④ 시간제 일자리 확대는 정규직 취업 기회를 감소시킬 수 있다.

※ B2中多次出現自己的意見

男生認為，「時薪制工作」的大幅增加，勢必會減少正職工作的就業機會，這樣會加劇失業率上升的現況，所以正確答案為④。

①增加正職的話，難解決失業問題。
②招募幅度減少，能解決失業問題。
③時薪制工作機會是解決失業問題最好的方法。
④時薪制工作機會增加，可能會造成正職的就業機會減少。

32 남자의 태도로 맞는 것을 고르십시오.

① 구체적인 사례를 들어 주제를 설명하고 있다.
② 객관적인 자료를 통해 자신의 의견을 주장하고 있다.
③ 근거를 들어 상대방의 주장을 부드럽게 반박하고 있다.
④ 상황을 객관적으로 분석하며 상대방 의견을 지지하고 있다.

雖然男生用「-다고 봅니다」的相對委婉的表達方式，表現出自己柔和的態度，但是在後文中提出了時薪制工作機會的增加會使正職工作機會降低，反駁了女生的觀點，所以正確答案為③。

①舉出具體的例子說明其主題。
②透過客觀的資料主張自己的意見。
③提出證據委婉地反駁對方的主張。
④客觀地分析狀況以支持對方的意見。

範例題

※ [31~32] 다음을 듣고 물음에 답하십시오.

각 2점 track 32

여자: 회사 안에 흡연자들을 위한 공간을 따로 만들자는 의견에 찬성할 수 없습니다. 더구나 기존의 휴게실을 없애고 거기에 흡연실을 만들자는 의견은 정말 이해가 안 됩니다.

남자: (부드러운 반박 톤으로) 저는 회사 안에 흡연실을 만들자는 의견에는 찬성합니다만, 휴게실을 없애자는 의견에는 동의하기가 어렵습니다. 그렇다면 휴게실을 나누어 흡연실을 만드는 건 어떨까요?

여자: 휴식을 위한 공간을 나눠서 흡연실을 만들자고요? 그렇게 된다면 담배 연기 때문에 비흡연자들은 마음 놓고 쉬지 못할 게 뻔합니다.

남자: 휴게실이나 흡연실 모두 사원들을 위한 공간이고 이를 통해 업무 효율을 높이는 것이 목표입니다. 흡연실에 환기 시설을 잘 만든다면 그런 상황은 생기지 않을 겁니다. 흡연자들의 고충을 생각해서 다시 한 번 생각해 주실 수는 없으신지요?

- 흡연자 吸菸者
- 공간 空間
- 따로 另外，單獨
- 더구나 尤其，再加上
- 흡연실 吸菸室
- 나누다 分享
- 연기 煙
- 비흡연자 非吸菸者
- 마음(을) 놓다 放心，安心
- 목표 目標
- 환기 시설 換氣設施
- 권리 權利
- 늘리다 使增加，使發展
- 전망하다 展望
- 타협안 妥協方案
- 제시하다 提出

31 남자의 생각으로 맞는 것을 고르십시오.

① 흡연자들의 권리를 위한 흡연 공간도 필요하다.
② 비흡연자들을 위한 공간을 따로 만들어야 한다.
③ 업무 효율을 높이기 위해 휴게실을 늘려야 한다.
④ 흡연자들을 위해 기존의 휴게실을 그대로 유지해야 한다.

男生認為，吸菸者也是公司的一員，為了維護他們應當享有的權利，公司應該設立吸菸室，所以正確答案為①。

①為了吸菸者的權利，需要吸菸區。
②為了不吸菸者，必須另設空間。
③為提升工作效率，要增加休息室。
④為了吸菸者，應該留有原本的休息室。

32 남자의 태도로 맞는 것을 고르십시오.

① 구체적인 사례를 들어 필요성을 강조하고 있다.
② 근거를 통해 자기의 의견을 강하게 주장하고 있다.
③ 객관적인 자료를 통해 앞으로의 일을 전망하고 있다.
④ 상대방의 의견에 존중하면서 타협안을 제시하고 있다.

雖然男生主張設立吸菸室，但又在同意保留休息室的同時，提出了設立帶有通風設備的吸菸室的妥協方案，所以正確答案為④。

①舉出具體的例子強調必要性。
②透過證據強力主張自己的意見。
③透過客觀的資料預期未來的事。
④尊重對方意見，也提出妥協方案。

Step 5 實戰練習

※ [31~32] 다음을 듣고 물음에 답하십시오. 각 2점 track 33

31 남자의 생각으로 맞는 것을 고르십시오.

① 쓰레기장 설치가 집값에 영향을 미칠 것이다.
② 쓰레기장 설치를 위해 이 지역이 희생해야 한다.
③ 쓰레기장 설치는 지역 주민들에게 혜택이 될 것이다.
④ 쓰레기장 설치로 인해 각종 공해와 오염이 발생될 것이다.

32 남자의 태도로 맞는 것을 고르십시오.

① 객관적인 자료를 근거로 제시하면서 반박하고 있다.
② 문제점을 분석하면서 상대방의 의견에 책임을 묻고 있다.
③ 상대방의 의견을 반박하면서 자신의 주장을 강조하고 있다.
④ 조심스럽게 문제의 대안을 제시하면서 상대방을 설득시키고 있다.

쓰레기장 垃圾場	**설치하다** 設置	**주거 지역** 住宅區	**개선시키다** 改善	**각종** 各種	**세워지다** 樹立
악취 惡臭	**공해** 公害	**해결책** 解決方案	**완벽히** 完美地	**마련하다** 準備	
확충 擴充	**세금 감면** 稅金減免	**예산** 預算	**확보하다** 確保	**희생하다** 犧牲	**조심스럽다** 小心翼翼

33-34

Step 1 必考單字

가능성	名 可能性	이번 일은 실현 가능성이 적다. 這次事情的實現可能性很小。
성공	名 成功	성공만을 추구하다가는 작은 행복을 놓칠 수 있다. 若一心只追求成功，可能會因此錯過小幸福。
시기	名 時期	지금은 그런 말을 할 시기가 아니다. 現在不是說那種話的時候。
실패	名 失敗	누구나 한 번쯤은 실패를 한다. 任誰都有可能失敗一次。
인맥	名 人脈	인맥 없이 능력만으로 사장이 되었다. 他不靠人脈，靠自己的能力成為了老闆。
한계	名 限制，侷限性	그는 자기 능력의 한계를 넘어 한 단계 더 성장했다. 他超越了自己能力的侷限，更往前成長了一步。
공유하다	動 共有，分享	우리 팀원들은 서로 정보를 공유하고 있다. 我們隊員們互享共享資訊。
교류하다	動 交流	동양과 서양은 서로 교류하면서 발전했다. 東洋和西洋不斷地交流和發展。
발휘하다	動 發揮	자기가 가지고 있는 실력을 최대한 발휘해야 한다. 必須將自己的能力發揮至極致。
보살피다	動 照顧，照看	그 아이는 어린 나이에도 불구하고 동생들을 잘 보살핀다. 那個小孩儘管年紀小，卻將弟妹們照顧得很好。
소외되다	動 疏遠，被冷落	국가에서는 소외된 계층에 생활비를 지원해 주고 있다. 國家給予被疏遠的族群生活費上的支援。
형성하다	動 形成	청소년기는 인격을 형성하는 데 중요한 시기이다. 青少年時期正是形成人格的重要時期。
사소하다	形 區區，很小的	친구하고 사소한 일로 다투고 나니 기분이 안 좋다. 因為和朋友為小事吵架，所以心情不太好。

Step 2 必考文法

A-(으)ㄴ가 하면 V-는가 하면	表示前面出現的情況與後面的情況相反。 어떤 학생은 열심히 공부하는가 하면 어떤 학생은 매일 잠만 잔다. 有些學生讀書認真，也有些學生每天只睡覺。
A/V-(으)면 몰라도	假設前方的情況，若是前方情況得到實現或滿足也許有可能性，但當無法實現，就會出現如同後方的結果。相當於「如果…也就算了，但……」。 부모님이 도와주시면 몰라도 저 혼자 일해서 집 사기는 어려울 거예요. 如果有父母的幫忙就不一定了，但我一個工作要買房子是有困難的。
N만 못하다	表示不如前面提到的內容。「만」為比較的標準，可以和「보다」替換使用。 지금 생활이 예전만 못하다. 現在的生活不如從前。
A-(은)ㄴ 반면에 V-는 반면에	表示前面的內容與後面的內容相反。 그는 운동은 잘하는 반면에 공부에는 흥미가 없다. 他很會運動，但對讀書沒有興趣。

Step 3 題型分析

※ [33~34] 다음을 듣고 물음에 답하십시오.
請聽以下內容，並回答問題。

題目用分析、比喻等方法對一般性的常識或者現象進行說明，從中總結教訓。掌握關於人文社會、科學、現象和心理方面的表達方式，會對解題很有幫助。

33 무엇에 대한 내용인지 맞는 것 고르기
選擇與內容相關的選項

一般說話者會在開頭部分對主題以及相關背景進行介紹。在中間部分針對主題提出問題。透過問題可以掌握全文的核心內容。最後用自己的話對全文內容進行整理。選項中經常出現的單字有「과정（過程），대책（對策），방안（方案），시기（時期），영향（影響），예방법(預防方法)，원인（原因），유형（類型），중요성（重要性），해결책（解決方法），한계（侷限性），해소（緩解）」等。掌握這些單字會對解題很有幫助。

34 들은 내용으로 맞는 것 고르기
依據所聽內容選擇正確的選項

解題時要先掌握整體內容再進行分析，用排除法先去掉與內容無關或與文章脈絡不符的選項，最後找出正確答案。由於選項中常會使用與原文中不同的表達方式進行表述，能夠熟練掌握相似、相近表達方式，才能更加準確地找出正確答案。

Step 4 考題分析

考古題

※ [33~34] 다음을 듣고 물음에 답하십시오. 각 2점

track 34

여자: 여러분, 물이 끓는 과정을 한번 생각해 볼까요? 물은 끓기 전까지는 변화가 없죠. 99도까지는 에너지를 품고 있다가 99도에서 100도가 되는 순간에 에너지를 내며 끓기 시작합니다. 바로 그 순간이 없다면 변화는 기대하기 힘들게 되는 거죠. 우리의 인생도 마찬가지 아닐까요? 저와 여러분의 인생은 ☆성공과 실패의 가능성을 모두 가지고 있습니다. 하지만 변화가 일어날 수 있는 마지막 그 순간에 결정적인 힘을 발휘하는 사람은 성공을, 그렇지 못한 사람은 실패를 맛보게 되는 거죠. 여러분, 1%의 힘을 발휘하는 연습을 해 보십시오. 성공은 여러분의 것입니다.

<TOPIK 37회 듣기 [33~34]>

- 끓다 煮沸，沸騰
- 변화 變化
- 에너지(energy) 能量
- 품다 懷抱，藏
- 순간 瞬間
- 기대하다 期待
- 마찬가지 一樣，相同
- 결정적 決定性的
- 맛보다 品嘗味道
- 성장하다 成長，生長
- 단계 階段

33 무엇에 대한 내용인지 맞는 것을 고르십시오.

① 성공과 실패가 결정되는 시기
② 인생을 배우며 성장하는 과정
③ 결과보다 과정이 중요한 이유
④ 실패가 가져오는 긍정적 변화

※ 前面部分提出了與主題相關的背景（水沸騰的過程）
中間部分提出中心思想（人生的成功及失敗）

女生用燒開水的過程和人生的成敗作比較。就像燒開水時，從99°升至到100°的過程中，直到最後的關鍵時刻，也要堅持不懈地努力才能獲得成功。也就是說，全文主要是圍繞成功和失敗的時機展開的，所以正確答案為①。

①決定成功及失敗的時機
②學習人生並成長的過程
③過程比起結果更為重要的理由
④失敗所帶來的正向變化

34 들은 내용으로 맞는 것을 고르십시오.

① 물은 끓는 순간에도 에너지를 품고 있다.
② 성공과 실패는 변화의 정도에 달려 있다.
③ 시작 단계에서부터 성공을 준비해야 한다.
④ 결정적인 순간에 힘을 발휘하면 성공한다.

成功還是失敗就在最後那僅占整個過程1%的那一瞬間。試著訓練自己在最後的關鍵時刻發揮力量就能夠獲得成功，所以正確答案為④。

①水在沸騰的瞬間也還保有能量。
②成功和失敗決定於變化的程度。
③從開始的階段就要準備成功。
④在決定性的瞬間發揮力量就會成功。

範例題

※ [33~34] 다음을 듣고 물음에 답하십시오. 각 2점

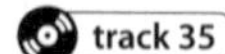

여자: 요즘은 옛날과 달리 전화나 이메일 대신에 SNS에서 서로의 안부를 묻기도 하고 정보를 공유하기도 합니다. 그렇다면 SNS로 인해 사람들의 관계가 더 좋아졌을까요? 물론, 사람들은 편리해진 인터넷 환경 덕분에 시간과 공간에 제약받지 않고 SNS로 많은 사람들과 다양한 인맥을 형성할 수 있습니다. 이처럼 SNS는 인간관계 유지에 많은 도움을 주고 있는 건 사실입니다. 그러나 SNS가 사람들의 관계에 긍정적인 영향을 주는가 하면 오히려 사회로부터 소외시키기도 합니다. 또한, 사소한 오해로 인해 미움을 받거나 무시를 당할 수도 있습니다. 따라서 SNS를 효과적으로 이용하면 몰라도 그렇지 않다면 차라리 하지 않는 것만 못하다는 생각이 듭니다.

- SNS(social networking service) 社會性網路服務
- 안부를 묻다 問候，問好
- 제약받다 受到制約
- 인간관계 人際關係
- 오해 誤會
- 미움 仇恨
- 무시를 당하다 被忽視，被無視
- 효과적 有效果的
- 차라리 乾脆，不如
- 대중화 大眾化
- 기술력 技術力
- 일정하다 固定，一定的

33 무엇에 대한 내용인지 맞는 것을 고르십시오.

① SNS의 대중화로 인한 문제점
② SNS가 인간관계에 미치는 영향
③ SNS가 가지고 있는 기술력의 한계
④ SNS가 사회로부터 소외받지 않는 방법

女生先提出了「SNS」是否能真的讓人們的關係變地更加緊密的疑問，然後就SNS給人及交往帶來的正向影響和負面影響分別進行了闡述，所以正確答案為②。

① 社群網路大眾化的問題點
② 社群網路對人際關係造成的影響
③ 社群網路本身的技術層面侷限
④ 社群網路不被社會孤立的方法

34 들은 내용으로 맞는 것을 고르십시오.

① 많은 사람들이 SNS를 효과적으로 이용하고 있다.
② SNS는 사람들에게 부정적인 영향을 끼치지 않는다.
③ 사람들은 SNS를 통해서 다양한 인맥을 유지할 수 있다.
④ SNS는 일정한 시간과 장소에서 사람들과 교류하는 것이다.

SNS在影響人際關係的方面具有雙面性，正向的影響就在於有助於人際關係的維持，所以正確答案為③。

① 很多人都很有效地使用社群網路。
② 社群網路不會對人們造成負面影響。
③ 人們透過社群網路維持多樣的人脈。
④ 社群網路是在一定時間及場所和人們交流的地方。

Step 5 實戰練習

※ [33~34] 다음을 듣고 물음에 답하십시오. 각 2점 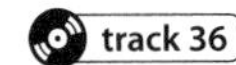

33 무엇에 대한 내용인지 맞는 것을 고르십시오.

① 아내와 남편의 역할 변화로 인한 결과
② 현대 사회의 남녀 지위와 역할의 한계
③ 현대 사회의 남녀 차별의 현실과 문제점
④ 남성과 여성의 지위와 역할에 대한 인식의 변화

34 들은 내용으로 맞는 것을 고르십시오.

① 예나 지금이나 아버지는 가장으로 권위가 없다.
② 사회가 변해도 사람들의 인식은 쉽게 바뀌지 않는다.
③ 과거의 아버지들은 경제적, 정신적으로 가정을 보살폈다.
④ 문화가 개방됨에 따라 지위에 상관없이 이에 대한 책임도 커졌다.

무능력하다 無能	**인식** 認知，認識	**전통적** 傳統的	**남편상** 適合做丈夫的人選		**가장** 家長
경제적 經濟上的	**정신적** 精神上的	**이끌다** 指引，領導	**가부장적** 家長的	**권위의식** 權威意識	**사라지다** 消失
동등하다 同等	**경쟁하다** 競爭	**흔히** 經常，常見的	**남녀노소** 男女老少	**지위** 地位	**역할** 作用
차별 差別					

35-36

Step 1 必考單字

개발	名 開發	우리 회사는 새로운 제품을 개발 중이다. 我們公司正在開發新產品。
신념	名 信念	신념이 강한 사람은 어떤 유혹에도 흔들리지 않는다. 信念堅強的人不管面臨何種誘惑都不會動搖。
제작	名 製作	휴대 전화를 이용한 영화 제작이 유행이다. 利用手機製作的電影很流行。
거듭나다	動 新生，重生	부산은 국제 영화제를 통해 국제적인 도시로 거듭나고 있다. 釜山透過國際電影節，以國際性的城市之姿誕生。
나아가다	動 往前走，前進	앞으로 더 나아가기 위해서는 우선 이 문제를 해결해야 한다. 為了將來能繼續向前，首先必須先解決這個問題。
되돌아보다	動 回顧	지난 과거를 되돌아보니 많은 아쉬움이 남는다. 回顧從前有好多可惜之處。
시달리다	動 受折磨	밤새도록 불면증에 시달렸더니 오늘 하루가 너무 힘들다. 一整晚受到失眠的折磨，今天一天更累了。
전시하다	動 展示	이곳에서는 유명한 화가의 작품을 전시하고 있다. 在這裡正展出知名畫家的作品。
중시하다	動 重視	자신의 건강을 중시하는 현대인들은 건강식품에 관심이 많다. 重視自我健康的現代人，對保健食品很有興趣。
판단하다	動 判斷	위기 상황에서는 정확하게 판단할 수 있어야 한다. 身處危機情況時，必須要能正確地下判斷。
향하다	動 向著，朝著	우리 모두 미래를 향해서 앞으로 나아갑시다. 我們朝未來向前吧。
후원하다	動 後援，支持	이 사진 전시회는 각 방송사에서 후원한다. 這個相片展由各個電視台支援。
눈부시다	形 耀眼	한국은 50년 만에 눈부신 경제 성장을 이루었다. 韓國在短短50年達成了耀眼的經濟成長。
최선을 다하다	竭盡全力	우리는 이번 경기에서 최선을 다해 반드시 이기겠습니다. 我們會在此次比賽中竭盡全力取得勝利。

Step 2 必考文法

V-다시피	用於列舉與聽話者感覺到（看到、聽到、知道）的一樣的情況時。 모두 아시다시피 내일은 휴일이라서 수업이 없습니다. 如同各位所知道的，因為明天是休假，所以不用上課。
A/V-(으)나	用於出現與前面情況相反的情況時，可與「-지만」替換使用。 운동은 건강에 좋으나 많은 시간을 필요로 한다. 運動雖然對健康很好，卻也需要花費時間。
V-고자	表示做某種行為的意圖或目的。 사건의 진실을 밝히고자 이 자리에 섰습니다. 我在這裡是為了揭發事情的真相。

Step 3 題型分析

※ [35~36] 다음을 듣고 물음에 답하십시오.

請聽以下內容，並回答問題。

題目內容主要包括圖書館或博物館中播放的問候語、使用指南，或大型活動開始前介紹活動主旨和舉行活動的意義的開幕詞。

35 남자가 무엇을 하고 있는지 고르기

選擇男生正在做的事情

※ 常用表達：

결과를 보고하다, 목표를 밝히다, 사업 내용을 분석하다, 의견을 조사하다, 의의를 밝히다, 중요성을 알리다, 축하하다, 취지를 설명하다, 필요성을 강조하다, 현황을 파악하다

題目要求選出正確描述題目內容的選項。例如畢業典禮祝詞中會介紹祝賀的對象，如果是開館祝詞則要說明設立該機構的主旨，掌握左方表達方式對解題很有幫助。

36 들은 내용으로 맞는 것 고르기

依據所聽內容選擇正確的選項

解題時要先掌握整體內容再進行分析，用排除法先去掉與內容無關或與文章脈絡不符的選項，最後找出正確答案。由於選項中常會使用與原文中不同的表達方式進行表述，能夠熟練掌握相似、相近表達方式，才能更加準確地找出正確答案。

Step 4 考題分析

考古題

※ [35~36] 다음을 듣고 물음에 답하십시오. 각 2점

track 37

남자: 우리 기업과 이 방송 프로그램이 인연을 맺은 지 벌써 40년이 되었군요. 40년 전, 이 방송 프로그램의 제작 비용을 전액 후원하게 된 것은 인재 양성이라는 기업의 신념을 실천하기 위해서였습니다. 광고를 통한 기업의 홍보 효과보다 인재를 후원하는 것이 더 필요하다고 판단했기 때문입니다. 특히 이 후원 활동은 우리 기업의 첫 사회 공헌 활동이었다는 점에서도 의미가 깊다고 생각합니다. 앞으로도 지원을 아끼지 않겠습니다.

<TOPIK 37회 듣기 [35~36]>

- 인연을 맺다 相識，結緣
- 전액 全額
- 인재 人才
- 양성 培養，養成
- 신념 信念
- 홍보 효과 宣傳效果
- 공헌 貢獻
- 의미가 깊다 意義深遠
- 지원 支持，支援
- 파악하다 掌握
- 다루다 處理，對待
- 부담하다 擔負，負責

35 남자는 무엇을 하고 있는지 고르십시오.

① 방송 후원에 담긴 신념을 설명하고 있다.
② 방송 후원에 대한 의견을 조사하고 있다.
③ 방송 후원에 관련된 자료를 분석하고 있다.
④ 방송 후원에 필요한 비용을 파악하고 있다.

※ 在聽之前要透過重複的單字提前預測內容

男生指出，企業以培養人才為理念是他在40年裡一直贊助這個節目的原因。由此可以判斷出正確答案為①。

①說明支援電視節目所蘊含的信念。
②調查關於支援電視節目的意見。
③分析和支援電視節目有關的資料。
④掌握支援電視節目所需的費用。

36 들은 내용으로 맞는 것을 고르십시오.

① 이 기업은 방송을 통한 홍보를 중시한다.
② 이 방송은 사회 공헌에 관한 내용을 다룬다.
③ 이 기업은 프로그램 제작 비용을 부담한다.
④ 이 방송은 후원 기업을 위한 광고를 만들었다.

※ 類似的表達

제작 비용을 전액 후원, 지원
⇒ 제작 비용을 부담

男生說企業在40年裡一直支援這個節目的所有費用。在結尾部分也表示將繼續毫無保留地幫助節目，所以正確答案為③。

①這個企業重視節目的宣傳效果。
②這個節目的內容和社會貢獻有關。
③這個企業負擔節目的製作費。
④這個節目為提供支援的企業製作了廣告。

範例題

※ [35~36] 다음을 듣고 물음에 답하십시오. 각 2점

track 38

남자: 이렇게 뜻깊은 자리에 많은 분들을 모시고 '서울의 어제와 오늘' 전시실 개관을 알리게 되어 영광입니다. 여러분도 아시다시피 서울은 눈부신 성장을 해 왔습니다. 이렇게 빠른 성장을 이루게 된 원동력은 무엇인지 과거의 모습을 되돌아보면서 찾아보는 것도 큰 재미가 될 것 같습니다. 현재 서울은 인구 천만이 넘는 국제적인 도시로 거듭나고 있습니다. 한국의 정치, 경제, 문화의 중심지인 서울의 발전된 모습을 한눈에 볼 수 있습니다. 또한, 시대별로 변화된 모습을 사진이나 동영상과 함께 전시해 놓았습니다. 앞으로 시민들과 청소년들의 많은 이용 바랍니다.

- 뜻깊다 意義深遠
- 개관(되다) 開館
- 영광 光榮，榮幸
- 원동력 原動力
- 중심지 中心地帶
- 한눈에 보다 一覽無餘
- 시대별 各時代的
- 의의 意義
- 밝히다 明確，提出
- 구체적 具體的
- 곳곳 處處
- 입장하다 入場

35 남자는 무엇을 하고 있는지 고르십시오.

① 서울의 역사에 대한 전시의 의의를 밝히고 있다.
② 발전된 서울의 역사를 구체적으로 설명하고 있다.
③ 서울 곳곳에 전시실이 개관되는 것을 알리고 있다.
④ 변화된 서울의 모습에 대해서 문제점을 제시하고 있다.

博物館裡新開設了以「首爾的昨天與今天」為主題的展覽，男生正在為此致開館祝賀詞。男生對展示首爾的昨天和今天的重要意義進行了說明，所以正確答案為①。

①闡明關於首爾歷史的展覽意義。
②具體說明首爾的發展歷史。
③告知在首爾各處皆有開放展覽室。
④提出關於發展後的首爾面貌的問題。

36 들은 내용으로 맞는 것을 고르십시오.

① 어린이나 청소년들은 전시실에 무료로 입장할 수 있다.
② 이 전시실에서 서울의 과거와 현재의 모습을 볼 수 있다.
③ 이 전시실에서 서울의 미래 모습을 동영상으로 볼 수 있다.
④ 한국이 빠른 성장을 할 수 있었던 것은 모두 청소년 때문이다.

這間展廳裡展示了首爾從過去到現在各個時期的發展過程，因此到處都可以看到過去的首爾和現在的首爾的樣子，所以正確答案為②。

①小朋友和青少年能免費進場。
②這個展覽室中能看到首爾的過去與現在的樣貌。
③在這個展覽室中能透過影像觀看首爾的未來樣貌。
④韓國之所以能快速發展，都是因為青少年的緣故。

Step 5 實戰練習

※ [35~36] 다음을 듣고 물음에 답하십시오. 각 2점 track 39

35 남자는 무엇을 하고 있는지 고르십시오.

① 요즘 청소년들의 문제점을 지적하고 있다.
② 세미나에 참석한 청소년들을 격려하고 있다.
③ 불우한 청소년들을 위한 후원자를 모집하고 있다.
④ 청소년들을 위한 복지 프로그램 개발을 부탁하고 있다.

36 들은 내용으로 맞는 것을 고르십시오.

① 지금은 청소년을 위한 기념식을 하고 있다.
② 이곳에는 청소년 관련 전문가들이 모여 있다.
③ 문제가 있는 청소년들에게만 혜택을 줄 것이다.
④ 청소년들의 학교 폭력은 갈수록 심해지고 있다.

세미나 會議，會談	**복지** 福利	**여전히** 仍然，依舊	**폭력** 暴力	**불우하다** 不幸	**가정환경** 家庭環境
주어지다 具備，賦予		**체계적** 體系上的	**꿈을 키우다** 培養夢想		**격려하다** 鼓勵
기념식 紀念典禮					

37-38

Step 1 必考單字

가치	名 價值	인생은 한 번뿐이니 가치 있는 삶을 살아야 한다. 人生只有一次，必須要活得有價值。
승부	名 勝負	두 팀의 실력이 비슷해서 승부가 쉽게 나지 않을 것 같다. 兩隊的實力相當，似乎很難輕鬆分出勝負。
요령	名 要領，竅門	자전거는 타는 요령만 알면 어렵지 않다. 只要知道騎腳踏車的要領，就不會困難。
질병	名 疾病	나는 커서 질병을 치료하는 의사가 되고 싶다. 我長大後想成為醫治疾病的醫生。
체내	名 體內	짠 음식은 체내에 나쁜 영향을 준다. 鹹的食物會對體內帶來不好的影響。
체중	名 體重	운동은 체중을 조절하고 건강을 유지하는 데 좋은 방법이다. 運動是控制體重及維持健康的好方法。
화제	名 熱議，話題	전통술인 막걸리가 해외에서도 화제가 되고 있다. 韓國的傳統酒瑪格利在國外也引起了熱議。
감량하다	名 減少，減量	단기간에 체중을 감량하기란 매우 어려운 일이다. 要在短時間內減重是很困難的事。
갖추다	動 齊全，齊備	그 응모전에 모든 서류를 갖춰서 지원했다. 備齊了那個比賽的所有資料後提出申請。
거치다	動 經歷，經過	공정한 심사를 거쳐 이번 대회의 합격자를 뽑았다. 經過公平的審查，選出了這次大會的合格者。
대처하다	動 對待，解決	동물마다 추위에 대처하는 방법이 다르다. 每種動物對付寒冷的方法都各不相同。
저장하다	動 儲存	옛날에 장독대는 음식을 저장하는 공간이었다. 在以前，醬缸台是儲存食物的地方。
회피하다	動 迴避	어려운 일은 회피하기보다는 해결하려고 노력해야 한다. 遇到困難時比起迴避，更應該努力去解決。
흔들리다	動 動搖	대지진으로 건물이 흔들렸다. 因為大地震而讓建築物搖晃。

Step 2 必考文法

A-다면 V-ㄴ/는다면	表示假定某一種情況或某狀態出現的條件。 교수님이 가신다면 저도 함께 가겠습니다. 如果教授要去的話，我也會一起去。
V-느니 (차라리)	表示雖然對前後兩種情況都不太滿意，但相比之下後面的情況更好一些，可以與「-을 바에야」替換使用。 시간을 허비하느니 차라리 학교 근처로 이사하는 게 낫다. 與其虛耗時間，不如搬去學校附近比較好。
A/V-(으)니	表示後面內容的根據或理由，也可用作「-(으)니까」的形式。 식당에 전화해서 7시로 예약했으니 늦지 않도록 하여라. 我打電話跟餐廳約了七點，不要遲到。

Step 3 題型分析

※ [37~38] 다음은 교양 프로그램입니다. 잘 듣고 물음에 답하십시오. **以下是教養節目，請仔細聽，並回答問題。**	這是一個以說明專業領域知識為題材，以專家訪談的形式呈現的教育節目。適當地掌握一些與經濟學、經營學、文學、健康、科學等領域相關的表達方式，會對解題很有幫助。
37 여자(남자)의 중심 생각으로 맞는 것 고르기 **選擇符合女生（男生）中心思想的選項**	題目要求選出專家的中心思想。對話以A1-B1的形式給出，由A1提出問題，B1做答。因此，B1的答話中必定包含著說話人，也就是專家要表達的中心思想，要著重理解B1的內容。一般情況下專家的意圖和中心思想會在開始或結尾的部分被明確點出來。掌握例如「따라서, 그러므로, 결국, 결과적으로」等做結語時經常使用的表達方式，會對解題很有幫助。
38 들은 내용과 일치하는 것 고르기 **選擇和所聽內容相符的選項**	解題時要先掌握整體內容再進行分析，用排除法先去掉與內容無關或與文章脈絡不符的選項，最後找出正確答案。由於選項中常會使用與原文中不同的表達方式進行表述，能夠熟練掌握相似、相近表達方式，才能更加準確地找出正確答案。

Step 4 考題分析

考古題

※ [37~38] 다음은 교양 프로그램입니다. 잘 듣고 물음에 답하십시오. 각 2점 track 40

A1 남자: 오늘은 한영수 박사님을 모시고 '빗물연구소'에서 어떤 일을 하는지 이야기를 들어 보겠습니다. 박사님, 시작해 주시죠.

B1 여자: 저희 '빗물연구소'가 뭘 하는 곳인지 모르는 분들이 많은데요. '빗물연구소'에서는 아주 간단하면서도 친환경적인 일을 합니다. 바로 빗물을 깨끗한 물로 만드는 일이죠. 빗물은 저장할 공간과 정화시설만 갖추면 소중한 자원이 됩니다. 정화된 빗물은 식수나 생활용수로 다양하게 사용되고 있습니다. 의미없이 버려졌던 ☆빗물이 우리 생활에서 없어서는 안 될 중요한 존재가 된 거죠.

<TOPIK 37회 듣기 [37~38]>

- 빗물 雨水
- 친환경적 環保的
- 정화시설 淨化設施
- 소중하다 貴重的，珍貴的
- 자원 資源
- 정화되다 被淨化
- 식수 飲用水
- 생활용수 生活用水
- 존재 存在
- 생략하다 省略
- 보전 保全，保護
- 수준 水平，水準

37 여자의 중심 생각으로 맞는 것을 고르십시오.

① '빗물연구소'는 빗물을 가치 있게 만든다.
② '빗물연구소'에 대해 모르는 사람들이 많다.
③ 빗물을 자원으로 만드는 과정은 간단하다.
④ 빗물을 자원으로 만들려면 시설이 필요하다.

※ 在B1的最後部分提出了中心思想
빗물은 중요한 존재 ⇒ 가치가 있다

女生指出，曾經被白白浪費掉的雨水現在已經成為人們生活中必不可少的一部分。文中的「중요한 존재가 되었다（成了……的存在）」可以被理解為「가치가 있게 되었다（變得有價值了）」，所以正確答案為①。

①「雨水研究室」讓雨水變得有價值。
②不知道「雨水研究室」的人很多。
③將雨水轉換成資源的過程很簡單。
④要將雨水變成資源需要設備。

38 들은 내용과 일치하는 것을 고르십시오.

① 빗물이 깨끗하다면 정화 과정을 생략해도 된다. X
② '빗물연구소'의 활동은 환경 보전과도 관련이 있다.
③ 빗물은 정화 과정을 거쳐도 식수로 사용할 수 없다. X
④ 아직 정화된 빗물의 사용은 다양하지 않은 수준이다. X

※ 和聽力內容無關的打X
①沒有相關的資訊 ③可以當作飲用水使用 ④有很多種使用方式

女生指出，在「雨水研究室」，雨水透過一個簡單而又環保的過程變成了乾淨的生活用水，也就是說「雨水研究室」所做的工作是一項保護環境的工作，所以正確答案能為②。

①如果雨水乾淨，就能省略淨化過程。
②「雨水研究室」所進行的活動與環境保育有關。
③雨水即使經過淨化的過程，也無法當作飲用水來使用。
④淨化過的雨水使用方式仍未多樣化。

範例題

※ [37~38] 다음은 교양 프로그램입니다. 잘 듣고 물음에 답하십시오. 각 2점 track 41

> 여자: 박사님께서 저술하신 「한 번은 독해져라」가 화제를 모으고 있는데요. 어떤 책인지 소개 좀 해 주시겠습니까?
>
> 남자: 「한 번은 독해져라」는 일과 인생 사이에서 흔들리는 사람들을 위한 자기단련서라고 할 수 있는데요. 도망가고 싶을 때, 스트레스가 너무 심할 때, 슬럼프에 빠졌을 때처럼 괴로운 상황들을 슬기롭게 대처할 수 있는 요령을 담은 책입니다. 사실 살아가면서 불안과 스트레스에 자유로운 사람은 없는데요. 그것은 수시로 타인과 비교당하면서 그 속에서 때때로 흔들리기 때문입니다. 그러나 인생은 결국 작은 괴로움들의 연속이므로 도망치거나 회피하느니 차라리 정면 승부를 하는 것이 낫습니다.

- 저술하다 著作，寫作
- 독하다 狠毒，狠心
- 자기단련서 自我鍛鍊書
- 슬럼프 (slump) 瓶頸，人生低潮
- 빠지다 陷入
- 슬기롭다 智慧，聰穎
- 불안 不安
- 자유롭다 自由自在
- 수시로 隨時
- 타인 別人，他人
- 비교당하다 被比較
- 연속 連續
- 도망치다 逃跑，逃脫
- 정면 正面
- 삶 生活，人生
- 무한하다 無限，無盡
- 감수하다 甘受，情願接受

37 남자의 중심 생각으로 맞는 것을 고르십시오.

① 삶이 흔들릴 때는 회피하는 것이 좋다.
② 삶은 작은 괴로움들과의 무한한 싸움이다.
③ 자기단련서는 흔들리는 사람들을 위한 책이다.
④ 삶이 흔들릴 때 회피하기 보다는 정면 승부가 필요하다

男生正在介紹一本書，書中介紹了很多靈活應對人生中會遇到的負面困境的小技巧。在最後男生還鼓勵大家，不管遇到多麼痛苦、艱難的事情，都不要迴避，要積極地去面對，所以正確答案為④。

① 人生被動搖時迴辟是好的。
② 人生是與小困難的無限鬥爭。
③ 自我鍛鍊書是給被動搖的人的書 。
④ 人生遭到動搖時，比起逃避，更需要正面面對。

37 들은 내용과 일치하는 것을 고르십시오.

① 자기단련서는 삶의 대처 요령을 담고 있다.
② 스트레스는 누구나 있으니 참고 감수해야 한다.
③ 다른 사람과 비교하면서 살아야 강해질 수 있다.
④ 스트레스가 쌓일 때는 자기단련서를 반드시 읽어야 한다.

男生在介紹這本書時，稱這是一本介紹靈活應對生活難題的小技巧的書，所以正確答案為①。

① 自我鍛鍊書裡包含應對人生的要領。
② 人人都有壓力，應該要忍耐承受。
③ 要在生活中和他人比較才會更強大。
④ 累積壓力時，一定要看自我鍛鍊書。

Step 5 實戰練習

※ [37~38] 다음은 교양 프로그램입니다. 잘 듣고 물음에 답하십시오. 각 2점

37 남자의 중심 생각으로 맞는 것을 고르십시오.

① 간헐적 단식의 습관화는 인체에 해롭다.
② 질병이 있는 사람들은 간헐적 단식을 피해야 된다.
③ 공복 상태가 지속되면 에너지원이 체내의 지방이 된다.
④ 간헐적 단식은 음식 섭취 면에서 다른 다이어트와 차별성이 있다.

38 들은 내용과 일치하는 것을 고르십시오.

① 간헐적 단식은 일주일씩 금식하는 방법이다.
② 간헐적 단식에 성공하려면 이틀 이상 굶어야 한다.
③ 간헐적 단식이 습관화되면 안 먹어도 포만감을 느끼게 된다.
④ 간헐적 단식은 일정 시간 공복 상태를 유지해 주는 방법이다.

간헐적 단식 間歇性斷食		**이야기를 나누다** 聊天		**공복 상태** 空腹狀態	**포도당** 葡萄糖
소진되다 消耗殆盡	**지방** 脂肪	**에너지원** 能源	**차이점** 不同之處	**게다가** 再加上，而且	
습관화되다 成為習慣		**포만감** 飽足感	**소식하다** 少吃	**임산부** 孕婦	**인체** 人體
해롭다 有害	**차별성** 差異性	**금식하다** 禁食，忌口		**굶다** 挨餓	

39-40

Step 1 必考單字

공급	名 供給	전기료를 안 냈더니 전기 공급을 해 주지 않는다. 沒去繳電費，結果就不供電了。
균형	名 均衡	토론할 때 사회자는 균형을 잘 잡아야 한다. 討論的時候，主持人要很懂得找平衡點。
양육	名 養育	자녀 양육을 위해 직장을 그만두어야 하는 여성들이 많다. 為了養育子女而不得不辭掉工作的女性很多。
요인	名 原因，要素	지구가 따뜻해지는 요인은 무엇인가? 地球暖化的原因是什麼呢？
우울증	名 憂鬱症	우울증에는 가족과 친구들의 사랑이 약이 된다. 對於憂鬱症（患者）來說，家人及朋友的愛是一種藥
측면	名 側面，層面	교육적 측면에서 체벌은 좋은 지도 방법이 아니다. 以教育層面來說，體罰不是好的指導方法。
희생	名 犧牲	부모는 자식을 위해서라면 어떤 희생도 감수한다. 父母為了子女甘願受任何犧牲。
극복하다	動 克服	암을 극복하고 새 삶을 살고 있다. 克服癌症，開始了新的人生。
분포되다	動 分佈	이 지역은 다양한 연령대가 분포되어 있다. 在這個地區有不同的年齡層分佈。
분해하다	動 分解，拆開	고장이 난 휴대 전화를 하나씩 분해했다. 把故障的手機一個個拆解。
섭취하다	動 攝入，吸收	인간은 음식을 섭취해야 살아갈 수 있다. 人類需要攝取食物才能活下去。
소비되다	動 花費	이 일을 진행하려면 많은 돈과 시간이 소비된다. 如果要進行這件事的話，會花費很多金錢及時間。
지원하다	動 支援	지진으로 피해를 입은 지역에 의료 장비를 지원했다. 支援了醫療裝備給因為地震遭受損傷的區域。
투자하다	動 投資	최근 직장인들 사이에 자기 개발을 위해 시간과 돈을 투자하는 사람이 늘고 있다. 最近在上班族間，投資大量金錢和時間在自我開發的人正在增加。

Step 2 必考文法

A/V-다니	表示對前面提到的內容感到很驚訝或者難以相信。 영수 씨가 그렇게 많은 담배를 피우다니 정말 몰랐네요. 我真的不知道英秀抽了那麼多菸。
A-(으)ㄴ가요? V-나요? N(이)ㄴ가요?	表示以委婉的語氣向上級或長輩提問。 저희 백화점에서 언제 물건을 구입하셨나요? 何時到我們百貨公司採購了物品呢？

Step 3 題型分析

※ [39~40] 다음은 대담입니다. 잘 듣고 물음에 답하십시오.

以下是對談，請仔細聽，並回答問題。

這是聽談話解題的題型。題目以主持人和專家面對面交談的形式出題，這裡一般只給出整個對話的中間部分。只要仔細聽主持人的話，就能夠推斷出他們之前進行了怎樣的對話。此外，主持人會在談話中對聽到的某一訊息表現出驚訝或其他的態度，然後就此提出更深一層的問題。話題或問題主要圍繞「原因、作用、動機、理由」等提出。專家會針對主持人的問題，對理由和原因給出更加詳細的解答。交談的形態主要包括採訪、面試、會面等。

39 담화 앞의 내용으로 알맞은 것 고르기

選擇談話前方的內容

答案往往就在主持人的開場白中，在這裡會使用「그렇게, -다니」等表達方式，表達對聽到內容的驚訝或不可置信，所以，只要認真聽主持人的對話，就能夠找出答案。

40 들은 내용과 일치하는 것 고르기

選擇和所聽內容相符的選項

解題時要對整段內容進行分析。所有的選項都與對話內容相關，所以要集中精力，仔細聽整段的內容。在掌握文章的中心思想後，先找出與聽到的內容不符的選項。選項中會出現對話中沒有提及或是與文意相反的內容來干擾解題，在此需多加注意。此外，選項並不是依照對話的脈絡走向按順序排列的，所以解題前要先閱讀各選項的內容。

Step 4 考題分析

考古題

※ [39~40] 다음은 대담입니다. 잘 듣고 물음에 답하십시오.

각 2점 track 43

남자: ☆농촌이 환경 보호의 기능을 하고 있다니 생각하지 못했던 점이에요. 우린 농촌 하면 흔히 식량 공급의 기능만 떠올리잖아요? 그럼 박사님, 농촌이 가지고 있는 또 다른 기능에는 뭐가 있을까요?

여자: 말씀드린 환경 보호 기능 외에 공익적 측면의 기능도 있습니다. 전통 문화를 보존시키고 국토를 균형 있게 발전시킨다는 거죠. 농촌의 이런 기능을 중요하게 생각해서 다른 나라의 경우엔, 농가에 정부 보조금을 지원하는 등 막대한 예산을 들이고 있는데요. 이건 농업에 투자하는 비용보다 사회에 돌아오는 혜택이 더 많기 때문입니다. 그야말로 농업이 경제 지표 이상의 가치를 지니고 있다고 할 수 있는 거지요.

<TOPIK 36회 듣기 [39~40]>

- 기능 功能，作用
- 식량 食量
- 떠올리다 想起，想到
- 공익적 公益的
- 보존시키다 使保存
- 국토 國土
- 발전시키다 使發展
- 농가 農家，農戶
- 정부 보조금 政府補助金
- 막대하다 莫大，巨大
- 예산을 들이다 花費預算
- 농업 農業
- 지표 指標
- 가치를 지니다 有價值
- 논밭 農田
- 대기 大氣
- 정화시키다 使淨化

39 이 담화 앞의 내용으로 알맞은 것을 고르십시오.

① 농촌의 논밭과 산은 대기를 정화시킨다.
② 농촌과 도시의 비율이 균형을 이루었다.
③ 농가에 대한 정부의 지원이 확대되고 있다.
④ 농촌의 발달은 국가에 이익을 가져다 준다.

※ 類似的表達

환경 보호의 기능 ⇒ 대기를 정화시킨다

①中提到「農村的農田和山有淨化大氣層的作用」，也就是說農村有保護環境的功能，所以正確答案為①。

①農村的田地和山使大氣淨化。
②農村和都市的比率達到了均衡。
③政府對於農家的補助逐漸擴大。
④農村的發達會為國家帶來收益。

40 들은 내용과 일치하는 것을 고르십시오.

① 농촌의 기능은 공익적 측면에 집중되어 있다.
② 농업이 경제 지표로서 가치를 가지기는 힘들다.
③ 농업에 투자하면 사회에 더 큰 혜택으로 돌아온다.
④ 농가의 정부 보조금은 국가 예산에 부담을 준다.

「농업에 투자하는 비용보다 사회에 돌아오는 혜택이 더 많다」的意思就是說「在發展農業方面的投資會為社會換來更大的回饋」，所以正確答案為③。

①農村的作用集中於公益面上。
②農業作為經濟指標很難有它的價值。
③投資農業將會有更多益處回饋社會。
④農村的政府補助金為國家的預算造成負擔。

範例題

※ [39~40] 다음은 대담입니다. 잘 듣고 물음에 답하십시오.

각 2점 track 44

여자: 소의 사료로 사용되는 옥수수의 양이 그렇게 많다니 정말 놀라울 따름입니다. 그럼 풀을 먹고 자란 소와 옥수수 사료를 먹고 자란 소는 어떤 점이 다른가요?

남자: 고기의 성분 중에서 오메가 성분이란 게 있는데요. 그 중 '오메가-3'는 지방을 분해하는 기능을 하고, '오메가-6'는 지방을 축적하는 기능을 합니다. 그런데 풀이나 볏짚을 먹고 자란 소는 두 성분이 알맞게 분포되어 있는 반면 옥수수 사료를 먹고 자란 소는 '오메가-6'가 월등히 많습니다. 물론 사료로 양육된 소들은 성장 속도가 빨라서 경제적 가치가 높을 뿐만 아니라, 지방 함량이 높아 육질을 결정하는 마블링도 좋습니다. 그러나 '오메가-6'가 많이 들어 있는 고기를 인간이 섭취하게 되면 체내 지방 세포를 증식시키고 염증 반응을 일으켜 다양한 질환의 원인이 된다는 것이죠.

39 이 담화 앞의 내용으로 알맞은 것을 고르십시오.

① 옥수수 사료는 토양을 정화시킨다.
② 옥수수 생산량이 지역마다 큰 차이가 있다.
③ 적지 않은 옥수수가 소의 먹이로 소비된다.
④ 옥수수 사료를 소의 먹이로 사용하면 문제가 된다.

40 들은 내용과 일치하는 것을 고르십시오.

① 소의 육질은 양육 방식과는 아무런 상관이 없다.
② 옥수수 사료로 양육된 소는 '오메가-6'가 부족하다.
③ 옥수수 사료로 양육된 소는 건강에 좋은 영양소가 많다.
④ 옥수수 사료로 양육되는 소는 빨리 자라고 지방도 많다.

- 사료 飼料
- 옥수수 玉米
- 놀랍다 驚訝
- 풀 草
- 성분 成分
- 오메가 (omega) 脂肪酸
- 지방 脂肪
- 축적하다 累積
- 볏짚 稻草
- 월등히 明顯的，更加
- 양육(되다) （被）養育
- 함량 含量
- 육질 肉質
- 마블링 (marbling) 大理石紋（生肉表面像大理石般的花紋，代表肌間脂肪）
- 세포 細胞
- 증식시키다 使…增多
- 염증 반응 發炎反應
- 질환 疾患，疾病
- 토양 土壤
- 먹이 食物

透過女生驚訝地說「用來做牛飼料的玉米怎麼會這麼多」可得知每年都有大量的玉米都用作生產牛飼料的事實，所以正確答案為③。

①玉米飼料會淨化土壤。
②玉米的生產量各地區大不相同。
③有不少的玉米被供作牛的飼料。
④將玉米作為牛飼料會產生問題。

男生指出，用飼料飼養的牛不僅生長速度快，而且脂肪含量較高，決定肉質的好壞的肉肌理紋路也非常好。正確答案為④。

①牛的肉質跟飼養方法沒有任何關係。
②用玉米作飼料飼養的牛缺乏脂肪酸-6。
③用玉米作飼料飼養的牛有許多有益健康的營養素。
④用玉米作飼料飼養的牛成長較快，脂肪也多。

39-40

Step 5 實戰練習

※ [39~40] 다음은 대담입니다. 잘 듣고 물음에 답하십시오. 각 2점 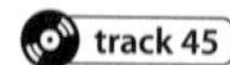

39 이 담화 앞의 내용으로 알맞은 것을 고르십시오.

① 결혼으로 인한 주부 우울증은 감수해야 할 부분이다.
② 휴직이나 퇴직은 주부 우울증을 극복하는 데 효과가 있다.
③ 다양한 요인으로 우울증을 겪고 있는 주부들이 상당히 많다.
④ 임신과 출산은 주부 우울증에서 벗어날 수 있는 기회가 된다.

40 들은 내용과 일치하는 것을 고르십시오.

① 주부 우울증을 겪고 있는 여성들은 불면증에 시달린다.
② 잠을 자지 않고 울어 대는 아이들은 부모의 관심이 필요하다.
③ 주부 우울증은 출산을 앞둔 여성들이 참고 감수해야 할 부분이다.
④ 양육 기관 또는 지인의 도움이 양육 스트레스 해소에 도움이 된다.

출산 分娩	**앞두다** 前，前夕	**휴직** 休假，留職停薪	**퇴직** 退休	**임신** 懷孕	**환경적** 環境性的
순하다 平和，溫和	**울어 대다** 哭啼	**아기 돌봄 서비스** 兒童託管服務		**일방적** 單方面的	**해소하다** 消除
위기 危機	**상당히** 相當地	**불면증** 失眠症	**지인** 熟人		

41-42

Step 1 必考單字

괴로움	名 痛苦	실연으로 인한 괴로움을 잊기 위해 술을 마셨다. 為了忘記失戀的痛苦而喝了酒。
두려움	名 恐懼	어두운 방안에 혼자 남자 두려움이 생겼다. 被獨自留在黑暗的房間，就產生了恐懼感。
사망자	名 死亡者	매년 암으로 인한 사망자가 늘고 있다. 癌症造成的死亡人數逐年增加。
생태계	名 生態界	바닷물의 온도가 따뜻해지면서 바다 생태계도 바뀌고 있다. 隨著海水的溫度變高，海洋的生態體系也正在改變。
수명	名 壽命	의학 기술의 발달로 현대인들의 수명이 길어지고 있다. 由於醫學技術的發達，現代人的平均壽命逐漸延長。
조화	名 協調	직장 생활을 잘하기 위해서는 동료와의 조화가 중요하다. 為了職場生活的順利，和同事之間的和諧很重要。
차이	名 差別，差異	우리는 문화적 차이를 극복하고 결혼을 했다. 我們克服了文化的差異結為夫妻。
파괴	名 破壞	산림 파괴로 지구의 사막화가 빠르게 진행되고 있다. 由於森林生態被破壞，地球的沙漠化速度正大幅提高。
평균	名 平均	직장인의 평균 근무 시간은 8시간이다. 上班族的平均工作時間為八個小時。
공존하다	動 共存	이 건축물은 고전과 현대가 절묘하게 공존한다. 這個建築物絕妙地將古典與現代共存。
시급하다	動 緊迫，緊急	보육 시설 부족에 대한 정부의 대책 마련이 시급하다. 針對保育設施的不足，急需政府準備對策。
치료하다	動 治療	비만을 치료하기 위해서 하루에 세 시간씩 걸었다. 每天花費三個小時在治療肥胖上。
무분별하다	形 亂來，盲目的	무분별한 개발로 동물들의 살 곳이 사라지고 있다. 由於盲目的開發，動物的生存空間正逐漸消失。
완벽하다	形 完美	평소에 완벽하고 철저한 그녀가 실수를 했다. 平時一向很完美確實的她犯了錯誤。

Step 2 必考文法

N에도 불구하고	表示後面的事實不受前面事實的影響和限制，相當於中文的「儘管、雖然」。 명품 핸드백이 고가임에도 불구하고 구매하는 사람들이 늘고 있다. 儘管名牌包價格不斐，購買的人還是不斷增加。
V-(으)ㄹ 따름이다	表示出了現在的情況以外，沒有做其他選擇的餘地或可能性。 대학에 가기 위해 열심히 공부할 따름이다. 為了上大學只能好好認真念書。

Step 3 題型分析

※ [41~42] 다음은 강연입니다. 잘 듣고 물음에 답하십시오. **以下是演講，請仔細聽，並回答問題。**	這是聽演講解題的題型。演講者在聽眾面前提出演講主題之後，會對主題進行簡單的介紹。然後透過科學實例和客觀統計資料詳細的說明個人觀點。最後在整理內容的同時做演講的結尾。演講文的主要題材大部分出自科學、文化、藝術、經濟等領域，應該在平時的學習中多累積相關知識。
41 들은 내용과 일치하는 것 고르기 **選擇和所聽內容相符的選項**	解題時要對整段內容進行分析。仔細聽演講者的演講內容，在掌握了內容的中心思想後，先找出與文意不符的選項。選項中會出現對話中沒有提及或是與文意相反的內容來干擾解題，在此需多加注意。此外，選項並不是依照對話的脈絡走向按順序給出的，所以解題時要提前閱讀各選項的內容。
42 남자의 중심 생각으로 맞는 것 고르기 **選擇男生的中心思想**	此類題目要求選出演講者的中心思想。一般演講者會在最開始或者結尾部分提出演講意圖或中心思想，相比之下在最後提出中心思想的情況更為常見。演講者會以「따라서, 그러므로, 결국, 결과적으로, 궁극적으로, 사례를 통해서」等表達方式引出中心思想，所以應該掌握這些表達方式，以便更準確地解題。

41-42

Step 4 考題分析

考古題

※ [41~42] 다음은 강연입니다. 잘 듣고 물음에 답하십시오.

각 2점　　track 46

남자: 여러분, '모나리자 미소의 법칙'을 들어 본 적이 있나요? 과학자들의 분석에 따르면 '모나리자의 미소'에는 83%의 행복감에 17% 정도의 두려움과 분노도 담겨 있다고 합니다. 이를 '모나리자 미소의 법칙'이라고 하는데요. 이 비율이 모나리자를 사랑받게 하는 이유라고 합니다. 우리의 삶도 마찬가지인 것 같습니다. 기쁨과 슬픔, 행복과 불행이 적절히 조화를 이루는 삶이 결국 완전한 행복에 이를 수 있게 하는 길인 거죠. 슬픔과 괴로움 같은 부정적인 감정들은 좌절에 빠지게 하는 게 아니라, 오히려 현실감을 유지하게 하여 궁극적으로는 행복감을 느낄 수 있게 하는 힘이 됩니다.

<TOPIK 36회 듣기 [41~42]>

- 모나리자 蒙娜麗莎
- 법칙 法規，法則
- 행복감 幸福感
- 분노 憤怒
- 비율 比率
- 불행 不幸
- 적절히 合適地
- 조화를 이루다 配合
- 완전하다 完全
- 이르다 早
- 좌절에 빠지다 灰心喪氣，挫折
- 현실감 現實感
- 궁극적 最終，最後
- 요소 要素

41 들은 내용과 일치하는 것을 고르십시오.

① 부정적 감정들은 좌절감에 빠지게 한다.
② 분노의 감정이 없어야만 행복감을 느낀다.
③ 모나리자의 미소는 완전한 행복을 보여 준다.
④ 슬픔은 현실감을 잃지 않게 하는 요소로 작용한다.

※ 類似的表達
현실감을 유지하게 한다 ⇒ 현실감을 잃지 않게 한다

男生提出，傷心和痛苦這樣的負面情緒往往能夠維持住現實感，最終讓人感受到幸福的感覺。其中，「현실감을 유지한다」的含義就是保持現實感，所以正確答案為④。

①負面的情緒會使我們陷入挫折感。
②沒有憤怒的情緒才能感受到幸福。
③蒙娜麗莎的微笑表現出完整的幸福。
④悲傷是能不致失去現實感的要素。

42 남자의 중심 생각으로 맞는 것을 고르십시오.

① 완전한 행복을 위해 슬픔을 이겨야 한다.
② 완전한 행복을 위해 조금은 불행한 것도 좋다.
③ 완벽한 행복을 위해 괴로운 일을 잊어야 한다.
④ 완벽한 행복을 위해 행복감의 유지가 필요하다.

男生提出，生活就要適當調節高興和難過、幸福和不幸的比率，這才是通往幸福生活的道路。也就是說，幸福和不幸是分不開的，所以正確答案為②。

①為了完整的幸福，必須戰勝悲傷。
②為了完整的幸福，有一點不幸也無妨。
③為了完整的幸福，要遺忘痛苦的事。
④為了完整的幸福，要維持幸福感。

範例題

※ [41~42] 다음은 강연입니다. 잘 듣고 물음에 답하십시오.

각 2점 track 47

남자: 오늘은 최근 늘어나고 있는 신종 바이러스에 대해 알아 보도록 하겠습니다. 신종 바이러스는 조류, 돼지, 풍토 등으로 인해 발생하는 새로운 질병으로 전염률이 높습니다. 이 중에서도 에볼라 바이러스는 현재까지 3,000명이 넘는 사망자를 냈는데요. 이 바이러스를 치료할 수 있는 신약 개발이 시급한 실정입니다. 그럼에도 불구하고 제약회사마다 시장성이 없다는 이유로 신약 개발을 미루고 있다는 것이 안타까울 따름입니다. 그런데 신종 바이러스가 왜 이렇게 급격히 증가했을까요? 주요 원인은 무분별한 개발로 인한 지구온난화와 생태계 균형 파괴 때문이라고 봅니다. 즉, 지금 자연은 인간에게 강한 경고의 메시지를 보내고 있는 것이지요.

- 신종 바이러스 (new virus) 新型病毒
- 조류 鳥類
- 풍토 風土人情
- 전염률 傳染率
- 에볼라 바이러스 (ebola virus) 埃博拉病毒
- 신약 新藥
- 실정 實情
- 제약회사 製藥公司
- 시장성 市場性
- 미루다 拖延，推遲
- 지구온난화 全球暖化
- 경고 警告
- 추세 趨勢
- 전파력 傳播力

41 들은 내용과 일치하는 것을 고르십시오.

① 최근 신종 바이러스가 줄어드는 추세이다.
② 신종 바이러스는 전파력이 크지 않은 편이다.
③ 제약회사들은 시장성이 높은 지역에 관심이 많다.
④ 무분별한 개발은 신종 바이러스로 인해 중지되었다.

文中指出，各大製藥公司都以「抑制埃博拉病毒的藥物沒有市場性」為由，拖延新藥研發工作。因為沒有市場性就不研究新藥，也就意味著製藥公司只關心市場性較強的地區和領域，所以正確答案為③。

①最新型的病毒有漸少的趨勢。
②新型病毒的傳播力並不算高。
③製藥公司很關心市場性高的地區。
④盲目的開發因新型病毒而被中止。

42 남자의 중심 생각으로 맞는 것을 고르십시오.

① 에볼라 바이러스의 신약 개발을 연기해야 한다.
② 신약 개발이 지구온난화와 생태계 파괴의 원인이다.
③ 인간이 생태계를 훼손하여 신종 바이러스가 증가했다.
④ 전염률이 높은 신종 바이러스 약을 빨리 개발해야 한다.

男生認為，盲目的開採造成了地球暖化以及生態均衡被破壞是造成新型病毒蔓延的主要原因，所以正確答案為③。

①必須延遲埃博拉病毒新藥的開發。
②新藥的開發是導致地球暖化及生態破壞的原因。
③人類破壞自然，造成新型病毒增加。
④必須盡快開發傳染率高的新型病毒藥。

41-42

Step 5 實戰練習

※ [41~42] 다음은 강연입니다. 잘 듣고 물음에 답하십시오. 각 2점 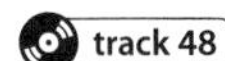

41 들은 내용과 일치하는 것을 고르십시오.

① 기대 수명 연장이 바로 우리가 꿈꾸는 삶이다.
② 유병장수 시대란 건강하게 오래 사는 것을 말한다.
③ 평균 수명이 늘면서 질병과 공존하는 시간이 10년 정도 된다.
④ 담배와 술을 멀리하면 기대 수명을 10년 정도 연장할 수 있다.

42 남자의 중심 생각으로 맞는 것을 고르십시오.

① 유병장수 시대에 질병과 살아가는 것은 당연하다.
② 건강 수명을 연장하려면 자기관리와 정기검진이 필요하다.
③ 건강 수명 연장은 스트레스 해소와 취미 활동으로 충분하다.
④ 유병장수는 건강검진만 잘하면 건강 수명을 연장할 수 있다.

유병장수 시대 有病長壽時代		**기대 수명** 預期壽命	**건강 수명** 健康壽命	**연장되다** 被延長	**꿈꾸다** 做夢
꾸준하다 堅持不懈	**자기관리** 自我管理	**중독성** 中毒性	**멀리하다** 遠離	**규칙적** 有規律的	**정기적** 定期
건강검진 健康檢查					

聽力

43-44

Step 1 必考單字

상황	名 情況	만일의 상황에 대비해 돈을 모아야 한다. 必須要準備救急金以防萬一。
신뢰	名 信賴	한번 무너진 신뢰는 회복하기가 어렵다. 失去的信賴要恢復很難。
집단	名 集體，集團	집단 생활을 하는 기숙사에서는 담배를 피우면 안 된다. 在集體生活的宿舍內不能吸菸。
깨닫다	動 了解，領悟	독서를 통해 삶의 의미를 깨닫고 있다. 透過讀書領悟到人生的意義。
배출되다	動 排出	공장에서 배출되는 폐수로 인해 수질 오염이 심각해졌다. 工廠排出的廢水加重了水質的汙染。
보존하다	動 保存	우리의 아름다운 문화유산을 잘 보존해야 한다. 我們美麗的文化遺產必須要善加保存。
상징하다	動 象徵	한국에서 돼지는 복과 돈을 상징한다. 在韓國，豬象徵了福氣與錢財。
이동하다	動 移動	철새들은 추운 겨울이 되면 남쪽으로 이동한다. 候鳥們到了寒冷的冬天會飛往南方。
통제되다	動 管制，控制	이 지역은 언론이 통제된 곳이다. 這個地區的言論受到控制。
포함하다	動 包含	우리 가족은 나를 포함해 모두 다섯 명이다. 我們家包括我總共有五個人。
회복하다	動 恢復	잘 쉬시고 빨리 회복하시기 바랍니다. 請多休息，祝您早日康復。
무관하다	形 無關	그 사건과 나는 전혀 무관하다. 那件事和我毫無關係。
쓸모없다	形 毫無用處	쓸모없는 공간을 활용해서 작업실을 만들었다. 重整了無用的空間，建立了工作室。
우수하다	形 優秀，出眾	비싼 물건이라고 해서 모두 품질이 우수한 것은 아니다. 不是說貴的東西品質就都很好。
과언이 아니다	並非言過其實	그는 세계 제일의 성악가라고 해도 과언이 아니다. 說他是世界第一的聲樂家，一點都不為過。

Step 2 必考文法

A/V-(으)므로	表示前面的內容是後面內容的理由或根據。 한국어 말하기 실력이 우수하므로 이 상장을 드립니다. 由於韓語口說能力優秀，特此授與此獎狀。
A/V-았/었던 N	修飾後面的名詞，表示對過去的回想。 그렇게 예뻤던 아내가 어느덧 할머니가 되었다. 曾經那麼美麗的妻子，一轉眼間也變成了奶奶。
N(으)로 말미암아	表示某件事、某種情況、某件事物的理由或者原因，可與「(으)로 인하여」替換使用。 홍수로 말미암아 많은 농가 주택이 물에 잠겼다. 洪水使許多的農家住宅浸泡在水中。

Step 3 題型分析

※ [43~44] 다음은 다큐멘터리입니다. 잘 듣고 물음에 답하십시오.
以下是紀錄片，請仔細聽，並回答問題。

這是聽紀錄片解題的題型。紀錄片是以過去發生的真實事件或事實為素材製作而成的媒體節目。紀錄片的題材種類主要包括時事、自然、文化藝術、人類、環境、歷史等。大部分的時事紀錄片都會以一些社會熱門問題進行講解、分析，而自然類紀錄片則會把重點放在探索動植物生態界的神秘感方面。文化藝術類的紀錄片大多以介紹音樂、美術等方面的知識為主。人物紀錄片可以說是蘊含著人物的生活和真情實感的表現形式。環境紀錄片大多透過說明環境問題的嚴重性、緊迫性來達到呼籲全人類參與保護環境的工作。歷史題材的紀錄片則將帶大家對我們已經熟知的和還不太瞭解的歷史事件進行審視和剖析，所以在解題之前，應該先弄清紀錄片的題材，再進一步審題。

43 이유로 맞는 것 고르기
選擇正確的理由

題目要求分析整體內容，找出「事實、事件、情況、行動」等的原因或理由。解題時，從提出的問題入手尋找線索，就能輕鬆解題。表示理由的表達方式主要有「-기 위해, - 때문에, -아/어서, (이)라서, (으)로 말미암아」等。

44 이야기의 중심 내용으로 맞는 것 고르기
選擇正確的中心思想

想要透過紀錄片傳達的內容往往那個就是中心思想。一般情況下，中心內容會出現在結尾部分。通常會以「따라서, 그러므로, 결국, 결과적으로, 궁극적으로, 사례를 통해서」等表達方式對中心思想給出暗示。

Step 4 考題分析

考古題

※ [43~44] 다음은 다큐멘터리입니다. 잘 듣고 물음에 답하십시오. 각 2점 track 49

여자: 이곳은 남과 북이 대치하고 있는 비무장지대입니다. 한국전쟁 때 가장 치열한 전투를 벌였던 곳으로 당시엔 거의 모든 것이 초토화됐었습니다. 아무것도 남지 않았던 이곳은 오랫동안 ☆사람의 출입이 통제되면서 자연 생태계가 스스로 회복해 생명지대로 바뀌었습니다. 환경부의 조사 결과 이곳에는 멸종 위기 동식물 30종을 포함한 다양한 야생종이 서식하고 있는 것으로 확인되었습니다. 그런데 최근 이곳을 세계평화공원으로 조성하자는 제안이 나오면서 이곳이 평화를 외치는 사람들의 관심 대상이 되었습니다. 공원 조성을 통해 비무장지대가 화해와 신뢰의 장소가 되기를 기대하고 있습니다.

<TOPIK 37회 듣기 [43~44]>

- 대치하다 對峙，僵持
- 비무장지대 非武裝區
- 치열하다 激烈，熱烈
- 전투를 벌이다 展開戰爭
- 초토화(되다) 焦土化
- 생명지대 生命地帶
- 멸종 위기 絕種危機
- 야생종 野生種
- 서식하다 棲息
- 조성(하다) 建造，組成
- 평화 和平，和睦
- 외치다 呼喚，呼喊
- 장기간 長期
- 발길이 닿다 涉足
- 억제되다 抑制，壓制
- 마주보다 面對，相望

43 비무장지대가 생태계를 회복할 수 있었던 이유로 맞는 것을 고르십시오.

① 장기간 사람들의 발길이 닿지 않았기 때문에
② 동식물의 복원을 위한 환경부의 노력 때문에
③ 전 세계인들의 관심의 대상이 되었기 때문에
④ 평화를 원하는 사람들이 공원을 만들기 때문에

※ 類似的表達
출입이 통제되다 ⇒ 발길이 닿지 않다

文中指出，經歷過戰爭的這些地方曾經已經空無一物，長久以來這裡禁止進入，因此自然生態環境得以恢復，變成了綠色生態地帶，所以正確答案為①。

① 因為人類的足跡長時間未踏及此
② 因為致力於動植物復元的環境部的努力
③ 因為成為了全世界人所關心的對家
④ 因為期許和平的人建造公園

44 이 이야기의 중심 내용으로 맞는 것을 고르십시오.

① 비무장지대를 통해 전쟁의 위험이 억제될 것이다.
② 비무장지대는 전쟁으로 인해 모든 것이 파괴되었다.
③ 비무장지대는 남한과 북한이 마주보고 있는 지역이다.
④ 비무장지대가 평화를 상징하는 곳으로 주목 받고 있다.

※ 主要的內容出現在最後部分

中心內容蘊藏在結語當中。結語中提到「希望透過公園的建造，把非武裝地區變成和諧互信的友好地帶」。和諧互信就像徵著和平，所以正確答案為④。

① 透過非武裝區可以壓制戰爭的危險。
② 非武裝區因戰爭而所有東西都遭破壞。
③ 非武裝區是南韓與北韓對峙的地區。
④ 非武裝區因為身為象徵和平的場所而受到矚目。

範例題

※ [43~44] 다음은 다큐멘터리입니다. 잘 듣고 물음에 답하십시오. 각 2점 track 50

여자: 지금 뒤에 보이는 것은 인주군 갯벌입니다. 갯벌은 조류로 운반되는 모래나 점토들이 파도에 의해 잔잔한 해역에 쌓여 생기는 평탄한 지형을 말하는데요. 우리는 이러한 갯벌을 그저 질퍽거리고 쓸모없는 땅으로 여기고 1980년대 후반부터 국토 확장을 목적으로 서해안 간척사업을 시작하여 갯벌을 없앴습니다. 하지만 갯벌은 우리가 생각하는 것 이상으로 보존적 가치가 높은 자연 자원입니다. 갯벌에는 조개, 낚지, 게 등과 같은 다양한 생물이 서식하고 있으며 특히 오염 물질을 정화하는 기능이 우수한 것으로 알려져 있습니다. 이렇듯 갯벌의 보존적 가치는 설명하지 않아도 충분하므로 더 이상 소중한 자원을 훼손하는 일은 없어야겠습니다.

- 갯벌 泥灘
- 운반되다 運，搬運
- 모래 沙子
- 점토 泥，黏土
- 파도 海浪
- 잔잔하다 平靜
- 해역 海域
- 평탄하다 平坦
- 지형 地形
- 질퍽거리다 泥濘
- 국토 확장 國土擴張
- 간척사업 圍海造田工程
- 보존적 保存方面的
- 생물 生物
- 최우선 最首要的，最重要的
- 멈추다 停止

43 갯벌을 없앤 이유로 맞는 것을 고르십시오.

① 쓸모 있는 땅을 좀 더 넓히기 위해
② 인주군 갯벌의 질이 떨어졌기 때문에
③ 국토개발이 언제나 최우선이기 때문에
④ 오염 물질의 정화 능력을 개선하기 위해

文中指出，海邊的泥灘常會被人們認為是毫無用處的東西。在西海岸，以擴張國土為目的的圍海造田工程已經開始了。所以正確答案為①。

①為了擴張無用處的土地
②因為仁州郡泥灘的品質低落
③因為國土開發永遠是最優先的事
④為了改善汙染水質的淨化能力

44 이 이야기의 중심 내용으로 맞는 것을 고르십시오.

① 간척사업으로 국토를 좀 더 넓혀야 한다.
② 갯벌 파괴를 멈추고 소중한 자원을 보존해야 한다.
③ 갯벌에 다양한 생물들이 살 공간을 만들어 줘야 한다.
④ 오염 물질이 배출될 수 있는 산업 지역을 없애야 한다.

自然環境紀錄片大多是以號召大家保護環境為中心內容的。文中也說到「就算不再強調說明保護海灘的重要性，也要保證以後破壞寶貴的自然環境的事情不再發生」，所以正確答案為②。

①必須透過圍海造地工程擴大國土的範圍。
②必須停止泥灘的破壞並保存珍貴的資源。
③必須在泥灘中創造出多樣化生物生活的空間。
④必須消滅會排出汙染水質的地區。

Step 5 實戰練習

※ [43~44] 다음은 다큐멘터리입니다. 잘 듣고 물음에 답하십시오. 각 2점 

43 백령도가 자연 생태계의 보고가 된 이유로 맞는 것을 고르십시오.

① 백령도의 환경과 지리적 특성 때문에
② 백령도에 '새들의 아파트'가 있기 때문에
③ 백령도는 지리적으로 바위가 많기 때문에
④ 백령도는 사람의 왕래가 빈번한 곳이기 때문에

44 이 이야기의 중심 내용으로 맞는 것을 고르십시오.

① 백령도는 남해안에 위치한 고립된 섬이다.
② 백령도는 조류들의 소중한 집단 서식지이다.
③ 자연 생태계는 따뜻한 온풍을 따라 이동한다.
④ 국경 없이 오가는 생태계의 모습이 감동적이다.

서해안 西海岸	**위치하다** 位於	**백령도** 白翎島	**지리적** 地理上的	**손길이 닿다** 手伸過來，觸及	
고립되다 被孤立	**보고** 報告	**흘러들다** 流入	**온풍** 暖風	**둥지를 틀다** 築巢	**알을 낳다** 產卵
바위 岩石	**집단적** 集體的	**해상** 海上	**왕래** 往來	**국경** 國境	**새삼** 重新
빈번하다 頻繁的	**오가다** 來往	**감동적** 感人的			

45-46

Step 1 必考單字

고유문화	名 固有文化	오래 전부터 이어져 온 문화를 고유문화라고 한다. 從以前流傳至今的文化稱為固有文化。
근거	名 根據	근거도 없는 소문을 믿으면 안 된다. 不能隨便相信沒有根據的謠言。
논리	名 法則，邏輯	이해할 수 없는 논리로 자신의 의견을 내세우고 있다. 正在以令人無法理解的邏輯提出自己的意見。
분야	名 領域	그는 컴퓨터 분야에서 만큼은 능력을 인정받고 있다. 他在電腦領域的努力受到了認可。
인공적	名 人工的	사람들에 의해서 만들어진 것을 인공적이라고 한다. 人力製造的東西稱為人工。
창조적	名 創造性的	요즘 회사에서는 창조적인 사고를 갖고 있는 인재를 원한다. 最近公司希望招攬擁有創意想法的人才。
협조	名 合作	우리 부서에서 해결할 수 없는 일이 생겨서 옆 부서에 협조를 요청했다. 因為發生我們部門無法解決的事情，所以請求了隔壁部門的協助。
기증하다	動 贈送，贈與	할머니는 지금까지 모은 재산을 어려운 사람들을 위해서 기증했다. 奶奶將至今累積的財產，全部捐增給生活有困難的人們。
대체하다	動 代替，取代	화석 연료를 대체할 새로운 에너지 개발이 한창이다. 現在正是開發替代石油燃料能源的時候。
소통하다	動 溝通	한국어를 잘 못해서 한국 사람과 소통하는 것이 어렵다. 因為韓語說得不好，所以很難與韓國人溝通。
여기다	動 認為，感到	요즘 신세대 직장인들은 일보다 가족을 더 소중히 여긴다고 한다. 最近新世代的上班族比起工作，更重視家人。
제시하다	動 提出，提交	문제를 해결할 수 있는 좋은 대안을 제시했다. 提出了能解決問題的好對策。
중요시하다	動 重視	결과보다는 일의 과정을 중요시해야 한다. 比起結果，更應該重視事情的過程。
드물다	形 稀少，罕見	겨울에는 눈이 많이 와서 등산하는 사람이 드물다. 冬天因為雪下得很大，所以登山客很稀少。

Step 2 必考文法

N에 불과하다	表示無法超越前面提到的水準或數量。 생일파티에 초대된 인원은 3명에 불과했다. 邀請來生日派對的人不過才三個。
A/V-(으)ㄹ 뿐만 아니라	表示不僅包括前面提到的事實或情況，還包括與後面相似的事實或情況。 그 영화는 재미있을 뿐만 아니라 매우 감동적이다. 那部電影不只很有趣，還很感人。

Step 3 題型分析

※ [45~46] 다음은 강연입니다. 잘 듣고 물음에 답하십시오.

以下是演講，請仔細聽，並回答問題。

這是聽演講解題的題型。演講內容以圍繞主題傳授知識和闡述個人主張兩種形式為主，這種類型的題目多數包含個人的主觀見解，所以要注意聽說話者想要闡明的觀點是什麼，以及提出這樣的觀點是以怎樣的資料做為依據。

45 들은 내용과 일치하는 것 고르기

選擇和所聽內容相符的選項

要從大方向出發，對內容進行全面的分析。在掌握文章的中心思想後，先找出與聽到的內容不符的選項。選項中會出現對話中沒有提及或是與文意相反的內容來干擾解題，在此需提起注意。此外，選項並不是依照對話的脈絡走向按順序給出的，所以解題時要提前閱讀各選項的內容。最後，選項中大多會使用與原文中類似的表達方式說明相同的內容，所以要認真思考後再解題。

46 여자(남자)의 태도로 알맞은 것 고르기

選擇符合女生（男生）的態度的選項

1) 什麼事：

자신의 견해를, 다른 사람의 견해를

2) 以什麼樣的方法：

사례를 들어, 기준을 제시하여, 관찰로, 논리로, 종합적으로, 객관적으로, 예시를 통해, 근거를 통해

3) 正在做：

평가하다, 설명하다, 증명하다, 비판하다, (결론을) 유도하다, 분류하다, 분석하다, 설득하다, 주장하다

在認真聽整段內容的同時，注意掌握內容的中心主題是什麼、提出意見的人是誰，以及說話人在向聽眾傳達自己的思想時是以怎樣的方式表述。選項中一般以「1)什麼事情 2)以什麼樣的方法 3)正在做」這樣的形式出現，所以事先掌握各部分內容會以怎樣的形式出現，對解題很有幫助。

Step 4 考題分析

考古題

※ [45~46] 다음은 강연입니다. 잘 듣고 물음에 답하십시오.

각 2점 track 52

여자: '진정한 친구가 3명만 있어도 성공한 인생'이라는 말이 있지요? 그만큼 우리는 절친한 관계를 중요하게 여깁니다. 반면 '그냥 아는 사이', 즉 '유대관계가 약한 사람들'에 대해서는 그다지 중요하게 여기지 않습니다. 그런데 때로는 그렇지 않은 상황이 있습니다. 외부 세계와 소통하고 정보를 교환할 때는 오히려 약한 유대관계가 결정적 역할을 할 확률이 높거든요. 실제로 직장인들의 취업 경로에 대한 조사 자료를 보면 개인적인 접촉으로 직장을 구한 사람 중에서 자주 만나는 친구로부터 정보를 얻었다는 사람은 14%에 불과했습니다. 나머지 86%는 가끔 만나는 사람이나 아주 드물게 만나는 사람에게서 정보를 얻었다는 것이죠.

45 들은 내용과 일치하는 것을 고르십시오.

① 유대관계가 긴밀한 사람이 많아야 성공한 인생이다.
② 그냥 아는 사이의 사람이 중요한 도움을 줄 수 있다.
③ 우리는 보통 약한 유대관계의 사람들을 중요시한다.
④ 개인적인 접촉을 자주 해야 절친한 관계를 맺을 수 있다.

46 여자의 태도로 가장 알맞은 것을 고르십시오.

① 구체적인 자료를 통해 해결책을 제시하고 있다.
② 각각의 견해에 대해 논리적으로 분석하고 있다.
③ 조사 결과를 근거로 자신의 의견을 제기하고 있다.
④ 상대방의 동의를 구하며 자신의 주장을 펼치고 있다.

<TOPIK 36회 듣기 [45~46]>

- 진정하다 真正的
- 절친하다 相當親密
- 유대관계 友誼關係
- 그다지 並不怎麼
- 외부 外部
- 확률 概率
- 경로 渠道，通道
- 접촉 接觸，碰撞
- 나머지 剩下的
- 긴밀하다 緊密
- 관계를 맺다 形成關係
- 논리적 邏輯上的，理論上的
- 제기하다 提出
- 주장을 펼치다 提出主張

文中指出，不常見面的人給出的就業建議，在最終就業時發揮決定性作用的可能性高達86%。「가끔 만나는 사람（偶爾見面的人）」和「그냥 아는 사이（只是認識的關係）」所指的對象是一樣的，所以正確答案為②。

① 要擁有很多友誼關係緊密的人，才算是成功的人生。
② 只是認識的人能夠給予重要幫助。
③ 我們常重視友誼關係較薄弱的人。
④ 要經常有私下的接觸才能建立緊密的關係。

只是認識關係的人會給予自己更多的幫助的調查結果（86%）是說話人提出觀點的依據，所以正確答案為③。

① 透過具體的資料提出解決辦法。
② 針對不同的見解進行理論性的分析。
③ 依據調查結果提出自己的意見。
④ 尋求對方的同意並展現自己的主張。

範例題

※ [45~46] 다음은 강연입니다. 잘 듣고 물음에 답하십시오.

각 2점 track 53

여자: 최근 한국의 전통음악과 서양의 음악이 어우러지는 공연들이 지속적으로 소개되면서 인기를 끌고 있는데요. 클래식 음악인 캐논 변주곡을 전통 악기인 가야금 연주에 맞춰 추는 비보이 팀의 공연은 우리의 귀를 즐겁게 해 주고 있습니다. 이렇게 국악에 다른 장르를 접목시킨 것을 퓨전 국악이라고 부르고 있습니다. 이러한 작업들을 보면서 몇몇 분들은 전통의 가치를 흐린다고 우려하시는 분들도 있지만 저는 그렇게 생각하지 않습니다. 전통 타악기를 모아 만든 사물놀이도 처음에는 전통을 흐린다는 비판을 받았지만 요즘은 세계적인 공연이 되어 국악의 아름다움을 알리지 않았습니까? 우리의 고유문화를 전통이라는 틀 안에만 가두어 두지 말고 다양한 시도를 통해 소개한다면 여러 분야에서 새로운 한류를 만들어 낼 수 있지 않을까요? 이렇듯 오래됐거나 잊혀 사라져 가는 것들에 긍정적이고 창조적인 에너지를 더한다면 그것 자체를 살릴 수 있을 뿐만 아니라 더 나아가 새로운 문화를 만들 수 있는 계기가 될 거라 생각합니다.

- 어우러지다 協調，相容
- 지속적 持續的
- 클래식(classic) 古典
- 캐논 변주곡 卡農協奏曲
- 가야금 伽倻琴
- 연주에 맞추다 配合演奏
- 비보이(B-boy) 街舞男孩
- 장르 體裁
- 접목시키다 結合
- 퓨전 국악 混合國樂
- 흐리다 渾濁，模糊
- 타악기 打擊樂器
- 사물놀이 四物表演
- 틀 框架，模具
- 가두다 關，圈，堵
- 나아가다 往前走，前進
- 계기 契機
- 예시 示例
- 기준 標準，基準

45 들은 내용과 일치하는 것을 고르십시오.

① 전통음악, 서양음악, 대중음악은 어울리지 않는다.
② 다양한 퓨전 국악에 대한 사람들의 반응은 긍정적이다.
③ 사물놀이는 처음 소개될 때부터 세계적인 관심을 받았다.
④ 잊혀 사라져 가는 전통문화를 찾아 소개하는 것이 중요하다.

混合國樂是指把傳統國樂融入其他體裁形成的新的音樂表現形式。在內容的開始部分也給出了例如「混合國樂最近受到廣大歡迎」等肯定的表達方式，所以正確答案為②。

① 傳統音樂、西洋樂以及大眾音樂無法互相融合。
② 大眾對各種混合國樂的反應良好。
③ 四物表演從一開始被介紹時，就受到全世界的矚目。
④ 找出並介紹被遺忘而逐漸消失的傳統文化是很重要的事。

46 여자의 태도로 가장 알맞은 것을 고르십시오.

① 다른 사람의 의견을 예를 들어 비판하고 있다.
② 예시와 근거를 들어 자신의 견해를 제시하고 있다.
③ 서로 다른 견해를 비교하면서 자세히 소개하고 있다.
④ 새로운 기준을 제시하려고 다양한 논리를 설명하고 있다.

女生首先對混合國樂這個新領域進行了介紹，然後就此延伸開來，提出「給時代比較久遠或是被遺忘的事物賦予正面而具有創造性的能量，就能產生新的文化」的觀點，所以正確答案為②。

① 對其他人的意見提出例子加以批判。
② 列舉出實例及證據提出自己的見解。
③ 互相比較對方的意見，並詳細說明。
④ 為提出新標準，正在說明各種理論。

45-46

Step 5 實戰練習

※ [45~46] 다음은 강연입니다. 잘 듣고 물음에 답하십시오. 각 2점 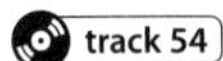

45 들은 내용과 일치하는 것을 고르십시오.

① 우리나라는 현재 혈액을 외국에서 수입하지 않고 있다.
② 헌혈에 사용된 도구들은 한 번 사용 후 모두 버려지고 있다.
③ 헌혈로 인해서 질병에 감염된 사례들이 많이 보고되고 있다.
④ 헌혈증서는 필요한 이웃들을 위해 적극적으로 기증해야 한다.

46 남자의 태도로 가장 알맞은 것을 고르십시오.

① 헌혈에 대한 오해를 해결하기 위해 설명하고 있다.
② 헌혈에 대한 사람들의 협조와 참여를 요청하고 있다.
③ 헌혈의 안정성과 혜택을 위한 정책을 요구하고 있다.
④ 혈액의 자급자족을 위한 대책 방안을 주장하고 있다.

수혈 輸血	**급박하다** 迫切，急劇	**처하다** 處於，面臨	**마련되다** 準備好	**헌혈** 捐血
혈액 血液	**수입하다** 引進，輸入，進口	**자급자족하다** 自給自足		**연간** 年度
헌혈자 捐血者	**감염되다** 感染 **무균 처리** 無菌處理	**폐기 처분** 報廢處理	**도리어** 反而	**사례** 事例
헌혈증서 捐血證書	**요청하다** 邀請			

47-48

Step 1 必考單字

경쟁력	名 競爭力	경쟁력을 키우기 위해 새로운 기술 개발에 많은 투자를 하고 있다. 為了培養競爭力，在新的技術開發上做了很多投資。
구성원	名 成員	올해는 가족 구성원 모두가 건강했으면 좋겠습니다. 希望今年全家人都能身體健康。
선진국	名 先進國家	정치, 경제, 문화 등이 발달한 나라를 선진국이라고 한다. 政治、經濟及文化等方面上發達的國家稱作先進國家。
원자력	名 原子能	원자력 에너지 대신에 사용할 수 있는 대체 에너지 개발이 필요하다. 需要開發能替代原子能源的能源。
현황	名 現狀	신제품의 판매 현황을 조사하여 사장님께 보고서로 제출했다. 調查新品的販賣量情況向總經理提出報告書。
기대하다	動 期待	그 연극은 기대했던 만큼 재미있지는 않았다. 那個話劇不如期待的有趣。
발맞추다	動 迎合，追上	세계와 발맞추어 나가기 위해서는 빠른 정보력이 필요하다. 為了與世界接軌，需要快速的情報能力。
복원하다	動 復原	전쟁으로 사라졌던 문화재를 다시 복원하고 있다. 正在復原因戰爭消失的文化財。
선호하다	動 偏好	젊은 사람들은 주택보다 아파트를 선호한다. 年輕人比起獨棟建築，比較偏好公寓。
육성하다	動 培養，培育	정부는 나라의 발전을 위해 젊은 인재를 육성하고 있다. 政府為了國家的發展，正在培育年輕的人才。
흥행하다	動 熱播，大賣	영화는 사람들에게 인기를 얻어야 흥행할 수 있다. 電影需要受到大眾的喜愛，才能有好的票房。
거창하다	形 宏偉，巨大	방학이 시작되기 전에는 거창한 계획을 세워 놓았지만 모두 지키지 못했다. 雖然在放假前訂了很偉大的目標，但沒有一個能真正實行。
뛰어나다	形 卓越的	그는 그림에 뛰어난 소질을 갖고 있다. 他在繪畫方面有卓越的才能。
절실하다	形 切實，迫切	이번 시험에서 떨어지면 더 이상 기회가 없기 때문에 더 절실하다. 如果在這次考試落榜的話，就再也沒有機會，因此心情很迫切。

Step 2 必考文法

N에 발맞추어	表示跟隨或迎合前面提及對象的行動。 학생들은 세계화에 발맞추어 외국어 실력을 쌓아야 한다. 學生為了能與世界接軌，必須累積外語能力。
V-아/어 가다	表示某種狀態的持續或某種行為的持續進行。 송년회 행사 준비가 잘 되어 가고 있다. 尾牙的準備進行得很順利。

Step 3 題型分析

※ [47~48] 다음은 대담입니다. 잘 듣고 물음에 답하십시오. **以下是對談，請仔細聽，並回答問題。**	這是聽談話解題的題型。在談話中，主持人提出要討論的社會熱門話題，專家（博士、代表、老師）會針對這些問題給出詳細的分析說明。主持人提出的社會熱門話題在社會上的影響度是解題的關鍵，所以，解題時要在聽清楚主持人的說明和提問，從話語中判斷專家是誰，以及談話的主題是什麼等重要訊息。
47 들은 내용과 일치하는 것 고르기 **選擇和所聽內容相符的選項**	解題時要對整段內容進行分析。選項內容均出自主持人和專家的對話當中，所以要集中精力，仔細聽整段內容。在掌握了內容的中心思想後，先找出與文意不符的選項。選項中會出現對話中沒有提及或是與文意相反的內容來干擾解題，在此需多加注意。此外，選項並不是依照對話的脈絡走向按順序給出的，所以解題時要提前閱讀各選項的內容。
48 여자(남자)의 태도로 알맞은 것 고르기 **選擇符合女生（男生）的態度的選項**	專家一般會在談話中提出自己的想法或是意見。掌握引出個人態度的表達方法，例如「우려를 나타내다, 촉구하다, 희망하다, 진단하다, 강조하다」等，對解題很有幫助。

Step 4 考題分析

考古題

※ [47~48] 다음은 대담입니다. 잘 듣고 물음에 답하십시오.

각 2점 track 55

남자: 장애를 딛고 평생을 장애인의 권익을 위해 살아오신 황연대 선생님을 모시고 말씀 나눠 보겠습니다. 이번 장애인 올림픽에서도 선생님의 이름을 딴 '황연대 상'이 시상되었는데요. 먼저 여기에 대해 간단하게 말씀해 주시지요.

여자: 벌써 20년이 되었는데요, 제 이름을 딴 상을 시상하는 게 아직도 익숙하지 않습니다. 제가 거창한 일을 했다고 생각하지는 않고요. 다만 우리 장애인 스스로 한 사람의 당당한 사회 구성원으로 제 몫을 다하기를 바랐을 뿐입니다. 이 상은 장애를 극복하려는 의지를 가장 잘 보여 준 선수에게 주고 있는데요. 고맙게도 지금까지는 수상자들이 제 기대 이상으로 사회에서 당당하게 자리를 잡았습니다. 그 점을 항상 고맙게 생각합니다.

47 들은 내용과 일치하는 것을 고르십시오.

① 황연대 상은 운동 실력이 가장 뛰어난 선수에게 준다. X
② 황연대 상은 이번 장애인 올림픽에서 처음 시상되었다. X
③ 여자는 장애를 극복하고 다른 사람을 위한 삶을 살았다.
④ 여자는 직업을 통해 사회에서 당당히 자리 잡게 되었다. X

48 여자의 태도로 가장 알맞은 것을 고르십시오.

① 장애를 극복한 선수들과의 관계를 중요시한다.
② 장애인을 위해 자신이 한 일을 자랑스러워하고 있다.
③ 올림픽을 통해 장애인의 권익이 보호되기를 기대하고 있다.
④ 장애인들이 사회인으로 자신 있게 자리 잡기를 염원하고 있다.

※ 類似的表達
사회 구성원으로 제 몫을 다하다
⇒ 사회인으로 자신 있게 자리 잡다

<TOPIK 37회 듣기 [47~48]>

- 장애를 딛다 跨越障礙
- 권익 權益
- 이름을 따다 獲得稱號
- 시상되다 授獎，頒獎
- 당당하다 理直氣壯，堂堂正正
- 제 몫을 다하다 盡自己的職責
- 극복하다 克服
- 수상자 獲獎者
- 자리를 잡다 落座，落腳
- 실력 實力
- 자랑스러워하다 自豪
- 염원하다 期盼，盼望

文中提到的女生是克服一切障礙捍衛身障人士權益的黃老師，所以正確答案為③。

① 黃蓮代獎頒給體育實力最卓越的選手。
② 黃蓮代獎在這次的殘障奧運中第一次授獎。
③ 這名女性克服殘疾，並為他人而活。
④ 這名女性藉由職業在社會中取得一席之地。

女生表示，她認為身障人士也是社會的一份子，她只是希望做她應該做的事情。「염원하다」的意思是期盼，盼望，所以正確答案為④。

① 重視和克服身障的選手們間的關係。
② 對自己為殘疾人士所做的事感到驕傲。
③ 期待能透過奧運，保護殘疾人士的權利。
④ 盼望殘疾人士能夠做為社會的一份子，有自信地盡一己之力。

範例題

※ [47~48] 다음은 대담입니다. 잘 듣고 물음에 답하십시오.

각 2점 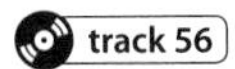

여자: 최근 선진국에서 대체 에너지 산업이 새롭게 주목 받고 있습니다. 우리나라도 이러한 움직임에 발맞추어 움직여야 할 텐데요. 우리나라의 대체 에너지 산업 현황은 어떻습니까? 장관님.

남자: 우리나라는 그동안 화석연료와 원자력 발전에 의존도가 높은 나라였습니다. 그래서 대체 에너지 산업에서는 아직 걸음마 단계라 할 수 있겠습니다. 하지만 화석연료의 고갈과 원전의 위험성뿐만 아니라 앞으로 각광 받는 차세대 산업으로서, 그리고 환경보호라는 차원에서도 대체 에너지 산업을 적극적으로 육성해야 할 것입니다. 앞으로 국가가 적극적으로 나서서 기업이 투자할 수 있는 환경을 만들어 기술 개발에 박차를 가한다면 머지않아 선진국 못지않은 경쟁력을 갖게 될 것입니다.

- 대체 에너지 替代能源
- 주목(을) 받다 受人矚目
- 움직이다 移動
- 장관 長官
- 화석연료 天然燃料
- 의존도 依賴程度
- 걸음마 단계 學步階段
- 고갈 枯竭
- 원전(원자력 발전) 核能發電
- 위험성 危險性
- 각광(을) 받다 受矚目
- 차세대 下一代
- 차원 角度，出發點
- 박차를 가하다 加快腳步
- 못지않다 不亞於，不次於
- 진단하다 診斷

47 들은 내용과 일치하는 것을 고르십시오.

① 우리나라의 대체 에너지 산업은 경쟁력이 높은 편이다.
② 대체 에너지 산업은 앞으로 발전 가능성이 높은 산업이다.
③ 우리나라는 대체 에너지 산업을 적극적으로 지원하고 있다.
④ 대체 에너지 산업은 국가보다는 기업의 적극적 투자가 절실하다

男生認為，替代能源產業將會在今後成為備受矚目的新產業，應該積極地發展。也就是說，替代能源產業是一個很有發展前景的產業，所以正確答案為②。

① 我們國家的替代能源產業算是競爭力高的。
② 替代能源產業是在未來有高度發展性的產業。
③ 我們國家正積極地支援替代能源產業。
④ 替代能源產業比起國家，更需要企業的積極投資。

48 남자의 태도로 가장 알맞은 것을 고르십시오.

① 현재 주목 받는 에너지 산업의 문제점을 비판하고 있다.
② 선진국의 대체 에너지 산업에 대해 우려를 나타내고 있다.
③ 대체 에너지 산업이 가지고 있는 문제점을 진단하고 있다.
④ 대체 에너지 산업이 가지고 있는 가치에 대해 설명하고 있다.

男生表示對發展替代能源產業持肯定的看法的同時，也說明了替代能源產業的意義和長處，以及在韓國的發展空間，所以正確答案為④。

① 批評現今受到矚目的替代能源產業的問題。
② 表現出對先進國家的替代能源產業的憂慮。
③ 評估替代能源產業本身的問題。
④ 說明關於替代能源產業的價值。

Step 5 實戰練習

※ [47~48] 다음은 대담입니다. 잘 듣고 물음에 답하십시오. 각 2점 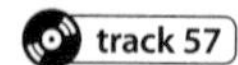

47 들은 내용과 일치하는 것을 고르십시오.

① 이번에 제작된 영화는 흥행에 실패하였다.
② 감독은 이번 영화를 통해 상을 받게 되었다.
③ 옛날에 만들어진 영화는 주로 슬픈 내용이 많았다.
④ 블록버스터 영화는 내용보다 볼거리에 중점을 두고 있다.

48 남자의 태도로 가장 알맞은 것을 고르십시오.

① 블록버스터 영화의 특성을 설명하고 있다.
② 앞으로의 영화 제작의 방향을 제시하고 있다.
③ 영화 시장의 상업화에 대한 우려를 표현하고 있다.
④ 젊은이들이 옛날 영화를 봐야 한다고 강조하고 있다.

재구성하다 重新構成	**리메이크(remake)** 翻拍，翻唱		**제작하다** 製作	**홍보하다** 宣傳
궁금하다 好奇，想知道	**자극적** 刺激的，刺激性		**화려하다** 華麗，華美	
블록버스터(block buster) 巨製影片	**시각적** 視覺的	**감성** 感性	**세대** 世代	**상업화** 商業化
경종을 울리다 敲響警鐘，提出警訊	**볼거리** 值得觀賞的	**중점을 두다** 把…作為重點		

49-50

Step 1 必考單字

관점	名 觀點	환경문제는 장기적인 관점으로 해결해 나가야 한다. 環境問題必須以長期的觀點去解決。
기아	名 飢餓	많은 사람들이 아직도 기아로 인해 고통 받고 있다. 仍有許多人因為飢餓而受苦。
발효	名 發酵	김치, 된장, 고추장 등은 한국의 발효 식품이다. 泡菜、大醬及辣椒醬等是韓國的發酵食品。
수단	名 手段，方式	지하철은 빠르고 편리한 교통수단이다. 地鐵是快速又方便的交通方式。
저서	名 著作	유명한 사람들이 쓴 저서를 읽으면 인생에 많은 도움이 된다. 閱讀有名的人著作的書，對人生有很大的幫助。
지구촌	名 地球村	지구촌은 지구가 한 마을과 같다는 뜻이다. 所謂的地球村，是指地球就如同一個村落的意思。
확보	名 確保	많은 일자리 확보를 위해 노력하고 있다. 為了確保眾多就業機會而正在努力。
가공하다	動 加工	직접 짠 우유를 가공해서 치즈를 만들어서 팔았다. 將直接擠出的牛奶加工後，製作成起司販賣。
반박하다	動 反駁	반박할 수 없는 완벽한 논리로 주장을 펼쳤다. 以令人無法反駁的完美理論，發表了自己的主張。
보도하다	動 報導	이번 화재 사건을 신문과 텔레비전에서 보도하였다. 這次的火災事故經由報紙及電視被報導出來。
증명하다	動 證明	그 사람의 무죄를 증명할 수 있는 증거 자료가 필요하다. 需要能夠證明那個人無罪的證據資料。
해석하다	動 解釋，說明	역사는 어떻게 해석하느냐에 따라 달라진다. 歷史根據分析的方式不同而有所差異。
바람직하다	形 有望，可取的	아이가 잘못을 했을 때는 따끔하게 야단을 치는 것이 바람직하다. 孩子犯錯的時候，嚴厲的責罵是較為合適的。
풍부하다	形 豐富	경제적으로 풍부한 그는 모든 것을 가지고 있다. 經濟富足的他擁有所有的東西。

Step 2 必考文法

N을/를 위해서	表示為了給予某人幫助，或為了達成某種目標。 아버지는 가족을 위해서 **밤낮없이 일하신다.** 父親為了家人，不分晝夜地工作。
V-(으)ㄹ 만큼	表示與前面內容相似，或以此為標準。 나는 **암에 걸려서** 죽을 만큼 **아팠다.** 我因為罹患癌症，而痛到生不如死。
N에서 비롯되다	表示以某種對象開始，或以此為契機。 **잘못된 행동은** 가정에서 비롯되는 **경우가 많다.** 不對的行為經常是自原生家庭開始的。
N(이)야말로	表示對某種對象的強調，相當於中文的「（只有）……才……」。 김치야말로 **최고의 건강식품이다.** 泡菜才是最好的保健食品。

Step 3 題型分析

※ [49~50] 다음은 강연입니다. 잘 듣고 물음에 답하십시오.

以下是演講，請仔細聽，並回答問題。

這是聽演講解題的題型。內容傳授與主題相關的專業知識的同時，也闡述個人觀點。科學，政治，社會，傳統等方面的題材出現的頻率較高，應該注意相關單字及表達方式的積累。

49 들은 내용과 일치하는 것 고르기

選擇和所聽內容相符的選項

解題時要對整段內容進行分析。仔細聽整段內容，在掌握了內容的中心思想後，先找出與文意不符的選項。選項中會出現對話中沒有提及或是與文意相反的內容來干擾解題，在此需多加注意。此外，選項並不是依照對話的脈絡走向按順序給出的，所以解題時要提前閱讀各選項的內容。

50 여자(남자)의 태도로 알맞은 것 고르기

選擇符合女生（男生）的態度的選項

※ 常用的態度表達：

결론을 끌어내다, 규명하다, 동의를 구하다, 반박하다, 반성하다, 예측하다, 정당화하다, 판단을 요구하다

題目要求找出正確描述演講者態度的選項。掌握闡明個人態度時常用的表達方式，對解題很有幫助。

Step 3 題型分析

考古題

※ [49~50] 다음은 강연입니다. 잘 듣고 물음에 답하십시오.

각 2점 track 58

여자: 마키아벨리의 정치 사상을 해석하는 관점은 두 갈래로 나뉩니다. 먼저 군주는 목적을 위해서라면 수단과 방법을 가릴 필요가 없다는 기존의 해석인데요. 군주에게 도덕심은 필요 없으며 이익과 권력을 지키려면 잔인한 방법도 써야 한다는 것이 그의 사상의 핵심입니다. 다른 하나는 최근 나타나고 있는 새로운 해석인데요. 마키아벨리가 강력한 군주를 요구한 건 맞지만 그것은 비상상황에 필요한 존재일 뿐이고 권력의 바탕은 언제나 국민이었다는 겁니다. 지금까지 마키아벨리는 냉혹한 정치 기술자로 인식되었는데 새로운 시각에서는 국민과 함께 잘 살기 위한 군주상을 제시했다고 본 겁니다. 진짜 마키아벨리의 생각은 무엇이었을까요? 여러분도 직접 그의 저서를 읽고 판단해 보시죠. 정치 철학을 고민해 볼 좋은 기회가 될 겁니다.

<TOPIK 36회 듣기 [49~50]>

- 마키아벨리(Machiavelli) 基雅維利
- 정치 사상 政治思想
- 갈래 分支，門派
- 군주 軍主，元首
- 가리다 分辨，區分
- 도덕심 道德心
- 권력 權力
- 잔인하다 殘忍
- 핵심 核心
- 강력하다 強烈
- 비상상황 緊急情況
- 냉혹하다 冷酷
- 군주상 君主形象，君主氣概
- 철학 哲學
- 정당하다 正當
- 결론을 끌어내다 引出結論
- 청중 聽眾

49 들은 내용과 일치하는 것을 고르십시오.

① 마키아벨리는 국민을 권력의 바탕으로 보았다.
② 마키아벨리는 바람직한 국민의 모습을 제시했다. X
③ 마키아벨리는 군주의 도덕성을 중요하게 생각했다. X
④ 마키아벨리는 어떤 경우든 수단을 정당하다고 보았다. X

關於馬基維利，女生做了兩點介紹。在內容的中間部分介紹了最近新出現的一種解釋，「人民永遠是權力的基礎」，所以正確答案為①。

①馬基維利將人民視為權力的基礎。
②馬基維利提出了人民應具備的樣貌。
③馬基維利重視君主的道德性。
④馬基維利認為不管遭遇什麼情況，都必須使用正當的手段。

50 여자의 태도로 가장 알맞은 것을 고르십시오.

① 각각의 견해를 비판하며 우려를 나타내고 있다.
② 다양한 사례를 분석하여 결론을 끌어내고 있다.
③ 새로운 평가를 반박하며 청중의 동의를 구하고 있다.
④ 새로운 해석을 소개하며 청중의 판단을 요구하고 있다.

女生對原來的詮釋方法和最近新出現的說法進行了介紹。女生建議讀者親自去讀一下作品，然後自己去理解馬基維利思想，所以正確答案是④。

①批判各別的意見並表現出憂慮。
②分析各種事例並引導出結論。
③反駁新的評論並尋求聽眾認同。
④介紹新的分析並要聽眾自行判斷。

範例題

※ [49~50] 다음은 강연입니다. 잘 듣고 물음에 답하십시오.

각 2점 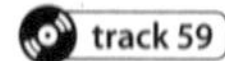

여자: 요즘 세계 언론에서는 얼마 지나지 않아 식량 위기로 인해 국제시장이 보이지 않는 전쟁을 할 거라고 보도하고 있습니다. 사실 국제적으로 생산되는 곡물은 지구촌의 모든 사람들이 먹을 수 있을 만큼의 양이 된다고 합니다. 하지만 선진국들이 육류 생산 증가와 바이오 연료 생산을 위한 곡물 확보, 그리고 지구온난화에 따른 기상이변으로 식량 공급에 대한 불안감이 곡물 가격 상승을 부추기고 있습니다. 여기서 곡물 가격 상승을 주도하는 식량 생산국들이 주로 선진국이라는 데 관심을 가져야 합니다. 선진국들은 자국의 이익과 직결되는 식량문제에 대해서는 적극적인 태도를 취하고 있지 않습니다. 그저 기아 문제를 겪고 있는 나라들에 대해 사회정치적 상황에서 비롯된 구조적 문제로 치부하고 있습니다. 선진국들은 식량 부족 문제를 국가적 이익의 관점에서 다룰 게 아니라 좀 더 범국가적이고 도의적인 관점에서 다시 한 번 바라봐야 할 것입니다.

49 들은 내용과 일치하는 것을 고르십시오.

① 이미 식량으로 인한 국가 간의 전쟁이 시작되었다.
② 사회정치적인 문제로 인하여 식량 문제가 발생하고 있다.
③ 세계적으로 생산되는 곡물은 세계 인구가 먹기에 부족하다.
④ 식량을 생산하는 나라들은 주로 경제적으로 부유한 나라들이다.

50 여자의 태도로 가장 알맞은 것을 고르십시오.

① 식량 부족 현상을 비난하며 원인 규명을 촉구하고 있다.
② 식량 부족의 원인을 분석하며 태도의 변화를 요구하고 있다.
③ 식량 부족 현상을 소개하며 앞으로의 상황을 예측하고 있다.
④ 식량 부족 해결 사례를 설명하며 새로운 대책을 제안하고 있다.

- 식량 위기 糧食危機
- 곡물 穀物
- 육류 肉類
- 바이오 연료 生物燃料
- 기상이변 氣象異變
- 상승 上升
- 부추기다 煽動，唆使
- 주도하다 主導
- 자국 痕跡，印記
- 직결되다 直接
- 태도를 취하다 採取…的態度
- 구조적 結構上的，結構性
- 치부하다 看作
- 범국가적 超越國界
- 도의적 道義上的
- 바라보다 看，指望
- 부유하다 富有
- 비난하다 譴責
- 규명 追究，查明
- 촉구하다 促使，要求
- 예측하다 預測

女生指出，先進國家也就是糧食大國們主導了穀物價格，使穀物價格上漲。先進國家指的是經濟上相對富裕的國家，所以正確答案為④。

①已經因糧食而引發國家間的戰爭。
②由於社會政治問題，產生糧食問題。
③全世界所生產的穀物不足以供全部的人使用。
④生產糧食的國家們，主要都是經濟上富裕的國家。

女生以批判的態度指出，使糧食價格上漲，導致糧食緊缺的罪魁禍首是發達國家，並呼籲其改變做法，所以正確答案為②。

①批判糧食不足現象的同時，要求查明其原因。
②分析糧食不足的原因，並且要求態度上的轉變。
③介紹糧食不足現象，並且預測未來的情況。
④說明解決糧食不足的實例，並提出新的對策。

Step 5 實戰練習

※ [49~50] 다음은 강연입니다. 잘 듣고 물음에 답하십시오. 각 2점 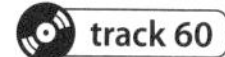

49 들은 내용과 일치하는 것을 고르십시오.

① 김치는 암세포의 성장을 억제시킨다.
② 세계 5대 건강 음식은 모두 발효 음식이다.
③ 항아리에 보관한 김치는 빨리 숙성이 된다.
④ 김치는 인공적으로 발효시켜 먹는 음식이다.

50 여자의 태도로 가장 알맞은 것을 고르십시오.

① 김치의 요리 비법을 자료를 통해 분석하고 있다.
② 김치가 한국의 대표 음식인 이유를 밝히고 있다.
③ 김치의 효능과 성분을 과학적으로 증명하고 있다.
④ 다양한 김치 보관 방법을 비교하여 평가하고 있다.

비타민(vitamin) 維生素	**유산균** 乳酸菌	**섬유질** 纖維質	**혈당** 血糖	**조절하다** 調整
소화 흡수 消化吸收 / **촉진하다** 促進	**항암효과** 抗癌效果	**절이다** 醃製	**액젓** 魚露	**땅에 묻다** 埋在地下
맛을 더하다 增添風味	**항아리** 缸	**겨우내** 整個冬天	**숙성시키다** 使釀熟	**암세포** 癌細胞
손색이 없다 毫不遜色	**억제시키다** 抑制，壓制		**비법** 秘方	**효능** 效用
성분 成分 / **과학적** 科學上的				

Step 4 參考翻譯

1-3

考古題 1-2

女：你的衣服怎麼全濕了？外面下雨嗎？

男：是啊，回家路上突然下起雨來。

女：請先用這個擦一下。

考古題 3

男：以30-40歲的女性為對象所進行的「購買化妝品場所」調查結果得知，最常使用的是化妝品專賣店。接下來由百貨公司和大型賣場接續在後，百貨公司顧客人數和去年相比，大幅下降。

範例題 1-2

女：不好意思，我把水打翻在筆電上，從那時開始，筆電就打不開了。

男：我看看。嗯…看樣子需要檢查。電腦今天就放這裡。

女：那麼，週末前請幫我修好。

範例題 3

男：最近由首爾市民的圖書購買地點調查結果得知，網路書店是最多人使用的。之後以大型書店和社區書店接續在後。使用社區書店的比例和五年前相比，大幅下降，結束營業的社區書店比例正在上升當中。

4-8

考古題

女：最近在找搬家的房子。

男：為什麼？你之前不是說過，很滿意現在住的房子。

女：＿＿＿＿＿＿＿＿＿＿

範例題

女：部長，我昨天因為感冒，所以還沒把會議資料全部準備好。

男：沒關係。那麼，你什麼時候可以完成？

女：＿＿＿＿＿＿＿＿＿＿

9-12

考古題

女：管理事務所對吧？我還沒收到管理費的收費通知，所以打電話問。

男：是嗎？請問您有確認過信箱嗎？昨天放進去了耶。

女：我看了，但沒有。我現在過去管理事務所的話，能拿的到嗎？

男：是的，您來的話，馬上再補發一份給您。

範例題

女：金部長，辦公室好像該買新的空調了。

男：為什麼？不是說可以修理嗎？

女：是可以修理，不過聽說費用可能不便宜，買新的好像比較好，怎麼做好呢？

男：那就買吧。李代理請幫忙找找適合的空調。

13-16

考古題 13

女：民秀阿，雖然很抱歉，但能不能去圖書館幫我借書？我昨天弄丟了學生證。

男：去圖書館的話他們會幫你辦一張出入證啊。

女：圖書館出入證？但我沒有照片，沒有照片也會幫我辦嗎？

男：圖書館那邊會幫你拍照的，用那個辦就可以了。

考古題 14

女：總務處廣播，預計今天下午兩點開始進行消防設施的檢查，於檢查期間可能會啟動緊急警報的鈴聲。且於檢測期間電梯將無法使用，屆時請利用樓梯，造成不便敬請見諒。

考古題 15

男：仁州市於去年四月開始引進責任制巡邏制度，此制度為一個地區各指定一位負責警察的制度。在各地區的布告欄貼有負責警察的照片及聯絡方法，居民24小時皆能聯絡到該位負責警察。此制度引進六個月內犯罪率便降低至將近一半，目前正在討論將此制度引進到其他地區。

考古題 16

女：市長，據我所知，市政府研修院改建成市民文化空間的工程正在施工中，能否請您對此稍微介紹一下。

男：是的，市府研修院因為設施老舊而閒置了好幾年。在計畫重建的時候，聽取了市民們的意見，發現多數市民希望能將它改建成文化空間。目前計畫未來此處將用作劇場或市民活動場所。下個月開始，我們市即將誕生全新的文化空間了。

範例題 13

女：最近利用網路團購買東西似乎很盛行？

男：嗯，雖然因為寄送的關係要等比較久，但便宜很多。

女：真的嗎？我也想買看看，但不知道怎麼買。

男：那我教妳，妳去試一次看看，其實不怎麼困難。

範例題 14

女：廣播通知，從下周開始，為了更完善利用圖書館置物櫃，預計將取消個人置物櫃，全面改為公共置物櫃。請於下週末前，將置物櫃中的個人物品清空。未來公共置物櫃只開放當天使用，請多加協助。

範例題 15

男：接下來是關於地區的文化活動資訊，此活動為全羅南道文化藝術團和全羅南道警察署同好會，為了地方居民們所準備的演出。預計將以和鄰居們一起的棉花糖音樂會為主題，以音樂解析和帶領大家唱歌等方式進行。準備此次演出的藝術團團長表示，希望這次的表演能將如棉花糖甜蜜的音樂，作為禮物送給地方居民們。

範例題 16

女：現在我來到了以壁畫聞名的村莊，讓我們去拜訪村莊的村長，聽他說說關於這個村莊的故事。

男：五年前，我們村莊成為再開發地區，面臨了可能消失的危機。附近藝術大學學生們對此感到非常可惜，從去年開始免費幫忙在牆壁上畫圖，於是才形成像現在這樣的壁畫村。托這些壁畫的福，村莊裡的事故少了很多，居民們也陸續開了咖啡廳及餐廳，到了週末，則有絡繹不絕的觀光客來訪。

17-20

考古題 17-19

男：秀美，你之前跟社團學弟妹說了很多稱讚的話嗎？

女：怎麼了嗎？那個後輩社團的事都負責的很好，其他人需要幫忙跟他說的時候，也一次都沒有拒絕，是值得稱讚的啊。

男：是嗎？但那個後輩聽了這樣的稱讚之後，以後就算想拒絕也沒辦法拒絕了，因為在意你的話，所以會想著必須要照做才行。

考古題 20

女：崔教授，您這次出了「和解的技巧」這本書，這本書中最強調的部分是什麼呢？

男：如果希望能和解，就要能提出自己的意見。許多時候人們為了能和解，會只重覆對方說的話和行為，然而，這樣對恢復關係完全沒有任何幫助，更可能會造成不好的影響。請先檢視並說出自己的話和行為吧，這樣就能看到對方燦爛的笑容的。

範例題 17-19

男：秀美小姐，聽說您辭掉了公司的工作，要去海外從事公益活動？

女：是的，因為如果不是現在，似乎就沒有機會了。雖然出國後再回來找工作可能會有點困難，但早點去國外似乎也比較好。

男：但是對於為了從事公益活動辭掉工作這點，我有些無法理解。在國內不是也可以從事各種公益活動嗎？

範例題 20

女：李福賢老師您以傳統方式製作傳統樂器而聞名，是否能請教有沒有什麼特別的原因呢？

男：我認為比起傳統樂器的普及，保護固有的傳統性更為重要。工廠製作樂器在傳統樂器的普及上有它的貢獻，然而用機器製作出的樂器發出的聲音，比不上用傳統方式製作之樂器所發出的。如果不能呈現出固有的樂聲的話，就無法說是真正的傳統了。

21-22

考古題

女：我之前註冊的購物商城聯絡我，說個資被洩漏出去了，我該怎麼辦呢？

男：個資洩漏？那你應該先去網站把你的密碼改掉。

女：也不是說常用，早知道就不要加入那個網站了，但購物商城不是應該更嚴格地管理個資才對嗎？尤其是最近那麼多事故發生。

男：個資的管理，也不能完全交給購物商城負責，若是常常更換密碼的話，就不會有這種事發生了。

範例題

女：金代理，最近午餐時間不吃飯都去了哪裡了呢？

男：我最近都去公司前面的健身房運動，因為就算想運動，也擠不出時間。

女：中午休息時間那麼短你還去運動，這樣不會覺得很有壓力嗎？吃完飯後去公園散步比較好吧。

男：聽說最近上班族很流行利用中午休息時間從事自我提升，晚上有別的約會，工作也很多，根本沒時間啊，所以午餐時間有只屬於自己的時間，還可以做些運動，我覺得很好。

23-24

考古題

女：英宇，你的公司生活如何呢？我因為工作不太適合自己的關係，有點辛苦。

男：是嗎？那麼換個部門如何呢？不是有求職平台嘛，讓想要換部門的人直接到想去的部門裡宣傳自己的那個。

女：我也聽說了有那種地方，但想到要去使用，就覺得有點壓力，還要看部長的臉色。

男：不要那樣想，公司也是偏向鼓勵使用，而且使用過的職員也都很滿意呢。

範例題

女：金代理，以老年族群為對象進行的「圖片說明書」服務反應如何呢？

男：到目前為止的反應似乎非常好，邊看圖片整理而成的說明書，邊幫助使用網路銀行的反應非常好。

女：那麼其他反應呢？有沒有其他負面的意見呢？

男：是的，托「圖片說明書」的福，能簡單使用帳戶查詢或轉帳的老年族群顧客增加了很多，大家都非常滿意。

25-26

考古題

女：老師，我聽說這所學校有能自己進行自我提升的計畫，能否請您簡單介紹一下？

男：好的，自主去完成自我提升計畫是非常重要的，而我們學校的計畫正是如此。學生們於學期初決定好自己想做的事，並挑選出其中一樣提出相關計畫書，學校只會在中途確認計畫的進度。學生們可以寫報告書或者採訪相關領域的專家，評分也是在學期結束左右時由自己進行，若對於結果不滿意，可於下個學期繼續挑戰。

範例題

女：聽說您不久前接受了美麗商店宣傳大使的委託，請問您進行這種活動有什麼原因嗎？

男：我平時就常有分享及貢獻才能的想法，而即使是很小的事，也一直進行到現在。透過這次的機會，想要更真心、積極參與其中。事實上雖然很多人都會想著要分享及貢獻才能，但真正去實踐卻有它的難處。我想要向他們傳達施比受更有福這樣的想法。

27-28

考古題

女：又是競選活動嗎？競選活動好是好，但一定要那麼吵嗎？聽說最近安靜的競選活動越來越多了。

男：就是說阿，有靜靜地主動握手的候選人，也有邊揮手邊打招呼的候選人啊。

女：並不是聲音越大，宣傳的效果就越好。

男：那可就不一定囉，因為候選人是自己選擇能讓自己更廣為人知的方法阿，並不能說什麼是好，什麼是不好。

女：你說的沒錯，但那樣的選舉活動，應該反而只會讓人感到反感。

範例題

女：你昨天看了足球比賽嗎？怎麼可以咬對方選手的手臂阿？

男：喔我也看了，真的令人無言，好險裁判有看到，沒看到的話該怎麼辦才好，網路上全部都是關於那個選手的事情。

女：應該要給那種選手嚴懲才行，對方選手不知道有多荒唐有多痛？

男：但是在比賽過程中，難免會有輕微的身體碰撞不是嗎？就算給輕微的懲戒也不會有事的樣子。

女：你說的有道理，就是因為每次在比賽當中犯規都只給輕微的懲罰，所以這種事情才會不斷地發生的樣子。如果能趁這次的機會，確切地讓他們知道犯規會被如何處置就好了。

29-30

考古題

女：文化遺產也是有損壞的話就必須修理，請問修理時必須將重點放在哪呢？

男：如果要修復文化遺產的話，通常大家都會認為要把它替換成新的東西，但是文化遺產的修復，並不只是單純更換毀損的部分，而是要在不毀損原型的範圍內進行再創造，這時候重要的是要不脫離文化遺產所蘊含的固有涵義，因此，我會不斷地重覆作業，直到原本的涵義被完整呈現，但是不管如何，最重要的還是要好好的管理及保存珍貴的文化遺產，使它不致於被損毀。

範例題

女：最近針對國高中生所實行的禁止體罰制度引起了正反意見的熱烈討論，對此您有什麼想法嗎？

男：體罰理所當然會對孩子們的教育及成長有一定的影響，我也同意體罰對於孩子的情緒及教育面上會有不好的影響，但是以現實層面來說，在教導尚未形成價值觀、無法自主判斷的孩子們責任感時，我們卻無法否認，到目前仍沒有其他的方案，甚至也有研究結果指出，體罰在教育面來說，對孩子有正面的效果，所以我認為，父母及教師在給予信任及疼愛的前提下，在教育時施加最少量的體罰，是有它的必要性的。

31-32

考古題

女：您提出了很多關於失業問題的方案，我認為增加時薪制工作機會，對目前情況來說是最好的辦法。

男：（溫和的反駁口氣）是的，當然增加時薪制的工作需求，也許會有立即的效果，但我認為在解決根本問題上，還是有困難的，並且反而有可能帶來更大的問題。

女：可能會發生哪種問題，是否能具體的說一下呢？

男：如果增加時間制的工作需求的話，那麼就必然會造成錄用新人的幅度降低，這樣一來，對於想要找正職的人而言，反而會因為機會不多，導致失業問題更加嚴重。

範例題

女：我無法支持為了在公司中吸菸的人，要另外安排空間的意見，而且要把原來的休息室改成吸菸區的想法，我也真的無法理解。

男：（委婉的反駁語氣）雖然我贊成在公司中另闢一個吸菸區，但我也很難同意要把原來的休息室移除的想法，那麼，把休息室的一部份分去作吸菸區，你覺得如何呢？

女：你說把休息室其中一部分隔成吸菸區嗎？那樣的話，不吸菸的人一定會因為菸味的關係無法好好休息。

男：不管是休息室還吸菸區，都是為了職員們所設置的空間，並希望藉此提升工作的效率，如果在吸菸區裡設有良好的通風設備，應該就不會有那樣的情況發生了，不知道您能否想想吸菸的人的苦衷，再次考慮看看呢？

33-34

考古題

女：各位，大家有想過水沸騰的過程嗎？水在沸騰前是沒有變化的，在99度前醞釀了熱量，在99度轉為100度的瞬間釋放熱量，開始沸騰，如果沒有那一瞬間，就很難期待會有變化出現。我們的人生不也是如此嗎？在我和各位的人生中，成功和失敗都是有可能的，能在最後那一決定性瞬間發揮自己的力量的人就能獲得成功，反之，無法做到的人就只能嘗到失敗的滋味。請各位練習發揮看看那百分之一的力量吧，成功終將屬於各位。

範例題

女：最近和以前很不同，不用電話或電子郵件。反而是在社群網路上問候對方及共享資訊，那麼，人與人的關係會因為社群網路而變更好嗎？當然人們因為便利的網路環境而不受時間及空間的限制，也因為社群網路的關係，能與更多的人形成多樣的人脈。社群網站確實對於維持人際關係有一定的幫助，然而，社群網站對於人們的人際關係有正向影響的同時，也使自己被孤立於社會之外。不僅如此，也可能因為微不足道的誤會而受到厭惡或是被輕視，因此我認為，如果能有效地利用社群網站無妨，如果無法做到的話，不如不要使用比較好。

35-36

考古題

男：我們企業與這個電視節目已經結緣將近40年了，40年前會開始全額支援這個電視節目的製作費用，是因為想要實踐企業培養人才的信念。我們認為比起透過廣告獲得的宣傳效果，支援人才這點更有必要性。特別是這個支援活動是我們企業所進行的第一個社會貢獻活動，因此意義非常深遠，將來我們也不會吝嗇於提供支援的。

範例題

男：在像這樣有深遠意義的地方聚集了大家，並且能夠讓大家知道「首爾的昨天與今日」展覽的開館訊息，是我的榮幸。如同各位所知道的，首爾歷經了耀眼的成長，而能夠達成如此迅速的成長的原動力到底是什麼，藉由回顧過去的面貌找尋它的起源，應該會是非常有趣的事。現今首爾已成為人口超越千萬的國際城市，此次展覽能夠將韓國的政治、經濟及文化的中心－首爾一覽無遺，並且也將以年代做為區別，把首爾變化的樣貌利用照片及影像一同展示，希望市民及青少年們未來能多加利用。

37-38

考古題

男：今天邀請到了韓英秀博士來為我們解說在「雨水研究室」裡所進行的事，博士，您可以開始了，

女：不太清楚我們「雨水研究室」裡到底在做些什麼事情的人應該非常多，其實，「雨水研究室」裡正在進行非常簡單而環保的工作，也就是將雨水變成乾淨的水。只要具備儲存的空間及淨化設施的話，雨水就會成為一種非常珍貴的資源，經過淨化的雨水，可以當作食用水及生活用水使用之外，也有其他多樣的用途，也就是說，隨意被丟棄的雨水，反而會成為我們生活中不能缺少的重要存在。

範例題

女：博士您所寫的「狠下一次心吧」這本書，引起了話

題，是否可以請您介紹一下這是本怎麼樣的書？

男：「狠下一次心吧」可以說是一本專為在工作及人生之中動搖的人們所寫的自我鍛鍊書，裡面包含了當想要逃離生活時、當壓力過大時、當陷入人生低潮時，該如何有智慧地去應對這些困境的要領。事實上，幾乎沒有人可以在面對不安及壓力時，還能悠然自處，因為隨時都要被和他人比較，也會時常感到動搖。然而，人生終究是由一連串的困難，與其選擇逃離或躲避，還不如正面去面對它。

39-40

考古題

男：農村竟然有保護環境的作用，這是我未曾想過的，平時提到農村，我們通常會想到供給食糧的功能不是嗎？那麼，可以請教博士農村還有什麼其它的功能嗎？

女：除了您剛剛提到的環境保護之外，在公益方面也有它的用途，也就是保存傳統文化，並且使國土能均衡發展。由於很重視農村的此種機能，因此在其他國家，有大量資金資助農村，如政府的補助金等，因為比起投資農業的費用，回饋社會的益處將會更多，也可以說是農業具有超越經濟指標的價值。

範例題

女：原來作為牛的飼料使用的玉米的量有這麼的多，真令人驚訝，那麼，吃草長大的牛和吃玉米長大的牛，有什麼地方不一樣呢？

男：在肉的成分中有一種叫做脂肪酸的成分，其中，脂肪酸-3是用來分解脂肪，而脂肪酸-6是用來累積脂肪。吃草或稻草長大的牛，體內這兩種脂肪酸皆分布平均，而吃玉米飼料長大的牛體內所帶有的脂肪酸-6明顯比較多。當然，吃飼料的牛，成長速度較快，在經濟上很高的價值，而且因為脂肪含量很高，決定肉質的大理石紋路也非常地美。但是，人類若攝取含有大量脂肪酸-6的肉，會使體內的脂肪細胞增生，產生發炎反應，成為引發各種疾病的原因。

41-42

考古題

男：各位，你們有聽過「蒙娜麗莎微笑的法則」嗎？依據科學家的分析，「蒙娜麗莎的微笑」中包含了83%的幸福感、17%左右的恐懼以及憤怒。他們把這個稱做為「蒙娜麗莎微笑的法則」，這個比率也被認為是蒙娜麗莎受到喜愛的理由，我們的生活似乎也如此。快樂及悲傷，幸福及不幸間相互調和而形成的人生，才能使我們感受到完整的幸福，悲傷與痛苦等負面的情緒並不是要使我們陷入挫折，反而能讓我們維持現實的感覺，並最終成為一種能使我們感受幸福感的力量。

範例題

男：我們今天要來認識一下最近越來越多人感染的新型病毒，這種新型病毒是經由鳥類、豬等氣候及土質問題而產生的新型疾病，傳染率相當高。其中埃博拉病毒更是造成超過3000名的感染者死亡，因此目前非常急需開發治療這種病毒的新藥。然而，即便如，各製藥公司以市場性不高為由，延遲新藥的開發，讓人感到非常惋惜。不過，到底為什麼這種新型病毒會如此快速地增加呢？大多認為是由於盲目地開發，導致地球暖化及生態平衡被破壞所造成，也就是說，大自然正在對人類提出強烈的警告。

43-44

考古題

女：這個地方是南與北對峙的非武裝區，韓國戰爭當時在此發生了最為激烈的鬥爭，使得幾乎所有的東西都被焦土化。原本什麼都沒留下的此處，由於長時間禁止出入，使得自然生態得以恢復，轉變成了生態區。依據環境部的調查結果，確定有包含將近30種瀕臨絕種的動植物及多樣的野生種棲息於此，然而，最近提倡將此處改建為世界和平公園的聲浪出現，吸引了倡導和平的人的關注，透過建造公園，期待非武裝地區能成為和諧互信的場所。

範例題

女：在我身後所看到的是仁州郡的泥灘，所謂的泥灘，是指經由潮流搬運而來的沙子及泥土，因為海浪而逐漸累積在海域，最後產生的平坦地形。我們經常將泥灘看作毫無用處的一團泥濘，從1980年代後期起，為了達成擴張國土的目的，開始在西海岸進行圍海造地的工程，並把泥灘消除。但是泥灘是比我們想像中更有保存價值的一種自然資源，在泥灘中有貝殼、章魚、螃蟹等多樣的生物棲息於此，尤其被認為相當具有淨化汙染的水質的作用，因此，不必多加說明灘的保存性價值，應該不要再有這種破壞寶貴資源的事情發生。

45-46

考古題

女：不是有「即便只有三個真正的朋友，也算是成功的人生」這樣的話嗎？如同這句話所說的，我們非常重視親密的關係，相反地，對於「只是認識的關係」，也就是友誼關係較薄弱的人，我們就相對的沒那麼重視。然而，有時候狀況並不如此，和外在世界溝通及分享資訊的時候，這種薄弱的友誼關係扮演決定性角色的機率反而較高，實際上，依據上班族就業管道的調查結果，因個人接觸而求職的人中，從朋友那得到相關就業訊息的人只不過14%，而剩下的86%，是從偶爾見面或很少見面的人那獲得情報的。

範例題

女：最近傳統音樂與西洋音樂互相結合而進行的演出被持續介紹，受到廣大的歡迎，在古典音樂卡農協奏曲中，配合著伽倻琴的演奏跳舞的街舞男孩團體的演出，使我們在聽覺上得到很好的享受，像這樣，在國樂中融合其他的音樂類型，我們通常稱做混合國樂，雖然有一部分人對此多少有傳統的價值會混淆的疑慮，但我並不那麼認為。匯集傳統打擊樂器而形成的四物表演，在一開始也遭受了混淆傳統的批評，但最近卻成為國際性的公演，傳播了傳統國樂之美不是嗎？若不將我們的固有文化侷限於傳統的框架，而是透過多樣的方法去加以介紹，不也能在各種領域創造全新的韓流嗎？我認為像這樣在時代久遠、逐漸被遺忘的事物中，注入正面而具有創造力的能量，不僅能使它重生，還能更進一步成為創造嶄新文化的契機。

47-48

考古題

男：我們請到了戰勝身體障礙，一生致力於謀求身障人士權利的黃蓮代老師。老師，在此次的身障人士奧運會中也頒授了以您的名字設立的「黃蓮代獎」，是不是可以請您對此簡單地分享一下您的想法呢？

女：已經過了20年了，我到現在還是沒辦法習慣以我的名字頒獎這件事，我不認為我做了多麼偉大的事，而不過只是希望我們身障人士能堂堂正正地作為社會的一份子罷了。這個獎是頒給最能表現克服障礙意志的選手，令人感恩的是，目前為止的獲獎者們都超越我的期待，在這個社會中取得了自己的一席之地，我對此總是感到非常感謝。

範例題

女：最近在先進國中，替代能源產業開始受到大家的矚目，我們國家也必須因應這樣的變化著手行動。我們國家的替代能源產業現況如何呢，長官？

男：我們國家在目前為止，對於石化燃料和核能發電的依存度非常高，因此在替代能源的產業上，可以說是還在非常初階的狀態，然而，除了石化燃料的枯竭和核能的危險性等原因之外，不論是作為未來的新興產業，還是以環境保護的角度來看，都必須積極培養替代能源產業。往後國家應積極參與，營造企業可以投資的環境，並加快進行技術上的開發，如此一來，我們國家能具備不亞於先進國家的競爭力，是指日可待的。

49-50

考古題

女：分析馬基維利的思想可以分為兩種觀點，首先是元首可以為了目的不擇手段及方法的原本之分析，這種思想的核心為元首不需要道德心，並且為了維護利益及權力，可以不惜使用殘忍的方法；而另外一種思想則是最近新出現的分析，雖然馬基維利是強調強而有力的君主，但君主至上只存在於緊急情況發生時，並主張權力的基礎永遠來自國民。雖然馬基維利至目前都被認為是冷酷的政治家，但從新的角度切入，只能說他不過是提出了讓君主和人民完美共存的君主形象。真正的馬基維利思想到底是什麼呢？各位親自閱讀看看他的著作，並自行判斷吧。這是一個能好好思索政治哲學的機會。

範例題

女：最近在世界的輿論中，有報導指出不久後將因為糧食危機，在國際市場中引發隱藏性的戰爭。事實上，全世界所生產的穀物是足夠地球村內所有的人使用的，但是先進國家因為肉類生產的增加，以及為了進行生物燃料的生產，而必須保障穀物總量，加上隨著地球暖化產生的異常氣候，使他們對糧食產生供給的不安感，導致先進國家煽動提高穀物的價格。這邊需要注意的是，主導提高穀物價格的糧食生產國，大都是所謂的先進國家，先進國家在面對和自己國家的利益有直接關聯的糧食問題時，並沒有採取積極的態度，而僅是對於那些受飢餓之苦的國家們，將原因歸咎於從社會政治情況中衍生出來的結構性問題，先進國家們在針對糧食不足的問題上不應該再用關注國家利益的觀點去處理，而是需要超越國界，以更有道德責任的角度重新去審視糧食危機。

Step 5 答案與解析

1 ①

여자 : 제가 어제 표 두 장을 예매했는데요. 지금 한 장만 취소할 수 있을까요?

남자 : 네, 취소하실 수 있습니다. 표 좀 보여 주시고 성함도 말씀해 주십시오.

여자 : 제 이름은 김수미고요. 표는 여기 있습니다.

女：我預訂了兩張票。現在可以取消一張嗎？

男：是的，可以取消。請把票給我看一下，並告訴我您的大名。

女：我的名字是金秀美，票在這裡。

> 四個選項中呈現的圖片除④以外，對話發生的地點都是電影院。透過女生話中提到的「票、預購、取消」等關鍵字可以判斷出，女生是想要取消預先購買的票，而男生是電影院的工作人員。此外，男生說「請把票給我看一下」，可以判斷出兩個人在同一個地方。

2 ③

여자 : 여기요, 제가 음식을 다 못 먹었는데요. 남은 음식을 가져갈 수 있을까요?

남자 : 그럼요. 지금 바로 포장해 드릴까요?

여자 : 아니요. 10 분 후에 갈 거니까 조금 뒤에 싸 주세요.

女：那個，食物我吃不完，剩下的食物，請問可以打包帶走嗎？

男：當然，我現在幫您打包嗎？

女：不是，我十分鐘後離開，等一下再幫我包。

> 四個選項中呈現的圖片場景全都是在餐廳裡，但是①是正在買單的場面，②是點餐的場面，③是一邊看著剩下的食物一邊交談的場面，④是正在接過打包食物的場面。對話中女生說道「剩下的食物可以打包帶走嗎？」，男生回答「要幫您打包嗎？」。由此可以判斷出，這是一段發生在客人和餐廳店員之間，關於食物打包的對話。

3 ②

남자 : 20, 30 대 직장인을 대상으로 여가 생활로 무엇을 하는지에 대해 조사한 결과 문화생활을 즐기는 직장인이 가장 많은 것으로 나타났습니다. 이어서 가벼운 운동을 하거나 텔레비전 시청이 뒤를 이었습니다. 여가 시간은 나이가 어릴수록 더 많은 시간을 보내는 것으로 나타났습니다.

男：以 20、30 歲世代的上班族為對象，調查「以什麼當作休閒生活？」的結果顯示，享受文化生活的上班族最多。之後分別是做做簡單的運動，或是收看電視節目。休閒時間的部分，年紀越小的人，休閒時間越多。

① 休閒生活種類　② 休閒生活種類
③ 各年齡層休閒時間　④ 各年齡層休閒時間

> 男生要表達的意思是，20~39 歲職場人的業餘生活內容按照比重排列為文化生活，簡單的運動，看電視等。

4 ③

여자 : 무엇을 도와 드릴까요? 고객님.

남자 : 친구가 보낸 택배를 아직 못 받아서요. 일주일 전에 보냈다고 하던데요.

여자 : ______________________

女：客人，需要幫忙嗎？

男：我還沒收到朋友寄給我的快遞。他說一個禮拜前就寄出了。

女：______________________

① 準時到達真是太好了。
② 一收到馬上就會聯絡您。
③ 請告訴我寄件者的姓名和聯絡方式。
④ 抱歉，今天包裹太多，無法受理。

> 男生沒有收到自己的快遞，正在向快遞公司的職員（女生）進行諮詢，為了知道快遞現在的位置，接下來女生應該要求男生提供快遞的相關訊息，例如寄件人的姓名和聯絡方式等。

5 ③

여자 : 저…, 환전을 하고 싶은데, 환전 수수료를 싸게 할 수 있는 방법이 있나요?

남자 : 네, 먼저 인터넷 뱅킹으로 예약하시고 은행에 직접 방문해서 돈을 받아가는 게 가장 쌉니다.

여자 : ______________________

女：我想換錢，有方法可以讓換錢的手續費便宜一點嗎？

男：首先請到網路銀行預約，然後親自到銀行提領，這樣的方法是最便宜的。

女：______________________

① 錢換越多，就會變得便宜。
② 可以不用付手續費，太好了。
③ 那得透過網路申請了。
④ 不需要到銀行很方便的，真可惜。

> 這是發生在想要以較低的手續費換錢的客人（女生）和銀行職員（男生）之間的對話。男生告訴女生先透過網路銀行預約在到銀行來拿錢的方法是最划算的，所以女生接下來將會透過網路銀行進行預約。

6 ①

여자 : 민수야, 너 지금 어디야? 생각보다 길이 안 막혀서 일찍 도착했어.

남자 : 그래? 지금 난 가는 길인데…. 먼저 식당에 들어가 있을래?

여자 : ____________________

女：明秀啊，你現在在哪？路上沒我想像中的塞，所以提前到了。

男：是喔？我現在在路上…你先進餐廳好嗎？

女：____________________

① 那我先點餐。
② 我要出發了，你再等我一下。
③ 因為路上很塞，所以我要你搭地鐵啊。
④ 什麼時間都沒關係，出發的時候連絡我一下。

女生先到了約會場所，正在打電話給男生。男生讓女生先進餐廳，所以女生接下來要做的很可能是在餐廳裡等男生，或是先點餐。

7 ②

여자 : 요즘 캠핑이 유행인 것 같아요. 제 친구도 자주 캠핑장에 가는데 자연을 마음껏 즐길 수 있어서 좋대요.

남자 : 저도 한번 가 보고 싶은데, 준비할 게 많아서 망설여지네요.

여자 : ____________________

女：最近好像很流行露營。我朋友也常去露營，他說可以盡情享受大自然，很好。

男：我也想去看看，不過要準備的東西很多，令人感到猶豫。

女：____________________

① 看起來要準備的東西沒想像中的多。
② 向我朋友尋求幫助如何？
③ 我也想那樣做，但還沒準備好。
④ 不要猶豫了，去找找環境保護團體吧。

男生和女生正在討論時下很流行的露營。男生說自己雖然很想去露營，但是要準備得東西太多太繁瑣，所以正在猶豫，所以，女生接下來對男生給出自己的建議最為恰當。「-는 게 어때요?」，「-아/어 보세요」等是提出建議時經常使用的表達方式。

8 ④

여자 : 요즘 인터넷 반찬 가게가 인기래요. 주문도 간편하고 종류도 다양해서 저도 한번 주문해 보려고요.

남자 : 그런데 전 집에서 만든 음식보다 별로일 것 같아요.

여자 : ____________________

女：最近聽說網路上賣小菜的店鋪很紅耶。訂購方便，種類很多樣。我也打算訂購看看。

男：但我覺得跟我家做的食物相比，好像不怎麼好。

女：____________________

① 可以親自做看看，很好耶。
② 食物就是要一起做一起吃，才好吃啊。
③ 我家前面有小菜店鋪，很方便。
④ 但就不用再擔心要煮什麼來吃了。

女生正在描述定購小菜的長處，而男生對此提出了反對意見，所以接下來女生可能會提出其他論據繼續對自己的論點進行論證，也可能在聽了男生的話之後改變了自己的想法。

9 ②

여자 : 외국인 말하기 대회 안내를 보고 전화했는데요, 참가비가 얼마예요?

남자 : 참가비는 없고요. 오늘까지 신청서를 제출하시면 됩니다.

여자 : 오늘까지요? 제가 지금 일이 있어서 직접 갈 수 없는데 어떻게 하죠?

남자 : 인터넷으로도 접수할 수 있습니다. 접수하시고 다시 전화 주시겠어요?

女：我看了外國人演講比賽的說明，有事想詢問。請問報名費是多少？

男：不用報名費。今天前繳交報名表就可以了。

女：今天為止嗎？我現在有事，不能親自過去，怎麼辦呢？

男：網路也可以報名。您報名後再打給我好嗎？

① 去銀行匯報名費。
② 到官網申請報名。
③ 把資料填寫好後用郵件寄出。
④ 打到辦公室問報名方法。

女生是想要報名參加外國人演講比賽的人，而男生是報名處的工作人員。女生說自己沒有辦法親自去報名，男生告知女生可以在網路報名參加比賽，所以女生接下來應該透過官網報名參賽。

10 ②

남자 : 이번 한국사 수업 발표 준비는 다 했어?

여자 : 아니, 아직 시작도 못 했어. 한국 명절에 대해서 할 건데 뭐부터 해야 할지 모르겠어.

남자 : 그것과 관련된 책을 많이 찾아보고 자료부터 모아야지. 자료 정리는 내가 도와줄게.

여자 : 그래? 고마워. 그럼 자료 찾는 대로 연락할

테니까 그때 좀 도와줘.

男：這次韓國史的發表作業都做完了？

女：沒，還沒開始做。我想做有關韓國節慶的內容，但不知道要從哪裡開始做。

男：先找找看相關的書籍和蒐集資料啊。我來幫忙你整理資料。

女：是嗎？謝謝。那我找到資料後馬上跟你聯絡，到時幫幫我。

① 決定發表主題。
② 蒐集節慶資料。
③ 把蒐集到的資料整理後交作業。
④ 打給朋友請他幫忙。

女生正在為沒有做發表準備而擔心，男生建議她先從蒐集資料開始做起，所以女生聽了男生的建議之後應該蒐集與發表主題相關的資料。

11 ③

여자 : 인터넷에서 본 이 커튼을 주문하고 싶은데요.

남자 : 이거 말씀하시는 거죠? 저희는 모두 주문 제작이기 때문에 창문 길이를 정확히 알려 주셔야 하는데요.

여자 : 아, 그래요? 그럼 집에 가서 재 보고 연락드릴게요. 그런데 보통 얼마나 걸려요?

남자 : 보통 일주일 정도 걸리는데 요즘은 주문이 많아서 좀 더 걸릴 수 있습니다.

女：我想訂購在網路上看到的窗簾。

男：您是指這個吧？因為我們全部都是依據訂購製作的，所以您必須告訴我們窗戶確切的長度。

女：這樣啊，那我回家測量後再連絡您。不過，通常要花多久呢？

男：通常要一星期左右。但最近訂購量比較多，可能需要多一點時間。

① 取消窗簾的訂購。　② 連絡快遞公司。
③ 測量家裡窗戶的尺寸。　④ 訂購其他尺寸。

女生正在窗簾店裡向店員(男生)訂購窗簾。男生說想要訂購窗簾必須知道窗戶的確切尺寸。女生聽了男生的話，提出回家量一下後再聯絡店員的要求，所以女生接下來要做的是回到家裡量窗戶的尺寸。

12 ②

남자 : 미영아, 금요일에 가는 여행 일정 좀 짜야할 것 같은데.

여자 : 어, 그렇지 않아도 내가 전화하려던 참이었어. 갑자기 회사에 급한 일이 생겨서 난 못 갈 것 같아. 너하고 영수라도 재미있게 놀다 와.

남자 : 우리끼리만 가면 무슨 재미야. 이번 여행은 미루는 게 어때? 표는 취소하면 되고.

여자 : 그러면 나야 좋지만 너무 미안해서. 그럼 여행사에는 내가 전화할게.

男：美英，我們好像應該要計畫一下周五旅遊的行程耶。

女：你不說，我也正想打電話給你呢。我公司突然有急事，我好像沒辦法去了。你和永壽兩個人玩得開心點。

男：我們倆自己去有什麼好玩啊，把這次旅行往後延怎麼樣？把票取消就好。

女：那樣的話我當然好啊，只是覺得很抱歉。那我來打電話給旅行社。

① 再次擬定旅遊行程。
② 打電話取消預訂的票。
③ 和朋友一起找其他的旅行地點。
④ 找尋可以去旅行的朋友。

幾個好朋友相約去旅行，可是女生因為個人原因必須取消旅行計劃。男生為了和女生一起去旅行提出退掉已經買好的車票的提議，而女生說要打電話給旅行社，所以女生接下來要做的事情是打電話給旅行社取消車票。

13 ④

여자 : 민수야, 미안하지만 부산 교통카드 있어? 있으면 그거 좀 빌려 줘.

남자 : 너도 교통카드 가지고 있잖아.

여자 : 응. 있긴 한데, 지역마다 다른 교통카드를 사용해야 한다고 들어서 말이야.

남자 : 요즘은 교통카드 하나로 전국의 버스나 지하철을 탈 수 있어. 이미 서울하고 부산은 같은 교통카드로 이용하고 있대.

女：民秀阿，雖然很不好意思，但你有釜山的交通卡嗎？有的話能不能借我？

男：妳不是也有交通卡嗎？

女：嗯，有是有，但我聽說不同地區要使用不同的交通卡。

男：現在一張交通卡就可以搭乘全國的公車或地鐵了，聽說首爾和釜山已經使用相同的交通卡了。

① 男生沒有去釜山旅遊過。
② 各地區使用不同的交通卡。
③ 女生沒有首爾的交通卡。
④ 在首爾使用的交通卡到釜山也能用。

這是一段關於使用交通卡的對話。因為女生以為不同的地區要使用不同的交通卡，所以同男生借交通卡。不過男生告訴女生，首爾和釜山已經可以使用同一張交通卡了。

14 ④

여자 : 잠시 안내 방송이 있겠습니다. 이번 주 토요일 저녁 9 시부터 '여의도 등 축제'가 있는 관계로 지하철 운행 시간을 새벽 2 시까지 연장합니다. 1 호선과 2 호선만 운행 시간이 연장됩니다. 따라서 다른 노선을 이용하시는 승객 분들께서는 운행 시간을 확인하고 이용해 주시기 바랍니다.

女：以下廣播通知，由於這個周五從晚上九點開始將舉辦汝矣島燈會，屆時地鐵營運時間將延長至半夜兩點，僅有地鐵一號線及二號線將延長營運時間。因此請搭乘其他路線的乘客，確認後營運時間後再行利用。

① 從週末開始將擴張地鐵路線。
② 因為地鐵施工，週末將停止營運。
③ 只有這個週末將會改變地鐵路線。
④ 1、2 號線由於節慶的緣故，將會營運到比平常更晚的時間。

這是一則廣播通知，通知的內容是告知地鐵的運營時間會因為燈節延長。廣播中說道，只有地鐵 1 號線和地鐵 2 號線的運營時間會延長。

15 ①

남자 : 최근 들어 아파트 공사 현장에서의 사건 사고가 끊이지 않고 있습니다. 지난 20 일, 서울의 한 아파트 공사 현장에서 안전모를 쓰지 않은 50 대 남성이 15 층에서 떨어지는 벽돌에 맞아 크게 다치는 사고가 있었습니다. 올해 들어 아파트 공사 현장에서 100 건이 넘는 사고가 있었는데요. 모두 안전에 주의하지 못해서 발생한 사고였습니다. 현장 안전 수칙을 잘 지켰다면 이런 큰 사고는 많이 줄어들었을 것입니다.

男：最近公寓的施工現場意外頻傳，上個月 20 號，為於首爾的一公寓施工現場，一名未戴安全帽的 50 多歲男性，被 15 樓掉落下來的磚頭砸到而身受重傷。今年統計，在公寓施工現場發生的意外事故已超越了一百件，幾乎全都是由於未注意自身安全而發生之事故，若能嚴格遵守現場安全守則，類似的意外事故應該就能大幅減少。

① 在施工現場一定要配戴安全帽。
② 發生意外的人有戴著安全帽。
③ 今年施工現場的意外事件逐漸減少。
④ 大部分的人在施工現場不戴安全帽。

這是一條關於施工現場發生事故的新聞消息。記者（男生）說如果能夠確實遵守現場的安全守則，就能大幅減少事故的發生。

16 ④

여자 : 저는 지금 섬진강 기차마을에 나와 있습니다. 관계자 분을 만나 말씀 들어보겠습니다.

남자 : 이곳은 1989 년까지 운행했던 증기기관차의 모습을 그대로 복원하여 섬진강 기차마을에서 가정역까지 10km 를 운행하고 있습니다. 우리 기차마을은 맑고 깨끗한 섬진강이 흐르고 예전 철로 그대로 기차가 달리며, 승마, 하이킹 등 다양한 체험을 할 수 있습니다. 섬진강을 따라 이어진 도로 옆의 꽃들이 만들어 내는 풍경은 산책로로 관광객들의 많은 사랑을 받고 있습니다.

女：我目前來到了蟾津江的火車村，讓我們來見見相關負責人，聽他怎麼說。

男：這裡保存了使用至 1989 年的蒸汽火車原來的面貌，並且能從蟾津江火車村行駛至 10 公里外的柯亭站。我們火車村除了有清澈乾淨的蟾津江流經、保留過去的鐵軌和火車持續行駛外，也能體驗騎馬、兜風等多樣的活動。沿著蟾津江觀賞盛開之花園景觀的散步行程，也廣受觀光客的喜愛。

① 此處從 1989 年開始即為火車村。
② 使用火車的人主要為當地居民。
③ 以前使用的火車現在仍繼續行駛中。
④ 搭乘火車能欣賞蟾津江附近的風景。

這是對蟾津江火車村的負責人（男生）的採訪。乘坐火車的乘客大部分都是遊客，以前的鐵軌也一直沿用至今。可是火車已經不是以前的火車，是按照那時候的火車重新製作的。

17 ③

남자 : 정수 씨가 요즘 자격증 따는 데에 푹 빠졌대요.

여자 : 저도 들었어요. 근데 직장도 있는 사람이 취미 생활로 자격증을 딴다는 게 좀 이해가 안 돼요. 하나도 아니고 여러 개를요. 회사 다니면서 따는 게 쉬운 일은 아닐 텐데.

남자 : 미래를 위한 일이죠. 언제까지 이 회사에서 일할 수 있는 것도 아니고, 나중을 위해서 준비해 두는 것도 나쁘지 않은 것 같아요. 혹시 회사를 그만두게 되더라도 다른 일을 쉽게 시작할 수도 있고요.

男：聽說程秀先生最近埋首於考取證照。

女：我也有聽說，但有工作的人把考證照當作休閒娛樂這點，我無法理解，更何況，不只一個是好多個。同時要上班和準備考試，應該不那麼容易。

男：是為了將來在做準備吧，未必能一直在同一家公司工作，為了將來而先準備似乎也不是件壞事，這樣即使辭職了，也能比較容易開始另一份工作。

① 將考證照當作休閒娛樂並不好。
② 為了考證照需要做很多準備。
③ 考證照是為了將來的準備。
④ 為了考證照，有時候會無法集中於工作。

這是一段關於把考證照作為休閒生活的對話。男生覺得考證照是一件非常積極的好事，而且提前考證照也可以為以後做準備。

18 ③

남자 : 그럼 내일 수업 시간에 만나도록 하겠습니다. 질문 있으신가요?
여자 : 제가 하는 일이 늦게 끝나서 매일 수업에 참석하는 게 어려울 것 같아요. 혹시 제가 수업을 못 따라가는 건 아닐까요?
남자 : 전혀요. 시간 되실 때만 오셔도 됩니다. 요리 수업이라는 게 그날 배운 수업 내용이 다음날로 이어지진 않거든요. 그래서 수업을 못 들으셨다고 해도 크게 영향을 받는 건 아니에요. 무리하지 마시고 시간이 되실 때 오세요.

男：那麼就明天的上課時間再見了，有任何問題嗎？
女：我因為工作都到很晚的關係，所以可能沒辦法每天都來上課，請問我應該沒有沒跟上課程內容吧？
男：完全沒有，時間允許的時候再來也沒關係，我們的烹飪課每天的上課內容都與隔天的沒有相關，所以即使您沒聽到課程，也不會有太大的影響，不用太勉強自己，有時間的時候再來就可以了。

① 每天都必須上烹飪課。
② 就算很勉強，也必須要去上烹飪課。
③ 有時間再去上課就可以了。
④ 如果空了一堂課，就無法理解下一堂課的內容。

這是一段料理講師（男生）和學員（女生）的對話。女生說現在因為工作忙，很難每天都來上課，男生回答說不能每天來也沒關係。最後男生提出，因為每天課程的內容與第二天的課程內容並沒有關聯性，所以缺課也不會受影響。

19 ④

남자 : 요즘 드라마나 예능 프로그램에 간접 광고가 많이 나오는 것 같아요.
여자 : 그러네요. 그런데 프로그램 내용에 방해가 되지 않을까요?
남자 : 프로그램에서 상품이 너무 튀지 않고 자연스럽게 등장하니까 부담스럽지 않던데요. 오히려 상품을 억지로 가려서 보는 사람을 답답하게 하는 것보다 나은 것 같아요.
여자 : 하지만 일반 광고와 다르게 보고 싶지 않아도 계속 상품을 볼 수밖에 없잖아요.

男：最近的戲劇跟綜藝節目，好像有很多間接廣告。
女：是啊，但這樣不會妨礙節目內容嗎？
男：在節目中商品沒有非常明顯地出現，都滿自然的，不會太有壓力。反而勉強把商品遮住，讓人看了鬱悶的情況，似乎這樣比較好。
女：但是就算不想把它當作一般廣告來看，也非得一直看到商品，不是嗎？

① 間接廣告有很多副作用。
② 間接廣告讓消費者的壓力減少。
③ 間接廣告剝奪了消費者的選擇權。
④ 間接廣告不會妨礙節目內容。

這是一段關於節目中植入間接廣告的對話。男生的意見與女生不同，他覺得不是很明顯，很自然地加入節目的廣告是可以接受的。

20 ②

여자 : 작가님께서는 버려진 우유팩이나 유리병 같은 폐품을 이용해서 작품을 만드시는 걸로 알려져 있는데요. 재활용품을 사용하시는 특별한 이유가 있나요?
남자 : 제가 처음부터 재활용품을 사용해서 작품을 만든 것은 아니었습니다. 작품을 표현하는 데 재료가 가지고 있는 특성이 매우 중요하거든요. 재활용품을 버린 사람들에게는 더 이상 필요 없는 쓰레기에 불과하지만, 그것을 미술 도구로 생각하면 매우 흥미로운 재료가 됩니다. 어디에서 왔는지 어떤 사람들로부터 버려졌는지 재료마다 각각의 이야기가 있지요. 그런 것들이 모여서 또 다른 이야기를 만들어 낸다는 것이 매우 흥미로웠습니다.

女：您以利用被丟棄的牛奶盒和玻璃瓶等廢棄材料來製作工藝品而聞名，請問使用廢棄材料有什麼特別原因嗎？
男：我一開始並不是使用廢棄材料來製作作品。在呈現作品的時候，素材本身具備的特性是非常重要的。廢棄材料對於丟棄的人來說，只是再也不需要的垃圾，但若將它想成美術的材料，就會成為非常有意思的素材。從哪裡來、被怎樣的人所丟棄，每種素材都有它特別的故事，將它們匯集起來再創造不同的故事，是非常有趣的事。

① 廢棄材料能製作出美術道具。
② 再生物品是作品很好的素材。
③ 製作作品時使用的美術用具必須要再利用。
④ 活用再生物品的作品必須有它的故事。

男生利用廢棄材料製作工藝品。製作者說用有故事的廢棄材料製作藝術品，這些廢棄材料就變成了有趣的素材。

[21~22]

여자 : 이사를 가야하는데 좋은 집 없을까?
남자 : 회사 근처에 오피스텔을 임대해서 사는 사람들이 꽤 있어. 회사도 가깝고 편리하대. 풀옵션 임대라서 이거 저거 살 필요가 없더라고.
여자 : 풀옵션 임대? 생활에 필요한 물건들이 구비되어 있다는 얘기지? 그럼, 임대료가 많이 비싸겠네.
남자 : 응. 에어컨, 냉장고, 세탁기 등 가전제품은 물론이고 생활에 필요한 물건들이 모두 있어. 임대료는 조금 비싼 편이지만 편리하고 쓸데없이 물건을 살 필요가 없다는 장점이 있어. 요즘 인기가 많대.

女：我要搬家，有沒有什麼不錯的房子？
男：有不少人在公司附近租套房，離公司很近很方便，而且因為是全配置租屋，所以也不需要添購各種東西。

女：全配置租屋？是指生活上需要的的物品都有的意思嗎？那租金一定很貴吧。
男：嗯，空調、冰箱、洗衣機等家電用品不用說，生活上必要的物品全部都有，雖然租金稍高，但因為很方便，也不用再買一些不必要的東西，這點上很好，聽說最近很受歡迎。

21 ④

① 全配置租屋貴得很沒必要。
② 全配置租屋有價錢便宜的優點。
③ 全配置租屋另外買家電用品比較好。
④ 全配置租屋具備日常生活必需的物品，很方便。

男生正在介紹入住方便又不需要買很多沒用的東西的全配置租屋。

22 ④

① 住在公司附近的人越來越少。
② 全配置租屋因為租金高而不受歡迎。
③ 女生想要搬家到現在的公司附近。
④ 全配置租屋不需要購買所有物品。

女生說屋內已經具備了所有的生活必需品，由此可見，不需要另外購買。

[23~24]

(전화 상황)
남자 : 서울은행이죠? 인터넷으로 '2014 우수 고객 초청 세미나'에 신청하려고 하는데 어떻게 하면 되나요?
여자 : 저희 은행 홈페이지에 들어가셔서 신청하시면 되는데요. 당첨이 되면 문자를 보내 드려요. 당일에 오셔서 문자를 보여 주시고 세미나에 참석하시면 됩니다.
남자 : 이번 세미나는 어떻게 진행이 되나요?
여자 : 네, 고객님. 이 세미나는 평소 세금 문제에 관심이 많은 고객들을 위한 것인데요. 피아노 콘서트로 강의가 시작됩니다.

(電話情境)
男：請問是首爾銀行吧？我想用網路報名參加「2014年優秀顧客研討會」，請問要怎麼報名呢？
女：請到我們銀行的網站報名就可以了，被抽中的話我們會傳簡訊給您，當天前來時出示您收到的簡訊即可參加研討會。
男：這次研討會會怎麼進行呢？

女：是的，這次的研討會是為了平常對稅金有疑問的顧客所準備的，一開始會以鋼琴演奏會的方式開始這次的講座。

23 ③

① 接受研討會報名。
② 說明研討會相關資訊。
③ 詢問研討會的報名程序。
④ 為了舉辦研討會尋找場地。

男生正在向女生諮詢透過網路參加研討會的方法。關於這個問題，女生回答說進入銀行官網申請即可，而且可以找到具體申請方法的說明。

24 ④

① 在研討會的最後可以欣賞演奏會。
② 也可以直接去銀行報名研討會。
③ 這個研討會是為對稅金有困難的顧客所舉辦。
④ 只有利用網路報名並收到簡訊的顧客才能參加。

女生說透過銀行官網申請後，如果中選的話會收到簡訊。在當日出示收到的簡訊即可參加，也就是說，只有收到簡訊的人才能參加。

[25~26]

여자 : 밤길이 무서운 여성분들을 위한 차별화된 안심 귀가 서비스를 직접 제안하셨다고 들었습니다. 이 서비스에 대해서 자세히 설명해 주시겠습니까?

남자 : 알고 계신 것처럼 심야시간에 귀가하는 여성들의 안전에 많은 문제가 있습니다. 물론 일부 지역에서 비슷한 서비스가 시행 중이지만 인력 부족으로 실질적인 효과를 거두지 못하고 있습니다. 하지만 저희 온주시는 경찰과 민간단체가 의기투합해 인력을 늘려 조직적으로 활동하였고 좋은 호응을 얻고 있습니다. 다른 시에서도 이러한 방법이 확대되어 여성들이 더욱 안심하고 밤길을 다닐 수 있기를 바랍니다.

女：聽說您為了害怕夜路的女性們，提議了獨特的安心返家服務，可以請您對此服務詳細說明一下嗎？

男：如同您所知道的，深夜時間返家的女性們，在安全上有許多問題，當然，在部分地區有在實施類似的服務，但由於人力的不足，實質上並沒有多大成效。然而我們溫州市的警察與民間團體合作，增加人力，並以組織的形式活動，獲得了正向的回饋。希望其他城市能擴大實施這種方法，讓女性們在夜晚能更安心地返家。

25 ④

① 女性不應在夜晚外出。
② 安心返家服務需要警察的積極協助。
③ 溫州市也必須積極實施安心返家服務。
④ 在溫州市實施的安心返家服務應該擴大實行。

男生認為深夜回家的女性們面臨著嚴重的安全問題，並希望溫州市正在進行的安心返家服務，能夠得到進一步的加強。

26 ③

① 安心返家服務目前僅於溫州市實施。
② 想利用安心返家服務的女性不多。
③ 溫州市的警察和民間團體正積極地合作。
④ 溫州市和其他地區共享安心返家服務。

溫州市的安心返家服務與其他城市的有所不同，因為有警察和民間團體的協助，是有組織的活動。

[27~28]

여자 : 어제 뉴스 봤어? 고등학생들에게 봉사활동 하라고 했더니 헌혈로 대신했다던데.

남자 : 응. 나도 봤는데 정말 안타깝더라. 학생들에게 봉사활동 참여를 유도하기 위해 만들어진 제도인데 말이야.

여자 : 처음의 취지와 너무 다른 방향으로 간 것 같아. 뉴스에 나온 학생도 봉사를 위한 헌혈이 아니라 봉사활동 점수를 받기 위해서 했더라고.

남자 : 근데 대학 입시 점수와 연결이 되다 보니 이해가 되기는 해.

여자 : 그래도 봉사활동인데 학생들이 편법을 먼저 배우는 것 같아서 좀 그래. 실질적으로 봉사할 수 있도록 제도 자체를 다시 검토했으면 좋겠어.

女：你看了昨天的新聞嗎？本來要高中生要從事公益活動，結果大家竟然用捐血代替。

男：我也看到了，真的令人難過，那本來是為了鼓勵學生多參與公益活動而訂下的制度啊。

女：似乎已經和一開始的宗旨大相徑庭，新聞中的學生也不是為了公益捐血，而是因為想拿到公益活動的分數而捐。

男：但若是攸關大學入學分數，好像多少可以理解。

女：但那也是公益活動啊，學生們先學了這種偏方，總感覺不太好，如果能重新檢討制度，改成實質性的公益活動，就太好了。

27 ④

① 為了傳達公益活動的宗旨
② 為了鼓勵參加公益活動
③ 為了將公益活動用捐血替代
④ 為了指出公益活動的制度層面問題

女生一方面向男生強調改善實質性的公益活動制度的必要性，另一方面提出應該對制度重新進行檢討。

28 ①

① 公益活動的制度與一開始的宗旨不同了。
② 公益活動與大學的入學分數無關。
③ 高中生們正積極地參與公益活動。
④ 高中生們透過捐血體會服務精神。

透過文中可知，高中生們捐血的目的並不是要參與公益活動，而是為了獲得分數，所以這是與公益活動本身的初衷和主旨相違背的。

[29~30]

여자 : 최근 무분별한 문화 개방이 청소년들에게 많은 영향을 끼치고 있는데요. 문화 개방을 계

속 유지하실 생각이십니까?

남자 : 저도 문화 개방이 사회에 혼란을 야기한다면 당장이라도 개방을 중지할 것입니다. 그렇지만 문화의 개방이 청소년들에게 무조건 나쁘다고만 보는 견해에는 반대합니다. 오히려 다양한 문화 경험을 통해서 더 많은 것을 보고 배울 수 있으며 폭넓은 사고와 시각을 갖는 것 또한 성장에 도움이 되리라 생각됩니다. 요즘 같은 글로벌 시대에 이런저런 이유로 개방을 막고 자라나는 청소년들에게 우리의 것만 고집한다면 그들의 사고방식과 행동은 발전하지 못하고 정체될 것입니다. 따라서 무조건 반대하는 것보다는 우리나라의 정서에 맞는 문화를 선별해서 수용할 수 있도록 해야 합니다.

女：最近盲目的文化開放，對青少年造成很多影響，請問文化的開放政策將會持續進行嗎？

男：我也認為若是文化的開放，會引起社會的混亂，就應該即刻終止，但我並不同意文化的開放，只會對青少年帶來負面影響的看法，反而是透過多元的文化經驗，能看到、學到更多的事物，養成寬廣的思考方式及視野，這也是對成長有相當大的幫助。在現今的國際化時代，因為各式各樣的理由阻止開放，把成長中的青少年侷限在我們的思考範圍，就無法使他們的思考方式及行為得到妥善的發展，造成在原地停滯。因此，比起無條件的反對，更應該要找出符合我們國家文化的部分兼容並蓄才行。

29 ④

① 大眾文化創造者
② 文化政策研究員
③ 青少年諮商專家
④ 文化體育觀光部長官

這是一段關於「與大眾文化的相關開放政策」的對話。女生向男生提出了相關的問題，因此可以推斷出，男生是有權利指定和行使文化開放政策的人。

30 ③

① 應該要終止引起社會混亂的文化開放政策。
② 必須自己開發適合我們的文化。
③ 文化的開放對青少年也有正面的影響。
④ 傳統的思考方式對於青少年的成長沒有幫助。

文化開放會產生一些如青少年價值觀混淆等的負面的影響，也能透過多樣的經歷學到更多東西的機會，所以，文化開放對青少年不僅有負面的影響，也會帶來一些正面的效應。

[31~32]

여자 : 저희 지역에 쓰레기장을 설치한다는 게 말이 됩니까? 주거 지역에 쓰레기장을 설치한다면 교육 환경도 나빠지고 집값도 떨어질 게 뻔합니다.

남자 : (부드러운 말투로) 쓰레기장을 설치하는 목적은 환경오염을 막고 환경을 개선시키는 것입니다. 여기저기 늘어나는 쓰레기로 인해 각종 환경 문제가 심각해지고 있습니다.

여자 : 다른 지역의 환경 문제마저 우리 지역 사람들이 해결해야 한다는 말로 들립니다.

남자 : 그렇지 않습니다. 이곳에 설치되는 쓰레기장은 기존과는 전혀 다른 시설로 세워질 것입니다. 여러분들이 걱정하고 계시는 악취나 공해에 대한 해결책은 완벽히 마련해 두었습니다. 또한 도서관이나 공원과 같은 지역 주민을 위한 편의 시설 확충과 세금 감면 혜택을 위한 예산을 확보한 상태입니다.

女：說要在我們的地區設立垃圾場，合理嗎？在住宅區設立垃圾場的話，不但教育的環境會變糟，房價也會下跌的。

男：（委婉的語氣）設立垃圾場是為了防止環境汙染並改善環境，因為處處增加的垃圾，使得各種環境問題不斷惡化。

女：這樣聽起來，我們地區的住民連其他地區的環境問題都要幫忙解決。

男：不是那樣的，要在這裡設立的垃圾場，跟目前既有的是完全不同的設施，各位所擔心的臭味或公害，我們已經有完善的解決辦法。此外，目前也確定擴充圖書館或公園等便利設施，並確保了稅金減免優惠的預算。

31 ③

① 垃圾場的設立會對房價造成影響。
② 為設力垃圾場，必須犧牲這個地區。
③ 設立垃圾場對地區居民來說會是福利。
④ 垃圾場的設立會導致的各種公害及汙染發生。

男生正在以委婉的語氣對女生提出的問題進行解釋和勸說。女生擔心教育環境惡化以及房價下降，對此男生解釋說，設立垃圾場不僅可以改善環境，而且會帶動周圍便利設施的增加以及獲得稅金的減免，得到更多的優惠政策。

32 ④

① 提出客觀的資料作依據反駁對方。
② 邊分析問題點，邊針對對方的意見追究其責任歸屬。

③ 邊反駁對方的意見邊強調自己的主張。
④ 小心翼翼地提出問題的對策，說服對方。

對於女生提出的反對意見，男生用委婉、溫和的語氣提出解決辦法。並且針對女生的顧慮提出了相應的方案，進而達到說服女生的目的。

[33~34]

여자 : 옛날에는 남자가 집안일을 하면 무능력한 사람으로 생각했었습니다. 그러나 요즘은 오히려 아내를 도와 집안일을 하는 남편이 갈수록 늘어나고 있습니다. 이러한 인식의 변화가 언제부터 시작되었을까요? 문화가 개방되고 사회가 변함에 따라 사람들의 생각이 바뀌는 것은 당연하다고 생각합니다. 전통적인 남편상은 가장으로서 반드시 직장에 다니면서 경제적, 정신적으로 가정을 이끌어야 했다면 요즘에는 능력만 있다면 아내도 직장생활을 할 수 있는 사회가 되었지요. 이제는 옛날처럼 가부장적이고 강한 권위의식을 가진 가장의 모습은 점점 사라지고 남녀가 동등하게 의견을 나누고 서로 경쟁하는 모습을 흔히 볼 수 있게 되었습니다. 남녀노소 누구나 꿈꾸고 도전할 수 있는 반면에 그만큼 자신에게 주어진 책임 또한 커졌다고 할 수 있지요.

女：以前如果男生做家事的話，會被認為是沒有能力的人，但是最近幫忙妻子家務事的丈夫，反而越來越多了，這種意識的轉變是從什麼時候開始的呢？我認為，隨著文化的開放及社會的變遷，人們思想的改變是理所當然的，如果說傳統的丈夫身為一家之主，必須要出門工作，並在經濟及精神層面引領一家人，最近的社會則是如果妻子有能力的話，也能到職場工作。在現今，過去身為一家之主，帶有權威意識的家長已經逐漸消失，男女平等，彼此互相分享及競爭的樣貌已經處處可見，無論是男女老少，任誰都能擁有夢想，也能去挑戰，而另一面也代表著，自己所要負的責任也越來越大了。

33 ④

① 妻子和丈夫間的角色改變所導致的結果
② 現代社會的男女地位及角色的界線
③ 現代社會男女差別的現實及問題點
④ 關於男性及女性的地位及角色之意識變化

透過女生提出的問題「이러한 인식의 변화가 언제부터 시작되었을까요?」可以得知，人們的想法已經發生了很大的改變。然後提出，隨著文化開放以及社會的發展，人們關於男生和女生的地位和角色的認知和看法已經發生了很大的改變。

34 ③

① 無論是以前或現在，父親做為家長都沒有權威。
② 即使社會變遷，人們的意識也沒那麼容易改變。
③ 過去的父親在經濟及精神面上照料家庭。
④ 隨著文化的開放，無關乎地位，責任都會增加。

文中提出，按照傳統，丈夫必須外出工作，在經濟上、精神上領導整個家庭，所以正確答案為③。

[35~36]

남자 : 오늘 청소년 프로그램 개발을 위한 세미나에 참석해 주신 여러분, 진심으로 감사드립니다. 꿈을 향해 나아가는 청소년은 우리의 힘이요, 미래입니다. 따라서 전문가들의 도움을 받아 우리 지역의 청소년들이 꿈을 찾고 자신의 능력을 찾아낼 수 있는 다양한 복지 프로그램을 개발하고자 합니다. 물론 과거에 비해 모든 환경들이 좋아지긴 했으나 여전히 학교 폭력에 시달리고 불우한 가정환경으로 힘들어하는 청소년들이 있습니다. 따라서 우리는 모든 청소년들에게 혜택이 주어지도록 학교와 가정에서 체계적으로 관리하여 자신의 능력에 맞는 꿈을 키워 나갈 수 있도록 해야 합니다. 오늘 이 자리에 참석하신 여러분들도 청소년들을 위해 최선을 다해 주시리라 믿습니다.

男：真的很感謝各位今天來到青少年開發研討會，朝著夢想前進的青少年們，是我們的力量及未來，因此，我們希望能得到專家的幫助，致力於開發能使青少年尋找夢想，並發掘自己潛在能力的各種福利活動。也許比起過去，在各方面上環境都越變越好了，但仍有許多受到校園暴力，或因為不富裕的家境而身陷困境的青少年，所以我們更應該需要透過體系化來管理學校及家庭，給予所有的青少年各種福利，並幫助他們培養得以實現夢想的能力，而我也相信，今天來到現場的各位，會盡自己的全力幫助青少年。

35 ④

① 指出青少年的最近問題。
② 鼓勵參加研討會的青少年。
③ 募集幫助不幸的青少年的人。
④ 要求開發青少年的福利活動。

這是一段表示感謝的感謝詞，同時也對研討會召開的目的進行了介紹。男生向參加研討會的人員提出了共同開發能夠發掘青少年潛在能力的福利活動的倡議，所以正確答案為④。

36 ②

① 正在進行青少年的紀念儀式。
② 此處匯集了與青少年相關的專家。
③ 只給予有問題的青少年福利。
④ 青少年的校園暴力問題日漸嚴重。

男生在青少年活動開發研討會上致辭，並表示想要透過專家的幫助開發新項目。

[37~38]

여자 : 요즘 화제가 되고 있는 '간헐적 단식'에 대해 전문가를 모시고 이야기를 나누어 보겠습니다. 먼저 '간헐적 단식'에 대해 소개 좀 해 주시겠습니까?

남자 : '간헐적 단식'은 일주일에 한두 번 이상 16시간에서 24시간 정도의 공복 상태를 유지해 주는 것을 말합니다. 보통 단식을 시작한 지 18시간에서 24시간 이후부터 체내의 포도당이 모두 소진되고 지방이 에너지원으로 쓰이기 때문인데요. '간헐적 단식'과 다른 단식과의 가장 큰 차이점은 단식 시간 외에는 원하는 만큼 먹으면서도 체중을 감량할 수 있다는 점입니다. 게다가 '간헐적 단식'이 습관화되면 조금만 먹어도 포만감을 느껴서 소식하게 된다는 점이 다릅니다. 그러나 청소년이나 임산부 또는 특별한 질병이 있으신 분은 먼저 의사와 상담이 필요하겠지요.

女：針對最近引起熱議的「間歇性斷食」，我們請到了專家來分享，首先可以請您稍微介紹一下什麼是「間歇性斷食」嗎？

男：所謂的「間歇性斷食」是在一周內維持一兩次以上長達 16 至 24 小時的空腹狀態，通常在開始進行斷食的 18 個小時至 24 小時之後，體內的葡萄糖會全部耗盡，脂肪也會作為能源被使用。「間歇性斷食」和其他斷食法最大的差異，在於斷食期間之外，任意進食也能減重，並且當養成「間歇性斷食」的習慣，即使只吃一點，也會感到飽足感，食量因此變小，不過，青少年、孕婦以及患有其他特殊疾病的人，必須先與醫師進行討論。

37 ④

① 養成間歇性斷食的習慣會對身體有害。
② 患有疾病的人必須避免間歇性斷食。
③ 維持空腹狀態的話，能源會變成體內的脂肪。
④ 間歇性斷食在飲食攝取面上，與其他瘦身法有差異。

間歇性斷食與其他斷食方法最大的不同之處就在於，在斷食時間以外的其他時間可以無限制地進食。

38 ④

① 間歇性斷食是一周一次的禁食方法。
② 若想成功進行間歇性斷食，必須餓兩天以上。
③ 若間歇性斷食成為習慣，即使不吃也會感覺飽。
④ 間歇性斷食是在一定期間維持空腹狀態的方法。

內容中提到間歇性斷食方法是一種在 16~24 小時之內禁食的減肥方法，所以正確答案為④。

[39~40]

여자 : 이렇게 많은 여성들이 주부 우울증을 겪고 있다니, 곧 출산을 앞둔 저로서는 남의 일 같지가 않아요. 그러면 휴직이나 퇴직, 임신, 출산 등이 주부 우울증의 주요 원인이 되는 건가요?

남자 : 물론 이런 환경적 요인들이 원인이 되기도 하지만 주부들이 가장 어려워하는 것은 아이들 양육입니다. 아이들 중에는 순하고 편한 아이도 있지만 때로는 잠을 잘 자지 않거나 밤낮없이 울어대는 아이들도 있습니다. 이런 경우 모든 것을 참고 감수하기 보다는 주변 사람들에게 도움을 요청하거나 아기 돌봄 서비스 기관에 맡긴 후 잠시라도 나만의 시간을 갖는 것이 중요합니다. 즉 일방적인 희생보다는 취미활동이나 모임을 통해 스트레스를 해소한다면 위기의 순간을 슬기롭게 극복할 수 있다는 것입니다.

女：原來有這麼多女性正因主婦憂鬱症而苦，對於即將生產的我來說，就像是自己的事一樣，那麼，休假、離職、懷孕或生產等，是造成主婦憂鬱症的主要原因嗎？

男：當然這種環境上的因素，會成為憂鬱症的原因，但對主婦來說，最辛苦的應該還是養育子女。孩子們中有個性比較溫順的，但也有晚上不睡覺或一整晚哭鬧的孩子。在這種情況，比起忍耐跟獨自承受，向周遭的人請求幫忙，或將孩子暫時託付給照護中心，暫時保有自己的時間，是非常重要的。也就是說，比起單方面的犧牲，若能透過休閒活動或聚會消除壓力的話，就能帶有智慧地克服危機時刻。

39 ③

① 由於結婚而產生的主婦憂鬱症是必須去承受的部分。
② 休假或離職對於克服主婦憂鬱症有一定的效果。
③ 因為各種理由而罹患主婦憂鬱症的女性相當地多。
④ 懷孕跟生產是能脫離主婦憂鬱症的機會。

透過關鍵句「이렇게 많은 여성들이 주부 우울증을 겪고 있다니」可知，女生對這個事實感到十分驚訝，也就是說有很多主婦正因各種原因引起的憂鬱症而受折磨。

40 ④

① 罹患主婦憂鬱症的女性會受失眠的折磨。
② 不睡覺哭鬧的孩子需要父母的關心。
③ 主婦憂鬱症是即將生產的女性們必須承受的問題。
④ 養育機構以及熟人的協助對排解養育壓力有幫助。

男生主張與其默默的忍受主婦憂鬱症的折磨，不如向身邊的人求助，或是把孩子暫時託付給相關的機構，享受一下個人休閒時間。也就是說，兒童託管機構或是身邊親人朋友的幫助，有助於消減育兒帶來的精神壓力。

[41~42]

남자 : 뉴스나 보험 광고에서 자주 듣게 되는 '유병장수 시대'에 대해 알아보도록 하겠습니다. 유병장수란 질병과 함께 오래 살아간다는 뜻입니다. 인간의 수명은 기대 수명과 건강 수명이 있는데요. 이 둘의 차이는 얼마나 될까요? 한국보건사회연구원에서 발표한 보고서에 따르면 기대 수명과 건강 수명의 차이는 10 년 정도라고 합니다. 결국 평균 10 년 이상을 질병과 함께 살아가야 한다는 말이지요. 그러나 우리는 기대 수명보다는 건강 수명이 연장되기를 꿈꿉니다. 그러기 위해서는 지금부터라도 꾸준한 자기관리가 필요합니다. 우선 스트레스를 줄이고 중독성이 있는 술과 담배는 멀리해야 하며 규칙적인 운동과 정기적인 건강검진이 필요합니다.

男：今天要來認識一下，經常在新聞及保險廣告中聽到的「有病長壽時代」。所謂「有病長壽時代」，意思是和疾病共同生存下去。人類的壽命分為預期壽命及健康壽命，這兩者間的差別是什麼呢？根據韓國保健社會研究院所發表的資料，預期壽命和健康壽命間有可能可以差到 10 年的程度，也就是平均將近十年，我們必須和疾病共同生活，但是比起預期壽命，我們更期望健康壽命能延長。因此，即使是從現在開始，我們也必須要持續進行健康管理，首先，要減少壓力，以及遠離具上癮性的酒及香菸，同時也要規律運動，並且定期做健康檢查。

41 ③

① 預期壽命的延長就是我們嚮往的人生。
② 所謂的有病長壽時代，是健康地長壽的意思。
③ 隨著平均壽命延長，和疾病共存的時間也達近 10 年。
④ 遠離香菸和酒的話，可以延長近十年預期壽命。

想要解題首先要知道「기대 수명, 건강 수명」的含義。「기대 수명」是指預期的、期望的生命長度。「건강 수명」是指人們能夠維持良好日常生活，不受疾病干擾的年限，所以，預期壽命和健康壽命平均相差十年，也就是說人們平均要和疾病一起生活十年。正確答案為③。

42 ②

① 在有病長壽時代，和疾病共存是理所當然的。
② 若要延長健康壽命，必須要自我管理及定期檢查。
③ 消除壓力及進行休閒活動，就足以使健康壽命延長。
④ 有病長壽指只要定期進行檢查，就能延長健康壽命。

男生強調，為了延長健康壽命應該減少精神壓力，持續有規律地運動和定期體檢。「정기검진」和「건강검진」的意思都是醫院的體檢。

[43~44]

여자 : 지금 보이는 곳은 서해안에 위치한 백령도입니다. 이 섬은 지리적으로 고립되어 있고 사람들의 손길이 닿지 않아 자연 생태계의 보고로 알려져 있습니다. 매년 봄이 되면 얼었던 강물이 서해로 흘러들고 따뜻한 온풍을 따라 북한의 장산곶매가 남쪽으로 날아와 백령도에 둥지를 틀고 알을 낳습니다. 백령도의 바위에는 장산곶매뿐만 아니라 갈매기, 가마우지 등 다양한 종류의 새들이 집단적으로 살고 있어서 '새들의 아파트'라고 해도 과언이 아닙니다. 또한 봄이 되면 북쪽으로 갔던 물범들도 백령도를 다시 찾습니다. 해상의 남한과 북한의 대치 상황과는 무관하게 움직이는 자유로운 왕래가 생태계에는 국경이 없음을 새삼 깨닫게 해 줍니다.

女：現在所看到的，就是位於西海岸的白翎島，這個小島由於它地理位置孤立的關係，少有人類的足跡觸及，以自然生態界的寶庫聞名。每年春天的時候，結凍的江水會流入西海，隨著暖風，北韓的長山雀鷹會往南飛，並在白翎島築巢下蛋。在白翎島的石頭上，不只有長山雀鷹，還有海鷗及鸕鶿等各種的鳥類聚集於此，稱作鳥類的公寓，一點也不為過。此外，當春天來臨時，之前往北方移動的海豹，也會再次回歸白翎島，海上的南韓及北韓完全不同於陸上的對峙，生物間自由往來，見證了在大自然中，沒有所謂的國界。

43 ①

① 由於白翎島的環境及地理特性
② 因為白翎島有「鳥類的公寓」
③ 因為白翎島的地理關係，有很多石頭
④ 因為白翎島是人們往來頻繁的地區

透過關鍵句「이 섬은 지리적으로 고립되어 있고 사람들의 손길이 닿지 않아」可以知道島嶼的環境特點和地理特性。

44 ④

① 白翎島是位在南海岸的孤立島嶼。
② 白翎島是鳥類重要的集體棲息地。
③ 自然生態界隨著暖風而移動。
④ 不分國界往來的生態界樣貌令人感動。

紀錄片有想要傳達的訊息，而且這些訊息就是中心內容。透過文中可以得知，作者表達了對那些可以自由穿梭於南北韓國境線之間的生物的羨慕之情。

[45~46]

남자 : 여러분, 누구든지 갑자기 큰 사고가 나서 수혈을 받아야 할 급박한 상황에 처하게 될 수 있습니다. 하지만 피는 인공적으로 만들 수 있는 것도, 다른 것으로 대체할 수 있는 것도 아닙니다. 그렇다면 피는 어떻게 마련될까요? 네, 그렇습니다. 바로 헌혈입니다. 혈액은 장기간 보관이 불가능합니다. 그래서 꾸준한 헌혈이 필요합니다. 외국으로부터 혈액을 수입하지 않고 자급자족하기 위해서는 연간 300만여 명의 헌혈자가 필요합니다. 헌혈을 하지 않는 분들에게 왜 헌혈을 하지 않느냐고 질문했을 때 가장 많은 분들이 질병에 감염될 것 같다는 답을 해 주셨습니다. 하지만 헌혈에 사용되는 모든 도구들은 무균처리를 하고 한 번 사용한 이후에는 폐기 처분하기 때문에 아무런 걱정을 하지 않으셔도 됩니다. 도리어 헌혈을 하게 되면 기본적인 혈액 검사로 건강검진의 효과도 볼 수 있습니다. 헌혈은 내 자신과 가족, 그리고 우리 이웃을 위한 사랑의 표현입니다.

男：各位，不管是誰，都有可能發生因為重大意外需要輸血的緊急狀況，但是血液卻不能以人工製造，也不能用其他的東西取代，那麼，該怎麼去籌備血液呢？是的，沒錯，就是利用捐血。血液無法長時間保存，因此需要我們不斷捐血。為了達到不從國外進口血液就能讓血液自給自足，我們每年需要 300 萬名的捐血人士。當我們去詢問那些不捐血的人的理由，最多人回答我們說，因為捐血似乎會感染疾病。但是，在捐血時使用的全部器具，會經過無菌處理，且使用一次過後，就會將其丟棄，因此不需要有任何的憂慮。反而是在捐血時，能做基本的血液檢查。捐血是將我們的愛傳達給自己、家人及左鄰右舍的表現。

45 ②

① 我國目前沒有從國外進口血液。
② 捐血時使用的器材，使用一次後就會全部丟棄。
③ 很多因為捐血而感染疾病的事例被報導。
④ 為了需要捐血證書的人，必須要積極地捐贈。

內容中提到，捐血時使用的所有器具都是一次性的，在使用過後會進行廢棄處理，所以大家可以放心地去捐血。「폐기처분」就是指廢棄，扔掉的意思。

46 ②

① 為了消除對捐血的誤解正在說明。
② 請求大家協助及參與捐血。
③ 要求針對捐血的安全性和福利建立相關政策。
④ 為了血液的自給自足，正在主張對策方案。

內容一方面說明了捐血需要的理由、安全性以及優惠政策，同時在最後一句中提到捐血也是愛的表達，因此可以得知在倡導積極協助和參與捐血。

[47~48]

여자 : 감독님 하면 오래전 만들어진 영화를 새롭게 재구성한 리메이크 영화를 떠올리게 되는데요. 그동안 제작하신 영화 중 절반 이상이 이번에 흥행하신 영화처럼 리메이크 영화입니다. 특별히 리메이크 영화에 관심을 가지신 이유가 궁금합니다.

남자 : 제가 리메이크 한 영화들은 이전에 대중들의 사랑을 많이 받은 작품들입니다. 하지만 시간이 흐르면서 사람들의 기억 속에서 사라지고 있는 영화들이죠. 요즘 젊은 사람들은 많은 돈을 투자하여 홍보하고 자극적이고 화려하게 만든 블록버스터 영화에 익숙해 있습니다. 대중들이 내용보다는 시각적으로 자극을 받는 영화를 선호하게 만들지요. 영화가 예술이 아닌 상업의 도구가 되어 가고 있습니다. 그래서 이렇게 잊히는 좋은 이야기들을 다시 이 시대 젊은이들의 감성에 맞게 복원하여 전해 주고 싶었습니다. 이전 세대가 아름답게 여기던 것들을 전해 주는 것뿐만 아니라 이러한 영화의 흥행을 통해 상업화되어 가고 있는 영화 시장에 경종을 울리고 싶었습니다.

女：提到導演您的話，就會想到將以前的電影重新編排的重製電影，這段時間您製作的電影，大部份都與這次獲得很好票房的電影一樣是重制電影，我們很好奇導演您對重制電影特別感興趣的原因。

男：我所重制的電影大多都是在過去廣受大眾喜愛的作品，但是隨著時間的流逝，這些電影卻逐漸被大家所遺忘。最近的年輕人，已經過於習慣於那些有大量金錢投資及宣傳，並具有刺激性及過度華麗的鉅片，他們使觀眾們比起內容，更偏好著重視覺刺激的電影，電影失去它的藝術性，變成一種商業的道具。因此，我很想重新復原這些被遺忘的好故事，將它重新製作成符合年輕一代人的情感的作品呈現給大家。不只是將從前世代所認定的美麗事物再次傳遞出來，也希望能透過電影的熱映，對逐漸走向商業化的電影產業提出警訊。

47 ④

① 這次製作的電影沒有很好的票房。
② 導演因為這次的電影得獎。
③ 過去製作的電影大多以悲傷的內容為主。
④ 賣座鉅片比起內容更重視可看性。

男生認為重制電影吸引人的地方主要體現在華麗的視覺效果而不是電影的內容。也就是說，畫面效果比內容更有看頭。

48 ③

① 說明賣座鉅片的特點。
② 提出之後電影製作的方向。
③ 表現出對電影市場商業化的憂慮。
④ 強調年輕人應該要多看從前的電影。

男生透過對最近上映的重製電影存在的問題和之前電影的長處進行列舉的同時，提出了想要對目前的電影市場提出警訊的想法。「경종을 울린다」的含義是對不正確的事情提出警告。也就是說，男生在為現在的電影市場擔憂。

[49~50]

여자 : 요즘 한국 음식이 세계적으로 관심을 얻고 있는데요. 외국인인 여러분이 생각하는 대표적 한국 음식은 무엇입니까? 오늘은 김치를 잠깐 소개해 드리고자 합니다. 지금 보여 드리는 자료는 세계 5대 건강 음식입니다. 이 5가지 음식 중에 한국의 발효 음식이 포함되어 있습니다. 네, 바로 김치입니다. 다음 자료에서 보시는 것처럼 김치는 자연 발효 음식으로 각종 비타민과 유산균, 그리고 섬유질이 풍부하게 들어 있습니다. 그래서 김치는 혈당을 조절해 주고 소화 흡수를 촉진하며 항암효과가 있다고 합니다. 다음으로 이 사진들은 배추김치를 담그는 방법을 보여 주고 있습니다. 배추김치는 절인 배추에 각종 채소와 액젓, 그리고 고춧가루를 기본으로 넣는 것을 알 수 있습니다. 이러한 재료들은 김치의 맛을 더해 줄 뿐 아니라 영양소를 풍부하게 해 줍니다. 이렇게 만들어진 김치는 땅에 묻은 항아리에 보관하여 겨우내 조금씩 숙성시키면서 다양한 맛을 즐겼습니다. 자연에서 나온 가공하지 않은 재료를 가지고 자연 발효를 통해 숙성시키는 자연의 맛, 김치야말로 한국을 대표하는 음식으로 손색이 없을 것입니다.

女：最近韓國的飲食受到了全世界的矚目，身為外國人的各位認為韓國的代表飲食是什麼呢？而今天我就要來稍微介紹一下韓國的泡菜。現在各位看到的資料是世界五大健康食品，這五樣食品中包含了韓國的發酵食物，沒錯，就是泡菜。如同各位在下份資料中所看到的，泡菜作為發酵食品，富含各種維他命、乳酸菌以及纖維質，因此泡菜能有效調節血糖，並且促進消化及吸收，同時也有抗癌的效果。接下來透過這些照片，可以了解泡菜的醃製方法，泡菜是在在醃過的高麗菜中放入各種蔬菜及汁液，並且主要加入辣椒粉醃製而成的，這些材料不但可以使泡菜的味道更為出色，也使泡菜中多了更多營養，最後將醃製好的泡菜放入埋在土裡的甕子中保存，經過一整個冬天慢慢熟成，就可以享受到泡菜多樣的風味。泡菜使用大自然中沒有經過加工的材料，經過發酵熟成產生自然味道，泡菜作為代表韓國的飲食，一點都不遜色。

49 ①

① 泡菜能抑制癌細胞的生長。
② 世界五大健康食品全部都是發酵食品。
③ 保存在甕裡的泡菜較快熟成。
④ 泡菜是經人工發酵後食用的食物。

內容說明了泡菜有抗癌的效果。「항암」是指抑制癌細胞的生長。

50 ②

① 透過資料分析泡菜的料理法。
② 揭示泡菜是韓國代表飲食的理由。
③ 用科學的方法證明泡菜的效能及成份。
④ 比較各種不同的泡菜保管方法並加以評價。

女生向外國聽眾們提出了「韓國的代表性食物是什麼？」的問題，然後介紹了世界五大健康食品之──泡菜的營養元素、效果、原材料、保存方法以及泡菜能夠成為韓國代表性食物的原因。

쓰기 寫作

—寫作考試高分應考 TIP
—Step 1 題型分析
—Step 2 考題分析：範例題、考古題
—Step 3 實戰練習
—答案與解析、翻譯
—寫作得分秘訣 ①：各類文章常用表達
—寫作得分秘訣 ②：重要文法表達

考前必讀！寫作考試高分應考 TIP

1. 按照自己的目標等級，合理分配時間

— 寫作部分共有 4 題，與聽力一起考，需要在 50 分鐘之內做完。考試時可以在聽力部分結束以後，再花 5 分鐘的時間整理一下答案，合理分配解題時間。

— 第 51、52 題是完成句子，第 53 題是 200~300 字的說明文寫作，54 題是 600~700 字的議論文寫作。

— 第 51、52 題各占 10 分，共計 20 分。第 53 題 30 分，是以中級考生為評判對象的題目。第 54 題 50 分，是以高級考生為評價對象的題目。

— 以中級為目標等級的考生，務必要在第 51~53 題上盡量拿高分，而第 54 題只要在一定程度上拿分就可以了。

— 第 51、52 題雖然是以中級考生為評判對象的題目，但是解題時需要瞭解前後文的內容，才能著筆寫作，所以可能比想像中需要更多的時間。解題時需要掌握前後文的內容，使用恰當的文法和單字填寫內容。

— 第 53 題要求根據給出的資訊，寫一段說明文。雖然偶爾也會出現比較難的單字，但是只要能夠充分理解給出的資料內容，像解數學題一樣，按照步驟認真構思寫作，就可以拿到高分。考生在平時的學習中，要掌握各種題材文章中可能出現的重要單字和表達方式，才能在最快的時間內完成寫作題。

— 因此，相較於需要更深入的思考的第 51、52 題，最好先解答較占分數比重的 53 題。按照 53 題>51、52 題>54 題的順序解題。

— 第 54 題雖然是以高級考生為評判對象，但是絕不能因為自己的目標等級為中級就放棄這題。即使拿不到高分，只要能夠按照自己的能力，正確使用單字和文法寫作，就一定有所收穫。

— 對於目標等級為高級的考生來說，務必認真做好 54 題。正確使用高級文法和單字，按照序論-本論-結論的順序進行寫作。

— 練習 54 題時，考生可以參考改制前的題目，也就是第 35 回 TOPIK 之前的考題。下載第 1~34 回的考試題，參考答案進行練習。

2. 字體和文體（終結語尾）

— 對於寫作部分來說，第一印象非常重要。儘管作文內容非常精彩，如果你的字跡無法讓閱卷老師看清楚的話，就很難拿到高分。就算不能做到字跡漂亮，只要能做到準確清晰即可。在時間緊張的情況下，是無法寫出清晰的字跡的，所以希望考生能夠在平時的學習中，加強寫字練習。如果你的字寫得不夠漂亮，那麼盡量縮小字體，也是個不錯的辦法。

— 文體（終結語尾）要根據題目要求慎重選擇。要使用格式化的文體，做 51 題和 52 題時，要保證和前後文的文體形態一致。做 53 題和 54 題時，務必要使用「-(ㄴ/는)다」的形式。

— 拼寫方法是基礎。一定要做到書寫準確，千萬不要按照發音拼寫字體。

— 寫作題中如果出現了口語體，是一定會被扣分的，千萬不能使用口語體。

3. 單字和文法的選擇

— 選擇與每題難度相當的單字和文法使用。51 題~53 題使用中級程度的單字和文法，54 題則使用高級的單字和文法。

— 沒有必要一定使用非常複雜或者難度很高的文法。作文中只要用到中級和高級文法中，比較常用的兩到三個文法即可。53 題和 54 題根據文章的題材種類，有一些文法是經常被使用的。考生在平時的學習中，應該重點針對這些文法進行練習。教材中針對各種體裁的文章中經常出現的文法進行了歸類總結，考生可以參考學習。

4. 完成題目要求

— 就像前文中提到的一樣，第一印象是至關重要的。影響第一印象的因素之一是字跡，但是更重要的因素，則是作文題材是否符合題目要求。

— 做第 51 題和第 52 題時，填入的內容要與前後文的脈絡一致。53 題則要注意選擇與主題相符的文體，此外還要用到題目中給出的所有內容。

— 第 54 題的題目中，會根據主題給出兩、三個問題，組織內容時，務必要把兩個問題的答案涵括進去。在此基礎上，如果能按照題目的順序寫作本論部分，會使內容顯得更有調理，邏輯性更強。

— 與主題無關的內容，寫的再多也無法拿分，反而會毀掉文章的整體結構，給人留下不好的印象，所以絕對不能憑空加入無關的內容。

— 此外，文中最好不要出現對韓國的否定觀點，或是違背常識的內容。即使個人的世界觀非常清晰，也不要出現違背一般性常識的內容。

51-52

Step 1 題型分析

※ [51~52] 다음을 읽고 ㉠과 ㉡에 들어갈 말을 각각 한 문장으로 쓰십시오.

請閱讀下文，並在㉠和 ㉡填入句子。

※ 重要連接表達

列舉：그리고, 다른 하나는

反對：그러나, 반대로, 그래도, 그런데, 만일

補充：또한, 게다가

因果：그래서, 따라서, 그러므로

根據：왜냐하면, 그래야, 그러니까

轉換：그런데, 한편

這是在空格內填入適當的句子的題型。第51題為廣告或是介紹，52題則以說明文的形式出現。解題時，相較於文法或是單字，要先掌握文章的內容，所以如果不能掌握全文的脈絡就很難準確的解題。因此，擬定填入空格的句子時需要考慮以下兩點。

首先要充分準確的理解空格前後的文的內容，通常前後文中會出現有助於解題的提示。其次，句子與句子之間作為連接作用的「그리고, 그러나, 그런데, 그래서, 만일」等連接副詞要尤其要注意，解題時可以透過這些連接副詞判斷出前後文之間的關係（列舉、相反、遞進、因果、根據、轉折）。此外，在解53、54題時也會用到左方這些表達方式，熟記有助於解題。

例如，在下一頁出現的51題中，（ ㉠ ）的前句中提到「結束了學業要回家鄉」，後句中提到「有書桌、椅子、電腦、經營學的書」，而且（ ㉠ ）前面出現了表示因果關係的連接副詞「그래서」，也就是說，整段內容要表達的意思是「因為要回家鄉，所以想要處理或是賣掉這些已經不需要的東西」，以此為基礎擬出答案。

52題中，（ ㉡ ）的前句中提到「越是期待正向的結果出現，得到好的結果的可能性越大」。而且（ ㉡ ）前面出現了表示與前文對立的連接副詞「반대로」，由此可以推斷出「相反地，越是抱有負面、消極的想法，得到好的結果的可能性就越小」為正確答案。

51 빈 칸에 문장 채우기

填入句子

「社團會員招募」、「二手物品轉讓」這樣的廣告、電子郵件、便條、信件、請柬以及邀請函等日常生活中能夠接觸到的向他人傳達訊息時使用的表現形式會經常出現在題目當中。解題時，先要透過題目或背景判斷文章類型，題目或背景往往能夠直接反應出筆者的寫作目的。

要使用中級單字和表達方式才能避免被扣分。此外，使用「-아/어요」等形式的終結語尾會被扣分，所以要使用文章中出現的終結語尾「-ㅂ/습니다」。

52 빈 칸에 문장 채우기

填入句子

關於「人際關係」、「社會生活」以及「世界觀」這樣的教育性文章出現的頻率較高，也常會涉及到一些日常生活中能夠接觸到的科學知識、常識，所以，在平時的學習中要注意相關單字及表達方式的累積。

這裡與51題一樣，擬定句子是要使用中級單字和表達方式才能避免被扣分。此外，使用「-ㅂ/습니다, -아/어요」等格式的終結語尾會造成扣分，所以要使用文章中出現的終結語尾「-(ㄴ/는)다」。

Step 2 考題分析

考古題

※ [51~52] 다음을 읽고 ㉠과 ㉡에 들어갈 말을 각각 한 문장으로 쓰십시오. 각 10점

51

무료로 드립니다

저는 유학생인데 공부를 마치고 다음 주에 고향으로 돌아갑니다. 그래서 지금 (　　㉠　　). 책상, 의자, 컴퓨터, 경영학 전공 책 등이 있습니다. 이번 주 금요일까지 방을 비워 줘야 합니다. (　　㉡　　). 제 전화번호는 010-1234-5678입니다.

52

어려운 일이 생겼을 때 그 일을 대하는 우리의 태도는 크게 두 가지이다. (　　㉠　　). 다른 하나는 어려워서 불가능하다고 포기하는 것이다. 그런데 긍정적인 결과를 기대할수록 좋은 결과를 얻을 확률이 높다. 반대로 (　　㉡　　). 그러므로 우리는 시련이나 고난이 닥쳤을 때일수록 더욱 긍정적으로 생각할 필요가 있다.

<TOPIK 35회 쓰기 [51]>

- 유학생 留學生
- 경영학 經營學
- 비우다 空出，騰出

※正確答案

㉠ 그동안 사용했던 제 물건을 정리하려고 합니다

㉡ 그러니까 물건이 필요하신 분들은 금요일 전까지 연락해 주시기 바랍니다

<TOPIK 37회 쓰기 [52]>

- 불가능하다 不可能
- 포기하다 放棄
- 긍정적 正向的，積極的
- 확률 概率，機率
- 시련 考驗
- 고난이 닥치다 面臨困難

※正解答案

㉠ 하나는 아무리 어려워도 절대 포기하지 않는다

㉡ 부정적인 생각을 하면 좋은 결과를 얻을 확률이 낮다

51 免費提供給您－我是一名留學生，這一周將完成我的學業返回家鄉，所以現在（打算整理這段期間所用過的物品）。我這邊有書桌、椅子、電腦和經營學必修書等物品。我這周五前要把房間空出來，（因此，需要我的物品的人，希望能在星期五前聯絡我）。我的電話號碼是010-1234-5678。

這是一則讓出二手物品的廣告。解題時應該先掌握「發出廣告的目的」。「지금」後面的（㉠）中可以填入「因為要回家鄉，所以要整理或處理自己用過的一些東西」之類的內容。文中提到因為到週五要把房子空出來，所以（㉡）中應填入可以關於可以與我取得聯繫的時間的內容。

---

52 當遇到困難的事時，我們通常會採取兩種態度。（一是無論多難，都絕對不放棄）。另一則是因為認為困難，覺得不可能而放棄。若越期待正向的結果發生，最後獲得好的成果的機率也會相對較高。相反地，（以負面思考的話，得到好結果的機率就低）。因此，當我們越是遭遇試煉或苦難的時候，就更應該要帶著正向的想法。

透過(㉠)前面的「두 가지」可以推測出後面必定會出現「하나는, 다른 하나는」之類的表示列舉的表達方式。因為(㉡)前面出現了「반대로」，所以應該填入與前面相反的內容。也就是說兩部分內容中一部分是肯定的內容，另一部分是否定的內容，(㉠)中為肯定內容，(㉡)中為否定內容。

範例題

※ [51~52] 다음을 읽고 ㉠과 ㉡에 들어갈 말을 각각 한 문장으로 쓰십시오. 각 10점

51

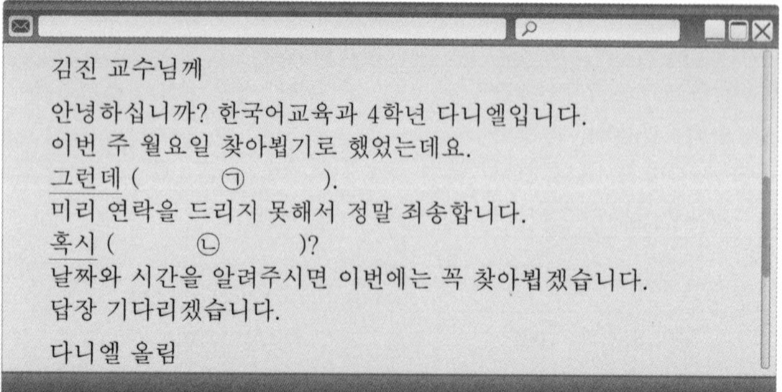
김진 교수님께

안녕하십니까? 한국어교육과 4학년 다니엘입니다.
이번 주 월요일 찾아뵙기로 했었는데요.
그런데 (㉠).
미리 연락을 드리지 못해서 정말 죄송합니다.
혹시 (㉡)?
날짜와 시간을 알려주시면 이번에는 꼭 찾아뵙겠습니다.
답장 기다리겠습니다.

다니엘 올림

- 교수님 教授
- 찾아뵙다 去拜訪，去探望

※正確答案

㉠ 월요일에 찾아뵙지 못했습니다
㉡ 다른 날 언제 시간이 괜찮으십니까

52

하루는 이 세상에 사는 누구에게나 주어지는 일정한 시간이다. 그런데 어떤 사람은 잠자기 전에 또는 아침에 일어나서 하루의 일정을 계획하지만 (㉠). 그러나 하루하루가 모여서 역사가 되듯이 계획성 있는 하루하루가 모여서 개인의 능력이 되기도 하고 (㉡). 그러므로 행복한 미래는 주어지는 게 아니라 만들어진다는 것을 잊어서는 안 될 것이다.

- 일정하다 固定的，一定的
- 일정 日程
- 계획성 計劃性
- 주어지다 具備，指定，賦予

※正確答案

㉠ 어떤 사람은 계획 없이 하루를 시작한다
㉡ 행복한 미래가 되기도 한다

51 金進教授敬啟：您好，我是韓語教育系四年級的丹尼爾，本來約好這周一要去拜訪您，但是（星期一沒有辦法過去找您）。沒有提前聯絡您真的非常抱歉，不知道（您其他天什麼時間方便呢）？若您能再告知我日期及時間的話，我一定會過去拜訪您。等待您的回信。丹尼爾敬上

題目以電子郵件的形式出題，（㉠）提到「미리 연락 드리지 못한 것（事先沒有告知您）」以及「월요일에 찾아뵙기로 했었는데요. 그런데（本打算星期日去拜訪您，可是）」，由此可以推斷出寫信人沒能守約。由（㉡）前面的「혹시」可以推斷出應該填入「詢問能夠再去拜訪的時間」的內容。

52 一天不管對於誰來說，都是被賦與的相同時間。有些人會在睡前或早晨起來之後計畫一天的行程，（有的人則會毫無計畫地開始一天）。不過，就如同一天一天累積起來會形成歷史的道理般，有所計畫的每一天聚集後，可以成為個人的能力，（也能成為幸福的未來）。因此，幸福的未來不是現成的，而是被創造出來的，這點不能忘記。

這題的主題是關於人人都有的「一天」的，透過（㉠）前面出現的「-지만」，可以推斷出括號中的內容與前面出現的內容是對立關係。透過（㉡）前面出現的「-기도 하다」與表示列舉的「-기도 하고 -기도 하다」的使用方法相同。

Step 3 實戰練習

※ [51~52] 다음을 읽고 ㉠과 ㉡에 들어갈 말을 각각 한 문장으로 쓰십시오. 각 10점

51

(모 집)

노래 동아리 '행복'입니다.
이번에 (㉠).
신입 회원은 노래에 관심 있는 학생이면 누구나 가입할 수 있습니다.
(㉡)?
그래도 괜찮습니다.
악보를 보는 법부터 천천히, 친절하게 가르쳐 드리겠습니다.
다음주 금요일까지 '행복' 홈페이지 cafe. sejong.com/happy로 오셔서 회원가입을 하시면 됩니다.
많은 참여 바랍니다.

㉠	
㉡	

52

살아가면서 가족, 친구 또는 동료들과 많은 문제로 화를 내면서 말다툼을 해 본 적이 있을 것이다. 그런데 (㉠). 그래서 말다툼을 하기 전에 오해가 생길 만한 일이 있었는지 내가 무슨 실수를 했는지 생각해 봐야 한다. 물론 (㉡). 하지만 아무리 화가 나더라도 천천히 숨을 쉬면서 생각해 보는 습관을 갖는다면 말다툼을 줄일 수 있을 것이다.

㉠	
㉡	

가입하다 加入	악보 樂譜	홈페이지(homepage) 個人網頁，官方網站		참여 參與
말다툼 吵架，爭執	오해 誤會	실수 失誤	숨을 쉬다 吸氣	습관 習慣

寫作

53

Step 1 題型分析

53 자료를 참고하여 200~300자 글쓰기

參考資料，寫成200至300字的短文

※ 歷屆考題題目：

TOPIK 35回: 원형 그래프를 보고 30대와 60대가 '필요하다고 생각하는 공공시설'에 대한 설문 조사를 비교하여 쓰기

TOPIK 36回: '1인 가구 증가 원인'에 관한 정보를 보고 원인-현황을 분석하여 쓰기

TOPIK 37回: '대중매체'를 분류해 놓은 표를 보고 쓰기

題目要求參照提供的資料寫文章。根據以往出現的文章內容展開的方法，寫作形式可以分為定義、比較、分析、分類幾種類型。

定義是指對某個概念或是用語的含義進行明確的規定。比較是指對比兩種或幾種事物的異同、高下。分析是指把某種概念或事物仔細的分成比較簡單的組成部分，找出這些部分的本質屬性。分類是指把具有相似特性的事物按照特定的標準分別歸類進行說明。

把文章整體分為「序文-展開-結尾」三部分，在分別對每一部分進行擴充。

全文要圍繞著怎樣的主題展開，一般都在序文中被明確出來，所以首先要從題目中找出能夠表現中心主題的單字或句子，一般情況下會隱藏在題目或表格當中。這種情況下可以直接使用題目或表格中給出的句子，如果沒有這樣的句子則需要對表現主題的單字進行簡單說明。

第二部分「展開」中，對正文中給出的資料和訊息進行整理記錄下來。由於資料一般不會以句子的形式出題，所以要求根據文章的類型結合適當的文法和表達方式進行闡述。要按照資料給出的順序對內容進行整理，使用「첫째-둘째-셋째」，「먼저-다음으로-마지막으로」，「먼저-반면에」等表達方式會讓文章顯得更有條理。

第三部分「結尾」是對整篇內容的整理部分，寫作時要在這一部分明確自己的想法。組織內容是需要注意對整體內容的整理，避免過多的表述與個人的想法和意見無關的內容。此外，最好在結尾部分用一句話對全文進行總結歸納或是適當地加入一些對未來的展望。

※ 評分標準及注意事項

評分	評分依據	分數區分		
		上	中	下
內容及題目的完成度	題目的要求的完成度、與主題相關的內容、內容的多樣性	6~7分	3~5分	0~2分
文章的展開和構成	文章構成、段落構成、話語標記的使用	6~7分	3~5分	0~2分
語言使用	多樣的、適當的、準確的文法和單字使用、書面語體使用	7~8分 (x2)	4~6分 (x2)	0~3分 (x2)

全篇內容必須用書面語進行寫作。不能使用「(이)랑, -아/어 가지고」等口語的表達方式，也不能使用「-ㅂ/습니다, -아/어요」等終結語尾，必須使用「-(ㄴ/는)다」這樣的書面語表達方式。此外，文中也要用到「이/가, 은/는, 을/를」等助詞。

寫作時盡量使用中級上（4級）難度的單字和文法。但是單字方面只要盡量的充實題目中所給出的資料即可，而文法方面應該根據文章的題材和類型有選擇的使用，所以事先分類累積相關的表達方式，就可以降低寫作題的難度。

總分30分中「內容和題目完成度，文章的展開和構造」占14分，「語言的使用」占16分。想要拿到較高的分數，需要具備有條理的文章內容、較高的題目要求的完成度以及清晰合理的文章結構。考察文法和單字的部分「語言組織情況」雖然占到了高達50%的分數，但是內容、題目要求完成度以及文章結構安排達不到標準的話，是無法達到「上」的分數線的。如果達到了「上」的（4級）水平，即使行文中存在著一定的錯誤，也會由於基本分數較高，而能夠得到較高的分數。

只要對已經給出的資料進行整理，就能占到200~300字的篇幅，所以序文和結尾部分不宜寫得過長。由此可見，文章中盡量避免加入過多的附加說明以及否定的或主觀的想法。

寫作得分秘訣 ①－各類文章常用表達

1. 定義

句型	例句
x(이)란 y다.	도시란 일정한 지역의 정치, 경제, 문화의 중심이 되는 곳으로 많은 사람들이 사는 지역이다. 所謂的都市，是指眾多人生活於其中的一定區域中的政治、經濟及文化中心地區。
x(이)란 y을/를 말한다(이른다).	출산율이란 일정 기간에 태어난 아이가 전체 인구에 차지하는 비율을 말한다. 所謂的出生率，是指在特定的期間出生之嬰兒佔總人口的比例。
x(이)란 y(으)로 정의한다. y(이)라고 정의할 수 있다.	사회란 다양한 사람들이 일정한 질서 하에서 사회적 관계를 갖는 공동체로 정의한다. 社會的定義，為各式各樣的人在一定秩序下構成社會關係的共同體。 예술이란 새로움을 추구하는 작업이라고 정의할 수 있다. 所謂的藝術，可以定義為追求創新的工作。

x : 定義對象　y : 定義內容

2. 比較－比較差異點

句型	例句
x은/는 ~다. 반면에 y은/는 ~다.	말은 시간적, 공간적 제약을 받는다. 반면에 글은 그러한 제약이 없다. 說話會受到時間及空間性的限制，相對地，文字就沒有那樣的侷限。
x은/는 ~(으)ㄴ/는 반면(데 반해) y은/는 ~다.	수입은 작년보다 크게 늘어난 반면 수출은 작년과 비슷한 수준이었다. 進口相較去年來說大幅增加，相對地，出口和去年的水準相去無幾。
x이/가 ~(으)니/는 것과는 달리 y은/는 ~다.	최근 몇 년 사이에 모바일 쇼핑이 급격히 증가한 것과는 달리 PC 쇼핑은 줄어들고 있다. 電腦購物不同於近年急遽增加的手機購物，現在正逐漸減少。

x, y : 比較對象

一比較共同點

句型	例句
x은/는 y와/과 마찬가지로(같이) ~다. y와/과 마찬가지로(같이) x도 ~다.	신문은 책과 마찬가지로 인쇄매체의 한 종류이다. 和書相同地，報紙也是印刷媒介的種類之一。 책과 마찬가지로 신문도 인쇄매체의 한 종류이다. 報紙和書同樣地都是印刷媒介的種類之一。
x와/과(이나) y은/는 ~다는 점에서 같다 (동일하다, 비슷하다).	쓰레기 매립장과 원자력 발전소는 지역 주민들에게 고통을 주고 집값 하락에 영향을 주는 시설이라는 점에서 비슷하다. 垃圾掩埋場和核能發電廠在帶給地區居民痛苦、造成房價下跌這點，可以說是非常相似。
x뿐만 아니라 y이/가(도) 공통적으로 ~다.	비만은 한국뿐만 아니라 전 세계가 공통적으로 고민하고 있는 문제이다. 肥胖是不僅只於韓國，全世界都共同在苦惱的問題。

x, y : 比較對象

3. 分析一原因和結果

句型	例句
x(으)로 인해(서) y게 되었다 (고 있다).	경제 성장으로 인해 여가 활동에 대한 관심이 증가하게 되었다. 由於經濟成長，對休閒活動產生興趣的人增加了。
x의 결과(로) y게 되었다.	남녀 역할 변화의 결과로 남자들의 가사 노동 시간이 늘어나게 되었다. 男女角色變化的結果，導致男性們做家事的時間增加了。
x의 원인으로 y을/를 들 수 있다.	저출산의 원인으로 육아, 교육비의 부담을 들 수 있다. 低生育率之原因，可指向育兒、教育費的負擔。

x : 原因　y : 結果

一調查結果

句型	例句
조사 결과 x이/가 y(으)로 나타나다 (조사되다).	조사 결과 10년 사이에 출산율이 10%나 감소한 것으로 나타났다. 調查的結果顯示，十年內出生率將會降低10%。
조사 결과 a, b, c 순으로 나타나다 (그 뒤를 잇다/따르다).	최근 자주 이용하는 쇼핑 장소를 조사한 결과, 인터넷 쇼핑이 가장 높았고 모바일 쇼핑, 대형마트 순으로 나타났다. 調查最近經常使用的購物場所後，得到了網路購物的比率最高，接下來依序為手機購物及大型超市購物的結果。

x : 調查對象　y : 調查結果　a, b, c : 結果項目

4. 分類

句型	例句
x은/는y을/를 기준으로 크게 a, b, c(으)로 나뉜다 (분류된다, 구분된다).	광고는 이익 여부를 기준으로 크게 상업 광고와 비상업 광고로 나뉜다. 廣告以其有無利益為基準，大致可分為商業廣告及非商業廣告。
x에는 a, b, c이/가 포함된다 (들어간다, 속한다, 있다).	비상업 광고에는 공익 광고, 논설 광고, 정치 광고가 포함된다. 而在非商業廣告中，包含了公益廣告、社論式廣告以及政治廣告。

x : 分類對象　y : 分類結果　a, b, c : 分類項目

Step 2 考題分析

考古題

※ [53] 다음 그림을 보고 대중매체를 어떻게 나눌 수 있는지 200~300자로 쓰십시오. 30점

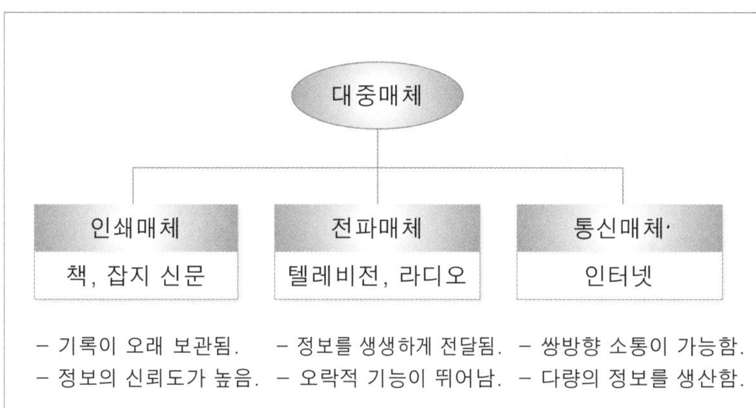

<TOPIK 37회 쓰기 [53]>

- 대중매체 大眾媒體
- 인쇄 印刷
- 전파 傳播
- 통신 通訊
- 기록 紀錄
- 신뢰도 信賴度
- 생생하다 活生生，生動的
- 오락적 娛樂性的
- 뛰어나다 傑出的，卓越的
- 쌍방향 雙向
- 소통 疏通，疏導
- 다량 大量
- 생산하다 生產

寫作

作答範例：

53	아래 빈칸에 200자에서 300자 이내로 작문하십시오 (띄어쓰기 포함). (Please write your answer below; your answer must be between 200 and 300 letters including spaces.)

대중매체란 많은 사람에게 대량으로 정보와 생각을 전달하는 수단을 말한다. 이러한 대중매체에는 다양한 양식이 있는데, 표현 양식을 기준으로 나누면 크게 인쇄매체, 전파매체, 통신매체이다. 인쇄매체는 책이나 잡지, 신문 등으로 기록이 오래 보관되고 정보의 신뢰도가 높다는 특징이 있다. 다음으로 전파매체가 있는데 텔레비전 라디오 등이 이에 속한다. 정보를 생생하게 전달하고 오락성이 뛰어나다는 특징을 가진다. 마지막으로 인터넷과 같은 통신매체를 들 수 있다. 쌍방향 소통이 가능하고 다량의 정보를 생산한다는 특징이 있다.

[53] **請看下圖，並以 200 至 300 字的短文，說明大眾媒體是如何分類。**

大眾媒體

印刷媒體	傳播媒體	通訊媒體
書藉、報章雜誌	電視廣播	網路
- 紀錄可以長久保存 - 資訊的信賴度高	- 資訊生動地被傳達 - 娛樂性機能突出	- 能夠進行雙向溝通 - 大量資訊之產出

※ 範文參考翻譯

所謂的大眾媒體，是指向人們傳達大量的資訊及想法的一種手段。這樣的大眾媒體中，有各式各樣的形態，若以表現的方式為基準分類，大致可以分為印刷媒體、傳播媒體以及通訊媒體。印刷媒體中，包含了書籍雜誌和報紙等，擁有紀錄可長久保存、資訊的信賴度高的特性。接下來是傳播媒體，電視及廣播等即為此一分類，傳播媒體擁有能夠生動傳達資訊及具有高度娛樂性之特徵。最後一項則是如同網路的通訊媒體，它具備雙向溝通之可能性，以及能夠大量產出資訊的特性。

這是一道「分類」型的題目。標準答案中根據表現形式將「大眾媒體」分類，並對其特徵進行詳細的說明。

在引文部分用「(이)란~을/를 말한다」的表達方式對文章的主題「大眾媒體」下了定義。雖然問題中並沒有關於大眾媒體的訊息，但是在下面的對各個要素的特徵進行分類分析的部分都使用了「정보（訊息）」這個詞。以這個單字作為提示，可以判斷出「大眾媒體是傳達訊息的一種方式」，這一點可以作為擬定引文部分的第一個句子時的參考。第二句中，從「을/를 기준으로 나누면 A, B, C(이)다」這句話可以判斷出，內容是把中心主題分類進行敘述。可以用「방법, 수단, 도구」這樣的表達方式來代替「표현양식」。

在展開部分中，參照給出的資料把主題分為A, B, C三部分進行介紹。介紹A, B, C使用的表達方式如下：

☆
- 'A은/는 a, b, c(으)로 구성된다'
- '다음으로 B이/가 있는데 d, e, f이/가 이에 속한다'
- '마지막으로 h, i, j와/과 같은 C을/를 들 수 있다'

此外，文中用「-(ㄴ/는)다는 특징이 있다」,「-(ㄴ/는)다는 특징을 가진다」的表達方式對分類後的各部分重點特徵進行說明。

由於文章的長度或特殊類型因素，標準答案中沒有特別點出結尾。

範例題

※ [53] 최근 한국 사회에서는 출산율이 감소하고 있습니다. 다음 자료를 참고하여 출산율 감소의 원인과 현황을 설명하는 글을 200~300자로 쓰십시오. 30점

- 출산율 出生率
- 감소 減少
- 원인 原因
- 현황 現況
- 평균 平均
- 출생아 新生兒
- 진출 進出，涉足
- 양육비 撫養費
- 결혼관 結婚觀

출산율 감소의 원인

1. 여성의 사회 진출 증가
2. 양육비에 대한 부담
3. 결혼관의 변화

출산율의 현황

- 1984년 2.1명

⇩

- 2014년 1.2명

※출산율 : 한 여자가 평생 낳을 것으로 예상되는 평균 출생아 수

寫作

53	아래 빈칸에 200자에서 300자 이내로 작문하십시오 (띄어쓰기 포함). (Please write your answer below; your answer must be between 200 and 300 letters including spaces.)

최근 한국 사회에서는 출산율이 계속 감소하고 있다. 출산율이란 한 여자가 평생 낳을 것으로 예상되는 평균 출생아 수를 말한다. 1984년 2.1명이었던 출산율은 꾸준히 감소하여 2013년에는 1.19명에 도달했다. 20년 사이에 0.9명이 감소한 것이다. 이러한 감소의 원인은 다음과 같다. 첫째, 여성의 사회 진출 증가로 인한 출산율의 감소이다. 둘째, 양육비에 대한 부담으로 인한 출산율의 감소이다. 셋째, 결혼관의 변화도 출산율이 감소하는 데에 영향을 주었다. 이러한 원인으로 출산율은 앞으로도 지속적으로 감소할 것으로 예상된다.

[53] 最近韓國社會中出生率持續下降，請參考下列的資料，針對出生率減少的原因及現況，寫出 200 至 300 字的說明短文。

出生率下降的原因	出生率之現況
1. 女性的社會就業率增加 2. 教育費的負擔 3. 結婚觀念的改變	・1984 年 2.1 名 ・2014 年 1.2 名

※出生率：預測一名女性一生中所生育之平均新生兒人數

※ 範文參考翻譯

在最近的韓國社會中，出生率持續在下降。所謂的出生率，為預測一名女性一生中所生育之平均新生兒人數。1984年為2.1名的出生率逐年降低，到了2013年，到達了1.19名，在20年間減少了0.9名，這樣減少的原因同下，第一，由於女性的社會就業率增加，導致出生率降低。第二，由於教育費負擔而造成生育率下降。第三，結婚觀念的改變，也對出生率的降低帶來了影響。由於這些原因，可以預測出生率未來也可能會持續下降。

這是一道「分析」型的題目。應該針對出生率下降的現況，以原因和現況組織內容。

序文部分的第一句是由題目中給出的訊息組成的，用「(이)란~을/를 말한다」的表達方式對「출산율（出生率）」進行了定義。

在展開部分中，只要利用已經給出的資料進行分析說明即可。給出的資料雖然是按照「원인（原因）-현황（現狀）」的順序構成，但是在組織內容時，先描述現況，再闡述原因會讓內容更加流暢。描述現況時常用的表達方式如下：

☆
- 'N이었/였던 N은/는 감소/증가하여 N에 도달하다/되다'
- '00년 사이에 N이/가 감소/증가하다'

闡述原因時，應該用「첫째, 둘째, 셋째(먼저, 다음으로, 마지막으로)」的形式，按照順序進行說明。這時候，可以用「이러한 감소/증가의 원인은 다음과 같다」自然地連接上下文。在文章的最後可以用對未來的展望結尾。

Step 3 實戰練習

※ [53] 다음 그래프를 보고, 성별에 따라 배우자에 대한 조건이 어떻게 다른지 비교하여 200~300자로 쓰십시오. **30점**

20대 성인 남녀 각각 100명을 대상으로 '배우자에 대한 조건'에 대해 설문 조사를 하였다.

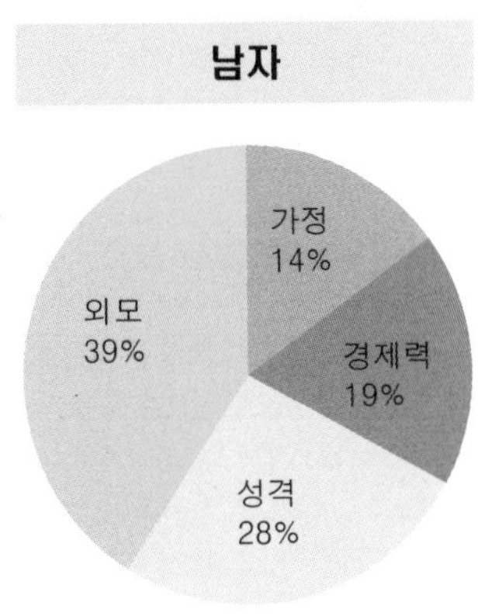

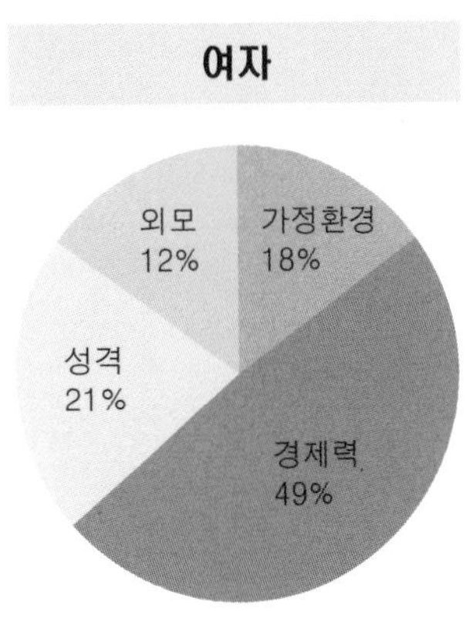

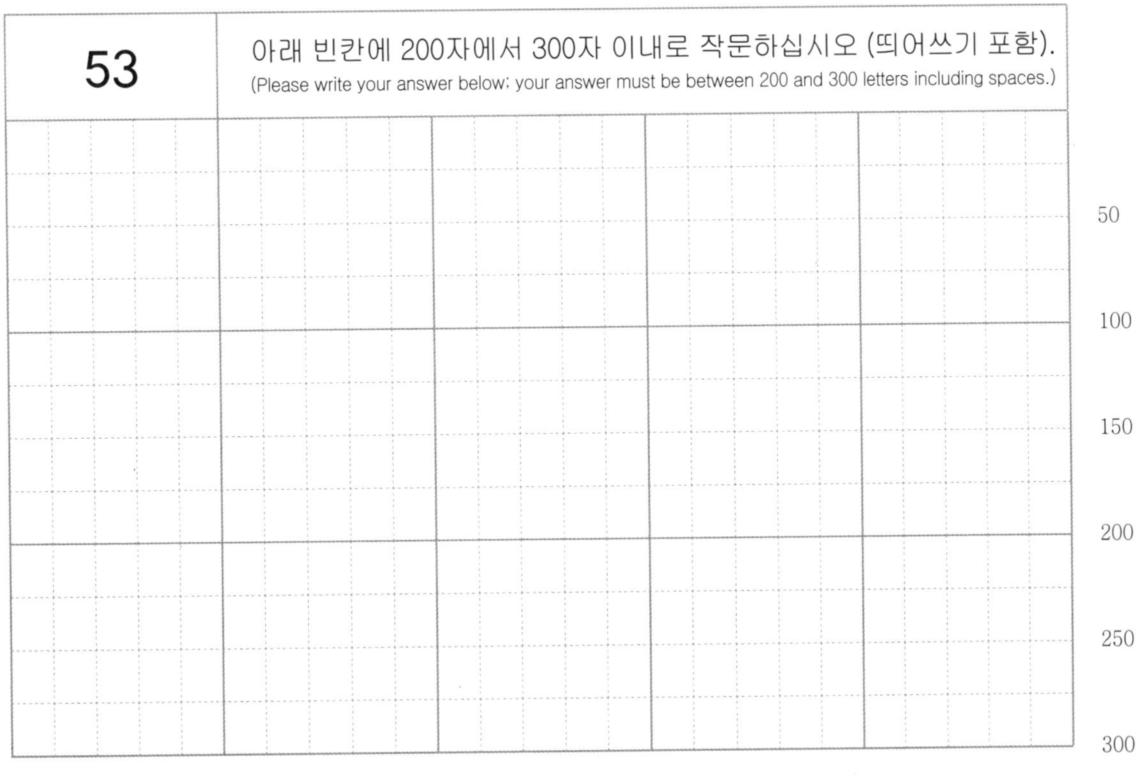

53

아래 빈칸에 200자에서 300자 이내로 작문하십시오 (띄어쓰기 포함).
(Please write your answer below; your answer must be between 200 and 300 letters including spaces.)

54

Step 1 題型分析

54 주제에 맞게 자신의 생각을 600~700 자로 쓰기

依據主題將自己的想法寫成600至700字的文章

題目要求依據主題，寫出自己的想法。想要寫出有邏輯性的文章，必須按照「서론（序論）-본론（本論）-결론（結論）」的結構組織內容，所以準確地掌握中心思想和提出的問題十分重要。仔細審題後，先擬出緒論，然後針對題目下面給出的兩個問題，透過舉例進行補充說明。

這兩個問題的答案就是本論和結論部分的組成內容。題目中只給出了整體的中心思想和方向，而關於問題的具體內容並沒有提及。因此，我們在平時要對可能作為寫作題材出現的相關領域練習，例如「幸福生活的必備條件、領導者需要具備的品德和素質、未來的人才、大眾媒體的正面作用、職業選擇的條件、成功的標準、良好的人際關係、競爭效應、討論的重要性、環境污染」等都是可能作為題材出現的社會現象。因此，應該加強對以上社會問題背景的瞭解，盡量多加掌握相關單字和表達方式，將會對解題很有幫助。

解題時有幾點需要注意。單字和文法使用的再準確、內容再好，如果內容與主題無關，也不能拿到高分。其次，題目中所給出的問題一定要一一作答，不能有所遺漏。另外，在寫作時，要注意隨著內容的轉換劃分段落。緒論為一段，由兩個問題的答案構成的本論和結論分為2~3段，一共3~4段最為恰當。

首先，緒論裡應該包含能夠明確全文主題的內容，本論部分的內容最好參照題目進行填充。題幹部分不僅能夠體現全文的方向，而且給出了寫作能夠用到的部分單字，可以此為基礎構思文章內容。緒論的第一句應該要能夠引起讀者對主題的興趣，第二句可以介紹與主題相關的進展情況或者主題中的關鍵詞的定義、說明。最後一句則最好由介紹本論的句子或者問題組成。

※ 評分標準及注意事項

評分	評分	分數區分		
		上	中	下
內容及題目要求完成度	充分達到題目要求、與主題相關的內容、內容的多樣性	12~9分	8~5分	4~0分
文章整體構成	文章構成、中心思想的體現、話語標記的使用	12~9分	8~5分	4~0分
語言使用	只用多樣的、適當的、準確的文法及表達方式、使用書面語	26~20分	18~12分	10~0分

作文時要使用書面語，不能使用口語。終結語尾必須用「-(ㄴ/는)다」之類的書面語表達方式。此外，「이/가, 은/는, 을/를」等助詞也不能省略。

盡量使用高級韓語中的表達方式。可以事先熟悉與主題相關的表達方式，盡量多的在文章中加入高級文法中比較典型的表達方式。

「內容及題目要求完成度、文章的整體結構」占總分50分中的24分。「語言使用」占26分。與53題一樣，要先充分完成題目要求，豐富內容以及整理好文章的結構，才能拿到較高的分數。考察文法和表達方式部分的「語言使用」部分雖然占了50%的比重，但只要能夠很好地完成「內容及題目要求完成度、文章的整體結構」的部分，就能被劃分到中「上」等的水平。一旦進入到了中「上」等的行列，即使行文中出現幾處小錯誤，也能拿到較高的分數。

主題應該由題目中提出的兩個問題的答案構成。首先寫出問題的答案，然後圍繞答案進行補充說明，要注意語言的組織性和調理性。組織內容的時候避免過多的加入過度體現個人觀點或是邏輯性較弱的內容，要讓內容更加有說服力。補充說明的部分由很多種表達方法，可以列舉具體實例，也可以提出科學依據、報紙新聞的內容以及論述等都可以作為論據，從而達到增強內容的說服力的效果。也可以根據不同時代、性別、年齡等的比較進行說明。此外，透過具體的分析進行說明也是很不錯的途徑。最後，可以在結尾句中對兩段內容進行簡單的整理或是提出對未來的展望。

寫作得分秘訣 ②－重要文法表達

文法表達	例句
A/V-(으)ㄴ 나머지	작은 이익을 얻는 데만 급급한 나머지 더 큰 것을 보지 못하는 경우가 많다. 汲汲營營於追求小利益，經常導致沒能看到更大的利益。
A-(으)ㄴ 만큼 V-는 만큼	고령화로 인해 노인 인구가 급증하고 있는 만큼 다양한 노인 복지 정책이 마련되어야 할 것이다. 隨著高齡化造成老年人口遽增，各種老人福利政策也必須加以籌劃。
A/V-(으)ㄹ 수밖에 없다	정보화 사회에서 정보력이 부족한 사람은 다른 사람들보다 뒤처질 수밖에 없다. 在資訊時代，資訊力不足的人，只能落後在其他人之後。
A/V-(으)ㄹ지도 모르다	미래에는 다양한 목적에 맞는 로봇이 개발되어 인간을 대신하게 될지도 모른다. 在將來，為因應各種目的而開發的機器人，可能會取代人類也不一定。
A/V-(으)ㄹ지라도	아무리 좋은 제도를 만들었을지라도 효과를 거두지 못하면 아무 소용이 없다. 不管設立了再怎麼好的制度，若不能獲得成果，就一點用都沒有。
A/V-(으)리라는	대체 에너지의 개발로 미래의 에너지 부족 문제를 해결할 수 있으리라는 기대감이 커지고 있다. 藉由能源的開發，是否能解決未來能源不足的問題，讓人的期待感越來越大。
A/V-(으)므로	어린 학생들은 혼자서 생각하는 능력을 키우는 것이 어려울 수 있으므로 여럿이 모여 생각을 나누는 토의와 토론이 필요하다. 由於要如何培養學生獨立思考的能力是有難度的，因此需要能分享各方意見的商議及討論。
A-냐에 따라(서) V-느냐에 따라(서)	앞으로 얼마나 노력하느냐에 따라서 일의 성공과 실패가 좌우된다. 依據往後努力的程度，會決定事情是成功還失敗。
A/V-다가는	계속 그렇게 주변 환경만을 탓하고 있다가는 앞으로 나아갈 수 없다. 若繼續這樣責怪周遭環境，就無法繼續向前邁進。
A-다고 하더라도 V-ㄴ/는다고 하더라도 N(이)라고 하더라도	아무리 어렸을 때 외국어를 배우는 것이 효과적이라고 하더라도 조기 유학은 어린 아이들의 정서에 악영향을 미칠 우려가 있다. 就算從小學習外語的效果怎麼好，早期留學對於孩子在情緒面的負面影響，仍存有憂慮。
A-다기보다는 V-ㄴ/는다기보다는	돈이 없어서 불행하다기보다는 돈이 많은 사람들과 비교하면서 상대적으로 불행하다고 느끼는 것이다. 比起因為沒錢而覺得不幸，更會因為和有錢的人們互相比較而相對感覺不幸。

N을/를 막론하고	문화는 어느 민족을 막론하고 각기 다른 특성을 가지고 있으므로 우열을 가릴 수는 없다. 不管是哪個民族，都有各自不同的文化特性，因此無法區分其優劣。
N을/를 비롯해서	한국을 비롯해서 아시아의 여러 나라들이 호흡기 질환을 일으키는 미세 먼지에 대한 대책을 마련하기 위해 고심하고 있다. 從韓國到亞洲各國，都因為要制定可能引起呼吸道疾病的塵霾對應政策而煞費苦心。
N을/를 통해	정부는 다양한 규제 완화를 통해 경제 활성화를 위해 노력하고 있다. 政府透過讓各種法規更為完善，致力於促進經濟活絡。

Step 2 考題分析

考古題

※ [54] 다음을 주제로 하여 자신의 생각을 600~700자로 글을 쓰십시오. 50점

현대 사회는 빠르게 세계화·전문화되고 있습니다. 이러한 현대 사회의 특성을 참고하여 '현대 사회에서 필요한 인재'에 대해 아래의 내용을 중심으로 자신의 생각을 쓰십시오.

- 현대 사회에서 필요한 인재는 어떤 사람입니까?
- 그러한 인재가 되기 위해서 어떤 노력이 필요합니까?

<TOPIK 37회 쓰기 [54]>

- 세계화 世界化
- 전문화 專業化
- 참고하다 參考
- 인재 人才

作答範例：

54	아래 빈칸에 600자에서 700자 이내로 작문하십시오 (띄어쓰기 포함). (Please write your answer below; your answer must be between 200 and 300 letters including spaces.)

序論

현대 사회는 과학 기술과 교통의 발달로 많은 변화를 겪고 있다. 그 결과 세계는 점점 가까워져 소위 지구촌 시대라고 불리게 되었다. 이와 함께 지식 생산이 활발해지고 각 영역에서의 경쟁이 치열해지면서 전문화의 중요성이 강조되었다. (第一個問題)
(이러한 사회에서는 어떠한 인재가 요구될까?)

正文

세계화가 되면서 우선 글로벌 마인드의 구축과 글로벌 인재로서의 역량을 키우는 것이 필요하다. (第一個問題的回答) 예전에는 국경이라는 테두리에서 국가 구성원으로서의 기본 자질을 갖추고 사회에서 요구하는 역량을 길러 사회 발전에 기여하는 인재가 요구되었다. 그러나 세계화 시대에는 기본적으로 세계 시민으로서의 역량과 자질을 갖추고 세계를 무대로 활동할 수 있는 인재가 필요하다.

또한 과학 기술의 발달과 전문화가 심화되고 있는 상황에서 각자가 가진 능력을 최대한 발휘하여 경쟁력을 갖추려고 노력해야 한다. (第二個問題的回答) 과거에는 단순히 지식이나 기술을 습득하여 이를 활용하는 것만으로도 인재로서의 역량이 가능하였다. 그러나 대량의 정보 속에서 이를 선택하고 활용할 수 있는 지금은 지식의 융복합이나 자신만의 특성화 등을 통하여 전문성을 인정받음으로써 상대적인 경쟁력을 갖추어야 한다.

結論

이렇게 내적으로는 글로벌 마인드를 기르고 외적으로는 전문적인 자기 능력을 갖춰 시대의 변화에 발맞추어 나가야 한다.

[54] 以下列說明為主題，將自己的想法寫成 600 至 700 字的文章。

現代社會正快速地世界化及專業化，請就這樣的社會特性，以「現代社會所需之人才」為題，並以下列問題為中心寫出自己的看法。

- 現代社會所需要的人才是何種人才呢？
- 為了能成為那樣的人才需要怎樣的努力？

※範文參考翻譯

現代社會由於科技技術和交通的發達，正在面臨許多變化，其結果，便是世界間的距離愈來愈近，進而產生了所謂地球村時代的稱呼。與此同時，知識的產出愈漸活躍、不同領域間的競爭愈發激烈，專業化的重要性也隨之被強調。

在這樣的社會究竟需要什麼樣的人才呢？

在日漸世界化的同時，我們首先必須具備全球性的思考模式，並且應該培養能夠成為國際化人才所必須的才能。在過去有所謂的國境界限時，做為國家的其中一個成員，只需要具備基本的資質、培養社會所要求的能力，並且成為替社會的發展貢獻己力的人才即可，但是在世界化的時代中，則是需要具有世界公民的基本能力及資質，並且能將世界作為一個舞台活躍其中的人才。

另外，在科學技術的發達和強調專業的時代中，必須努力最大限度地發揮各自所具備的能力，使自己更具競爭力。過去只要單純地吸取知識或技術，並將其加以活用，就能達成人才所需的能力，但是必須在大量的資訊中篩選、運用的現代，則需要透過知識的相互融合以及自己獨有的特色，去取得對自己專業性的認可，藉此具備相對的競爭力。像這樣，應該要於內培養全球性思考模式，於外具備專業的自我能力，因應時代的變化向前邁進。

本題要求以「現代社會需要的人才」為主題，寫一篇有邏輯性的文章。題目下面提出了兩個問題。首先「現代社會需要的人才」是什麼樣的人。其次，「成為這樣的人才需要付出那些努力」。下面給出的例文中針對這兩個問題進行了如下整理。

首先，第一句中，以科學技術和交通的發達為例，對現代社會變化進行了說明。直接提出中心主題之前，使用了能夠吸引讀者注意力的句子。然後，針對「現代社會世界化、專業化」的結果進行了具體的說明。最後，緒論的最後一句中提出問題：「이런 사회에서는 어떠한 인재가 요구될까?（這樣的社會究竟需要什麼樣的人才呢？）」引出正文。

正文中分幾段對題目中提出的問題給出了具體的回答。第二段的第一句針對第一個問題做出了回答，即「글로벌 인재로서의 역량을 키우는 것이 필요하다（應該培養能夠成為國際化人才所必須的才能）」。後面又繼續透過對以往人才和現代人才的比較給出了附加說明。

第三段中的第一句針對第二個問題做出了回答，即「각자가 가진 능력을 최대한 발휘하여 경쟁력을 갖추려고 노력해야 한다（必須努力最大限度地發揮自身具備的能力，加強自身競爭力）」。後面又繼續透過對過去和現在需要付出的努力進行比較，給出了附加說明。

文章的最後一句，也就是結論部分對全文進行了總結。雖然例文中沒有分段，但是把段落分開也能達到很好的效果。

소위 所謂	지구촌 地球村	치열하다 激烈	글로벌 마인드(Global Mind) 全球意識	구축 構築，建造
역량 力量	테두리 周圍，範圍	자질 天賦，天資	기여하다 貢獻	심화되다 被加深	융복합 融合
발맞추다 適應，配合				

寫作

範例題

※ [54] 다음을 주제로 하여 자신의 생각을 600~700자로 글을 쓰십시오. 50점

국가 지도가가 누가 되느냐에 따라 국민들의 삶의 질이 달라지기도 하고 국가의 국제적 위신이 달라지기도 합니다. 최근 세계정세의 흐름을 발맞추어 '이 시대가 원하는 국가 지도자'에 대해 아래의 내용을 중심으로 자신의 생각을 쓰십시오.

- 국가 지도자가 제일로 생각해야 하는 것은 무엇인가?
- 국가 지도자로서 경계해야 할 것은 무엇인가?

- 지도자 領導者, 指導者
- 삶 生活
- 질 質量
- 위신 威信
- 세계정세 世界情勢
- 경계하다 警戒, 告誡

54

아래 빈칸에 600자에서 700자 이내로 작문하십시오 (띄어쓰기 포함).
(Please write your answer below; your answer must be between 200 and 300 letters including spaces.)

국가 지도자는 한 나라와 그 나라 국민의 대표로서 많은 관심을 받기 마련이다. 안으로는 국민들의 삶의 질을 높여야 하고 밖으로는 국제적 경쟁력을 키워 나가야 한다. 그렇기 때문에 누가 국가 지도자가 되느냐에 따라 그 나라의 흥망성쇠가 좌우된다. 그렇다면 이 시대가 원하는 국가 지도자는 어떠한 사람이어야 할까?

무엇보다 소통하는 사람이어야 한다. 현대 사회는 정치 이념과 관계없이 개인의 인권이 존중받는 시대가 도래했다. 이전처럼 국가 전체의 이익을 위해 인권을 무시하는 시대는 지났다. 그래서 국가 지도자는 국민들이 무엇을 원하는지 귀 기울이고 또 자신의 생각을 전달하고 설득하는 과정을 충분히 가져야만 한다. 이러한 점은 국제적인 관계에서도 마찬가지다. 자국의 이익만을 추구하는 것을 지양하고 소통을 통한 상생을 추구해 나가야 한다.

권력에 대한 욕심은 높은 자리로 올라갈수록 커져 본질을 잊어버리게 만든다. 국가 지도자는 국민의 지지를 통해서만 그 지위를 유지할 수 있기 때문에 국가 지도자는 권력이 자신으로부터 시작되는 것이 아니라는 것을 잊지 말아야 한다. 예전 왕권 시대에서조차 왕의 권력은 백성으로부터 오기 때문에 백성을 하늘처럼 섬겨야 한다는 말이 있었다. 이렇듯 이 시대가 원하는 지도자는 자신이 갖고 있는 권력이 국민의, 국민에 의한, 국민을 위한 것임을 잊지 말고 소통에 힘써야 할 것이다.

[54] 以下列說明為主題，將自己的想法寫成600至700字的文章。

隨著國家的領導者不同，不只是國民的生活品質會跟著不同，國家在國際間的威信也會有所不同。請根據最近世界情勢的潮流，參考以下之內容，以「這個時代所期望的國家領導人」為題，寫出自己的看法。

- 國家領導人應該最先思考什麼事？
- 做為國家的領導人，必須警惕注意什麼事？

※範文參考翻譯

國家領導人作為一個國家和那個國家人民的代表，必然會受到眾多的矚目。於內必須提高國民的生活品質，於外則必須致力於提升國家的競爭力，因為如此，隨著國家領導人不同，也會左右國家的興亡盛衰。那麼，這個時代所需要的國家領導人，到底應該是什麼樣的人呢？

先不說其他的，他應該必須是一位居中領導溝通的人。在現代社會中已經到了與政治理念無關，個人的權利必須受到尊重的時代，為了國家的利益可以無視人民權利的時代已經過去，因此，國家領導人要能夠聆聽國民的需求，並且同時須具備將自己的想法傳達並說服他人的能力，這點在處理國際關係時，也是需要具備的。必須捨棄單只追求自己國家利益的想法，並透過溝通追求互利共生。

對於權力產生的欲望，隨著地位愈高，會愈加強大，並可能使自己忘了自己的本質。由於國家的領導人必須透過人民的支持，才能維持他的地位，因此國家領導人必須時刻記得，自己的權利並不是來自於自己。甚至就連過去的王權時代，王的權力也是從百姓而來，因而產生了以民為天這樣的話。因此，這個時代所需要的領導者，必須謹記自身所擁有的權利來自於人民、歸屬於人民、為人民而存在，並且要能傾力於互相溝通。

本題要求以「這個時代需要的國家領導人」為主題，寫一篇有邏輯性的文章。題目下面提出了兩個問題。首先「國家領導人首先要考慮的是什麼」。其次，「需要提高警惕的是什麼」。下面給出的例文針對這兩個問題進行了如下整理。

首先，第一句中一方面提出了國家領導人收人矚目的事實，一方面對文章主題進行了介紹。而且點名主題的句子中，也對領導者在國內外的作用進行了描述。在描述的最後一句中，透過「이 시대가 원하는 국가 지도자는 어떠한 사람일까?（這個時代需要的國家領導人到底是什麼樣的呢？）」的問題溢出了正文的論述部分。

正文中分幾段對題目中提出的問題給出了具體的回答。

第二段的第一句針對第一個問題給出了答案：「疏通的人」。後面透過用過去和現在相比較的方式對第一句中給出的答案進行了附加說明。此外，文中提到了國民和國際關係，點名要考慮這兩點的同時，需要對國際關係進行疏通。

第三段的第一句和第二句對題目中提出的第二個問題給出了答案：「對權利的慾望」。在後文中透過與歷屆帝王的比較給出了具體的說明。

文章的最後一句，也就是結論部分對全文進行了總結。雖然例文中沒有分段，但是把段落分開也能達到很好的效果。

경쟁력 競爭力	**흥망성쇠** 興亡盛衰	**좌우되다** 被左右	**소통하다** 疏通，疏導	**정치 이념** 政治理念
존중받다 受到尊重	**도래하다** 到來，傳來	**인권** 人權	**귀(를) 기울이다** 聆聽，傾聽	
설득하다 說服，勸說	**추구하다** 追求	**지양하다** 捨棄	**상생** 相生，共生	**지지** 支持
백성 百姓	**섬기다** 侍奉，贍養			

Step 3 實戰練習

※ [54] 다음을 주제로 하여 자신의 생각을 600 ~ 700자로 글을 쓰십시오. 50점

사람들은 성공을 위해 열심히 뛰어가고 있습니다. 하지만 성공에 대한 정의는 사람들마다 다릅니다. '성공의 기준'에 대해 아래의 내용을 중심으로 자신의 생각을 쓰십시오.

• 성공의 기준은 무엇입니까?
• 성공하기 위해서는 무엇이 필요합니까?

54	아래 빈칸에 600자에서 700자 이내로 작문하십시오 (띄어쓰기 포함). (Please write your answer below; your answer must be between 200 and 300 letters including spaces.)

Step 3 答案與解析

51

㉠ 새로 신입 회원을 모집하려고(뽑으려고) 합니다
㉡ 노래를 잘 못하십니까/악보를 볼 줄 모르십니까

我們是歌唱社團「幸福」。這次（我們將要募集新的社員），只要你是對歌唱有興趣的學生，都可以加入。（不會唱歌嗎／不會看樂譜嗎）？

如果是那樣的話也沒關係，我們會從看樂譜開始，慢慢且親切地教。至下周五前到我們的網站「幸福」café.sejong.com/happy 加入會員就可以了。希望大家多多參與。

這是一則社團招募會員的廣告。首先要理解發出廣告的理由和目的，分清是「招募廣告」還是「說明廣告」。透過廣告題目中的「모집」可以判斷出這是一則招募會員的廣告。（ ㉠ ）後句中提到了「신입 회원」，所以（ ㉡ ）應該填入關於招募會員的內容。從（ ㉡ ）後面的「그래도 괜찮다」可以判斷出（ ㉠ ）應該填入關於是否會唱歌、是否會看樂譜的內容。

52

㉠ 많은 문제들은 오해나 실수로 생긴다
㉡ 화가 날 때 (무엇을, 무엇인가를) 생각한다는 것이 쉬운 일은 아니다

在生活中，應該都曾有過和家人、朋友或同事因為各種問題而生氣或發生爭吵的時候，但是（有很多問題是從誤會和失誤而產生）。因此在爭吵前，必須要先想想是不是有可能產生誤會的地方，或是我有沒有犯什麼失誤。當然（生氣的時候，思考（什麼事、是什麼事情）並不是一件簡單的事）。但是，不管再怎麼生氣，如果能養成慢慢吸一口氣再思考一次的習慣，就能夠減少爭執。

內容是關於人際關係。（ ㉠ ）的前面對「很多問題都能夠引起口舌之爭」的事實進行了說明。透過後面提到的「應該認真的考慮一下有沒有誤會或失誤」可以判斷出，（ ㉠ ）的內容應該點名「許多問題和口舌之爭都是由誤會或失誤引起的」。（ ㉡ ）後面的內容指出，要養成即使很生氣也要冷靜思考的習慣，由前面出現的「물론」可以判斷出，（ ㉡ ）中內容的大意為：生氣的時候思考是一件很難做到的事情。

53

이십대 성인 남녀를 대상으로 배우자의 조건에 대한 설문 조사를 실시하였다. 조사 결과 남자의 경우 외모가 39%로 가장 높게 나타났으며 성격은 28%, 경제력은 19%, 가정환경은 14% 순으로 그 뒤를 이었다. 반면에 여자는 경제력을 전체의 절반 수준인 49%로 가장 중요한 배우자의 조건으로 꼽았으며 성격이 21%, 가정환경이 18%, 외모가 12% 순으로 그 뒤를 따랐다. 남녀 모두 공통적으로 두 번째 조건을 성격으로 선택한 것으로 나타났다. 이상의 설문 조사를 통해 외모에 대한 조건이 남자가 여자보다 상대적으로 크다는 것을 알 수 있었다.

[53] 請依據下列的圖表，比較不同的性別對於擇偶的條件認知有何不同，並寫成 200 至 300 字的短文。

以 20 歲世代成年男女 100 名為對象，實施了關於「擇偶的條件」之問卷調查

男性	女性
外貌 39%	外貌 12%
家庭環境 14%	家庭環境 18%
經濟能力 19%	經濟能力 49%
個性 28%	個性 21%

以 20 歲世代男女為對象，進行了關於「擇偶的條件」之問卷調查，調查結果，男性在外貌佔了其中 39% 的最高比率，而後依序為個性 28%、經濟能力 19%、家庭環境 14%。另一方面，女性在經濟能力上以近半的比率，被認為是配偶條件中的最重要因素，而後則依序為個性 21%、家庭環境 18%、外貌 12%。依據圖表可發現，男女同樣地將個性選作為配偶條件中第二重要的因素。透過以上問卷調查可得知，在抉擇配偶時，男性比起女性，相對來說較為重視對方的外貌。

這是一道「分析和比較」類型的題目。寫作時，只要對以成人男女為對象的關於擇偶條件的問卷調查結果進行整理即可。把兩種調查對象進行分類，雖然看起來很複雜，但只要依照順序仔細說明，並適當的加入比較的內容即可。

首先，可以直接引用題目中給出的句子作為引文。（可以適當修改，但要盡量避免加入無關的內容）。
在展開說明的部分中，可以按照圖表給出的從男到女的順序組織內容，把擇偶條件按照百分比從高到低分成詳細的條目。說明時可以加入「반면에」等表示比較的表達方式。對調查結果進行總結時，可以使用「00%로 나타나다」,「00%을/를 차지하다」,「A, B, C 순으로 그 뒤를 잇다/따르다」,「은/는 A을/를 N(으)로 꼽다」等表達方式。

在文章結尾部分可以對兩個圖表的共同點和不同點進行介紹。用「이상의 설문 조사를 통해」等表達方式對全文進行總結。

54

사람들은 성공을 위해 매일매일 끊임없이 어딘가로 뛰어가고 있다. 하지만 다른 사람들이 세워 놓은 기준을 자신의 기준으로 착각하고 따라가고 있을지도 모른다. 모든 사람의 외모가 다르듯이 능력이 다르고 환경이 다르다. 그렇기 때문에 같은 기준으로 살아갈 수 없다. 그렇다면 성공의 기준은 무엇이 되어야 할까?

성공이란 자신이 세워 놓은 목표를 달성하는 것을 말한다. 돈, 지위, 학위, 명예 등 사람들은 서로 다른 기준을 성공의 기준으로 제시한다. 그렇지만 이렇게 눈에 보이는 결과만을 성공의 기준으로 삼을 수는 없다. 과정을 통해서만 결과를 얻을 수 있기 때문이다. 그렇기 때문에 성공의 기준은 결과가 아닌 과정에서 찾아야 한다. 목표를 이루기 위한 과정 속에서 행복함을 누렸다면 목표 달성과 상관없이 그것은 곧 성공이라 말할 수 있는 것이다.

사람들마다 인생에서 얻고자 하는 기준이 다를 뿐만 아니라 능력과 환경도 가지각색이다. 그렇기 때문에 다른 사람과 비교하지 않고 자신의 능력과 환경을 고려하여 자신에게 맞는 실현 가능한 목표를 설정하는 것이 필요하다. 많은 사람들이 선택했다고 해서 그것을 자신의 목표로 설정하는 것은 바람직하지 못한 결정이다. 자신을 돌아보고 자신만의 기준을 세워 그것을 이루기 위해 한걸음씩 걸어 나가면서 행복을 찾는 것이야말로 성공이라 말할 수 있을 것이다.

[54] 以下列說明為主題，將自己的想法寫成 600 至 700 字的文章。

人們為了成功而必須不斷地精進，不過，對於成功的定義每個人都不盡相同。請參考以下之內容，寫出自己對於「成功的標準」的看法。

- 什麼是成功的標準？
- 為了成功需要些什麼？

人們為了成功，每天都不斷地在向著某個地方前進，但或許，我們會不自覺地將別人對於成功的定義誤當成是自己的，而盲目跟隨。就如同每個人的外貌都不一樣，不同的人擁有不同的能力及不同的環境，因此大家不可能都照著一樣的標準生活，那麼，成功的標準應該是什麼呢？

所謂的成功，是指達成自己所設下的目標。金錢、地位、學歷以及名譽等，人們對於成功所設定的基準各不相同，但是，我們不能像這樣僅把眼睛所看的到的結果看作是成功的標準，因為必須歷經過程，才會有結果產生。因此，成功的標準不應該是結果，而應該從過程中尋找才行。如果在為了達成目標而努力的過程中感受到了幸福，那麼和目標是否達成無關，都可以把那過程稱作是成功。

不只是人們在人生中想獲得的標準不盡相同，所具備的能力和環境也是形形色色，因此，我們不必與他人比較，而是要在考量自己的能力及環境後，再設定適合自己，且有實現可能性的目標。自己設定的目標如果只是因為大部分人都如此設定，並不是值得被讚賞的事。審視自己、訂立屬於自己的目標，並為了抵達目而一步一步向前邁進，尋找專屬自己的幸福，才能算是真正的成功。

題目要求以「成功的標準」寫一篇有邏輯性的文章。題目中給出了兩個問題，「成功的標準是什麼」和「成功的條件是什麼」。

在內容的第一段可以針對「成功的標準」進行簡單的介紹，在正文開始的第二段，圍繞題目中提出的問題進行詳細地解答。例文從成功的含義開始，提出「對於成功來說，過程比結果重要」的觀點。在第三段中說明「想要成功，必須結合自身條件，設定恰當的目標和方向」，由此在進行展開說明。在這裡，應該加入一些幫助論證個人觀點的理論依據。

읽기 閱讀

－閱讀考試高分應考 TIP
－Step 1 必考單字
－Step 2 必考文法
－Step 3 題型分析
－Step 4 考題分析
－Step 5 實戰練習
－答案與解析、翻譯
－重要文法整理 ①：連結語尾
－重要文法整理 ②：終結語尾
－重要文法整理 ③：常考文法

考前必讀！閱讀考試高分應考 TIP

1. 按照自己的目標等級，合理分配時間

— TOPIKⅡ 的閱讀部分共有 50 題，需要在 70 分鐘之內做完。和聽力部分相同，3~4 級 25 題，5~6 級 25 題，難度按照 1 到 50 題的順序逐漸增加。

— 很多考生都會因為時間不夠，而無法在閱讀部分取得高分。但是，如果能夠按照自己的目標等級，合理地安排作答時間，時間還是很充裕的。

— 如果目標等級為 3 級，分數要在 40 分以上，而 4 級則要在 50 分以上。也就是說，挑戰 3 級的考生只需做到 25 題，4 挑戰 4 級的考生做到 30 題即可達到目標。如果是以中級為目標的話，第 30 題以後的試題就很難正確解答了。

— 所以，希望考生能夠根據自己立定等級目標，透過事先確認自己需要解答的考題數，合理安排解題時間。

— 千萬不要想要在 70 分鐘之內把 50 到考題全都做完。如果自己的目標等級是 3 級，那就預備好充分的時間做到 25 題，如果是 4 級的話，則只需安排出做到 30 題的時間即可。

— 當目標等級為高級時，應當集中精力，以最快的速度做完中級題目，留更多時間給高級題目。

— TOPIK 考試中 ①②③④ 四個選項成為正確答案的幾率各為 25%。因此，按照自己的目標等級，在保證準確做完相應的考題之後，剩下的題目則最好盡量選擇前面出現較少的答案。

2. 事先掌握題型

— 審題之前先要對考題進行整體瞭解。歷屆 TOPIK 考試都會出現相同題型的考題。

— 例如，【9~12】題目要求選出與文章或圖表內容相符的選項，【25~27】題目要求根據新聞報導的題目選出最恰當的說明。

— 每個題型都會根據難易度以適當的題材出現。中級題目中經常出現日常生活中能夠接觸到的題材，而高級題目則會涉及到一些社會性題材或是科學性題材。所以，如果想要通過高級，就要在平時的學習中盡量多瞭解社會熱門話題，以及各個科學領域中所涉及到的知識、內容以及相關的單字和文法。希望考生能夠瞭解各大入口網站上登載的熱門新聞，作為知識基礎。

3. 事先瞭解問題和選項的內容，再閱讀文章

— 在開始閱讀文章之前，最好先讀問題和 ①②③④ 四個選項。在閱讀問題和選項的內容的同時，要考慮解題時要掌握哪些訊息，這樣的話就能夠更快地找到正確答案。

— 此外，選項中的內容在文章中沒有被提及時，可以在選項前面畫「X」，這樣有助於更快的找到正確答案。

4. 快速閱讀

— 應該在一開始快速讀全文，大致掌握解題時需要掌握的內容所在的位置。

—不要像要用嘴讀出聲一樣的審題。希望考生在平時的學習中，能夠有意識的訓練，按照分寫法或是文法單位進行閱讀。

— 以「나/는/ 오/늘/ 수/업/ 후/에/ 도/서/관/에/ 갈/ 생/각/이/다.」為例，如果一個字一個字的讀需要經過 17 個階段。如果按照斷句或文法單位，即「나는/ 오늘/ 수업 후에/ 도서관에/ 갈 생각이다.」的結構讀的話，則只需要經過 5 個階段，這樣就能夠節省很多的時間。

— 這樣的方法如果沒有在平時的學習中進行練習，是沒有辦法靈活運用的。希望考生能夠多練習，養成正確的解題習慣。

5. 集中閱讀有連接副詞的部分

— 在「按順序排列句子」、「找出適合填入括號內的內容」以及「找出適合插入句子的位置」等題型中，連接副詞往往是解題的重要線索。

— 「找出主題」、「找出中心思想」等題型中，「하지만, 반면에, 따라서, 그러므로」等連接副詞所在的句子很有可能就是中心句。

1-2

Step 1 必考單字

대표	名 代表	나는 우리 반 대표로 반장이 되었다. 我成為了代表我們班的班長。
발표	名 發表	나는 발표를 할 때 너무 긴장을 해서 걱정이다. 我擔心報告的時候會太緊張。
부서	名 部門	우리 부서에서는 기획 업무를 맡고 있다. 我們部門負責企劃的業務。
일정	名 日程，行程	갑자기 내린 폭우로 여행 일정이 모두 취소되었다. 因為突如其來的暴雨，讓全部的旅遊行程被取消。
취소되다	動 被取消	주연 배우가 사고가 나는 바람에 공연이 취소되었다. 因為演員朱顏發生事故的關係，導致演出行程被取消。

Step 2 必考文法

A/V-아/어야	前面發生的情況是後面情況發生的前提條件。 학생증이 있어야 도서관에서 책을 빌릴 수 있다. 要有學生證才能在圖書館借書。
V-기로 하다	決定或約定做某事。 우리는 주말에 극장에서 영화를 보기로 했다. 我們約好周末要去電影院看電影。
A-(으)ㄴ 탓에 V-는 탓에	由於前面情況的發生，導致後面出現消極、負面結果。 어제 술을 많이 마신 탓에 오늘 일을 제대로 마치지 못했다. 由於昨天喝了太多酒，導致今天的工作無法確實完成。
V-는 대신(에)	表示以後面的情況取代前面情況，或者以後面的情況作為不能實現前一情況的補償。 주말에 근무를 하는 대신(에) 평일에 하루를 쉴 수 있다. 我平日可以休息一天，作為假日加班的補償。 쌀이 떨어져서 밥을 먹는 대신(에) 빵을 먹기로 했다. 因為米沒有了，所以決定吃麵包代替飯。
V-는 김에	做某事的同時，順便做另一件事。 시장에 가는 김에 내일 만들 김밥 재료도 사 왔다. 去市場時順便將明天要做紫菜飯捲的材料買回來了。

Step 3 題型分析

1~2 괄호에 들어갈 가장 알맞은 것 고르기

選擇最適合填入空格者

※ 經常一起使用的文法表達
1) A/V-(으)ㄴ/는 탓에 ~ 안/못 A/V
2) A/V-(으)ㄴ/는 걸 보니 ~ A/V-(으)ㄹ 모양이다
3) A/V-아/어야 ~ A/V-(으)ㄹ 수 있다
4) A/V-(ㄴ/는)다면 ~ A/V-(으)ㄹ 것이다
5) A/V-아/어도 ~ A/V-아/어야 한다
6) A/V-았/었더라면 ~ A/V-았/었을 것이다

這類題目的要求是閱讀文章內容，根據文章大意，選出文法正確的表達方式。想要解答此類問題，需要掌握中級水準的文法和表達。左方是經常一起使用的文法表達，熟記會有助於解題。

Step 4 考題分析

考古題

※ [1~2] ( )에 들어갈 가장 알맞은 것을 고르십시오. 각 2점

1~2 아침에 일찍 ( ) 일곱 시 비행기를 탈 수 있다.

條件

① 일어나야 ② 일어나려고
③ 일어나며 ④ 일어나더니

<TOPIK 37회 읽기 [1]>

「早上早點起床」是「趕上飛機」的前提條件，應該使用「-아/어야」這個慣用表達，因此正確答案為①。

①必須起床 ②想要起床
③一邊起床 ④一起床

範例題

※ [1~2] ( )에 들어갈 가장 알맞은 것을 고르십시오. 각 2점

1~2 내일 민수 씨가 우리 부서 대표로 발표를 ( ).

① 해 버렸다 ② 하는 듯했다
③ 하기로 했다 ④ 하는 척했다

由關鍵字「明天」可以判斷出，不能使用過去時的終結語尾。慣用型「-기로 하다」表示決定或約定將來做某事，所以正確答案為③。

①做完了 ②好像做
③要做 ④假裝做

重要文法整理 ①（連結語尾）

歷次TOPIK考試中常出現的重要文法：（詳細解說請參閱「必考文法」單元）

文法與表達	例句
A/V-거나	스트레스를 받으면 운동을 하거나 청소를 해요. 我有壓力的話會運動或打掃。
A/V-거든	고향에 도착하거든 이메일 보내 주세요. 到達故鄉的話，請傳電子郵件給我。
V-고 나서	주말에 청소를 하고 나서 요리를 했어요. 周末打掃完之後做了料理。
V-느라고	친구들이랑 노느라고 숙제를 못 했어요. 因為和朋友們玩樂而沒做作業。
V-는 길에	집에 돌아오는 길에 과일 좀 사 오세요. 回家的路上請順便買一些水果回來。
V-는 대로 1	선생님이 가르쳐 주는 대로 공부하면 시험을 잘 볼 수 있어요. 照老師教的讀書的話，考試就能考好。
V-는 대로 2	수업이 끝나는 대로 바로 식당으로 오세요. 課程結束後請直接到餐廳來。
A-(으)ㄴ 대신에, V-는 대신에	① 내가 한국어를 가르쳐 주는 대신에 너는 중국어를 가르쳐 줘. 我教你韓文，而你也要教我中文。 ② 오늘 수업을 안 하는 대신에 토요일에 수업을 합시다. 今天不上課，改到星期六再上吧。
A-(으)ㄴ 데다가, V-는 데다가	오늘은 비가 오는 데다가 바람까지 불어서 제대로 걸을 수가 없다. 今天不但下雨還颳風，無法好好行走。
V-다 보면	김치가 처음에는 맵지만 먹다 보면 맵지도 않고 맛있을 거예요. 雖然一開始覺得很辣，但越吃越不辣，而且還覺得很好吃。
A/V-더니	① 아침에는 날씨가 춥더니 오후가 되니 따뜻해졌어요. 早上的天氣還很冷，到下午就變溫暖了。 ② 매일 열심히 공부하더니 장학금을 받았군요. 每天都很努力的唸書，結果拿到了獎學金啊。 ③ 친구는 전화를 받더니 수업 중간에 나가 버렸어요. 朋友接了電話之後，就在上課途中離開教室了。
A/V-더라도	아무리 힘들고 지치더라도 포기하면 안 돼요. 不管再怎麼辛苦和厭倦，都不能放棄。

V-도록	① 밤이 늦도록 딸이 돌아오지 않아서 걱정이에요. 女兒到晚上很晚了都還沒回家，令人擔心。 ② 칠판에 글씨가 잘 보이도록 크게 써 주세요. 黑板上的字請盡量寫大一點，讓大家都能看得見。
A/V-든지	① 우산이 비싸든지 싸든지 무조건 사 오세요. 不管雨傘貴還是便宜，都請把它買回來。 ② 집에 가든지 도서관에 가든지 네 마음대로 해. 要回家還是去圖書館，你隨心決定。
V-듯이	그 사람은 돈을 물 쓰듯이 쓴다. 那個人花錢如流水。
A/V-아/어도	무슨 일이 있어도 오늘까지는 이 일을 꼭 끝내야 해요. 不管發生什麼事，今天以前一定要把這件事完成。
A/V-았/었더라면	시험 준비를 열심히 했더라면 합격했을 텐데. 如果有認真準備考試的話，應該會考上才對。
V-(으)나 마나	선생님께 물어보나 마나 허락하지 않으실 거예요. 不管你問不問老師，都不會得到許可的。
V-(으)려고	친구 결혼식 때 입으려고 양복을 미리 사 두었다. 為了在朋友的結婚典禮穿西裝，事先把它買好了。
V-(으)려다가	친구랑 밥 먹으러 가려다가 그냥 도서관에 가기로 했어요. 本來要跟朋友去吃飯，但最後決定要去圖書館。
V-(으)려면	한국어를 잘 하려면 열심히 공부해야 돼요. 想要很會說韓文的話，就必須要認真唸書。
A/V-(으)ㄹ수록	한국어는 배우면 배울수록 재미있어요. 韓文是會愈學愈有趣的。
V-(으)면서	저는 음악을 들으면서 공부를 해요. 我邊聽音樂邊讀書。
A/V-(으)ㄹ까 봐	대학교 입학시험에 떨어질까 봐 걱정이에요. 我擔心會在大學入學考試落榜。
A/V-(으)ㄹ 뿐만 아니라	내 친구는 운동도 잘할 뿐만 아니라 공부도 잘한다. 我朋友不但很會運動，也很會讀書。
A/V-(으)ㄹ 정도로	그 영화는 눈물이 날 정도로 슬펐지만 울지 않고 참았다. 雖然那部電影悲傷到會讓人掉淚，但我忍住沒哭。
V-자마자	나는 방학을 하자마자 고향으로 돌아갈 생각이에요. 我打算一放假就回故鄉。

重要文法整理 ②（終結語尾）

歷次TOPIK考試中常出現的重要文法。

文法與表達	例句
A/V-거든요	배가 고파요. 아침부터 아무것도 안 먹었거든요. 我肚子很餓，從早上到現在都沒吃任何東西。
V-곤 하다	나는 시간이 나면 공원을 산책하곤 해요. 我有時間的話，經常會到公園散步。
A/V-기 마련이다	사람은 나이가 들면 누구나 늙기 마련이에요. 人只要上了年紀，誰都會老。
V-기로 하다	이번 방학에는 친구와 함께 여행을 가기로 했어요. 這次放假和朋友計畫好要去旅遊。
A/V-게 되다	다음 달에 미국으로 유학을 가게 되었어요. 我下個月要去美國留學。
V-는 수가 있다	그렇게 공부를 안 하다가는 후회하는 수가 있어. 你這樣不讀書的話，之後可能會後悔。
A/V-던데요	어제 그 영화를 봤는데 엄청 재미있던데요. 我昨天看了那部電影，真的非常有趣。
V-도록 하다	여러분, 지각하지 말고 일찍 오도록 하세요. 各位，請盡早過來，不要遲到。
V-아/어 있다	우리 교실 벽에는 세계지도와 시계가 걸려 있다. 我們教室的牆壁上掛有世界地圖跟時鐘。
A/V-았/었으면 하다	대학교를 졸업하고 한국에서 직장을 구했으면 합니다. 大學畢業之後我希望能在韓國找到工作。
V-(으)려나 보다	하늘이 어두워지는 걸 보니 비가 오려나 봐요. 從天空愈來愈暗看來，應該是快下雨了。
V-(으)려던 참이다	저도 지금 막 가려던 참이었어요. 我現在也正要過去。
A-(으)ㄴ 줄 모르다, V-는 줄 모르다	영미 씨가 한국어를 이렇게 잘하는 줄 몰랐어요. 我不知道英美小姐的韓文竟然說得這麼好。
A-(으)ㄴ걸요, V-는걸요	평소에는 몰랐는데 치마를 입으니 여성스러운걸요. 雖然平常看不出來，但穿上裙子，應該會很有女生味。
A/V-(으)ㄹ 듯하다	오늘 일이 많아서 회식에 참석하지 못할 듯합니다. 因為今天工作很多，所以可能無法參加公司聚餐。

A/V-(으)ㄹ 리가 없다	등산을 싫어하는 다나카 씨가 산에 갈 리가 없어요. 討厭登山的田中先生不可能會去山上。
A-(으)ㄴ 모양이다, V-는 모양이다	수업 시간에 조는 걸 보니 피곤한 모양이에요. 從上課的時候打瞌睡看來，他應該是很疲倦。
V-(으)ㄹ 뻔하다	아침에 급하게 뛰어오다가 넘어질 뻔했어요. 早上急忙地跑來，差點摔了一跤。
A/V-(으)ㄹ 뿐이다	그는 아무 말도 없이 웃고만 있을 뿐이다. 他什麼話也沒說，只是不停地笑。
A/V-(으)ㄹ 수밖에 없다	그렇게 열심히 하는데 성공할 수밖에 없지요. 那麼努力了，一定會成功吧。
V-(으)ㄹ걸 그랬다	돈이 있을 때 좀 아껴서 쓸걸 그랬어요. 有錢的時候應該省著點花的。
A/V-(으)ㄹ걸요	영미 씨는 감기에 걸려서 오늘 학교에 못 올걸요. 英美小姐感冒了，今天應該無法來學校。
V-(으)ㄹ까 하다	내일 친구랑 영화나 볼까 해요. 我在想明天要不要跟朋友去看電影。
A/V-(으)ㄹ지도 모르다	나도 모임에 가고 싶지만 일이 있어서 못 갈지도 몰라요. 雖然我也想去聚會，但因為有事，說不定去不成。

Step 5 實戰練習

※ [1~2] (　　)에 들어갈 가장 알맞은 것을 고르십시오. 각 2점

1 어제 눈이 많이 (　　　) 여행 일정이 모두 취소되었다.

① 올 텐데　　② 온 탓에
③ 올 만큼　　④ 온 데다가

2 어제 백화점에서 옷을 (　　　) 신발도 샀다.

① 사길래　　② 사느라고
③ 사는 대신　　④ 사는 김에

3-4

Step 1 必考單字

목적지	名 目的地	손님을 목적지까지 안전하게 모셔다 드리겠습니다. 我們會將您安全送達目的地。
실수	名 失誤	실수로 어머니께서 아끼시는 그릇을 깨뜨렸다. 我不小心把媽媽很珍惜的碗給打破了。
반드시	副 必須，一定	지금은 헤어지지만 언젠가는 반드시 만나게 될 것이다. 雖然現在要分開，但總有一天會再相見的。
아무리	副 無論如何，不管怎樣	아무리 바빠도 부모님께 가끔 안부는 전해야 한다. 不管再怎麼忙，都要時常關心一下父母。
잘못	副 錯誤	버스를 잘못 타는 바람에 학교에 늦게 도착했다. 因為搭錯公車的關係，所以比較晚到學校。
견디다	動 堅持，忍耐	힘들어도 참고 견디면 좋은 날이 올 거야. 即使辛苦也能忍耐堅持下去的話，好日子終會到來。
도착하다	動 到達	조금 전에 출발했으니까 곧 도착할 거예요. 不久前出發了，應該馬上就會到了。
서두르다	動 趕快	이 시간에는 길이 막힐 테니까 서둘러야 해요. 這個時間點會塞車，必須要快一點。
연락하다	動 聯絡	급할 때에 연락할 수 있는 전화번호를 써 주세요. 請寫給我緊急情況發生時能夠聯絡的電話。
참다	動 忍耐	병원에 다 왔으니 조금만 참으세요. 快到醫院了，請再忍一下。

Step 2 必考文法

A-(으)ㄴ 척하다 V-는 척하다	表示假裝做某事。 친구가 준 선물이 마음에 들지 않았지만 좋아하는 척했다. 雖然我不太喜歡朋友送的禮物，但還是假裝很喜歡。
V-자마자	表示前面的動作一結束馬上進行後面的動作。 숙제가 끝나자마자 바로 텔레비전을 켰다. 一寫完作業就立刻打開了電視。
A/V-더라도	表示雖然前面的情況很艱難或很辛苦，但是完全不影響後面的情況。 태풍이 불더라도 오늘 시험은 반드시 봐야 한다. 就算颱風來，今天也一定要考試。

A-(으)ㄴ 법이다 V-는 법이다	表示前面情況的發生是理所當然的。 사람은 나이가 들면 누구나 늙는 법이다. 人只要上了年紀，任何人都一定會老。

Step 3 題型分析

3~4 밑줄 친 부분과 의미가 비슷한 것 고르기

選擇和畫線部分意思相符者

此類題目要求選出與劃線部分的文法和表達方式相似的選項。大部分題目會針對句子中間的連接語尾和句子最後的終結語尾提出問題。如果已經掌握了中級文法，便能很輕易的找出相似選項，否則則需要透過劃線部分的前後文推測出劃線部分文法的含義。歷次考試中出現的文法和表達方式在下一頁中進行了歸納總結，請參考。

Step 4 考題分析

考古題

※ [3~4] 다음 밑줄 친 부분과 의미가 비슷한 것을 고르십시오. 각 2점

3~4 후배가 한 잘못을 알고 있었지만 미안해할까 봐 모르는 척했다.

① 모르는 체했다　　② 모르는 듯했다
③ 모르는 편이다　　④ 모르기 마련이다

<TOPIK 37회 읽기 [4]>

這裡用了表示「雖然事先已經知道，但卻裝作不知道的樣子」的終結語尾「-(으)ㄴ/는 척하다」，與其相似的終結語尾是「-(으)ㄴ/는 체하다」，所以正確答案為①。

①裝作不知道　②好像不知道
③算是不知道　④當然不知道

範例題

※ [3~4] 다음 밑줄 친 부분과 의미가 비슷한 것을 고르십시오. 각 2점

3~4 목적지에 도착하는 대로 반드시 가족들에게 연락해 주세요.

① 도착하더니　　② 도착하면서
③ 도착한다면　　④ 도착하자마자

句中出現了表示「前面的動作一結束，馬上就開始後面的動作」的連接語尾「-는 대로」，與其相似的連接語尾為「-자마자」，所以正確答案為④。

①到了　②邊到
③如果到了　④一到

重要文法整理 ③

歷次TOPIK考試中常出現的重要文法。

分類	文法和表達	例句
連結語尾	A/V-고 V-(으)ㄴ 채	눈을 감고 노래를 불렀다. 閉上眼睛唱了歌。 눈을 감은 채 노래를 불렀다. 閉著眼睛唱了歌。
	A/V-기 때문에 V-느라고	친구의 고민을 들어 주었기 때문에 숙제를 못 했다. 因為聽朋友的煩惱而沒能寫作業。 친구의 고민을 들어 주느라고 숙제를 못 했다. 為了聽朋友的煩惱而沒能寫作業。
連結語尾	V-는 길에 V-다가	학교에 가는 길에 편의점에 들렀다. 在去學校的路上去了一趟便利商店。 학교에 가다가 편의점에 들렀다. 去學校的時候去了一趟便利商店。
	A/V-아/어 봐야 A-다고 해도, V-ㄴ/는다고 해도	지금 출발해 봐야 제시간에 도착할 수 없다. 現在出發也無法準時抵達。 지금 출발한다고 해도 제시간에 도착할 수 없다. 即使現在出發，也無法準時抵達。
	V-(으)ㄴ 탓에 V-는 바람에	늦잠을 잔 탓에 수업에 지각을 하고 말았다. 都要怪我賴床，才導致上課遲到。 늦잠을 자는 바람에 수업에 지각을 하고 말았다. 因為賴床，所以上課遲到了。
	A/V-(으)면 A/V-거든	피곤하면 오늘은 일찍 들어가서 쉬어라. 如果很累的話，今天早點回去休息吧。 피곤하거든 오늘은 일찍 들어가서 쉬어라. 如果很累的話，今天早點回去休息吧。
	A/V-(으)ㄹ 뿐만 아니라 A-(으)ㄴ 데다가, V-는 데다가	내 친구는 얼굴도 예쁠 뿐만 아니라 성격도 좋아요. 我的朋友不但很漂亮，連個性也很好。 내 친구는 얼굴도 예쁜 데다가 성격도 좋아요. 我的朋友臉蛋漂亮，而且個性也很好。
	V-(으)ㄹ 정도로 V-(으)ㄹ 만큼	그녀는 눈이 부실 정도로 아름다웠다. 那個女生美得耀眼。 그녀는 눈이 부실 만큼 아름다웠다. 那個女生美得耀眼。

終結語尾	A/V-기를 바라다 A/V-았/었으면 하다	내년에도 건강하고 행복한 해가 되기를 바랍니다. 希望你明年也能身體健康幸福美滿。 내년에도 건강하고 행복한 해가 되었으면 합니다. 希望明年也能身體健康幸福美滿。
	A-다고 생각하다, V-ㄴ/는다고 생각하다 A-(으)ㄴ 셈 치다, V-는 셈 치다	이제 가면 언제 올지 모르니 저를 없다고 생각하세요. 現在走的話不知道何時會回來，就當作沒有我這個人吧。 이제 가면 언제 올지 모르니 저를 없는 셈치세요. 現在走的話不知道何時會回來，就算是沒有我這個人吧。
	V-(으)려고 하다 V-(으)ㄹ 참이다	그렇지 않아도 지금 너한테 전화하려고 했어. 即使你不那麼做，我現在也打算要打給你。 그렇지 않아도 지금 너한테 전화 할 참이었어. 即使你不那麼做，我現在也正要打給你。
終結語尾	A/V-(으)ㄴ가/나 보다 A-(으)ㄴ 모양이다, V-는 모양이다	책이 많은 걸 보니 책을 좋아하나 봐요. 從那麼多書看來，應該是很喜歡書。 책이 많은 걸 보니 책을 좋아하는 모양이에요. 從那麼多書看來，似乎是很喜歡書的樣子。
	A-(으)ㄴ 척하다, V-ㄴ/는 척하다 A-(으)ㄴ 체하다, V-ㄴ/는 체하다	나는 헤어진 남자친구를 보고 못 본 척했어요. 我看到分手的前男友時裝作沒看見。 나는 헤어진 남자친구를 보고 못 본 체했어요. 我看到分手的前男友時裝作沒看見。
	A/V-(으)ㄹ 수밖에 없다 A/V-지 않을 수 없다	어제 잠을 못 잤으니 잠이 올 수밖에 없지요. 因為昨天沒睡，所以現在一定會想睡。 어제 잠을 못 잤으니 잠이 오지 않을 수 없지요. 因為昨天沒睡，所以現在不可能不想睡。

閱讀

Step 5 實戰練習

※ [3~4] 다음 밑줄 친 부분과 의미가 비슷한 것을 고르십시오. 각 2점

3 아무리 어렵고 힘들지라도 잘 참고 견뎌야 합니다.

① 힘들수록 ② 힘들다니

③ 힘들더라도 ④ 힘들었더라면

4 일을 서둘러서 처리하면 실수를 하는 법이다.

① 할 것 같다 ② 하는 듯하다

③ 할 리가 없다 ④ 하기 마련이다

5-8

Step 1 必考單字

사용	名 使用	이곳은 전자제품 사용을 제한하고 있습니다. 此處禁止使用電子產品。
이상	名 異常	제품에 이상이 생기면 언제든지 교환해 드립니다. 物品若有異常，隨時都能換貨給您。
지식	名 知識	학교에서는 지식 이외에도 많은 것을 배울 수 있다. 在學校除了知識，還能學習到很多的東西。
간직하다	動 收藏，保管	나는 너와의 추억을 소중하게 간직하고 있다. 我非常珍惜和你之間的回憶。
놓치다	動 錯過	집으로 가는 막차를 놓쳐서 택시를 탔다. 因為錯過回家的最後一班車，所以改搭計程車。
늘리다	動 增多，增加	학교는 학생을 위해 체육 시설을 늘렸다. 學校為了學生而增加了體育器材。
보관하다	動 保管	귀중한 물건은 개인이 따로 보관해 주십시오. 貴重物品請自行保管。
복용하다	動 服用	약품을 복용할 때에는 의사나 약사와 상의하십시오. 服用藥物時，請與醫生或藥師諮詢。
상의하다	動 商議，商量	나는 앞으로의 계획에 대해서 부모님과 상의하였다. 我和父母討論了關於我未來的計劃。
썩다	動 腐爛，變質	음식이 썩지 않도록 냉장고에 보관해 주십시오. 請將食物保存在冰箱以防腐壞。
책임지다	動 負責任	그 일은 제가 책임지고 하겠습니다. 那件事由我會負責任。

Step 2 必考文法

A/V-(으)면 되다	表示只要滿足某種條件或是達到某個標準，就不會出現問題。 명동으로 가려면 4호선을 타고 명동역에서 내리면 돼요. 要去明洞的話，搭乘四號線在明洞站下車即可。
V-는 데(에)	表示在做某種行為的情況下，後面提出方法或是條件。 살을 빼는 데(에)는 식사량을 줄이는 게 도움이 된다. 減少食物攝取量對減重有幫助。

閱讀

V-는 동안	表示前面的行為持續的時間。 **친구를** 기다리는 동안 **휴대 전화로 게임을 했다.** 等朋友的時候玩了一下手機遊戲。

Step 3 題型分析

※ [5~8] 다음은 무엇에 대한 글인지 고르십시오. **請選出下列是關於什麼樣的文章**	這是讀廣告或說明，選出內容的中心思想的題型。解題時需要根據核心表達方式找出內容的主題，特別是字體加粗、加大的部分往往就是核心表達方式。分析核心表達方式時不僅要知道其本身的含義，融入句子或是文脈時也可能被用作其他的含義，所以需要根據前後文，斟酌核心表達方式在文中的用途及意義。
5~7 광고를 보고 무엇에 대한 글인지 고르기 **看廣告，並選出相關的文章類型**	第5題一般要求選出日常生活中常用的物品。請參照下面例題中給出的關鍵字，找出相應的物品。 例 새롭다, 세상, 읽다, 눈 ⇨ 신문 / 신선도, 온도, 조절하다 ⇨ 냉장고 / 깨끗하다, 풀리다, 닦이다 ⇨ 휴지 第6題要求讀廣告詞，找出相應的場所。解題時要依關鍵字找出原文想要宣傳的場所。請參照下面例題中給出的關鍵字和答案，體會這類題型。 例 아프다, 참다, 수술 ⇨ 병원 / 흐리다, 보이다 ⇨ 안경점 / 소중하다, 배달하다 ⇨ 우체국 第7題要求讀企業或團體以公共利益為目標製作的廣告，選出適合廣告的標題。對選項中出現頻率較高的單字如下：「소개, 정보, 계획, 관리, 활동」。
8 안내문 읽고 무엇에 대한 글인지 고르기 **閱讀說明，並選出相關的文章類型**	這是讀注意事項或說明，選出適當選項的題目。歷次考題中，商品或藥品的注意事項、諮詢方法等是出現頻率較高的題材。

Step 4 考題分析

考古題

※ [5~8] 다음은 무엇에 대한 글인지 고르십시오. 각 2점

5~7

상대방 목소리까지 들립니다.
공공장소에서는 작은 소리도 소음일 수 있습니다.

① 전화 예절　② 식사 예절　③ 건강 관리　④ 안전 관리

※由關鍵字可以判斷出，這是和「聲音」有關的禮儀

<TOPIK 36회 읽기 [7]>

- 상대방 對方
- 들리다 聽見
- 공공장소 公共場所
- 소음 噪音
- 예절 禮節
- 안전 安全

題目內容是公共場所的注意事項。根據關鍵字「목소리, 들리다, 공공장소, 소음」可以判斷出，這是一段關於①通話禮儀的內容。

① 電話禮儀　② 用餐禮儀
③ 健康管理　④ 安全管理

8

- 시원한 장소에 보관하십시오.
- 사용 후 뚜껑을 꼭 닫으십시오.

① 주의 사항　② 재료 안내　③ 구입 방법　④ 제품 문의

<TOPIK 37회 읽기 [8]>

- 뚜껑 瓶蓋，蓋子

由關鍵字「보관하다, 사용, 닫다」可以推斷出題目內容是關於「保存方法」或「保存時的注意事項」，所以正確答案為①。

① 注意事項　② 材料介紹
③ 購買方法　④ 商品諮詢

範例題

※ [5~8] 다음은 무엇에 대한 글인지 고르십시오. 각 2점

5~7

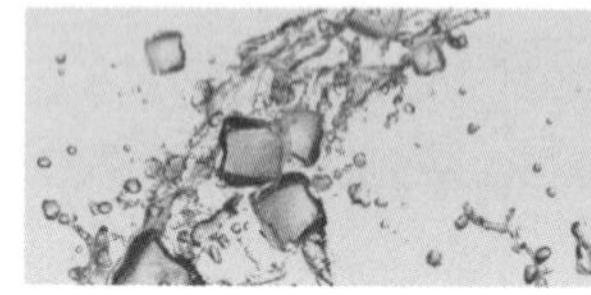

시원한 회오리바람!
당신의 여름을 책임집니다.

① 컴퓨터　② 가습기　③ 세탁기　④ 에어컨

- 회오리 旋風
- 가습기 加濕器
- 세탁기 洗衣機

透過關鍵詞「시원하다, 바람, 여름」可以判斷出內容是關於空調的，所以正確答案為④。

①電腦　② 加濕器
③洗衣機　④ 冷氣

8

- 이 카드는 수령 후 직접 등록하여 사용할 수 있습니다.
- 카드를 분실했을 경우에는 고객센터로 연락 주시면 됩니다.

① 주의 사항　② 이용 방법　③ 사용 문의　④ 신청 안내

- 수령 領取，收領
- 등록하다 註冊，登錄
- 분실하다 遺失，丟失
- 고객센터 客服中心
- 문의 諮詢
- 안내 介紹，指南

透過關鍵詞「카드, 수령, 사용하다, 분실하다」可以判斷出，內容是關於卡片使用方法，所以正確答案為②。

①注意事項　② 使用方法
③使用諮詢　④ 申請指南

Step 5 實戰練習

※ [5~8] 다음은 무엇에 대한 글인지 고르십시오. 각 2점

5

엄마의 사랑처럼
따뜻함을 오래오래 간직합니다.

① 믹서기　　② 보온병　　③ 선풍기　　④ 텔레비전

6

놓치면 후회되는 반값 할인!
당신의 지식 창고를 늘려 드리겠습니다.

① 서점　　② 식당　　③ 대사관　　④ 미술관

7

마시는 데 5분
버리는 데 1초
썩는 데는 20년 걸립니다.

① 건강 관리　　② 환경 문제　　③ 안전 관리　　④ 상품 소개

8

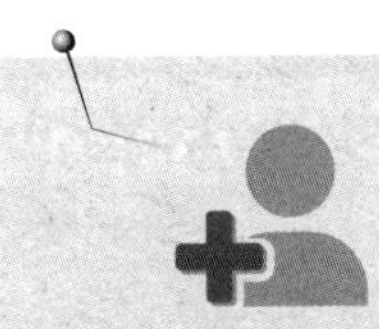

— 지시된 복용법과 용량을 정확히 지키셔야 합니다.
— 복용하는 동안 몸에 이상이 나타나면 약사나 의사와 상의하십시오.

① 교환 안내　　② 제품 설명　　③ 주의 사항　　④ 구입 방법

믹서기 攪拌機	보온병 保溫瓶	선풍기 電風扇	반값 半價	창고 倉庫	지시되다 指示
복용법 服用方法	용량 用量	정확히 準確的	제품 產品	주의 注意	구입 購入，購買

9-12

Step 1 必考單字

개성	名 個性	나는 개성 있는 옷차림이 좋다. 我喜歡有個性的穿著。
계기	名 契機，機會	월드컵을 계기로 축구에 대한 관심이 많아졌다. 因為世界盃的機會而對足球更有興趣了。
고민	名 顧慮，煩惱	나는 고민이 생기면 친구들에게 이야기한다. 我有煩惱的時候會跟朋友們說。
대상	名 對象	20대 남녀 500명을 대상으로 설문 조사를 하였다. 以20世代男女共500名為對象進行了問卷調查。
무료	名 免費	구청에서 어려운 이웃들에게 무료로 식사를 제공한다. 區政府免費供餐給生活狀況不好的人們。
상담	名 對談，諮詢	선생님은 학생들과 진로 상담을 할 계획이다. 老師計畫要與學生們進行關於未來發展的對談。
제한	名 限制，侷限	이곳은 흡연 제한 구역입니다. 此處為禁止吸菸區域。
주제	名 主題	지금 건강이라는 주제로 강의를 하고 있다. 現在正在上以健康為主題的課程。
개최하다	動 舉辦，舉行	우리나라는 올림픽을 성공적으로 개최했다. 我們國家成功地舉辦了奧林匹克。
밀집되다	動 密集	서울은 인구가 밀집되어 있는 도시이다. 首爾是人口密集的都市。
참가하다	動 參加	이번 행사에는 부모님들도 함께 참가합니다. 這次的活動父母也會共同參加。
해결하다	動 解決	나는 친구의 고민을 해결해 주었다. 我幫朋友解決了他的煩惱。
자연스럽다	形 自然的	외국인인데 한국어 발음이 자연스럽다. 雖然是外國人，但韓文發音很自然。

Step 2 必考文法

N밖에	表示沒有其他的可能性，除此以外別無選擇。後面接否定的表達。 지금 가지고 있는 돈이 만 원밖에 없어요. 我現在身上只有一萬元。
A/V-(으)면	表示前面的內容是後面內容的條件。 주말에 시간이 나면 전화해 주세요. 周末有時間的話請打電話給我。
A/V-게 되다	表示某種情況在外力的影響下發生了變化。 한국에 살면서 매운 김치도 먹게 되었어요. 在韓國生活，連辣的泡菜也能吃了。

Step 3 題型分析

9 안내문의 내용과 같은 것 고르기

選擇與介紹文內容相同者

※ 常考單字
- 期間：평일, 주말, 내내
- 時間：오전, 오후
- 地點：실내, 실외
- 費用：~료, ~비, 무료, 유료, 할인, 세일
- 對象：이하, 이상, 미만, 초과, 연령
- 其他：단, 다만, 문의, 접수, 신청, 연락

※ 常考文法：
- N만, N밖에, A/V-(으)면, A/V-(으)ㄹ 수 있다/없다, N을/를 통해서

這是讀介紹或說明，選出與原文意思相符選項的題型。解題時首先要透過題目瞭解整篇文章是關於什麼內容的介紹或說明，然後以文章內容為中心和選項作比較，把與內容無關的選項一一排除，從而找出正確答案。特別是文中加「（　）」或是星號「※」的部分要特別注意，與日期、時間以及金額相關的說明或介紹常常在題目中出現，內容中出現的數字往往成為出題的重點。左方是選項中出現頻率較高的單字。

10 도표의 내용과 같은 것 고르기

選擇與圖表內容相同者

※ 比較表達：N보다 더, N에 비해서, N에 비하면, N(으)로 인해서

解題前首先要透過題目瞭解題目給出圖表的主題。一般情況下圖表以條形或是圓形出題，解題時可以透過用圖表中給出的數值與選項中給出的文章進行對比，排除與內容不符的選項，從而找出正確答案。此類題型中比較常見的表達方式整理如左。

11~12 글의 내용과 같은 것 고르기

選擇與文章內容相同者

這是看傳達訊息的文章，選出與內容相符選項的題型。展會、演出、活動等相關的介紹或通知均為常出現的題材，此外，問卷調查結果或是對新訊息的介紹也經常出現。解題時，應該按照給出訊息的順序審題，並對選項的正誤進行判斷，然後逐一排除與原文內同不符的選項。另外，選項與原文表達方式相同的情況並不常見，所以要熟知意思相近的類似單字，才能找到正確答案。

Step 4 考題分析

考古題

※ [9~12] 다음 글 또는 도표의 내용과 같은 것을 고르십시오.
각 2점

9

제10회 가을 사진전

국내 유명 작가 9인의 사진 전시회가 열립니다.
가족을 주제로 한 개성 있는 작품을 만나 볼 수 있습니다.

◉ 전시 기간: 2014년 11월 3일(월) ~ 11월 12일(수)
◉ 관람 시간: 10:00 ~ 18:00 (주말 오후 4시 작가와의 대화)
◉ 관람료: 5,000원

※ 가족 사진을 가지고 오시면 무료로 입장할 수 있습니다.

서울전시관

① 여러 나라 작가가 이번 전시회에 참여한다. X
② 이 전시회에 가면 가을에 대한 사진을 볼 수 있다. X
③ 가족 사진을 들고 가면 관람료를 내지 않아도 된다.
④ 작가와의 대화는 전시회 기간 동안 날마다 진행된다. X

※ 與內容無關的打X
① 國內知名攝影師 ② 關於家人的相片 ④ 周末下午

<TOPIK 36회 읽기 [9]>

- 사진전 攝影展
- 국내 國內
- 유명 작가 著名作家
- 전시회가 열리다 舉辦攝影展
- 작품 作品
- 관람 觀賞，參觀
- 입장하다 入場
- 참여하다 參與

這是一則攝影展的介紹。「※」備註部分指出，攜帶全家福照片可以免費入場參觀，也就是說可以免去5000韓元的入場費，所以正確答案為③。

①各國的攝影師都會參加這次展覽。
②去此展覽可以欣賞秋天相關相片。
③攜帶家族照片去就能免除入場費。
④與作家的對談於展覽期間每天都會進行。

10

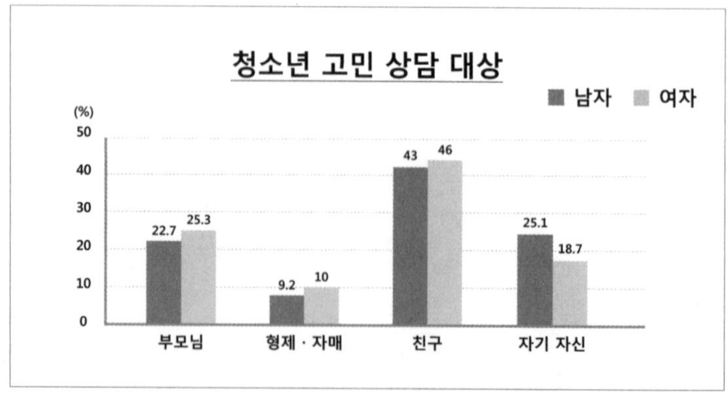

① 남녀 모두 부모님보다 친구에게 고민 상담을 많이 한다.
② 남녀 모두 형제와 자매에게 고민 상담을 가장 많이 한다.
③ 혼자서 고민을 해결하는 청소년은 여자보다 남자가 더 적다.
④ 부모님에게 고민을 말하는 청소년은 남자보다 여자가 더 적다.

<TOPIK 36회 읽기 [10]>

- 청소년 青少年

這張圖表以「青少年煩惱傾訴對象」為主題，按照男女比例進行了說明。無論男孩還是女孩（男43%，女46%），向朋友傾訴煩惱的情況最常見，所以正確答案為①。

①男性與女性比起父母，皆較常與朋友傾訴煩惱。
②男性與女性傾訴煩惱對象中，比率最高的皆為兄弟姊妹。
③自己解決煩惱的青少年中，男性比女性少。
④向父母傾訴煩惱的青少年中，女性比男性少。

11~12

아침신문사에서는 오는 12월 20일에 한국어 말하기 대회를 개최한다. 이 대회는 한국에 사는 외국인 대학생을 대상으로 하며 주제는 '나와 한국'이다. 참가를 원하는 사람은 발표할 내용을 원고지 10장 정도의 글로 써서 12월 5일까지 이메일로 보내면 된다. 예선은 원고 심사로 대신하며 본선 참가자는 홈페이지를 통해 공지할 예정이다.

① 대회에서 발표할 원고의 양은 제한이 없다. X
② 외국에서 살고 있는 사람도 참가할 수 있다. X
③ 본선 참가자는 홈페이지에서 확인할 수 있다.
④ 신청자는 신문사에 가서 원고를 제출하면 된다. X

※ 與內容無關的打X
① 稿紙10張左右 ② 在韓國居住 ④ 利用電子郵件

<TOPIK 37회 읽기 [11]>
- 발표하다 發表，演講
- 원고지 稿紙
- 예선 預選
- 원고 原稿
- 심사 審查，審核
- 본선 決賽
- 공지하다 公告，通知

題目內容是關於「韓語演講比賽」。最後一句中提到，進入決賽的選手將透過官網發出公告，所以正確答案為③。

①比賽的演講內容沒有長度限制。
②在國外生活的人也可以參加。
③進入決賽的名單可以透過官網確認。
④報名者去報社繳交稿件即可。

閱讀

範例題

※ [9~12] 다음 글 또는 도표의 내용과 같은 것을 고르십시오.
각 2점

9

제15회 겨울 정기 공예 전시회

국내 유명 작가 10인의 공예 전시회가 열립니다.
전통과 자연을 주제로 여러 작가의
개성 있는 작품을 만나 볼 수 있습니다.

◈ 전시 기간: 2015년 1월 5일(월)~1월 11일(일)
◈ 관람 시간: 9:00~17:00
◈ 관람료: 3,000원

※ 단, 초등학생은 평일에만 무료로 입장할 수 있습니다.

① 이번 겨울 정기 공예 전시회는 개인전이다.
② 전시회는 일주일 동안 전통과 관련해서 진행된다.
③ 이 전시회에서는 겨울에 대한 공예 작품을 볼 수 있다.
④ 초등학생들은 언제나 관람료를 내지 않고 들어갈 수 있다.

- 정기 定期
- 공예 工藝
- 전통 傳統
- 전시 展示
- 관람료 參觀費
- 평일 平日
- 개인전 個人展覽
- 관련하다 相關，有關的
- 언제나 無論何時

這是一則展覽介紹。展覽時間從1月5日開始到1月11日結束，為期一週，以傳統與自然為主題，所以正確答案為②。

①這次的冬季定期工藝展為個人展覽。
②展覽於一周間展示關於傳統的作品。
③此展覽可以欣賞關於冬季的工藝品。
④國小學生任何時候皆可免費入場。

10

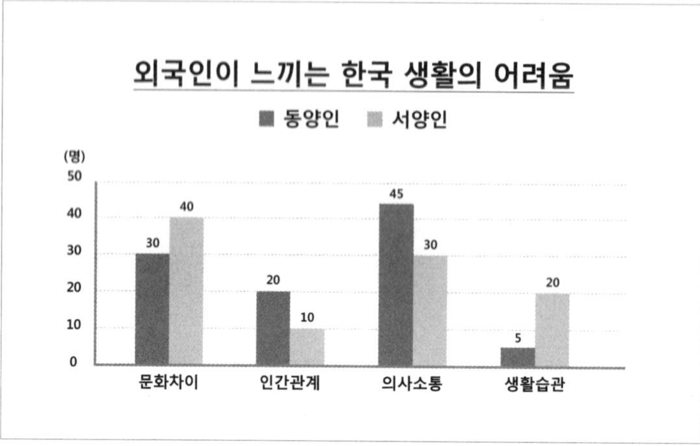

① 동서양 모두 문화가 달라서 생기는 불편함은 크지 않다.
② 인간관계로 인한 어려움은 서양인이 동양인보다 더 심하다.
③ 서양인은 생활습관 보다는 언어 교류에 더 어려움을 느낀다.
④ 동양과 서양의 외국인 모두 의사소통에 어려움이 제일 많다.

- 문화차이 文化差異
- 인간관계 人際關係
- 의사소통 溝通
- 생활습관 生活習慣
- 동서양 東西方
- 불편함 不方便
- 동양인 東方人
- 서양인 西方人
- 심하다 嚴重
- 언어 교류 語言交流

按照順序，東方人主要在溝通→文化差異→人際關係→生活習慣等方面感到困難。西方人主要在文化差異→溝通→生活習慣→人際關係等方面感到困難，所以對於西方人來說，比起生活習慣，在語言交流方面的困難更加明顯，因此正確答案為③。

① 東方人及西方人因為文化不同所產生不方便的比率皆不高。
② 西方人比東方人更常因為人際關係而遇到困難。
③ 西方人比起生活習慣，在語言的溝通上更感困難。
④ 東方人及西方人因為溝通問題產生困難的比率皆最高。

11~12

최근 동대문역사문화공원 주변에 동대문디자인플라자(DDP)가 들어섰다. 이 일대는 동대문 의류 상가와 봉제, 의류, 패션 관련 산업이 밀집된 지역이다. 서울의 대표 관광 명소인 동대문은 DDP가 들어서면서 공연과 전시, 상업, 관광과 숙박 등의 복합 문화 공간이 될 예정이다. 이곳은 주변 지역 활성화와 도시 환경 개선의 계기가 되고 '패션 문화 관광지구'로 본격 개발될 것으로 보인다.

① 이곳에서 패션 관련 디자인을 공부할 수 있다.
② DDP가 들어서면서 주변 지역도 활성화될 것이다.
③ 동대문 일대에는 공연 관련 산업이 밀집되어 있다.
④ 도시환경 개선을 위해 서울 주변 지역을 개발 중이다.

- 들어서다 進入
- 일대 一帶
- 의류 상가 服裝店
- 봉제 縫製
- 패션 산업 時尚產業
- 관광 명소 旅遊勝地
- 상업 商業
- 숙박 住宿
- 복합 문화 공간 複合文化空間
- 활성화 活絡，活躍
- 관광지구 觀光區
- 본격 正規，正式
- 개발되다 開發

文中指出，東大門設計廣場(DDP)帶動了東大門一帶的活躍性，同時也成為改善環境的契機，所以正確答案為②。

① 此處可以學習與時尚相關的設計。
② 隨DDP進駐，周邊也會更活躍。
③ 東大門一帶集聚表演相關產業。
④ 為改善都市環境，正在開發首爾周邊的地區。

Step 5 實戰練習

※ [9~12] 다음 글 또는 도표의 내용과 같은 것을 고르십시오. 각 2점

9

① 불꽃 축제는 주말에 이틀 동안 개최된다.
② 아이들은 위험해서 축제에 참가할 수 없다.
③ 온주에 사는 사람들만 무료로 축제를 볼 수 있다.
④ 축제에 대한 내용은 인터넷을 통해서도 확인할 수 있다.

10

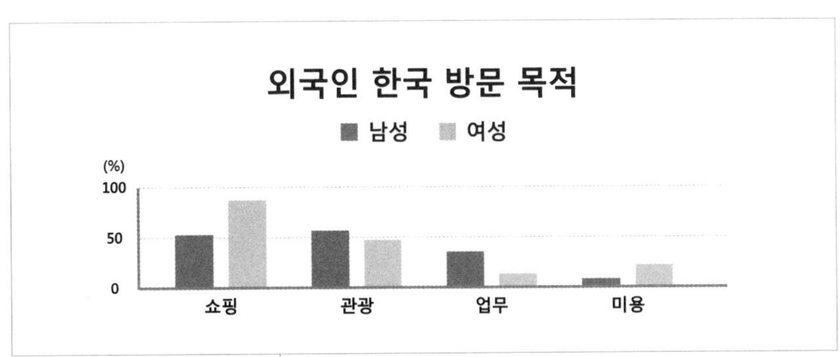

① 남녀 모두 한국에 관광하러 가장 많이 온다.
② 남성은 관광보다는 일을 하러 한국에 더 많이 온다.
③ 관광으로 방문하는 외국인은 남성이 여성보다 더 많다.
④ 여성은 미용보다 업무 때문에 한국을 더 많이 방문한다.

불꽃 煙火	축제 慶典，活動	해수욕장 海水浴場	전 연령 各年齡層	가능 可能	참가비 參加費用
참고하다 參考，參照		방문 訪問	목적 目的	관광 觀光，旅遊	업무 業務，工作
미용 美容					

閱讀

11

서울의 한강에 '한강공원 여름 캠핑장'이 개장되어 많은 시민들이 도심에서 캠핑을 즐길 수 있다. 한강 여름 캠핑장은 여름이면 캠핑장에 쌓이는 쓰레기로 눈살을 찌푸리게 하는 경우가 많았다. 이런 부정적인 이미지를 버리기 위해 전시 및 체험 행사 등 다양한 프로그램을 개발하여 새로운 캠핑 문화를 보여 주고 있다. 캠핑장은 여름철 오후 3시부터 다음날 오전 11시까지 이용할 수 있다. 예약은 홈페이지에서 할 수 있으며, 대여품, 이벤트 및 프로그램 안내 등 각종 정보도 확인할 수 있다.

① 캠핑장 예약은 인터넷 또는 전화로 할 수 있다.
② 한강 공원에서 사계절 모두 캠핑을 할 수 있게 되었다.
③ 다양한 프로그램을 체험할 수 있는 한강공원 캠핑장이 개장되었다.
④ 한강에 쌓이는 쓰레기로 인해 도심에서 캠핑을 즐길 수 없게 되었다.

12

마음의 병이 있는 사람들이 낯선 사람을 만나서 자신의 속마음을 이야기하고 치료 받는 것은 쉽지 않은 일이다. 최근 말로 표현해 내기 어려운 감정들을 그림이나 색으로 표현해서 마음을 치료하는 방법이 이용되고 있다. 색을 이용한 치료는 자기의 감정이 자연스럽게 나타나기 때문에 증상을 치료하여 없애는 것이 아니라 병의 원인을 찾아내어 치료해 주는 것이라 할 수 있다. 이렇게 정신과 치료를 목적으로 음악이나 향기, 미술 등을 이용하는 경우가 많아지고 있다.

① 말로 표현하기 어려운 감정은 그림이나 색으로 표현할 수 있다.
② 색을 이용한 치료는 병의 원인보다는 증상을 치료하는 방법이다.
③ 인간의 마음을 치료하기 위해서는 잘 모르는 사람들을 만나야 한다.
④ 마음의 병이 있는 사람들은 그림이나 색으로 자신의 감정을 표현한다.

개장되다 開放	**도심** 市中心	**캠핑을 즐기다** 享受露營	**쌓이다** 累積	**체험 행사** 體驗活動
눈살을 찌푸리다 緊縮雙眉，皺眉		**대여품** 租借物品	**이벤트(event)** 特別活動	**낯설다** 陌生
속마음 內心		**치료** 治療	**표현하다** 表達，表現	**감정** 感情
증상 症狀	**없애다** 取消，清除	**정신과** 精神科	**향기** 香氣	**미술** 美術

13-15

Step 1 必考單字

규칙	名 規則	사람들은 정해진 규칙에 맞게 행동해야 한다. 人們必須按照定好的規則行動。
능률	名 效率，成效	스트레스가 많이 쌓이면 일의 능률이 떨어진다. 如果累積了很多壓力，做事的效率就會降低。
반면	名 另一方面	그는 운동은 잘하는 반면에 공부에는 취미가 없다. 雖然他對運動很在行，但對讀書卻沒什麼興趣。
위반	名 違反	지난달 교통 신호 위반으로 벌금 10만원을 냈다. 由於上個月違反交通規則，而付了十萬元的罰金。
축소	名 縮小，縮減	회사 규모 축소로 인해 많은 사원들이 퇴직을 했다. 由於公司縮編的關係，很多職員離職。
판매	名 銷售，出售	우리 회사는 광고를 통해서 판매를 증가시켰다. 我們公司透過廣告增加了銷售量。
억지로	副 勉強	나는 먹고 싶지 않은 밥을 억지로 먹었다. 我勉強吃了我不想吃的飯。
도입되다	動 引進	새로 나온 휴대 전화에 신기술이 도입되었다. 最近上市的手機引進了新技術。
우려하다	動 憂慮，擔心	최근 개발로 인한 환경 파괴를 우려하고 있다. 我對於最近開發所造成的環境破壞感到憂慮。
종사하다	動 從事	우리 부모님은 시골에서 농업에 종사하고 계신다. 我的父母在鄉下種田。
표시하다	動 標註	나는 여행 가고 싶은 곳을 지도에 표시했다. 我把想去旅遊的地方標記在地圖上。
특별하다	形 特別	그는 동물들에게 특별한 애정을 가지고 있다. 他對動物帶有特別的感情。

Step 2 必考文法

V-기 위해(서)	表示以後面的內容為目的。 나는 부모님을 기쁘게 해 드리기 위해(서) 열심히 공부했다. 我為了讓父母親高興而用功讀書。
N(이)라도	表示即使前面假定的條件實現，也不會對後面的情況產生影響。 힘든 여행이라도 너만 간다면 같이 갈게. 就算是再怎麼辛苦的旅行，只要你去我就一起去。
N에 의하면	表示後面內容的根據。 뉴스에 의하면 노인 인구가 점점 증가하고 있다고 한다. 根據新聞的報導，老年人口正逐漸增加。
A/V-건 A/V-건	表示即使當兩個相反的情況出現時，也與所做的決定無關。可與「-든 -든」互換使用。 내일 네가 산에 가건 안 가건 (상관없이) 나는 등산할 생각이야. 不管你明天有沒有要去山上，我都打算去爬山。

Step 3 題型分析

13~15 순서대로 맞게 배열한 것 고르기

選擇順序排列正確者

※ 重要表達

1) 追加：또는, 또한, 그리고, 게다가
2) 反對：하지만, 그런데, 반대로, 반면, 그러나, 오히려
3) 理由：왜냐하면, 그렇기 때문에
4) 結果：그래서, 그러니까, 따라서, 그러므로

按照順序排列句子的題型。每個句子開頭的單字或表達方式是找到句子順序的關鍵線索。當句首出現「그중 하나가, 그 때문에, 이는, 그러자, 이것이, 이렇게」等關鍵字時，就要根據這些字義來找到與其相連接的前句和後句，從而排列出正確的順序。

解題的關鍵關鍵在於找第一句。一般情況下，全文的主題會在第一句中明確出來。按照選項中給出的排序，首句有兩種可能，所以在無法確定首句時，可以從選項中獲取線索。從第二句開始是對第一句內容的具體說明、理由說明或提出相反的內容。這時候就可以透過前面提到的「그중 하나가, 그 때문에, 이는, 그러자, 이것이, 이렇게」等表達方式找出與其銜接的前後句，從而找出正確的排列順序。對此類表達方式的總結歸納如左。

Step 4 考題分析

考古題

※ [13~15] 다음을 순서대로 맞게 배열한 것을 고르십시오. 각 2점

13~15

(가) 정부는 이러한 규칙 위반을 줄이기 위해 '착한 운전 마일리지 제도'를 실시할 예정이다.
(나) 이는 교통 규칙을 잘 지키는 운전자에게 벌점이 아니라 상점을 주는 방식이다.
(다) 하지만 벌점 제도가 있어도 규칙 위반은 크게 줄어들지 않고 있다.
(라) 보통 운전자들이 교통 규칙을 위반하면 벌점을 받게 된다.

① (가) - (다) - (라) - (나)　② (가) - (나) - (다) - (라)
③ (라) - (가) - (다) - (나)　④ (라) - (다) - (가) - (나)

<TOPIK 36회 읽기 [14]>

- 정부 政府
- 줄이다 減少，縮減
- 착하다 善良，乖巧
- 마일리지 제도 累積積分制度
- 벌점 罰分，扣分
- 상점 商店
- 방식 方式

第一句是提出全文主題內容的(라)。接下來的第二句應該是說明實施罰分制度以後的效果的(다)。由內容可知「이러한 규칙 위반」的(가)應該放在第三句的位置，所以最後一句是以「이는」開頭的(나)。正確答案為④。

範例題

※ [13~15] 다음을 순서대로 맞게 배열한 것을 고르십시오. 각 2점

13~15

(가) 정부는 이 같은 폐비닐을 수거하는 캠페인을 벌일 예정이다.
(나) 이렇게 모아진 비닐은 발전소 등의 보조연료로 사용될 수 있다.
(다) 또한 판매한 수익금으로 어려운 이웃도 도울 수 있다.
(라) 라면이나 과자 봉지와 같은 일상에서 버려지는 폐비닐이 문제가 되고 있다.

① (가) - (다) - (라) - (나)　② (가) - (나) - (다) - (라)
③ (라) - (가) - (나) - (다)　④ (라) - (다) - (가) - (나)

- 비닐 廢塑料
- 수거하다 回收
- 캠페인을 벌이다 舉行活動
- 모아지다 收集，聚集
- 발전소 發電站
- 보조연료 輔助燃料
- 판매하다 出售，銷售
- 수익금 收益，收入
- 봉지 袋子
- 일상 日常
- 버려지다 丟棄

第一句是提出全文主題內容的(라)。接下來是包含接續第一句內容「이 같은 폐비닐」的(가)。根據內容可以判斷出，只有包含「이렇게 모아진 비닐」的(나)能夠排在(가)的後面。因為(나)中對活動效果進行了介紹，所以後面的句子應該介紹其他方面的效果，所以包含「또한」的(다)是最後一句。正確答案為③。

閱讀

Step 5 實戰練習

※ [13~15] 다음을 순서대로 맞게 배열한 것을 고르십시오. 각 2점

13

(가) 그 때문에 시험 보는 날이 생일이라면 그 날은 미역국을 먹지 않는다.
(나) 한국에서는 시험 보기 전에 수험자에게 주는 특별한 선물이 있다.
(다) 시험에 잘 붙는다는 의미가 있는 떡이나 엿이 그것이다.
(라) 반대로 시험에 미끄러져 떨어지는 것을 의미하는 미역국은 먹지 않는다.

① (나) - (다) - (라) - (가)
② (나) - (가) - (라) - (다)
③ (다) - (가) - (라) - (나)
④ (다) - (라) - (나) - (가)

14

(가) 그 동안은 할인 판매가 가능하도록 해서 사실상 효과가 없었기 때문이다.
(나) 이는 10년 전부터 도입되어 시행되어 왔으나 앞으로 보다 강화될 예정이다.
(다) 도서정가제는 책에 정가를 표시하고 그 가격으로 팔도록 하는 제도이다.
(라) 하지만 할인율 축소로 인한 소비자들의 부담이 많아질 것을 우려하는 목소리도 적지 않다.

① (가) - (라) - (다) - (나)
② (가) - (다) - (라) - (나)
③ (다) - (가) - (라) - (나)
④ (다) - (나) - (가) - (라)

15

(가) 판매원, 승무원 등 서비스 직종에 종사하는 사람들을 감정노동자라고 부른다.
(나) 그런데 연구에 의하면 이렇게 억지로 웃는 사람들은 일의 능률이 떨어진다고 한다.
(다) 반면 진심에서 나오는 웃음은 기분을 좋게 만들고 업무에도 좋은 영향을 끼친다고 한다.
(라) 고객을 상대해야 하는 이런 감정노동자들은 좋건 싫건 미소를 지어야 할 때가 많다.

① (가) - (나) - (라) - (다)
② (가) - (라) - (나) - (다)
③ (라) - (가) - (나) - (다)
④ (라) - (나) - (가) - (다)

미역국 海帶湯	**수험자** 報考者	**시험에 붙다** 考上，考取	**엿** 麥芽糖，糖漿	**미끄러지다** 滑倒
사실상 事實上	**효과** 效果	**강화되다** 被強化	**도서정가제** 圖書定價制	**정가** 原價
제도 制度	**할인율** 折扣率	**부담** 負擔	**판매원** 售貨員 / **승무원** 乘務員	**진심** 真心
감정노동자 感情勞動者		**웃음** 笑容，笑臉	**영향을 끼치다** 帶來影響	**상대하다** 面對
미소를 짓다 露出微笑				

16-18

Step 1 必考單字

흔히	副 經常	서울 명동에서는 외국인을 흔히 볼 수 있다. 在首爾明洞經常能看到外國人。
발생하다	動 發生	지난 주말에 지하 노래방에서 화재가 발생했다. 上個周末在地下室的KTV發生了火災。
설레다	動 激動	내일 여행을 갈 생각을 하니 마음이 설렌다. 一想到明天要去旅遊，就覺得很興奮。
시들다	動 凋謝，枯萎	오랫동안 꽃에 물을 주지 않아서 시들어 버렸다. 因為太久沒給花澆水，所以花都凋謝了。
싱싱해지다	動 變鮮嫩	채소에 물을 뿌렸더니 금방 싱싱해졌다. 給蔬菜灑了點水，馬上變得很鮮綠。
움직이다	動 動，活動	그는 너무 힘들어서 조금도 움직일 수 없었다. 他累到完全動不了。
전달하다	動 轉交，轉達	내가 쓴 편지를 그녀에게 직접 전달했다. 把我寫的信直接交給那個女生。
흡수되다	動 吸收	이 옷은 땀이 잘 흡수되도록 만들어졌다. 這件衣服能很快地就吸收汗水。
강력하다	形 強烈	그는 자신의 의견을 강력하게 주장했다. 他很強烈地主張自己的意見。
뚜렷하다	形 清晰，鮮明	나는 첫사랑의 기억이 아직도 뚜렷하다. 我對初戀的記憶至今仍很鮮明。
자상하다	形 親切，慈詳	우리 아버지는 자상하고 인자하신 분이다. 我父親是很親切及慈詳的人。
신경(을) 쓰다	費心思，費神	부모들은 자식들 교육에 신경을 많이 쓴다. 父母花很多心思在子女的教育上。

Step 2 必考文法

N에 대한	表示前面的內容是以後面的事物為對象的。可以與「에 관한」替換使用。 정부 관계자들은 고령화 문제에 대한 해결책을 제시했다. 政府相關人士提出了高齡化問題的對策。

閱讀

V-다(가) 보면	表示持續前面的動作就可以得到後面的結果。 지금은 힘들겠지만 열심히 살다(가) 보면 익숙해질 거예요. 雖然現在會很辛苦，但認真生活的話，終究會習慣。
V-(으)려면	表示如果想做某事必須滿足後面的條件。 책을 빌리려면 학생증이 있어야 해요. 要借書的話必須要有學生證。

Step 3 題型分析

16~18 괄호에 들어갈 내용으로 가장 알맞은 것 고르기

選擇最適合填入空格者

※ 重要表達

1) 追加：또는, 또한, 그리고, 게다가
2) 反對：하지만, 그런데, 반대로, 반면, 그러나, 오히려
3) 說明理由：왜냐하면, 그렇기 때문에
4) 結果、結論：그래서, 그러니까, 따라서, 그러므로

先掌握整篇內容，然後選出適合填入「（　）」裡的內容的題型。解題時先要仔細閱讀含「（　）」句子的前後句。由於內容較短，即使只是大概瞭解整體文意，也能輕易找出適合填入「（　）」裡的內容。

「（　）」出現在整篇文章的結尾部分時，一般填入「（　）」內的內容是對整體文意的總結或對結論的說明，所以，會經常用到「그래서, 그러니까, 따라서, 그러므로」等連接副詞。「（　）」在中間部分出現時，內容一般為說明理由或是提出反對意見，所以，會經常用到「하지만, 그런데, 반면」等連接副詞。因此，以「（　）」所在句子的第一個單字或表達方式為中心，掌握全文的中心思想。相關表達方式整理如左。

Step 4 考題分析

考古題

※ [16~18] 다음을 읽고 ( )에 들어갈 내용으로 가장 알맞은 것을 고르십시오. 각 2점

16~18

집에서 채소를 보관하다 보면 채소가 쉽게 시든다. 채소가 시드는 이유는 ( ) 때문이다. 그래서 채소는 시간이 갈수록 시들시들 말라간다. 시든 채소를 살리려면 50도의 뜨거운 물에 넣어 씻으면 된다. 그러면 순간적으로 충분한 물이 흡수되면서 채소가 다시 싱싱해진다.

① 수분이 점점 빠져나가기 ② 세균이 갑자기 많아지기
③ 호흡이 갈수록 느려지기 ④ 씻을 때 뜨거운 물로 씻기

※ 「枯萎 시들다」是與水份相關的單字

<TOPIK 37회 읽기 [17]>

- 채소 蔬菜
- 보관하다 保管
- 시들시들 枯萎
- 말라가다 漸漸乾枯
- 순간적 瞬間的，一時的
- 충분하다 充分
- 수분이 빠져나가다 水分流失
- 세균 細菌
- 호흡 呼吸

文中對蔬菜容易枯萎的理由進行了提問。由文章的最後一句「충분한 물이 흡수되면서 다시 싱싱해진다（充分吸收水分之後會再次變新鮮）」可知，蔬菜的枯萎和水分有關，所以正確答案為①。

①水分逐漸流失
②細菌突然增加
③呼吸越來越慢
④洗的時候用熱水清洗

範例題

※ [16~18] 다음을 읽고 ( )에 들어갈 내용으로 가장 알맞은 것을 고르십시오. 각 2점

16~18

모두가 명절을 설레며 기다리는 것은 아니다. 최근 명절이 되기 전부터 가사 노동에 대한 스트레스로 인해 두통, 소화 불량, 복통 등의 증상이 나타나는 주부들이 늘고 있다. 이 같은 명절증후군은 주부들에게만 집중된 집안일의 부담 때문에 발생한다. 따라서 일을 ( ) 것이 좋다.

① 계획을 세워서 하는 ② 긍정적인 마음으로 하는
③ 가족들이 골고루 분담하는 ④ 명절되기 전에 다 끝내 놓는

- 가사 노동 家務勞動
- 두통 頭痛
- 소화 불량 消化不良
- 복통 腹痛
- 늘다 增加，增長
- 명절증후군 節日症候群
- 집안일 家務事
- 긍정적 正面的，積極的
- 골고루 均勻，平均
- 분담하다 分擔

「（ ）」前面的內容對節日症候群的原因進行了說明。「（ ）」所在句以「따라서」開頭，由此可見括號裡應該填入「節日症候群的解決辦法」。造成此現象的原因是「家務事全部由主婦們承擔」，解決方法是「家事分攤」，所以正確答為③。

①制訂計畫去實行
②用正面的心態去面對
③家人們共同負擔
④於節日前全部完成

Step 5 實戰練習

※ [16~18] 다음을 읽고 (　　　)에 들어갈 내용으로 가장 알맞은 것을 고르십시오. 각 2점

16

요즘 미디어를 통해 뇌에 좋은 음식에 대한 정보를 흔히 접할 수 있다. 그러나 그런 정보는 과학적으로 밝혀지지 않은 경우가 많다. 뚜렷한 증거도 없는 이런 정보에 신경을 쓰면서 (　　　　　) 오히려 뇌에 더 많은 스트레스를 주게 된다. 따라서 특별한 음식에 가치를 두기보다는 음식을 골고루 섭취하는 것이 뇌 건강에 더 좋다.

① 미디어를 신뢰하지 않으면
② 무리하게 체중을 줄이면
③ 특정 음식만을 골라 먹으면
④ 적당한 휴식을 취하지 않으면

17

목구멍은 식도와 기도로 나뉜다. 기도는 공기를 폐로 전달하고 식도는 음식을 소화 기관인 위로 전달한다. 이때 식도는 위쪽에서부터 차례로 근육을 움직이면서 음식을 아래쪽으로 내려 보내는 운동을 한다. 이 운동은 매우 강력하기 때문에 우리는 (　　　　　) 소화를 할 수 있는 것이다.

① 근육이 발달해도
② 운동을 하지 않아도
③ 공기가 식도로 들어가도
④ 똑바로 서 있지 않아도

18

이야기를 할 때 사람마다 각기 다른 목소리의 톤과 높이를 가진다. 권위적이고 위엄 있는 목소리를 가진 사람이 있는가 하면 자상하고 부드러운 목소리를 가진 사람도 있다. 그런데 이러한 목소리의 차이가 (　　　　　) 중요한 요인이 된다는 연구 결과가 나왔다. 한 유명한 정치인은 권위적이고 강인한 인물로 평가 받아 왔다. 그러나 병으로 인해 목소리가 변하기 시작한 이후 인자하고 따뜻한 이미지로 대중들의 인식을 바꿔 놓았다.

① 인상을 결정하는 데
② 외모를 평가하는 데
③ 정치인을 선택하는 데
④ 개인의 성격을 바꾸는 데

미디어(media) 媒體，媒介		뇌 腦	접하다 鄰接，與…相鄰		증거 證據
밝혀지다 證明，明確		가치를 두다 重視	섭취하다 攝取	신뢰하다 信任	무리하다 勉強
체중을 줄이다 減輕體重		특정 特性，特徵	골라 먹다 挑著吃	적당하다 適當	휴식을 취하다 休息
목구멍 喉嚨	식도 食道	기도 呼吸道	나뉘다 分開，分為	폐 肺	소화 기관 消化器官
위 胃	근육 肌肉	내려 보내다 排出		톤(tone) 聲調	권위적 權威的
위엄 있다 有威嚴	강인하다 強忍	인물 人物	인자하다 仁慈	대중 大眾，群眾	인상 印象
평가하다 評價					

19-20

Step 1 必考單字

유기농	名 有機農業	요즘 유기농 식품들이 인기를 끌고 있다. 最近有機食品受到大家的歡迎。
친환경	名 親環境，環保	그는 친환경 재료로 주택을 지었다. 他用親環境環保建材蓋了住房。
드디어	副 終於	드디어 기다리던 방학이 되었다. 等了很久的假期終於到了。
무조건	副 無條件	그는 내 말을 듣지도 않고 무조건 화부터 냈다. 他總是不先聽我說什麼就生氣。
어쩌면	副 說不定	어쩌면 그 말이 모두 거짓말일지도 몰라. 他的話說不定全都是謊言。
오히려	副 反倒	그는 자기가 잘못해 놓고 오히려 나에게 화를 냈다. 他自己做錯事還反過來對我發火。
고려하다	動 考慮	성인이 되면 다른 사람의 감정도 고려해야 한다. 成年的話，就必須要一同顧慮他人的情緒。
생산하다	動 生產，出產	이 텔레비전은 우리 공장에서 생산하는 제품이다. 這台電視是我們工廠生產的產品。
인식되다	動 認識，認知	역사가 잘못 인식되지 않도록 바른 교육이 이루어져야 한다. 必須要有正確的教育，才不致讓歷史被錯誤認知。
진행하다	動 進行，開展	이곳에서는 장애인을 위한 특별한 행사를 진행하고 있다. 這裡正在進行為身障人士舉辦的特別活動。
향상시키다	動 提高	나는 말하기 능력을 향상시키기 위해 노력하고 있다. 我正在努力提升我的口語能力。
신선하다	形 新鮮	주말에는 등산을 하면서 신선한 공기를 마시곤 한다. 我周末經常會去登山呼吸新鮮空氣。
주목을 받다	受矚目	이 영화는 세계인의 주목을 받고 있는 작품이다. 這部電影是受到全世界的矚目的作品。

閱讀

Step 2 必考文法

V-(으)ㅁ으로(써) N(으)로(써)	表示前面的行為是後面實現結果的手段或方法。 세계 곳곳을 여행함으로(써) 다양한 경험을 쌓을 수 있다. 藉由到世界各地去旅行，可以累積各種不同的經驗。
A/V-거나	表示在列舉的情況下任選其一。 시간이 나면 친구를 만나거나 운동을 한다. 我有時間的話，會跟朋友見面或去運動。

Step 3 題型分析

※ [19~20] 다음을 읽고 물음에 답하십시오.
閱讀下文，並回答問題。

這是讀短文回答問題的題型。解題時，最好能夠在閱讀短文之前從19題確認各個選項，並在閱讀全文的同時掌握大意。最後，透過用20題的選項與內文進行比較，找出正確答案，這是最快、最好的解題方法。

19 괄호 안에 들어갈 알맞은 것 고르기
選擇適合填入空格者

※ 重要表達
1) 追加：또는, 또한, 그리고, 게다가
2) 反對：하지만, 그런데, 반대로, 반면, 그러나, 오히려, 뜻밖에
3) 結果：그래서, 그러니까, 따라서, 그러므로
4) 其他：어쩐지, 도대체, 저절로, 무조건, 일부러, 차라리, 수시로, 드디어, 도저히, 어쨌든

題目要求選出適合填入「(　　)」的選項。要特別注意前後文，才能找出正確答案。與前句內容相反，或是對照關係時較為常見的表達方式有「그러나, 하지만, 그런데, 반면(에), 오히려」等。而對前句有補充作用的情況下，「또는, 또한, 그리고」等較為常見。引出全文的結論或對策時，使用「그러므로, 따라서」等連接副詞的情況較為常見。

20 글의 내용과 같은 것 고르기
選擇和文章內容相同者

題目要求閱讀全文，並找出與內容相符的選項。閱讀短文的同時，要判斷各個選項的內容是否與文意相符，並逐一排除與短文內容無關的選項。此外，選項中常使用與短文不同的表達方式，所以平時要多注意相似單字或文法的累積。

Step 4 考題分析

考古題

※ [19~20] 다음을 읽고 물음에 답하십시오. 각 2점

> 한 과학자가 개인의 사회 공헌도에 대한 연구를 했다. 개인이 쏟을 수 있는 힘의 크기는 구성원의 수가 많아질수록 늘어날 것이라고 기대하고 연구를 진행했다. 하지만 연구 결과는 예상과 달랐다. 그룹의 구성원 수와 그들이 쏟아 부은 힘의 크기는 반비례했다. (　　　　　) 2명으로 이루어진 그룹이 잠재적인 기대치를 가장 많이 사용한 것으로 나타났다.

<TOPIK 36회 읽기 [19~20]>

- 공헌도 貢獻度
- 쏟다 揮灑，傾灑
- 구성원 成員
- 기대하다 期待，盼望
- 예상 預測
- 반비례하다 成反比
- 잠재적 潛在的
- 기대치 期望值
- 반드시 必須，一定
- 유사하다 類似

19 (　　　)에 들어갈 알맞은 것을 고르십시오.

① 드디어　② 오히려　③ 어쩌면　④ 반드시

與展開研究前預期的相反，透過「(　　)」後面的內容可知，研究結果表明由兩個人組成的團隊的潛在期待值最高。也就是說，與「예상과 달리」意思最相近的表達方式是「오히려」，所以正確答案為②。

①終於　②反而
③也許　④一定

20 이 글의 내용과 같은 것을 고르십시오.

① 구성원의 수가 많을수록 개인의 공헌도는 낮아졌다.
② 연구 결과는 처음에 예상했던 것과 유사하게 나타났다. X
③ 이 연구는 사회가 개인에게 미치는 영향에 대한 것이다. X
④ 2명으로 이루어진 그룹은 개인적인 노력을 하지 않았다. X

※ 和內容無關的打X
② 反比（相反）
③ 個人的社會貢獻度
④ 兩個人的時候會貢獻最多的力量

根據研究結果，成員數和社會貢獻程度成反比，所以正確答案為①。

①成員人數越多，個人的貢獻度越低。
②研究結果和最初預測的相當類似。
③這個研究是關於社會對個人所造成的影響的研究。
④兩個人所組成的團隊中，個體不會有所努力。

閱讀

範例題

※ [19~20] 다음을 읽고 물음에 답하십시오. 각 2점

최근 비료, 농약 등의 화학물질을 사용하지 않고 생산한 친환경 유기농 식품의 수요가 늘어나고 있다. 화학적 약품을 사용하지 않음으로써 화학물질의 잔류 문제는 해결할 수 있다. (세균) 등에 의해 오염될 위험은 높아질 우려가 있다. 따라서 신선한 유기농 농산물을 섭취할 경우에도 깨끗이 씻어서 먹어야 한다.

- 비료 肥料
- 농약 農藥
- 화학물질 化學物質
- 식품 食品
- 수요가 늘어나다 需求增加
- 잔류 殘留
- 오염되다 形成污染
- 위험 危險
- 우려가 있다 有顧慮
- 깨끗이 乾淨的
- 마침 恰恰，正好
- 끝내 畢竟
- 하필 偏偏
- 생산성 生產性
- 안심하다 安心
- 가능성 可能性

19 (　　)에 들어갈 알맞은 것을 고르십시오.

① 반면　② 마침　③ 끝내　④ 하필

「(　　)」所在句的前句雖然對有機食品的優點進行介紹，但是「(　　)」所在句則對有機食品的危險性進行了說明，所以前後句的內容為對立關係。正確答案為①。

①另一方面　②剛好
③最後　④偏偏

20 이 글의 내용과 같은 것을 고르십시오.

① 생산성을 위해 화학적 약품의 사용이 증가하고 있다.
② 친환경 유기농 식품도 무조건 안심하고 먹으면 안 된다.
③ 유기농 식품이라도 화학물질이 남아 있을 가능성이 있다.
④ 화학물질을 사용한 식품도 잘 씻으면 유기농 식품과 비슷하다.

文中指出，不使用化學物質的有機食品被細菌污染的危險性較高，所以使用前要清洗乾淨。由此可見，正確答案為②。

①為了生產效益，化學藥物的使用正在增加。
②即使是有機食品，也不能無條件安心食用。
③即使是有機食品，也有化學物質殘留的可能性。
④使用化學物質的食品，若好好清洗，就跟有機食品差不多。

Step 5 實戰練習

※ [19~20] 다음을 읽고 물음에 답하십시오. 각 2점

> 기부는 여태껏 어려운 이웃에게 돈을 기부하거나 봉사활동을 하는 것으로만 인식되어 왔다. 하지만 최근 새로운 기부 형태로 개인이 가지고 있는 재능이나 전문 능력을 이웃에게 나눠주는 재능 기부가 주목받고 있다. 금전 기부는 일회성으로 그칠 수 있고 봉사활동은 개인의 차이를 세세히 고려하지 않고 이루어진다. (　　　　　) 재능 기부가 기부를 받는 사람에게 맞춤형 기부를 제공한다는 점에서 더 효과적일 수 있다.

19 (　　)에 들어갈 알맞은 것을 고르십시오.

① 반드시　　② 오히려　　③ 드디어　　④ 게다가

20 이 글의 내용과 같은 것을 고르십시오.

① 돈을 기부하는 방식은 계속 이어질 가능성이 높다.
② 새로운 기부의 등장으로 봉사활동이 줄어들고 있다.
③ 재능 기부는 개인의 차이를 고려하여 이루어지고 있다.
④ 재능 기부는 자신의 능력을 향상시키는 데 효과적이다.

閱讀

기부 捐贈	**여태껏** 一直到現在，至今		**봉사활동** 公益活動		**재능** 才能
전문 능력 專業能力	**금전** 金錢	**일회성** 一次性	**그치다** 停止	**차이** 差別，差異	**제공하다** 提供
맞춤형 기부 定向捐贈		**세세히** 詳細的，瑣碎的		**효과적** 有效的	**게다가** 再加上
이어지다 接續，承接		**등장** 登場			

21-22

Step 1 必考單字

방안	名 方案	이 문제를 해결할 구체적인 방안을 마련해야 한다. 必須要準備能解決這個問題的具體方案。
의지	名 意志	담배를 끊기 위해서는 강한 의지가 필요하다. 要戒菸需要很堅強的意志力。
지속적	名 持續的	정부는 경기 회복을 위해 지속적으로 노력하고 있다. 政府為了恢復景氣，正持續努力中。
거두다	動 獲得	우리 팀은 이번 대회에서 좋은 성적을 거두었다. 我們這一隊在這次的比賽中獲得了好成績。
떠올리다	動 想起	그의 얼굴을 떠올리면 나도 모르게 미소를 짓게 된다. 一想到他的臉，我就不自覺地微笑了起來。
마련하다	動 準備	그는 결혼해서 살 집을 미리 마련해 두었다. 他先準備好了結婚後要住的房子。
예방하다	動 預防	은행은 범죄를 예방하고자 CCTV를 설치했다. 銀行為了預防犯罪而設置了監視器。
잠재우다	動 哄…睡覺	정부는 새로운 정책으로 소비자들의 불만을 잠재웠다. 政府用新的政策安撫了消費者的不安。
제기하다	動 提出，提議	피해자 가족은 사고 처리에 대한 의문을 제기했다. 被害人家屬提出了有關事件處理的疑問。
지도하다	動 指導	그는 학생들에게 글쓰기를 지도하고 있다. 他正在指導學生們寫作。
불필요하다	形 不需要的	나는 이사를 가기 위해 불필요한 물건들을 정리했다. 我為了要搬家而把不需要的物品都整理掉了。
화려하다	形 華麗	서울 한강의 야경은 화려하다. 首爾漢江的夜景華麗。
비난을 받다	受到批評	그 배우는 잘못된 행동으로 시청자들에게 비난을 받았다. 那位演員因為不當的行為而遭到觀眾們的批評。

Step 2 必考文法

V-아/어 놓다	表示某動作結束後，動作造成的結果仍然持續。 방학 때 고향에 돌아가기 위해서 비행기 표를 미리 예약해 놓았다. 為了在放假時回家鄉，事先買好了飛機票。
A/V-아/어야	表示想要實現後面的情況，必須先滿足前面的條件。 학생증이 있어야 도서관에서 책을 빌릴 수 있다. 必須有學生證才能在圖書館借書。

Step 3 題型分析

※ [21~22] 다음을 읽고 물음에 답하십시오.
閱讀下文，並回答問題。

主要多為相對較輕鬆的熱門社會問題。相關領域的專家在講述一般事實的同時，也會闡述一些個人觀點。有時也會以提出問題或個人主張的形式出現。因此，在閱讀短文內容時，要注意筆者想要表達的中心內容是什麼，以及筆者的寫作意圖是什麼。

21 괄호 안에 들어갈 알맞은 것 고르기
選擇適合填入空格者

要求選出適合填入「( )」內的俗語或慣用語的題型。一般要求選擇俗語的題型中，「( )」的前句或後句會對俗語給出相應的解釋，所以要認真閱讀「( )」的前後句。沒有給出解釋說明的情況下，則要透過瞭解全文的脈絡後再選擇。歷次考試中經常出現的慣用語和俗語，請參考本書附錄。

22 글의 중심 생각 고르기
選擇文章的中心思想

這是要求選出短文中心思想的題型。一般情況下，筆者會在中間部分或結尾部分明確自己要表達的中心思想，所以要留意這兩部分內容。為了使讀者領會自己的簡介，筆者會首先對一般性理論、實驗結果或者實例進行說明。然後透過「따라서, 그러므로, 그렇기 때문에」等連接副詞引出中心思想，所以，閱讀時要將重點放在這些連接副詞後面引出的句子。

Step 4 考題分析

考古題

※ [21~22] 다음을 읽고 물음에 답하십시오. 각 2점

> 운동선수가 실수에 대한 부담감을 가지게 되면 경기에서 좋은 성적을 거두기가 어렵다. 그렇기 때문에 감독은 선수를 지도할 때 실수를 떠올리게 하는 직접적인 말을 (　　　　) 않아야 한다. 예를 들어 스케이트 선수들은 넘어지면 안 된다는 부담감이 크다. 그러므로 감독은 선수에게 넘어지지 말라는 말 대신에 중심을 잡고 스케이트를 타라고 주의를 주는 것이 좋다.

<TOPIK 37회 읽기 [21~22]>

- 부담감 壓力，負擔感
- 경기 比賽
- 감독 教練
- 직접적 直接的
- 스케이트 滑冰
- 넘어지다 摔倒
- 중심을 잡다 掌握重心
- 주의를 주다 提醒，提起注意
- 반복하다 反覆
- 선택하다 選擇

21 (　　　) 에 들어갈 알맞은 것을 고르십시오.

① 입 밖에 내지　　② 눈 감아 주지
③ 한술 더 뜨지　　④ 귓등으로 듣지

短文內容對指導運動員訓練的方法進行了介紹。由「(　)」前面的「실수에 대한 직접적인 말을」和後面的「않아야 한다」可以判斷出，填入括號內的應該是與「말을 하다」意思相近的內容。選項中只有「입 밖에 내다」與「말을 하다」意思相近，所以正確答案為①。

①從口中說出
②閉上眼睛（佯裝不知）
③變本加厲（更加嚴重）
④當耳邊風（不特別注意）

22 이 글의 중심 생각을 고르십시오.

① 감독은 선수가 실수를 반복하지 않도록 지도해야 한다.
② 감독은 선수를 지도할 때 언어를 신중하게 선택해야 한다.
③ 선수는 넘어져도 몇 번이고 다시 일어나려는 의지가 있어야 한다.
④ 선수는 긍정적인 생각을 해서 경기에 대한 부담감을 없애야 한다.

短文結尾部分出現了「그러므로」，要特別注意後面引出的句子。文中提出，比起直接點名，委婉提醒更好，所以正確答案為②。

①教練要指導選手不反覆失誤。
②教練在指導選手時要謹慎選擇表達方式。
③選手要有不管跌倒幾次都會重新站起的意志力。
④選手必須要正面思考，消除比賽帶來的壓力。

範例題

※ [21~22] 다음을 읽고 물음에 답하십시오. 각 2점

최근 한 카드사의 고객 개인 정보가 유출된 사건이 발생하였다. 이는 카드사의 관리가 제대로 이루어지지 않았기 때문인 것으로 나타났다. 이에 정부는 개인 정보를 보호하는 법을 내놓았다. 하지만 이미 문제가 발생한 후에 시민들의 불만을 잠재우기 위한 식의 대책은 (　　　　　)라는 비난을 받고 있다. 따라서 앞으로는 문제가 발생하기 전에 미리 막을 수 있는 방안을 마련해 놓아야 할 것이다.

- 카드사 信用卡公司
- 고객 顧客
- 개인 정보 個資
- 유출되다 洩露，外洩
- 사건 事件，案件
- 제대로 順利的，適當的
- 보호하다 保護
- 법을 내놓다 制定法律
- 불만 不滿
- 대책 對策
- 미리 事先，已經
- 막다 阻止

21 (　　　)에 들어갈 알맞은 것을 고르십시오.

① 땅 짚고 헤엄치기
② 불난 집에 부채질하기
③ 쓰면 뱉고 달면 삼키기
④ 소 잃고 외양간 고치기

短文內容是圍繞信用卡公司對顧客的個人資訊的管理展開的。「(　　)」前面指出，在問題出現以後才提出某種對策的做法遭到了批判。也就是說，問題出現以後，後悔是毫無用處的，所以正確答案為④。

①易如反掌
②火上加油
②吃甜不吃苦
④亡羊補牢

22 이 글의 중심 생각을 고르십시오.

① 정부는 강한 법을 만들어야 한다.
② 문제가 생기기 전에 예방해야 한다.
③ 고객을 위한 서비스를 개선해야 한다.
④ 시민들의 불만을 해결하기 위해 노력해야 한다.

短文結尾部分由「따라서」引出的句子要特別關注。文中提出要在出現問題之前防患於未然，所以正確答案為②。

①政府必須制定強大的法律。
②必須在問題發生前事先預防。
③必須改善顧客服務。
④必須努力解決民眾們的不滿。

Step 5 實戰練習

※ [21~22] 다음을 읽고 물음에 답하십시오. 각 2점

최근 과자의 과대 포장이 문제가 되고 있다. 과자의 양에 비해 포장지의 크기가 너무 크다는 것이다. 또한 두세 번의 불필요한 포장으로 과자 상자를 크게 보이게 하는 효과를 주어 소비자들을 속이고 있다는 것이다. 과자 업체의 잘못이 가장 크지만 소비자들도 이러한 사태를 (　　　　) 계속 화려한 포장에 속아서 물건을 고르게 되고 기업들의 과대 포장도 계속될 것이다. 따라서 소비자들은 이러한 문제를 지속적으로 제기할 필요가 있다.

21 (　　)에 들어갈 알맞은 것을 고르십시오.

① 등을 돌리면
② 코가 납작해지면
③ 간이 콩알만 해지면
④ 강 건너 불 보듯 하면

22 이 글의 중심 생각을 고르십시오.

① 물건을 고를 때 신중하게 골라야 한다.
② 크고 화려한 포장일수록 내용물도 좋다.
③ 소비자를 속이는 기업의 물건은 사면 안 된다.
④ 소비자들은 과대 포장 문제에 대해 건의해야 한다.

과대 포장 包裝過多	**포장지** 包裝紙	**상자** 箱子	**소비자** 消費者	**속이다** 受騙	**업체** 企業，商家
사태 事態	**내용물** 內容物	**건의하다** 建議			

23-24

Step 1 必考單字

감시	名 監視	최근 감시 카메라 설치가 확대되고 있다. 最近正擴大裝設監視攝影機。
살림	名 家務	그녀는 직장을 그만두고 집에서 살림만 한다. 她辭掉工作回家操持家務。
세월	名 歲月	오랜 세월이 지났지만 그의 모습은 그대로였다. 雖然已經過了很久，他的樣子還是和以前一樣。
욕심	名 野心	그는 현재에 만족하지 못하고 항상 다른 것에 욕심을 낸다. 他不滿足於現況，總是想嘗試些別的事情。
그제야	副 那時才，這才	아버지는 딸의 전화를 받고 그제야 안심이 되었다. 父親接到女兒的電話後，才放下心來。
때때로	副 間或，有時	바쁘게 살고 있지만 때때로 옛날 생각이 난다. 雖然過得很忙碌，但偶爾也會想到過去的事情。
아예	副 根本，一起	나는 중국어를 아예 못 한다. 我根本不會中文。
여전히	副 仍舊，依然	그는 여전히 멋있고 당당해 보였다. 他依舊看起來很帥、很威風凜凜。
되풀이하다	動 重複	단어는 되풀이해서 외워야 잊어버리지 않는다. 單字必須重覆背誦，才不會忘記。
떠오르다	動 想起	옛 고향에 오니 어린 시절 추억이 떠오른다. 回到以前的故鄉，想起了小時候的回憶。
각박하다	形 刻薄	요즘은 세상이 각박해서 옆집에 누가 사는지도 모른다. 最近社會越來越冷漠，連隔壁住誰都不知道。
소홀하다	形 疏忽，疏於	이 공사장은 안전 관리가 소홀해서 사고가 많다. 由於這個工地疏於管理安全措施，所以發生很多意外。
철없다	形 不懂事	철없던 어린 시절의 행동들이 부끄럽게 느껴졌다. 對於小時候很多不懂事的行為，感到很不好意思。
고개를 숙이다	低頭，埋頭	벼는 익을수록 고개를 숙인다는 속담이 있다. 有句俗語說稻穗愈飽滿頭垂得愈低。

閱讀

Step 2 必考文法

A/V-고 해서	表示前面的情況是後面行動得以實施的原因之一。 너무 피곤하고 해서 일찍 들어가 쉬려고 해요. 由於太過疲憊，所以打算早點回去休息。
V-자	表示前面的行為一結束馬上開始後面的行為。 수업이 끝나자 학생들이 모두 식당으로 뛰어갔다. 一下課學生們都衝到了餐廳。

Step 3 題型分析

※ [23~24] 다음을 읽고 물음에 답하십시오.

閱讀下文，並回答問題。

此類題型的短文大多以日記的形式出現，所以一般使用第一人稱。以「我」為中心，先掌握全文大意，然後體會「我」所處的情況和背景。

23 밑줄 친 부분에 나타난 나의 심정 고르기

選擇畫底線部分表現出的感情

※ 情感表達相關單字：

곤란하다, 속상하다, 답답하다, 억울하다, 섭섭하다, 창피하다, 당황하다, 황당하다, 서운하다, 안타깝다, 서럽다, 흐뭇하다, 설레다, 억울하다, 허무하다, 혼란스럽다, 불만스럽다, 실망스럽다

要求選出筆者要表達的情感的題型。首先要掌握全文的脈絡。僅透過劃線部分的含義是沒有辦法判斷「我的心情」的，所以也要理解前後句的意思。一般情況下，劃線部分的前句會對原因或是理由進行說明，即便不能理解劃線部分的意思，也能夠透過前後文推斷出來。關於情感的表達方式整理如左。

24 글의 내용과 같은 것 고르기

選擇和文章內容相同者

解題時不要只想著要理解每一個單字的意思，而是要把重點放在掌握全文的脈絡上。按照文章的脈絡進行閱讀的同時，判斷每一個選項的正確性。文章內容可能與選項中句子出現的順序不同，所以要一邊閱讀文章內容，一邊排除與內容無關的選項。此外，選項中常會用於原文不同的表達方式表述相同的內容，所以要掌握相似文法才能順利解題。

Step 4 考題分析

考古題

※ [23~24] 다음을 읽고 물음에 답하십시오. 각 2점

정신없이 세 아이를 키우면서 내가 미처 생각하지 못한 것이 있었다. 그것을 깨닫게 된 것은 얼마 전 세 딸을 목욕시키면서였다. 나는 늘 그랬듯이 씻기기 편한 막내부터 씻겨 욕실에서 내보냈고 그 다음에는 둘째를 씻겼다. 그러고 나서 첫째를 씻기려고 하는데 아이가 고개를 푹 숙인 채 앉아서 꼼짝도 하지 않았다. 내가 몇 번이나 좋은 말로 타이르자 그제야 「왜 내가 항상 마지막이야?」라고 울먹이며 말했다. 순간 머리를 한 대 얻어맞은 것 같았다. 어린이집에 보내려고 옷을 입히고 머리를 빗겨 줄 때 항상 「동생들 하고 나서 해 줄게.」라고 하며 첫째를 기다리게 했던 나의 모습이 떠올랐다.

23 밑줄 친 부분에 나타난 나의 기분으로 알맞은 것을 고르십시오.

① 답답하다　　② 서운하다
③ 당황스럽다　　④ 불만스럽다

※ 無法預料到大女兒的行為和所說的話

24 이 글의 내용과 같은 것을 고르십시오.

① 나는 첫째부터 목욕시키려고 했다.
② 첫째는 늘 동생에게 양보해야 했다.
③ 첫째는 자신의 마음을 자주 표현했다.
④ 나는 첫째가 씻지 않으려고 해서 화를 냈다.

<TOPIK 37회 읽기 [23~24]>

- 정신없이 手忙腳亂，昏天黑地
- 키우다 養育
- 미처 來不及
- 씻기다 給…洗澡
- 막내 老小
- 꼼짝하지 않다 一動不動
- 타이르다 教誨
- 울먹이다 要哭的樣子，嗚咽
- 얻어맞다 挨打
- 입히다 給…穿上
- 빗기다 給…梳理(頭髮)
- 모습 樣子，模樣
- 당황스럽다 驚慌，慌張
- 불만스럽다 不滿，不高興
- 양보하다 讓步

劃線部分「머리를 한 대 얻어맞은 것 같았다」並不是真的挨打了的意思，而是表示因為前面出現的內容而受到的精神上的衝擊，感到非常驚慌的意思，所以正確答案為③。

① 悶悶不樂　　② 很難過
③ 很慌張　　④ 很不滿

文章的主要講述了身為母親的筆者在照顧子女的時候理所當然的把小女兒放在了第一位。因此，大女兒一向讓著小女兒，所以正確答案為②。

① 我打算要從大女兒開始洗。
② 老大總是要禮讓妹妹。
③ 大女兒經常表達自己的心情。
④ 我因為大女兒不想洗澡而生氣了。

範例題

※ [23~24] 다음을 읽고 물음에 답하십시오. 각 2점

내가 초등학생이었을 때 학교 근처에 오래된 분식점이 하나 있었다. 그곳은 연세가 많으신 할머니께서 떡볶이를 팔고 계셨다. 그 분식점은 할머니의 감시가 소홀해서 때때로 떡볶이를 먹고 아예 계산도 하지 않은 채 도망을 나오는 아이들도 있었다. 그래도 할머니는 언제나 밝은 미소로 「많이 먹고 가.」라고만 말씀하실 뿐이었다.
졸업을 하고 20년 만에 찾아간 분식집은 커피 전문점으로 바뀌어 있었다. 그리고 나는 동창에게서 할머니에 대한 이야기를 듣게 되었다. 할머니는 이미 10년 전에 돌아가셨고, 가게를 정리하면서 50년 동안 평생 모으신 돈을 우리가 다녔던 초등학교에 기부하셨다는 이야기였다. 나는 이야기를 듣는 순간 무엇으로 머리를 얻어맞은 것 같았고 철없던 시절에 우리의 행동이 부끄럽게만 느껴졌다.

- 분식점 小吃店
- 도망을 나오다 逃出來
- 밝다 明亮
- 전문점 專營店
- 동창 同學
- 모으다 聚集
- 기부하다 捐贈
- 순간 瞬間
- 시절 時期
- 억울하다 冤枉，委屈
- 그만두다 罷手，停業
- 차리다 準備，穿著
- 재산 財產

23 밑줄 친 부분에 나타난 나의 심정으로 알맞은 것을 고르십시오.

① 죄송하다 ② 억울하다
③ 답답하다 ④ 서운하다

筆者在得知老奶奶在去世以後把50年的積蓄全部捐給國小的消息後，不僅僅只是感到慚愧，想起小的時候沒結賬就跑掉的往事，反倒很羞愧。也就是說，筆者對老奶奶懷有歉疚的感情，所以正確答案為①。

① 抱歉 ② 委屈
③ 悶悶不樂 ④ 難過

24 이 글의 내용과 같은 것을 고르십시오.

① 할머니는 아직도 분식점을 하고 계신다.
② 할머니는 기부하신 후 분식점을 그만두셨다.
③ 할머니는 분식점대신 커피 전문점을 차리셨다.
④ 할머니는 모으신 전 재산을 학교에 기부하셨다.

這是一段關於筆者小時候常去的一家小吃店的故事。經營小吃店的老奶奶把畢生的的積蓄都捐給了學校，所以正確答案是④。

① 奶奶至今仍在經營小吃店。
② 奶奶在捐贈之後，收了小吃店。
③ 奶奶把小吃店改為咖啡廳。
④ 奶奶把存下的全數財產捐給學校。

Step 5 實戰練習

※ [23~24] 다음을 읽고 물음에 답하십시오. 각 2점

> 생각해 보면 지난 30년간 좁은 단칸방에서 어머니와 단둘이 살며 고생도 많이 했다. 요즘 같은 세상에는 여자도 공부를 잘해야 하는 법이라며 없는 살림이지만 어머니 욕심으로 대학까지 다닐 수 있었다. 조금이라도 살림에 도움이 되고 싶어 중학교 2학년부터 시작했던 새벽 우유 배달 일은 대학을 졸업하던 날까지 계속되었지만, 매일 아침 뜨는 해를 바라보며 각박한 세상과 공부에 지쳐있던 나의 고된 마음을 털어버렸다. 어느덧 나는 어엿한 사회인이 되었고 어머니의 머리도 세월에 따라 백발로 변해 있었다. 그러나 여전히 아침과 저녁으로 집안의 궂은일을 마다하지 않으시는 어머니를 볼 때면 <u>나도 모르게 눈가가 촉촉이 젖어 들었다.</u> 「엄마, 아프지 말고 오래 사셔야 해요.」 나는 몇 번이고 이 말을 되풀이하면서 오늘도 하루를 시작하기 위해 출근길을 나섰다.

23 밑줄 친 부분에 나타난 나의 심정으로 알맞은 것을 고르십시오.

① 곤란하다　② 안쓰럽다
③ 부담스럽다　④ 당황스럽다

24 이 글의 내용과 같은 것을 고르십시오.

① 나는 대학을 졸업한 후부터 계속 직장을 찾고 있다.
② 어머니는 많이 늙으셨지만 여전히 쉬지 않고 일하신다.
③ 어머니는 공부에 대한 욕심이 많으셔서 대학까지 다니셨다.
④ 어렸을 때 집안은 부유했지만 경험 삼아서 우유 배달 일을 했다.

단칸방 單人房	**단둘** 只有兩個人	**배달 일** 送貨工作	**지치다** 精疲力盡	**고되다** 吃力，繁重	**털어버리다** 吐露
어엿하다 堂堂正正	**백발** 白髮	**궂은일** 粗活	**마다하다** 嫌棄	**눈가가 젖다** 眼濕潤眶	
촉촉이 潮濕，濕漉漉		**곤란하다** 為難	**부담스럽다** 有壓力	**안쓰럽다** 過意不去	**경험** 經驗
부유하다 富有，寬裕					

閱讀

25-27

Step 1 必考單字

볼거리	名 值得看的東西或地方	남산의 봄꽃 축제는 볼거리가 풍부합니다. 南山的春花節很有可看性。
전망	名 前景	나는 전망이 있는 회사에 취직했다. 我就職於很有前景的公司。
제자리	名 原地，原處	열심히 공부를 하고 있지만 실력은 제자리인 것 같다. 雖然很認真地在讀書，但實力似乎在原地打轉。
달다	動 寫，留言	사람들은 인터넷 기사를 보고 자기의 의견에 대해서 댓글을 단다. 人們看了網路新聞後，留下自己的意見。
달라붙다	動 貼，黏	너무 달라붙는 옷은 활동하기에 불편하다. 太過貼身的衣服，行動起來會不方便。
상하다	動 變質，腐爛	상한 음식을 먹으면 식중독에 걸릴 수 있다. 吃了腐壞的食物可能會食物中毒。
즐기다	動 享受	최근에는 많은 사람들이 인생을 즐기면서 살기를 원한다. 最近很多人希望能盡情享受人生。
퍼지다	動 傳開，蔓延	그 사람에 대한 안 좋은 소문이 퍼지기 시작했다. 關於那個人不好的傳聞開始到處流傳。
한몫하다	動 一份，一把	이번 축구 경기에서 우리 팀의 우승에 내가 한몫했다. 我在我們隊這次足球比賽的獲勝上，貢獻了一份力。
불쾌하다	形 不快，不悅	그의 기분 나쁜 표정이 나를 불쾌하게 했다. 他那不悅的神情讓我看了很不開心。
심각하다	形 嚴肅，嚴峻	무슨 일이 생겼는지 교실 분위기가 너무 심각했다. 不知道發生了什麼事，教室裡的氣氛很嚴肅。
적절하다	形 適當，適合	시간과 장소에 맞는 적절한 옷차림이 중요하다. 適時適地的衣著打扮很重要。
지나치다	形 過度，過分	너무 지나친 친절은 오히려 상대방을 불편하게 할 수도 있다. 過度的親切可能反而會造成對方的不便。
영향을 끼치다	造成影響	불규칙한 식사는 건강에 안 좋은 영향을 끼친다. 不規律的進食會帶給身體不好的影響。

Step 2 必考文法

A/V-(으)ㄹ 뿐이다	表示除了前面的情況以外，不可能有其他的選擇。 지금은 학생이니까 열심히 공부할 뿐이다. 因為現在是學生，所以只能好好讀書。
N 만에	與時間名詞連用，表示過了一段時間以後，出現了某種行為。 고향에 돌아온 지 1년 만에 결혼을 했다. 回家鄉一年後就結婚了。

Step 3 題型分析

25~27 신문 기사의 제목을 보고 가장 잘 설명한 것 고르기

看新聞報導的標題，選擇說明最適當者

這是讀報紙上登載的新聞，選出準確說明新聞內容的選項的題型。新聞的標題是對內容簡明扼要地概括，所以有時會用到比喻的修辭，解題前要準確的把握選項的含義。

第25題和第26題大多以社會、文化以及藝術領域相關訊息的傳達性新聞的形式給出。

第27題主要以國家經濟或者經營相關的內容為主題，其中關於對政府實行的政策批判性意見的內容，出現的頻率較高。

一般情況下，新聞標題的前半部分提出要說明的素材，在後面的部分中指出與其相關的問題、訊息以及意圖，解題時應該先透過內容掌握新聞的主要內容，再閱讀各個選項選出正確答案。

Step 4 考題分析

考古題

※ [25~27] 다음은 신문 기사의 제목입니다. 가장 잘 설명한 것을 고르십시오. 각 2점

25~27

뮤지컬로 만나는 드라마, 볼거리 많아져

① 뮤지컬과 드라마를 함께 보면서 즐길 수 있게 되었다.
② 뮤지컬이 드라마로 만들어져서 구경할 수 있게 되었다.
③ 드라마가 뮤지컬로 만들어져 즐길 수 있는 것이 많아졌다.
④ 드라마와 뮤지컬이 함께 만들어져서 구경할 거리가 많아졌다.

<TOPIK 36회 읽기 [25]>

- 뮤지컬(musical) 音樂劇

透過標題可知，「由電視劇改編的音樂劇更有看頭」是整篇新聞想要表達的中心內容，所以正確答案是③。

① 音樂劇和電視劇一同觀賞會更享受。
② 因為將音樂劇改編成電視劇，所以變得可以觀賞了。
③ 將電視劇改編成音樂劇，可以享受的東西變得更多了。
④ 因為電視劇和音樂劇一起製作，所以可觀賞的東西也變多了。

範例題

※ [25~27] 다음은 신문 기사의 제목입니다. 가장 잘 설명한 것을 고르십시오. 각 2점

25~27

너무 꽉 끼는 바지, 다리에 피 안 통해 건강에 '빨간 신호'

① 꽉 끼는 바지를 입으면 다리가 빨갛게 변한다.
② 몸에 딱 맞는 바지를 계속 입으면 건강에 좋다.
③ 몸매 유지를 위해 몸에 끼는 바지를 입어야 한다.
④ 건강을 위해 몸에 달라붙는 바지를 안 입는 것이 좋다.

- 꽉 끼다 緊緊包裹住
- 피가 통하다 血液順暢
- 신호 訊號
- 딱 맞다 正好，正合適
- 몸매 유지 保持體型

健康的「紅色訊號」是指對於健康狀況出現問題的警告。也就是說，過於合身的褲子對身體有害，所以正確答案為④。

① 若穿著太緊的褲子腿會變紅。
② 持續穿剛好貼身的褲子有益健康。
③ 為了維持身材，必須穿緊身的褲子。
④ 為了健康著想，最好不要穿過於貼身的褲子。

Step 5 實戰練習

※ [25~27] 다음은 신문 기사 제목입니다. 가장 잘 설명한 것을 고르십시오. 각 2점

25

> 지나친 존대법 사용, 오히려 불쾌해

① 존대법은 지나치게 사용할수록 좋다.
② 적절한 존대법은 손님을 기분 좋게 해 준다.
③ 불쾌한 기분은 존대법을 사용하여 풀 수 있다.
④ 존대법의 과한 사용이 기분을 상하게 하기도 한다.

26

> 유명 연예인들, 인터넷 악성 댓글로 몸살 중

① 인터넷에 악성 댓글을 다는 연예인이 유명해졌다.
② 유명 연예인들이 인터넷에 악성 댓글을 달고 있다.
③ 연예인들을 대상으로 한 악성 댓글 문제가 심각하다.
④ 연예인들의 몸살감기 소식이 인터넷으로 퍼지고 있다.

27

> 내년 세계 경제 성장률 제자리 전망, 무역 감소가 한몫해

① 무역 감소로 인해 세계 경제가 좋아질 것이다.
② 세계 경제가 활성화되면 무역이 감소할 것이다.
③ 세계 경제 활성화를 위해 무역을 감소시킬 것이다.
④ 무역량의 감소가 세계 경제 성장에 영향을 끼칠 것이다.

존대법 敬語	**과하다** 過分，過度	**악성 댓글** 惡意留言	**몸살** 全身痛	**성장률** 成長率	**무역** 貿易
활성화 活絡	**감소** 減少	**감소시키다** 使減少	**무역량** 貿易量	**성장** 成長	

閱讀

28-31

Step 1 必考單字

비중	名 比重	생활비에서 월세가 가장 큰 비중을 차지한다. 在生活費中，房租開銷占最大的比重。
역할	名 作用，角色	올바른 자녀 교육을 위해서는 부모의 역할이 중요하다. 對子女正確的教育中，父母扮演了很重要的角色。
착각	名 錯覺，誤以為	제주도에 살면 외국에 사는 듯한 착각이 든다. 在濟州島生活的話，會有住在外國的錯覺。
결합되다	動 結合	두 종류 이상의 음식이 결합되어 만들어진 것이 퓨전 음식이다. 用兩種以上的食物結合而成的料理，稱為混合料理。
끌다	動 牽引，引導	아이들은 부모의 관심을 끌기 위해 이상한 행동을 한다. 孩子們為了吸引父母的注意，會做一些奇怪的舉動。
반영되다	動 反應	학생들의 의견이 반영되어 문화수업 장소가 바뀌었다. 為反應學生的意見，更改了文化課的上課地點。
선정되다	動 選定，選出	우리 학교가 최우수 학교로 선정되었다. 我們學校被選拔為最優秀學校。
설치되다	動 安裝，設定	은행에는 범죄 예방을 위해 CCTV가 설치되어 있다. 銀行為了預防犯罪，設置了監視器。
시행하다	動 實施	정부는 올해부터 도서정가제를 시행하기로 했다. 政府決議從今年起實施圖書定價制。
유발하다	動 誘發	독특한 영화 제목은 관객들의 흥미를 유발한다. 獨特的電影名稱會引起觀眾們的興趣。
지정하다	動 指定	정부는 2013년부터 한글날을 공휴일로 지정했다. 政府從2013年起將韓文日定作公休日。
독특하다	形 獨特	그녀는 말투가 독특해서 사람들이 잘 기억한다. 因為那個女生說話的語調很特別，所以大家很容易記住。
색다르다	形 獨一無二	나는 색다른 경험을 하기 위해 이번 여행을 계획했다. 我為了有獨一無二的體驗而計劃了這次的旅行。

Step 2 必考文法

V-듯(이)	表示前面的行為和後面的幾乎相同。 그는 물 쓰듯이 돈을 쓴다. 他花錢如流水。
A-(으)ㄴ 듯하다 V-는 듯하다	表示對某種情況的感受或推測。 아들이 학교가 너무 멀어서 피곤한 듯하다. 兒子因為學校太遠而疲倦的樣子。
N은/는 물론(이고)	表示不僅包括前面的內容，後面的內容也是理所當然的。 반장은 착하고 공부도 잘해서 학생은 물론(이고) 선생님들에게도 인기가 많다. 因為班長善良又很會讀書，所以不只是同學，也很受老師們的喜愛。
N조차	表示出現了完全沒有預料到的嚴重情況。 가족들조차 나를 떠나 버렸다. 連家人都離開我了。

Step 3 題型分析

28~31 괄호에 들어갈 내용으로 알맞은 것 고르기

選擇適合填入空格者

這是讀傳達某種訊息的短文，選出適合填入「(　)」括號內的句子的題型。首先，相比較前面的題型來說，這種題型文法的難易程度較高，內容的敘述也大多以長句為主，但是不會有過多專業領域的文法或者批判、反對主題的內容。常識、科學以及事實方面的內容出現的頻率較高，所以要在平時的學習中注意這方面單字和文法的累積。

由於「(　)」的前後文中往往能夠找到解題線索，所以要多加注意。此外，「(　)」的所在句子為結尾句時，句子的內容大多是對全文內容的總結或者提出結論。

Step 4 考題分析

考古題

※ [28~31] 다음을 읽고 (　　　　)에 들어갈 내용으로 알맞은 것을 고르십시오. 각 2점

28~31

아무리 훌륭한 내용의 글이라도 제목이 읽는 이의 시선을 끌지 못한다면 그 글은 사람들의 관심을 얻지 못한다. 독자의 관심을 끌 수 있는 방법은 (　　　　　) 제목을 짓는 것이다. 예를 들면 '돈을 관리하는 방법' 보다는 '어느 날 당신에게 천만 원이 생긴다면?'이라는 제목이 더 좋다. 이렇게 독자의 입장에서 제목을 붙이면 흥미를 유발하여 독자의 시선을 끌 수 있다.

① 독자에게 신뢰를 주는
② 독자에게 새로운 정보를 주는
③ 독자가 자기 일처럼 느껴지게 하는
④ 독자가 내용을 쉽게 추측하게 하는

<TOPIK 37회 읽기 [28]>

- 훌륭하다 出色，傑出
- 시선 視線
- 관심을 얻다 被關注，受關心
- 독자 讀者
- 제목을 짓다 擬標題
- 입장 立場
- 제목을 붙이다 訂題目
- 흥미 興趣
- 추측하다 推測

由於「(　)」所在句的後句以「예를 들면」開頭，也就是說，後句是對前句的舉例說明，所以解題的關鍵就是要在選項中找出與「舉例」有關的選項。而且短文的結尾部分指出「독자의 입장에서 제목을 붙이면（如果站在讀者的立場上標出題目的話）」，所以正確答案為③。

①給讀者信賴感
②給予讀者新資訊
③讓讀者覺得和自己切身相關
④讓讀者能輕鬆推測內容

範例題

※ [28~31] 다음을 읽고 (　　　　)에 들어갈 내용으로 알맞은 것을 고르십시오. 각 2점

28~31

고등학교 교육 과정이 입시 위주의 수업 중심으로 바뀌면서 체육이나 음악, 미술 등 예체능 과목들의 비중이 줄어들고 있다. 특히 체육은 교육 과정에는 포함되지만 실제 교육 현장에서는 이론 수업으로 대체되거나 자율 학습을 하는 경우가 많다고 한다. 성장기 청소년들이 몸을 움직이지 않고 지나치게 오랫동안 앉아 있게 되면 (　　　　　) 영향을 끼칠 수 있다. 따라서 아무리 입시가 중요하여도 성장기 청소년들의 신체 건강을 위해서 체육 수업을 실시해야 한다.

① 뼈 성장에 좋지 않은
② 교육 환경에 안 좋은
③ 자아 형성에 부정적인
④ 성적을 향상시키는 데 좋은

- 교육 과정 教育課程
- 입시 위주 應試為主
- 예체능 과목 藝體能科目
- 이론 수업 理論課
- 대체되다 被替代
- 자율 학습 自習
- 성장기 成長期
- 신체 건강 身體健康
- 실시하다 實施
- 자아 형성 形成自我

「(　)」後面的句子中提出，體育課與青少年的身體健康息息相關，所以正確答案是與身體有關的①。

①對骨頭生長不良
②對教育環境不好
③對形成自我有負面的
④在改善成績上有好的

Step 5 實戰練習

※ [28~31] 다음을 읽고 (   )에 들어갈 내용으로 가장 알맞은 것을 고르십시오. 각 2점

28

여름철이면 너나없이 사람들이 모이는 장소가 바로 분수대 앞이다. 분수대는 외관을 아름답게 해 주는 조형물로서의 가치와 여름철 주변 온도를 떨어뜨려 주는 효과도 있어 도시 곳곳에 설치되어 있다. 최근 분수대는 이 같은 역할뿐만 아니라 음악과 접목하여 (   ) 주고 있다. 바로 음악의 선율에 맞추어 물줄기가 마치 춤을 추듯 움직이고, 형형색색의 조명들과 어우러져 마치 한편의 뮤지컬을 보는 듯한 착각을 불러일으키기 때문이다.

① 기자들에게 날씨 정보를
② 아이들에게 마음의 동요를
③ 시민들에게 색다른 즐거움을
④ 예술가들에게 독특하고 기발한 생각을

29

한때 한국에서 선풍적인 인기를 끌었던 드라마가 있었다. 회당 시청률은 평균 80%에 달했으며, 드라마가 방영되는 시간에는 길거리에 사람들은 물론이고 자동차조차도 지나가지 않았다. 그러나 최근에는 이 만큼의 높은 시청률을 기록하는 드라마가 없다. 이 같은 현상은 본방송을 보지 않아도 재방송이나 인터넷으로도 드라마를 볼 수 있게 되었기 때문이다. 또한 가구당 (   ) 가족 구성원들이 여러 대의 텔레비전으로 각기 다른 방송을 시청하는 경우도 많아졌기 때문이다.

① 주거 생활이 편리해져
② 인터넷 속도가 빨라져
③ 전자 기기의 사용이 높아져
④ 텔레비전 보유 개수가 많아져

너나없이 不分你我	**분수대** 噴泉	**외관** 外觀	**조형물** 造景物	**가치** 價值	**형형색색** 形形色色
선율에 맞추다 搭配旋律		**접목하다** 結合		**조명** 燈光，照明	**동요** 動搖
어우러지다 協調，和諧		**불러일으키다** 激發，引起		**기발하다** 新奇，超群	
선풍적 火爆的	**시청률** 收視率	**달하다** 達到，到達	**방영되다** 播放，上映		**기록하다** 記錄
본방송 直播，首播	**재방송** 重播	**시청하다** 收看，收聽		**보유** 保有，擁有	

閱讀

30

한국의 전통 음식을 세계에 알리기 위한 갖가지 방법들이 시도되고 있다. 그 중에서도 한국의 대표적 전통 음식인 비빔밥과 패스트푸드인 햄버거를 조합하여 만든 비빔밥 버거가 눈길을 끌고 있다. 이 버거는 올해 5월에 열린 '버거 선발대회'에서 1위를 차지하면서 올해 최고의 버거로 선정되기도 했다. 전형적인 세계화 음식으로 자리 잡은 햄버거에 고추장과 된장이라는 (　　　　　) 만들어진 비빔밥 버거가 세계인들에게 관심과 사랑을 받는다는 사실은 굉장히 뿌듯한 일이 아닐 수 없다.

① 비슷한 재료가 만나
② 전문가의 의견이 반영되어
③ 차별화된 요소가 결합되어
④ 수상을 한 음식들로 이루어져

31

국민건강보건기구에서는 국민들의 건강한 생활을 위해 담배 값 인상과 함께 금연 구역을 확대하고 있다. 최근에는 주거 지역에도 금연 구역을 설치하는 일명 '금연 아파트'가 인기를 얻고 있다. 그동안 한국의 주거 지역의 경우 특별히 금연 구역을 지정해 놓지 않고, 오직 주거하는 사람의 의지에 맡겨져 왔다. 그러나 금연 아파트의 경우 아파트 내부는 물론이고 주변 공원과 편의 시설까지 금연 구역으로 지정한 것은 (　　　　　) 시민들의 노력의 결과이다.

① 흡연을 불법으로 간주하려는
② 비흡연자들의 입장을 알리려는
③ 국민 건강 증진에 힘을 쓰려는
④ 자신과 가족을 담배로부터 지키려는

조합하다 組合，配置	**눈길을 끌다** 引人注目	**선발대회** 選拔大賽	**전형적** 典型的
차지하다 占據，占領	**자리(를) 잡다** 占位子，占據地位	**뿌듯하다** 心滿意足	**수상** 授獎
차별화(되다) 差別化	**주거 지역** 居住地區　**오직** 唯，只	**의지** 意志	**편의 시설** 便利設施
간주하다 看做，當作	**비흡연자** 非吸菸者　**증진** 增進	**힘을 쓰다** 賣力	

32-34

Step 1 必考單字

각광	名 矚目	한국의 전통 음식이 세계에서 각광을 받고 있다. 韓國的傳統飲食正受全世界的矚目。
간접	名 間接	최근 영화나 드라마에는 간접 광고가 포함되어 있다. 近來的電影及電視劇中都包含了間接廣告。
낭비	名 浪費	그는 낭비가 심해서 돈을 모으지 못한다. 因為他很浪費，所以很難存到錢。
매출	名 銷售	신제품 판매로 매출이 증가하고 있다. 由於新品的販售，增加了總銷售額。
오류	名 錯誤，誤差	현금인출기 비밀번호를 잘못 눌러서 오류가 발생했다. 因為按錯了提款機的密碼，所以發生了錯誤。
일석이조	名 一石二鳥	커피숍에서 일하면 일도 배우고 돈도 벌 수 있어서 일석이조이다. 在咖啡廳工作的話，不但可以學到東西，還能賺到錢，可說是一石二鳥。
협력	名 協力，合作	이 위기를 극복하려면 모두의 협력이 필요하다. 若想克服這次的危機，就需要大家的協助。
혼란	名 混亂	정부의 새로운 정책 발표가 국민들에게 큰 혼란을 주고 있다. 政府宣布新的政策後，引起了民眾間的大混亂。
기획하다	動 策劃	수험생을 위한 청소년 음악회를 기획하여 추진 중이다. 正在策劃及推動給考生的青少年音樂會。
바로잡다	動 矯正，糾正	나는 체형을 바로잡기 위해 요가를 배우고 있다. 我為了矯正身形正在學瑜珈。
추진하다	動 促進	구청에서는 다문화 가정을 위한 '세계인의 날' 행사를 추진하고 있다. 市政府為多元文化家庭，正在推動「世界人節日」的活動。
흘러나오다	動 流出，傳出	그 가게 앞을 지날 때마다 추억의 음악이 흘러나온다. 每次經過那家店門口，都會傳出回憶中的音樂。
번거롭다	形 繁瑣，麻煩	요즘 주부들은 김치 담기가 번거로워서 많이 사 먹는다. 最近主婦們因為醃泡菜過程太繁瑣，大多直接買來吃。
호황을 누리다	享受盛況	경기가 회복되면서 부동산 시장이 호황을 누리고 있다. 景氣恢復的同時，不動產市場也呈現一片盛況。

閱讀

Step 2 必考文法

A/V-아/어	表示理由或原因，是「-아/어서」的縮寫形式。 이곳에 지진이 발생해 많은 사상자가 났다. 此處發生地震，造成很多傷亡。
N(이)자	表示在具有某種資格的基礎上也擁有另一種資格。 이 사람은 나의 영원한 친구이자 남편입니다. 這個人是我永遠的好友，同時也是我的丈夫。

Step 3 題型分析

32~34 내용이 같은 것 고르기

選擇與內容相同者

題目要求閱讀短文內容，並找出與文意相符的選項。一邊按順序閱讀短文，一邊確認選項中的內容是否與文意相符。選項中會出現對話中沒有提及或是與文意相反的內容來干擾解題，在此需多加注意。此外，選項並不是依照對話的脈絡走向按順序給出的，所以解題時要提前閱讀各選項的內容。最後，選項中大多會使用與原文中類似的表達方式說明相同的內容，所以要認真考慮後再解題。這類題型大多以科學、文化、經濟、政策為主題，最好能要在平時的學習中，注意這些領域知識的累積。

Step 4 考題分析

考古題

※ [32~34] 다음을 읽고 내용이 같은 것을 고르십시오. 각 2점

32~34

'유라시아 횡단 프로젝트'의 원정단이 한국을 출발 아시아 여러 나라를 거쳐 독일에 이르는 먼 여정을 시작하였다. 이 프로젝트는 유럽과 아시아 협력의 필요성을 알리고 한국의 문화를 소개하기 위해한 언론사가 기획하였다. 일반 시민들로 구성된 원정단은 민간외교사절의 역할을 하게 될 것이다. 정부는 원정단의 여정에 맞춰 한류 행사를 열고 향후 유라시아 에너지 협력 프로젝트를 추진하겠다고 밝혔다.

① 원정단의 방문으로 유라시아 협력의 필요성이 대두되었다. X
② 원정단은 정부 기관에서 일하는 사람들 중에서 선발하였다. X
③ 원정단은 이번 방문 중에 에너지 협력 방안을 논의할 것이다. X
④ 원정단이 방문하는 곳에서 한국을 알리는 공연이 열릴 것이다.

<TOPIK 37회 읽기 [33]>

- 유라시아 횡단 프로젝트 穿越亞歐大陸計劃
- 원정단 遠征團
- 여정 旅程，旅途
- 언론사 新聞，媒體
- 민간외교사절 民間外交使節
- 향후 以後，向後
- 대두되다 抬頭，興起
- 선발하다 選拔
- 논의하다 商確，議論

①中指出了「這個計劃需要歐洲和亞洲的合作」，所以「필요성이 대두되었다 (必要性抬頭)」是錯誤的。②中應改為，遠征團「由普通市民組成」。③中應改為，「以後將推動能源合作」，所以正確答案為④。

① 由於遠征團隊的來訪，將會使歐亞合作的必要性抬頭。
② 遠征團隊的成員是由在政府機關工作的人中選出。
③ 遠征團隊在這次的旅程中，將會討論能源合作方案。
④ 遠征團隊到訪之處會舉辦宣傳韓國的演出。

範例題

※ [32~34] 다음을 읽고 내용이 같은 것을 고르십시오. 각 2점

32~34

인주시는 외국인 관광객이 길을 찾는 데 혼란을 주는 잘못된 안내표지판을 개선하기 위해 다음 달 31일까지 '잘못된 외국어 안내표지판을 바로잡아 주세요.'라는 캠페인을 실시한다고 밝혔다. 잘못된 외국어 표기는 자문위원회의 자문을 거쳐 안내표지판을 관리하는 해당 부서로 통보해 정비하게 된다. 또한 신고 건수가 많거나 중요한 오류를 신고한 사람에게는 소정의 기념품을 지급한다는 계획이다.

① 인주시는 잘못된 외국어 안내표지판의 신고를 받고 있다.
② 인주시의 안내표지판 캠페인은 기한에 관계없이 시행된다.
③ 인주시는 캠페인에 참여하는 모든 사람들에게 상품을 지급한다.
④ 인주시는 관광객들을 위해 길을 안내하는 캠페인을 벌이고 있다.

- 표지판 指示牌
- 캠페인을 실시하다 舉行活動
- 표기 標誌，標示
- 자문위원회 諮詢委員會
- 자문을 거치다 經過諮詢、實際
- 통보하다 通報，通告
- 정비하다 整頓，整備
- 건수 件數
- 소정 所訂，規定
- 지급하다 付款，提供
- 기한 期限

②說明指示牌活動到下個月31日截止。③申報件數多或者指出重要錯誤的人可以得到獎金。④這是一項以替換指示牌為目的的活動，所以正確答案為①。

① 仁州市正接受錯誤的外語標誌舉報。
② 仁州市的標示牌活動沒有時間限制。
③ 仁州市將提供所有參加者商品。
④ 仁州市正在舉行觀光客嚮導活動。

閱讀

Step 5 實戰練習

※ [32~34] 다음을 읽고 내용이 같은 것을 고르십시오. 각 2점

32

최근 낚시, 등산, 캠핑 등 야외 활동을 즐기는 나들이객이 증가하면서 조리 과정이 번거롭지 않고 시간을 절약 할 수 있는 나들이 식품이 인기를 끌고 있다. 덕분에 군인들의 비상식량을 담당했던 C 기업의 매출이 눈에 띄게 증가하면서 역대 호황을 누리고 있다. 나들이 식품의 핵심 기술은 가열 기술에 있다. 제품을 개봉 후 두 개의 줄을 당기면 파우치에 담겨 있는 발열 용액이 흘러나와 온도를 높이는 방식이다. 발열체의 열을 이용해 음식물을 가열하는 간접 가열 방식으로 야외에서 조리 도구 없이도 손쉽게 음식을 먹을 수 있다는 것이 큰 장점이다.

① 간접 가열 기술은 나들이 식품의 주요 기술이다.
② 나들이객의 증가로 군인들의 비상식량의 질도 향상되었다
③ 나들이 식품은 조리 도구는 필요 없지만 조리 과정이 번거롭다.
④ 나들이 식품의 음식을 데우는 방식은 불을 이용한 가열 방식이다.

33

요즘 환경을 살리는 자연친화적인 방법으로 지렁이 농법이 소개되고 있다. 지렁이 농법은 농약이나 화학비료를 사용하지 않는 유기농법의 일종으로, 최근 웰빙이 각광을 받으면서 주목 받게 되었다. 지렁이 농법은 지렁이의 배설물을 활용한 농사법이다. 지렁이 배설물은 배수성과 통기성이 뛰어나 뿌리가 내리는데 도움을 주며 화학비료로 나빠진 토양 환경을 개선하는 데 중요한 역할을 한다. 또한 식물 성장에 필요한 요소를 다량 함유하고 있으며 주변의 악취와 해충을 없애는 작용도 하는 것으로 나타나 지렁이 농법이 미래형 농법으로 주목받고 있다.

① 지렁이 농법으로 농약과 화학비료의 사용이 줄었다.
② 최근 들어 사람들은 건강한 삶에 대한 관심이 많아졌다.
③ 배수가 잘되는 식물의 뿌리가 있는 곳에서 지렁이는 배설한다.
④ 지렁이 농법의 핵심은 해충을 잡아먹어 악취를 줄이는 데 있다.

낚시 釣魚	**야외 활동** 戶外活動	**나들이객** 野外活動愛好者	**비상식량** 應急口糧	**담당하다** 負責	**역대** 歷代
눈에 띄다 顯眼，醒目		**핵심 기술** 核心技術	**가열** 加熱	**개봉** 上映，首播	**당기다** 拉，拖
파우치 包裝	**발열 용액** 發熱溶液	**손쉽다** 輕而易舉	**데우다** 熱（東西），加熱		**화학비료** 化學肥料
자연친화적 親近自然的		**지렁이 농법** 蚯蚓農業		**유기농법** 有機方法	**배설물** 排泄物
웰빙(well-being) 健康的		**배수성** 排水性	**통기성** 透氣性	**토양 환경** 土壤環境	**요소** 要素
함유하다 含有	**악취** 惡臭	**해충** 害蟲			

34

나날이 발전하는 휴대 전화의 기능과 디자인의 변화로 휴대 전화 교환 시기가 빨라지고 이로 인하여 가정마다 사용하지 않는 폐 휴대 전화가 늘고 있다. 환경부 자료에 의하면 2011년에 폐 휴대전화 수거율이 가장 높았으며 이후 다시 감소하고 있다고 한다. 이것은 경제적 손실이자 낭비이며 그냥 버려진다면 부속품으로 사용된 유해 물질이 환경파괴의 주범이 될 수도 있다. 하지만 폐 휴대전화에는 금, 은, 구리 등 재활용 가능한 물질들이 많아 올바르게 수거하여 적법하게 활용한다면 환경도 보호하고 경제적 손실도 막는 일석이조의 효과를 거둘 수 있을 것이다.

① 폐 휴대 전화 수거율은 2011년을 기점으로 증가하는 상태이다.
② 휴대 전화에는 유해 물질이 많아 사용 횟수를 줄이는 것이 좋다.
③ 소비자들의 요구에 따라 휴대 전화 신제품들의 출시가 빨라지고 있다.
④ 폐 휴대 전화의 재활용은 환경뿐만 아니라 경제적 측면에서도 효과가 있다.

閱讀

나날이 日益	**폐 휴대 전화** 廢棄手機		**환경부** 環境部	**수거율** 回收率	**손실** 損失
부속품 零件	**유해 물질** 有害物質	**환경파괴** 環境破壞	**주범** 主犯，罪魁禍首		**구리** 銅
올바르다 正確	**적법하다** 合法	**기점** 起點	**출시** 上市		

35-38

Step 1 必考單字

경향	名 傾向	요즘 젊은이들은 외모만을 중시하는 경향이 있다. 最近的年輕人有只重視外貌的傾向。
내면	名 內心，內在	사람을 볼 때에는 겉모습보다는 내면을 봐야 한다. 看人時內在要重於外表。
무작정	名 無計劃，逕自	택시 기사는 목적지도 물어보지 않고 무작정 출발했다. 計程車司機連目的地都沒問，就逕自出發了。
호감	名 好感	나는 목소리가 좋은 남자에게 호감이 간다. 我對聲音好聽的男生會產生好感。
꾸준히	副 持續地	꾸준히 노력하는 사람은 꿈을 이룰 수 있다. 堅持不懈地努力的人，終會實現夢想。
개선하다	動 改善	난방 시설이 부족한 학교 환경을 개선해야 한다. 必須要改善暖氣設施不足的校園環境。
시도하다	動 試圖，企圖	해 보지 않은 일을 시도하는 것은 누구에게나 어려운 일이다. 嘗試要從沒做過的事，對任何人來說是不容易的事。
인상되다	動 上漲，上升	물가 상승으로 인해 버스 요금이 인상되었다. 由於物價上漲，公車基本費用也跟著提高。
추구하다	動 追求	사람들은 모두 행복을 추구한다. 人們都在追求幸福。
출시하다	動 推出，上市	우리 회사에서 올해 새로운 제품을 출시하였다. 我們公司今年上市了新的製品。
거세다	形 猛烈，巨大	지난밤 거센 비바람으로 나무가 많이 쓰러졌다. 由於昨晚的狂風，許多樹木倒塌。
만족스럽다	形 滿足，滿意	나는 졸업 시험 결과가 아주 만족스럽다. 我很滿意我的畢業考試成績。

Step 2 必考文法

A/V-고 싶어 하다	用於表述他人願望時，相當於「想要……」。 내 친구는 유명한 가수가 되고 싶어 합니다. 我的朋友想要成為有名的歌手。

A/V-거니와	表示對前面的情況予以肯定，然後緊接著出現相似的情況。 그는 얼굴도 예쁘거니와 춤과 노래에도 소질이 있다. 她不但長得很漂亮，也有跳舞和歌唱的天份。
A/V-(으)ㄹ뿐더러	表示在前面出現前面情況的基礎上又出現了後面的情況。可以與「-(으)ㄹ 뿐만 아니라」替換使用。 그는 출석률도 좋지 않을뿐더러 성적도 좋지 않다. 他不但出席率不高，成績也不怎麼好。
N(이)란	表示對某題材進行說明。 청춘이란 꿈을 꿀 수 있어서 행복한 시기이다. 青春就是可以做夢的幸福時期。

Step 3 題型分析

35~38 글의 주제로 가장 알맞은 것 고르기

選擇最適合做文章主題者

這是讀短文，找出短文主題的題型。題目要求找出短文的主要內容或筆者主張的中心思想。題材主要以文化、藝術、健康以及科學等領域的知識或訊息為主。因此要在平時的學習中注意對相關領域的單字及表達方式的累積。

短文的主題大多在開頭或者結尾部分給出，所以要重點領會這兩個部分的內容。以引出對全文的概括或整理部分的連接副詞「즉, 따라서, 그러므로」以及表達個人見解、主張或者提出解決方案的表達方式「-아/어야 하다, -아/어야 할 것이다」等結尾的句子往往就是中心思想的所在句。此外，短文的中間部分也可能出現與主題相反的內容或反對意見，所以對由「그러나, 하지만, 그렇지만, 반면, 반대로, 그런가 하면」引出的內容也要多加注意。

Step 4 考題分析

考古題

※ [35~38] 다음 글의 주제로 가장 알맞은 것을 고르십시오. 각 2점

35~38

요즘 치유를 목적으로 '힐링' 강연을 듣는 사람들이 점점 많아지고 있다. 현대인이 힐링에 열광하는 이유는 마음의 상처를 치유하고 실패에 대한 위로를 받고 싶어 하기 때문이다. 그러나 치유 열풍이 거센 것에 비해서 이를 통해 마음의 평화와 안정을 얻었다고 하는 사람들은 그리 많지 않다. 분위기에 휩쓸려 무작정 강연에 매달리기보다는 스스로를 치유할 수 있는 내면의 힘을 찾아야 할 것이다.

① 힐링 열풍이 꾸준히 이어지고 있다.
② 힐링의 성패는 자기 자신에게 달려 있다.
③ 힐링 강연으로 마음의 상처를 치유할 수 있다.
④ 힐링 강연을 통해 나만의 치유법을 찾아야 한다.

※ 中心思想主要在第一句和最後一句

<TOPIK 36회 읽기 [37]>

- 치유(하다) 治癒
- 힐링(healing) 治癒，康復
- 열광하다 狂熱，瘋狂
- 위로 慰勞，慰問
- 열풍 熱潮
- 안정 安定
- 그리 那麼，那樣
- 분위기에 휩쓸리다 被氣氛感染
- 매달리다 糾纏
- 성패 成敗
- 달려 있다 取決於，依賴

筆者對「治癒熱潮」持批判的態度。在短文的結尾部分提出了自己的主張，也就是全文的主題。「스스로 치유할 수 있는 내면의 힘을 찾아야 할 것이다」的含義是要找到源於自身、可以治癒的力量，所以正確答案為④。

①療癒的熱潮持續流行中。
②療癒的成敗取決在己。
③療癒課程能治癒內心的傷口。
④必須透過療癒課程，找尋屬於自己的治療方法。

範例題

※ [35~38] 다음 글의 주제로 가장 알맞은 것을 고르십시오. 각 2점

35~38

여승무원은 기내에서 고객에게 식사와 음료를 제공함은 물론이고 탑승 및 하차 시에는 고객의 짐을 올리거나 내리는 일을 도와준다. 또한 비상상황에는 고객을 신속하고 정확하게 인솔해야 하는 중요한 책임이 있다. 그러나 치마는 이동에 용이하지도 않을뿐더러 업무적인 면에서도 결코 적합한 복장이라고 할 수 없다. 아름다움만을 강조하며 치마 길이, 귀걸이의 크기까지 제한하고 있는 것도 업무의 효과를 위해서 바로잡아야 한다.

① 여승무원은 단정한 머리와 깔끔한 복장이 필수적이다.
② 여승무원의 치마 길이와 액세서리 종류를 규제해야 한다.
③ 여승무원이 업무 효율을 높일 수 있도록 복장을 개선해야 한다.
④ 여승무원은 비상 상황에 대처할 수 있는 적절한 교육이 필요하다.

- 여승무원 女乘務員，女空服員
- 기내 機內
- 탑승 登機，搭乘
- 하차 下車，下飛機
- 비상상황 緊急情況
- 신속하다 快速的，迅速的
- 인솔하다 帶領
- 결코 絕對
- 적합하다 適合的，適當的
- 복장 服裝
- 제한하다 限制，制約
- 단정하다 整齊
- 깔끔하다 整潔，乾淨
- 필수적 必須的，必備的
- 액세서리(accessory) 飾品
- 규제하다 規範

由「그러나」開始的句子引出了短文的主題，所以要對這一部分多加注意。短文主要表達了「現在的空服員服裝會給工作帶來不便，所以需要改進」，所以正確答案為③。

①女空服員必須有整齊的頭髮和乾淨的服裝。
②必須規範女空服員的裙子長度和所戴飾品種類。
③為了提升女空服員的作業效率，必須改善工作服裝。
④女空服員應接受在緊急情況時的應對教育。

閱讀

Step 5 實戰練習

※ [35~38] 다음 글의 주제로 가장 알맞은 것을 고르십시오. 각 2점

35

외모도 스펙이다. 겨울방학이 되면 면접을 앞둔 취업 준비생들의 성형외과 출입이 증가한다. 바로 취업에 도움이 되는 인상을 얻기 위해 성형을 하기 때문이다. 이것은 여대생들에게만 국한된 것은 아니다. 남학생들에게도 외모가 경쟁력이란 인식이 굳어지면서 부드럽고 호감 가는 인상을 얻기 위해 성형을 시도하기도 한다. 모든 사람들이 만족스러운 결과를 얻는 것은 아니지만 외모에 자신감이 없던 사람들이 수술 후 자신감을 얻고 긍정적인 사회생활을 하는 사례가 늘어나면서 수술 선호도는 꾸준히 증가하고 있다.

① 외모도 스펙이란 인식에 따라 성형수술이 주목을 받고 있다.
② 외모도 스펙이기 때문에 면접을 하기 전 성형수술은 필수적이다.
③ 취업 준비생들은 호감 가는 외모를 갖기 위해 병원 치료를 받곤 한다.
④ 성형수술이 일반화되면서 성형 중독을 겪고 있는 사람들도 증가하고 있다.

36

젊은 직장인들 사이에 파랑새증후군이 증가하고 있다. 파랑새증후군은 행복만을 꿈꾸면서 현재의 일에는 열정을 느끼지 못하는 현상을 말한다. 또한 직장생활에서 발생하는 어려운 난관들을 극복하려고 하기보다는 이직을 통해 해결하려는 경향이 있는 사람들을 말하기도 한다. 발생 원인으로는 어머니의 과잉보호로 인한 가정 환경적인 면이 있으며 고용 불안 및 감원 등으로 인한 사회 환경적인 면이 있다. 그러나 아무 노력 없이 주변만을 탓하고 회피하는 것으로 행복을 얻을 수 없다는 것을 그들도 알아야 한다.

① 안락함만을 추구하려는 것이 파랑새증후군이다.
② 행복한 삶을 살기 위해서는 그에 상응하는 노력이 필요하다.
③ 인간은 자신의 불행을 무조건 환경 탓으로 돌리는 경향이 있다.
④ 부모의 과잉보호와 사회적 고용 불안이 파랑새증후군을 만들었다.

스펙 履歷	**앞두다** 面臨	**국한되다** 侷限	**굳어지다** 加深	**사례** 事例	**선호도** 喜好程度
일반화 普及	**성형 중독** 整形中毒	**파랑새증후군** 藍鳥綜合症		**난관** 難關	**이직** 離職
과잉보호 過度保護	**고용 불안** 僱用關係不穩定		**감원** 裁員	**탓하다** 責怪	**회피하다** 逃避
안락함 安樂，舒適	**상응하다** 相應				

37

출판사들의 오프라인 시장이 무너지고 있다. 예전에는 독서의 계절인 가을이 오면 서점의 주말 분위기는 활기 그 자체였다. 그러나 요즘은 값싸고 편리한 온라인 시장이 성장하면서 오프라인 시장은 점점 설 자리를 잃어가고 있다. 결국 서점의 대소와는 상관없이 극심한 영업난으로 폐업을 결정하는 빈도가 높아지고 있다. 이것은 국내뿐만이 아니라 전 세계적인 추세인데 매장과 인건비를 줄여 싸게 공급하는 온라인 시장과의 경쟁이 어렵기 때문이다. 그러나 책의 상태나 내용을 훑어보고 바로 구매하고자 하는 소비자들에게는 오프라인 시장 또한 꼭 필요하다. 그러므로 소비자들은 어느 일방이 아닌 쌍방의 상생 구조가 양립되기를 희망하고 있다.

① 온라인 출판 시장이 심각한 경영난을 겪고 있다.
② 오프라인 출판 시장은 임대료와 인건비가 적게 든다.
③ 소비자들은 온라인 시장과 오프라인 시장의 공존을 희망한다.
④ 오프라인 출판 시장의 분위기는 국내와 국외에서 차이를 보인다.

38

가정마다 통신비 부담이 늘고 있다. 최근 통계청 자료에 의하면 2인 가구 월평균 통신비는 15만 원 정도다. 통신비가 상승하는 주요 원인은 무엇일까? 그것은 바로 휴대 전화 단말기 보조금 제도의 역기능 때문이다. 단말기 보조금은 처음 구입할 때 소비자의 부담을 줄여주는 역할을 한다. 그러나 보조금은 높은 약정 요금제를 2~3년간 지속해야만 효력이 있으며 이를 지키지 않을 경우 위약금을 물게 된다. 게다가 단말기는 신제품을 출시할 때마다 가격이 인상되어 보조금과는 별도로 약정 요금을 올리는 역할을 하고 있다. 결국 이러한 구조적인 문제가 이용자들의 통신비 지출을 늘리고 있으며 개인에게는 큰 부담을 주고 있다.

① 단말기 보조금 제도가 오히려 소비자의 부담을 가중시킨다.
② 단말기 보조금 제도 덕분에 휴대 전화를 쉽게 구매할 수 있게 되었다.
③ 단말기 보조금과 약정 요금제가 기기마다 다르므로 잘 비교해야 한다.
④ 단말기 약정 계약을 위반했을 경우 위약금이 있으므로 신중해야 한다.

오프라인(off-line) 離線，實體	**무너지다** 坍塌	**활기** 朝氣，活力	**대소** 大小	**영업난** 經營困難
극심하다 極度，極其	**폐업** 停業	**빈도** 頻率	**인건비** 人工費用	**공급하다** 供給
훑어보다 打量，瀏覽	**쌍방** 雙方	**상생 구조** 相生結構		**통신비** 通訊費用
양립되다 對立，共存，並存	**통계청** 統計局	**단말기 보조금 제도** 手機保證金制度		**지출** 支出，開支
역기능 副作用	**약정** 約定條款，協議，契約		**지속하다** 持續，連續不斷的	
위약금을 물다 賠償違約金	**가중시키다** 加重	**위반하다** 違反		

39-41

Step 1 必考單字

거래	名 交易	요즘에는 휴대 전화로 증권 거래를 하는 사람이 많다. 最近有很多人使用手機進行證卷交易。
결실	名 果實，收穫	이번 대회에서 성실히 노력한 결과 큰 결실을 거두었다. 這次比賽由於確實的努力，得到了豐富的收穫。
권리	名 權利	사람들은 모두 교육을 받을 권리가 있다. 所有人都有接受教育的權利。
논의	名 議論，討論	선생님들은 수학여행지 선정에 대해 논의 중이다. 老師們正在商討校外教學的地點。
모범	名 模範，榜樣	부모는 자식에게 모범이 되어야 한다. 父母必須成為子女的典範。
삭제	名 刪除	나는 인터넷에 등록된 개인 정보 삭제 방법을 알고 싶다. 我想知道要刪除在網路上登錄的個人資料的方法。
연료	名 燃料	자동차는 대부분 휘발유를 연료로 사용한다. 汽車大部分都使用揮發性的燃料。
본래	副 本來，原來	본래 이곳은 숲이었지만 지금은 아파트 단지로 바뀌었다. 這裡原本是一片樹林，但現在變成了公寓園區。
밝혀지다	動 被證實	화재의 원인이 관리 부주의로 밝혀졌다. 火災的原因被證實是管理上的不周全所致。
집중되다	動 集中	모든 사람들의 관심이 올림픽에 집중되었다. 所有人都集中關注奧林匹克。
용이하다	形 容易	이 휴대 전화는 사진 촬영이 용이하다. 這支手機能輕鬆地拍照攝影。
저렴하다	形 便宜，實惠	한국의 화장품은 질이 좋을 뿐더러 가격도 저렴하다. 韓國的化妝品不但品質好，價格也很便宜。
평범하다	形 平凡	나는 평범한 가정에서 태어난 보통 사람이다. 我是出自一般家庭的平凡人。

Step 2 必考文法

V-(으)ㄹ래야	表示說話人雖然想要做某事，但由於某種理由或情況而不能達成。可以用作「-(으)ㄹ래야 -(으)ㄹ 수 없다」的形式。 요즘은 시간이 없어서 여행을 갈래야 갈 수 없다. 最近沒時間，就算想去旅遊也去不成。

Step 3 題型分析

39~41 제시된 문장이 들어가기에 가장 알맞은 곳 고르기

選擇句子最適合放入文章的地方

這是讀短文並在適當地位置填入 <보기>中所給出內容的題型。內容大多取自常識、科學、人物、事實、哲學以及心理等領域，在平時的學習過程當中要注意相關領域單字以及表達方式。

解題時，先要瞭解 <보기>中所給出的內容的含義，然後透過連接副詞或語尾推測前後文的內容。一般情況下，相比較引文部分 <보기>填入中後半部分的可能性比較大。表示承接前文內容的「이는, 이처럼, 이와 같이」等表達方式很可能成為找到句子先後關係的線索。例如，出現表示說明理由或原因的表達方式「-기 때문이다」就可以判斷出前面出現的內容與<보기>為先後關係。

Step 4 考題分析

考古題

※ [39~41] 다음 글에서 <보기>의 문장이 들어가기에 가장 알맞은 곳을 고르십시오. 각 2점

39~41

그동안 한국에서는 고구마 꽃이 잘 피지 않아 백년에 한 번 피는 진귀한 꽃으로 생각되었다. (㉠) 최근에는 이 고구마 꽃이 희귀성을 잃고 반갑지 않은 존재라는 인상을 주고 있다. (㉡) 본래 고구마 꽃은 고온 건조한 날씨가 지속되는 아열대 기후에서만 피는 꽃으로 알려져 있다. (㉢) 그러나 지구온난화로 인해 한국에서 이상 고온 현상이 발생하면서 현재는 전국 각지에서 이 꽃이 심심찮게 발견되고 있다. (㉣)

〈 보 기 〉

고구마 꽃이 기상 이변에 의해 쉽게 개화한다는 것이 밝혀졌기 때문이다.

① ㉠　② ㉡　③ ㉢　④ ㉣

※「-기 때문이다」代表理由，因此前方的句子必須有相關情況的說明。

<TOPIK 37회 읽기 [39]>

- 진귀하다 珍貴，寶貴
- 희귀성 稀奇性
- 고온 건조하다 高溫乾燥
- 아열대 기후 亞熱帶氣候
- 지구온난화 全球暖化
- 이상 고온 현상 異常高溫現象
- 심심찮다 時有，頻頻
- 기상 이변 氣象異常
- 개화하다 開花

解題時可以透過<보기>部分中的「-기 때문이다」找到正確答案。文中提出「고구마 꽃이 희귀성을 잃고 반갑지 않은 존재가 되었다 (地瓜花已經失去了它稀有、珍貴的本性，變成了不受歡迎的存在)」，所以後句應該填入<보기>，對自己提出的觀點進行解釋說明，所以正確答案為②。

範例題

※ [39~41] 다음 글에서 <보기>의 문장이 들어가기에 가장 알맞은 곳을 고르십시오. 각 2점

39~41

요즘 인터넷이 발달하고 디지털 환경이 일반화되면서 '잊힐 권리'에 대한 법제화 논의가 일고 있다. (㉠) '잊힐 권리'란 인터넷 상에서 생성, 저장, 유통되는 개인의 사진이나 거래 정보들에 대해 소유권을 강화하고 유통기한을 정하거나 이를 삭제, 수정, 영구적인 파기를 요청할 수 있는 권리라고 할 수 있다. (㉡) 현재 우리는 일상에서 글이나 사진을 손쉽게 주고받는다. (㉢) 그러나 기존 정보를 완전히 삭제하고 싶을 때 삭제할래야 삭제할 수가 없다. (㉣) 이에 '정보 만료일'을 정해 만료일이 되면 정보가 자동적으로 파기되는 시스템을 도입하자는 의견이 제기되고 있는 것이다.

〈 보 기 〉

왜냐하면 포털 사이트를 운영하는 기업에게 운영권이 있기 때문이다.

① ㉠ ② ㉡ ③ ㉢ ④ ㉣

- 디지털(digital) 數字，數碼
- 잊힐 권리 被遺忘的權利
- 법제화 法制化
- 논의가 일다 引起議論
- 생성 生成
- 유통되다 流通
- 소유권을 강화하다 強化所有權
- 유통기한 流通期，銷售期
- 영구적 永久的，長久的
- 파기 銷毀，廢除
- 만료일 終止日期
- 포털 사이트 入口網站
- 운영하다 運營
- 운영권 運營權，經營權

首先，<보기>以「왜냐하면 -기 때문이다」結尾，可以判斷出內容對理由進行了說明。㉣前面指出，想要刪除在網路上殘留的個人訊息是不可能的，所以，作為造成這個結果原因的<보기>理所應當要放在㉣的後面。正確答案為④。

閱讀

Step 5 實戰練習

※ [39~41] 다음 글에서 <보기>의 문장이 들어가기에 가장 알맞은 곳을 고르십시오. 각 2점

39

(㉠) 자동차 업계에 새바람이 불고 있다. 지금까지 상용되고 있는 자동차 연료의 대부분은 휘발유나 디젤인 화석연료이다. (㉡) 그러나 화석연료 사용으로 인한 피해는 생각보다 심각하다.(㉢) 또한 유출된 오염물질이 대기의 수증기와 결합하여 산성비를 만들고 산성비는 토양을 산성화시켜 흙 속에 살고 있는 미생물을 죽게 한다. 이러한 환경문제의 심각성을 깨닫게 되면서 전 세계적으로 친환경 에너지 개발에 열을 올리고 있다. (㉣) 이러한 노력의 결과물인 전기자동차, 수소자동차, 하이브리드카 등이 공개되면서 친환경 자동차에 대한 세계인의 이목이 집중되고 있다.

〈 보 기 〉

자동차의 배기가스는 이산화탄소 배출을 가중시켜 지구온난화의 주범이 되고 있다.

① ㉠　　② ㉡　　③ ㉢　　④ ㉣

40

노령 인구의 증가로 실버타운에 대한 관심이 높아지고 있다. 실버타운은 장소에 따라 도시형, 도시 근교형, 전원 휴양형 등으로 구분된다. (㉠) 도시형은 도심에 위치해 있어서 다소 비싼 면은 있지만 지인들과의 왕래가 지속적으로 가능하며 실버타운 내에서 의료 및 문화 서비스를 모두 누릴 수 있다는 것이 장점이다. (㉡) 전원 휴양형은 비교적 저렴하며 대부분 도심에서 떨어진 시골에 위치해 있어서 맑은 공기와 자연을 즐길 수 있다. (㉢) 도시 근교형은 도시형과 전원 휴양형의 중간 형태로 가격과 환경적인 면에서 입주자들의 호응도가 높은 편이다. (㉣)

〈 보 기 〉

그렇지만 거리상의 문제로 가족 방문이나 외출이 용이하지 않다는 단점도 있다.

① ㉠　　② ㉡　　③ ㉢　　④ ㉣

상용되다 常用	**휘발유** 汽油	**디젤(diesel)** 柴油	**화석연료** 化石燃料
대기 大氣	**수증기** 水蒸氣	**결합하다** 結合	**산성비** 酸雨
산성화시키다 使酸性化	**미생물** 微生物	**노령 인구** 老齡人口	**열을 올리다** 興致高昂，熱衷
수소자동차 液態氫汽車	**하이브리드카(hybrid car)** 混合動力汽車	**배기가스** 排放廢氣	**이산화탄소** 二氧化碳
실버타운(silver town) 老人公寓，養老院	**도시 근교형** 城市近郊型	**전원 휴양형** 田園修養型	**다소** 多少，若干
왕래 往來	**누리다** 享受，享用	**입주자** 入住者	**호응도** 呼應度，喜好度

41

요즘 '이순신'을 소재로 한 영화가 흥행을 하면서 다시금 이순신에 대한 관심이 높아지고 있다. (㉠) 이순신은 조선시대의 강인한 무사이면서 탁월한 전략가로 유명하다. 그러나 전쟁 중에 쓴 그의 일기를 보면 그는 평범한 남편이자 아들이었으며 정이 많은 아버지였다. (㉡) 전장에서는 죽은 아들의 죽음 앞에서 한스러움에 밤잠을 설쳤으며 자주 병약한 모습이 일기에 등장해 연민의 정까지 느끼게 한다. (㉢) 이와는 반대로 그는 정보 수집에 능했으며 그 정보를 전략적으로 사용할 줄 아는 전략가였다. 또한 지휘관들과의 작전회의를 통해 늘 효과적인 방법을 연구했다. 그리고 전장에서는 몸을 사리지 않고 선두에 서서 장수들의 모범이 되었으며 만약의 상황에 대비해 자기관리도 철저히 했다. (㉣) 결국 지금의 명성은 피나는 노력으로 일구어낸 그의 값진 결실이라 하겠다.

〈 보 기 〉

그는 어머니의 안부를 늘 걱정했으며 어머니의 부고 앞에서는 찢어지는 아픔에 울부짖었다.

① ㉠　　② ㉡　　③ ㉢　　④ ㉣

閱讀

소재 素材，題材	**흥행** 上映，大賣	**조선시대** 朝鮮時代	**강인하다** 堅強，堅韌		**무사** 武士
탁월하다 卓越	**전략가** 戰略家	**전장** 戰場	**한스럽다** 恨，怨恨	**밤잠을 설치다** 夜不能寐	
병약하다 病弱，虛弱	**연민의 정** 憐憫之情	**능하다** 嫻熟，善於	**지휘관** 指揮官	**작전회의** 作戰會議	**몸을 사리다** 脫身
선두에 서다 打前鋒	**자기관리** 自我管理	**철저히** 徹底的	**명성** 名譽，名聲	**피나다** 刻苦	**일구다** 開墾，耕
부고 訃告	**울부짖다** 大喊大叫				

42-43

Step 1 必考單字

인심	名 人心	그는 바르지 못한 행동으로 인심을 잃고 말았다. 他因為不正當的行為失去了民心。
무려	副 足有	지금까지 이곳을 방문한 사람이 무려 200명이 되었다. 至今訪問過此處的人數已達到了200人。
문득	副 驀然，突然	집에 혼자 있다 보니 문득 고향에 계신 부모님 생각이 났다. 一個人待在家時，忽然想起了遠在家鄉的父母親。
버럭	副 勃然，赫然	동생을 때리자 어머니께서 버럭 화를 내셨다. 我打了弟弟之後，媽媽發了很大的火。
좀처럼	副 不容易	그는 좀처럼 화를 내지 않는다. 他不太容易生氣。
가엾다	形 可憐	길을 잃고 헤매는 강아지가 가엾어 보였다. 迷路在那裡徘徊的小狗看起來很可憐。
서운하다	形 傷心，寒心	같이 지내던 룸메이트와 헤어지게 되어서 서운하다. 要和一起住一段時間的室友分開，覺得有點難過。
어색하다	形 生澀，不自然	그는 외국 사람이라서 한국말이 어색하다. 因為他是外國人，所以韓文說得有點不自然。
엄하다	形 嚴格，嚴厲	아버지는 어렸을 때부터 엄하게 교육하셨다. 父親從小的時候開始就很嚴格地教導我們。
착잡하다	形 錯綜複雜	더 이상 그를 볼 수 없다니 마음이 착잡해졌다. 一想到再也看不到他，就覺得心情有點複雜。
말을 건네다	搭話	처음 만난 사람이어서 말을 건네기가 쉽지 않았다. 因為是第一次見面的人，所以要主動搭話並不容易。
폐를 끼치다	打擾，添麻煩	그동안 폐를 끼쳐 죄송합니다. 這段期間打擾您了，非常不好意思。

Step 2 必考文法

A/V-(으)ㄹ지라도	表示即使出現了某種情況，也不會對後面的事情有所影響。 생활이 힘들고 지칠지라도 나의 가족을 위해 열심히 살아갈 것이다. 即使生活再怎麼辛苦和疲倦，為了我的家人我都會繼續努力下去。
V-곤 하다	表示反覆做某事。 나는 주말에 혼자 공원을 산책하곤 한다. 我周末經常一個人去公園散步。
A-(으)ㄴ 모양이다 V-는 모양이다	用於根據某種情況做出判斷時，相當於中文中的「好像……的樣子」。 수업 시간에 조는 걸 보니 피곤한 모양이다. 看他在上課時間打瞌睡的樣子，應該是很疲憊。

Step 3 題型分析

※ [42~43] 다음을 읽고 물음에 답하십시오.

閱讀下文，並回答問題。

這是讀現代文學作品並解題的題型。題目大多要求在瞭解整體內容之後，把握人物的心情或態度。題目內容主要截取自文化雜誌或短篇小說等文學作品中，所以要在平時盡量多閱讀韓國知名度較高的文學作品。

42 밑줄 친 부분의 심정이나 태도로 알맞은 것 고르기

選出畫底線部分的心情或態度

※ 表達心情或態度的單字：안타깝다, 괘씸하다, 담담하다, 허탈하다, 비참하다, 초조하다, 서운하다, 격려하다, 위로하다, 안도하다, 희열을 느끼다, 기대에 들뜨다, 가슴이 먹먹하다, 마음이 홀가분하다

畫線部分的內容以對人物心情或態度的表述為主。相較於理解句子本來的意思，根據短文的脈絡把握主角的心情和態度更加重要。解題時，以畫線部分的前一句為中心瞭解出場人物的情況。此外，應該在平時的學習過程中，注意表達心情或態度時常用的表達方式。

43 글의 내용과 같은 것 고르기

選擇與文章內容相同者

解題時需要對整體內容進行分析。文章從頭到尾的每一個句子，每一個單詞都要認真去理解，閱讀短文時不要著急，要根據整體的脈絡去體會出場人物所處的環境以及當時的心情。要在平時加強對這方面的訓練。

Step 4 考題分析

考古題

※ [42~43] 다음을 읽고 물음에 답하십시오. 각 2점

어린 시절 그 애는 정말 막무가내로 인혜를 따라다녔다. 계집애하고 논다고 친구들한테 별의별 놀림을 다 받으면서도 아침이면 어김없이 인혜네 양철대문을 두드리며 「오인혜 학교 가자」를 외쳐댔던 것이다. 새침한 인혜가 갈래 머리를 어깨 뒤로 넘기며 횅하니 앞서 걸으면 어느 틈엔가 따라와서 넌지시 인혜의 책가방 끈을 잡아당겨 제 책가방에 겹쳐들고 가곤 하던 이현석. 그러니 학교 변소 벽에는 이현석 오인혜 연애대장 어쩌구 하는 낙서가 지워질 날이 없을 수밖에.

5학년 때던가 현석이 이사 가던 날은 장맛비가 추적추적 내렸다. 이삿짐을 나르느라 부산한 뒷집의 기척을 다 들으면서도 인혜는 방에 처박혀 꼼짝을 하지 않았다. 이윽고 트럭이 부르릉 시동 거는 소리가 들려오자 자기도 모르게 가슴이 철렁하여 인혜는 골목 쪽으로 난 창문을 황급히 열어젖혔다. 그러자 바로 거기에, 비를 맞으며 현석이 인혜네 창문을 올려다보며 서 있었던 것이다. 늘 뻣뻣이 일어서 있던 머리카락이 비에 젖은 탓인지 현석의 표정은 어린애답지 않게 우수가 어려 있었다.

42 밑줄 친 부분에 나타난 현석의 심정으로 알맞은 것을 고르십시오.

① 안타깝다　　② 괘씸하다
③ 담담하다　　④ 허탈하다

43 이 글의 내용과 같은 것을 고르십시오

① 현석이는 매일 아침 인혜와 함께 등교를 했다.
② 현석이네는 5학년 때 인혜네 앞집으로 이사를 왔다.
③ 친구들은 현석이가 인혜를 좋아한다는 것을 몰랐다.
④ 현석이는 인혜에게 가방을 들어 주겠다는 말을 자주 했다.

<TOPIK 36회 읽기 [42~43]>

- 막무가내 無可奈何
- 별의별 各種各樣
- 놀림을 받다 遭受戲弄
- 어김없이 肯定，保證
- 두드리다 敲，敲打
- 외치다 喊叫，呼喊
- 새침하다 若無其事，裝老實
- 횅하다 很在行，通曉
- 넌지시 悄悄的，暗示
- 연애대장 戀愛對象
- 낙서 亂畫亂寫
- 추적추적 淅瀝淅瀝
- 이삿짐을 나르다 搬運搬家行李
- 부산하다 忙亂，鬧哄哄
- 기척 動靜，聲響
- 처박히다 關在，待在
- 이윽고 不一會兒
- 시동을 걸다 啟動（汽車等）
- 가슴이 철렁하다 內心激動，緊張
- 황급히 慌慌張張的
- 뻣뻣이 硬邦邦，僵硬
- 우수가 어리다 雨水凝結
- 괘씸하다 可惡，可氣
- 허탈하다 虛脫，空虛

這是一段關於賢碩暗戀仁惠的故事。畫線部分要表達的主要內容是：賢碩搬家的那一天，仁惠的待在房間裡一動不動，賢碩無法見到仁惠的只能淋著雨在她窗下默默的抬頭望。根據短文脈絡可以判斷出，畫線部分要體現的是賢碩依依不捨的心情，所以正確答案為①。

①不捨　　②可惡
③平靜　　④虛脫

透過「一到早上就非常守約的……」可知，賢碩每天早上都和仁惠的一起去上學，所以正確答案為①。

①賢碩每天早上都跟仁惠一起上學。
②賢碩家五年級的時候搬到仁惠家旁。
③賢碩的朋友不知道賢碩喜歡仁惠。
④賢碩很常說要幫仁惠揹書包。

範例題

※ [42~43] 다음을 읽고 물음에 답하십시오. 각 2점

아들이 초등학교에 입학하면서 장인을 모시게 됐다. 맞벌이 하는 아내 왈, 「애를 봐 줄 사람이 필요해.」 실은 장모가 돌아가신 뒤 홀로 지내는 장인이 마음에 걸려서일 것이다. 하지만 장인이 누구던가. 엄하기 그지없던 모교 선생님 아니던가! 그분이 우리 집에서 요리 본능을 발휘하는 중늙은이로 변하시다니…. 더구나 장모가 해주는 밥과 장인의 그것은 천지 차이다. 한마디로 부담 백배. 문득 착잡해지기도 한다. 내 부모님께는 이렇게 못 해드렸는데…. 자식에게 폐 끼치기 싫다며 고향에서 세탁소 하시는 그분들이 떠오르는 건 어쩔 수 없었다.

얼마 전, 지인이 마늘을 보내줬다. 장인이 마늘을 좋아하신다고 해서 무려 다섯 접이나 받게 됐다. 난 당연히 장인이 마늘을 까 주실 줄 알았다. 그러나 마늘은 며칠이 지나도록 그대로였다. 외려 언제 까 줄 거냐는 아내의 채근에 버럭 화를 냈다. 「누구 부모님은 세탁소 지하에서 빨래하는데, 장인한테 좀 까 주십사 하면 안 되냐!」 아내는 「홀로 계신 분 불쌍하지도 않냐」고 대성통곡. 결국 마늘 네 접을 혼자 다 깠다.

- 장인 岳父
- 맞벌이하다 雙薪夫妻
- 장모 岳母
- 마음에 걸리다 掛念，在意
- 그지없다 無限，無止境
- 본능을 발휘하다 發揮本能
- 중늙은이 中年人
- 천지 天地
- 접 百頭
- 마늘을 까다 剝蒜
- 외려 反而，反倒
- 채근 催促
- 대성통곡 大聲痛哭
- 비참하다 悲慘
- 초조하다 焦躁
- 솜씨 手藝
- 울음을 터트리다 放聲大哭
- 세상을 뜨다 去世，離開人世
- 분가를 하다 分家

42 밑줄 친 부분에 나타난 나의 심정으로 알맞은 것을 고르십시오.

① 비참하다 ② 서운하다
③ 초조하다 ④ 담담하다

短文講述了岳母去世以後和岳父一起生活的過程中發生的一些矛盾。畫線部分的主要內容是：我自己的父母至今還在辛苦地工作，而和自己一同生活的岳父卻連最簡單的家務事都不肯幫忙，對此「我」感到心裡不太舒服，所以答案是②。

①悲慘 ②心裡不舒服
③焦躁 ④平靜

43 이 글의 내용과 같은 것을 고르십시오

① 장인은 장모보다 음식 솜씨가 좋다.
② 아내는 마늘을 까기 싫어서 울음을 터트렸다.
③ 장모가 세상을 뜨신 후에 분가를 해서 나왔다.
④ 나의 친부모님은 고향에서 세탁소를 운영하고 계신다.

文中提到「부모님은 세탁소 지하에서 빨래하는데（我的父母在地下洗衣店裡洗衣服）」，由此可見「我」（丈夫）的父母經營洗衣店，所以正確答案為④。

①岳父的手藝比岳母好。
②太太因為不喜歡剝蒜頭而放聲大哭。
③在岳母去世之後分家離開了。
④我的父母在家鄉開洗衣店。

閱讀

Step 5 實戰練習

※ [42~43] 다음을 읽고 물음에 답하십시오. 각 2점

> 장우림은 첫날 내게 한마디 말도 건네지 않았다. 처음에는 어색해서 그러나 보다 여겼지만 침묵은 꽤 오래 갔다. 다음날도 그 다음날도 한마디 하지 않았다. 나도 대수롭잖게 여겨 별로 신경을 쓰지 않았다. 나는 「지우개 좀 빌리자」고 말을 건네 보았다. 물론 거절은 하지 않았다. 그런데 지우개를 빌려주는 태도가 몹시 거슬렸다.
>
> (중략)
>
> 나는 짝꿍보다는 오히려 다른 친구들과 더 빨리 친해졌다. 나는 얌전한 편은 결코 아니었다. 휴식 시간 십 분일지라도 운동장에 나가 말타기라도 한차례 하고 와야 직성이 풀렸다. 그래서 내 주변에는 이내 친구들이 웅성웅성 모였다. 하지만 내 짝꿍은 그렇지 못했다. 장우림은 친구라곤 없었다. 휴식 시간이나 점심시간에도 늘 혼자였다. 그럼에도 불구하고 결코 남에게 먼저 말을 거는 법은 없었다. 남들이 먼저 말을 걸어도 흥미 없다는 태도로 대꾸했다. 나중에 안 일이지만, 그 아이는 학습 친구들한테 인심을 잃고 있었다. 그건 건방지다는 이유 때문이었다.
> 「흥, 지가 무슨 공주 마마라도 되는 줄 아나 보지?」 여자 아이들은 우림이를 이렇게 비꼬곤 했다.
> 나는 다른 친구들한테 따돌림을 받으며 늘 혼자 지내고 있는 우림이가 어쩐지 불쌍하고 가엾게 느껴졌다. 하지만 그 아이는 스스로 외롭다고 생각하지는 않는 모양이었다. 그래서 그 아이는 좀처럼 내게 말을 건네려 들지 않았다.

42 밑줄 친 부분에 나타난 아이들의 말투로 알맞은 것을 고르십시오.

① 자랑하고 있다
② 빈정거리고 있다
③ 자포자기하고 있다
④ 잘난 척하고 있다

43 이 글의 내용과 같은 것을 고르십시오.

① 나는 말도 별로 없고 조용한 편이다.
② 나는 따돌림 당하는 우림이가 안돼 보였다.
③ 우림이가 먼저 말을 걸어도 친구들이 무시했다.
④ 우림이 주변에는 친구들이 항상 많이 모여 있었다.

여기다 感到，認為 **침묵** 沉默	**대수롭다** 了不起，重要	**거슬리다** 不順，不合	
얌전하다 文靜，靦腆	**직성이 풀리다** 過癮	**웅성웅성** 鬧哄哄	**건방지다** 傲慢無禮
대꾸하다 回答，答話	**비꼬다** 擰，挖苦 **따돌림** 排擠，冷落	**빈정거리다** 冷嘲熱諷，挖苦	
자포자기하다 自暴自棄	**짝꿍** 好友，摯友		

44-45

Step 1 必考單字

단편적	名 片面的	단편적인 모습만 보고 사람을 판단하면 안 된다. 不能只依靠片面的資訊輕易判斷一個人。
보급	名 普及，推廣	정부는 친환경 주택의 보급을 위해 힘쓰고 있다. 政府正致力於環保住宅的普及。
설비	名 設備	가정에서는 가스 안전 설비를 제대로 갖추어야 한다. 每個家中都必須具備瓦斯的安全設施。
이득	名 利益	이번 일로 부당하게 이득을 취한 사람들이 많다. 有很多人因為這件事取得不當的利益。
합리적	名 合理的	일을 모두가 이해할 수 있도록 합리적으로 처리해야 한다. 必須合理地處理這件事，讓所有人都能理解。
선뜻	副 乾脆，痛快	이 일은 선뜻 하겠다고 나서는 사람이 없다. 沒有人很乾脆地答應要做這件事。
구축되다	動 構築，建造	최근 새로운 통신망이 구축되었다. 最近正在構築全新的通訊網。
수렴하다	動 吸取，聽取	이번 안건은 직원들의 의견을 수렴해서 결정하기로 했다. 這次的案件決定要聽取職員們的意見再行決議。
실현시키다	動 實現	나는 꿈을 실현시키기 위해 꾸준히 노력하고 있다. 我為了實現夢想持續在努力。
완화시키다	動 緩解，放開	정부는 경제 활성화를 위해 부동산 규제를 완화시켰다. 政府為使經濟得到復甦，放寬了不動產的限制。
재생시키다	動 促進再生	우리가 먹는 과일은 피부를 재생시키는 데 효과가 있다. 我們所吃的水果有益於促進皮膚再生。
적용되다	動 適用	새로 제정된 법은 국민 모두에게 공정하게 적용된다. 新制定的法律適用於全體國民。
창출하다	動 創造	정부는 일자리를 창출하기 위해 취업 박람회를 개최했다. 政府為了創造就業機會，舉辦了就業博覽會。

Step 2 必考文法

N에 따라(서)	表示根據前面的情況或標準，後面的情況會發生改變。 유행에 따라(서) 스커트의 길이도 많이 달라진다. 隨著流行，裙子的長度也跟著改變。

Step 3 題型分析

※ [44~45] 다음을 읽고 물음에 답하십시오. **閱讀下文，並回答問題。**	短文內容以介紹國家政策、制度或者針對某些社會問題提出自己的主張為主。這種題型中，法律和制度、經營和經濟、社會等領域的內容出現的可能性較高，所以要在平時對社會問題以及新政策提高敏感度，並盡量多讀一些報紙、時事相關的文章。
44 글의 주제로 알맞은 것 고르기 **選擇最適合做文章主題者**	一般情況下會在短文的開始部分提出問題或對政策、制度進行簡單的介紹。然後在結尾部分重新對中心內容進行總結或強調。
45 괄호에 들어갈 내용으로 가장 알맞은 것 고르기 **選擇適合填入空格者**	解題的關鍵在於掌握「(　)」前後句索要表達的內容。一般情況下，「(　)」中的內容大多是對前面內容的整理或對重點部分的再一次強調，所以要準確的理解「(　)」前面的內容。此外要注意「(　)」與後面的內容的連接詞，透過這些連接詞判斷出「(　)」內容與後句的關係。例如，表示修飾的「-(으)ㄴ/는」，表示對照的「-지만, -(으)ㄴ/는 반면에, -(으)ㄴ/는데」，表示對等的「-고, -(으)ㄴ/는 데다가」，表示因果的「-아/어서, -기 때문에, -(으)므로」等。

Step 4 考題分析

考古題

※ [44~45] 다음을 읽고 물음에 답하십시오. 각 2점

요즘 어지간한 회사에는 네트워크 시스템이 구축되어 있다. 그래서 미래 전문가들은 앞으로 기업 조직 내에서 지시 사항이나 정보를 아래로 전달하는 역할을 주로 해 오던 중간 관리직이 사라질 것이라고 한다. 이러한 주장은 (　　　　　) 데에서 기인한다. 하지만 중간 관리자는 단순히 수직적 조직에서의 메신저가 아니라 다차원적 교차 지점에 있는 조정자들이다. 그들은 경영주의 이상과 일선의 구성원들이 직면하게 될 급변하는 시장 현실을 연결한다. 또한 구성원들의 요구와 정서를 수렴하는 수평적 소통의 창구이다. 이는 온라인 연결망으로는 한계가 있는 경험에 의한 직관과 감성을 요구하는 일이다.

44 이 글의 주제로 알맞은 것을 고르십시오.

① 근무 환경이 변해도 중재자의 역할은 유지될 것이다.
② 기업 활동에서 구성원 간의 대화가 무엇보다 중요하다.
③ 조직 구성원이 맡은 업무는 회사 사정에 따라 유동적이다.
④ 사내 연결망이 발달하면 구성원 간의 위계가 사라질 것이다.

45 (　　　)에 들어갈 내용으로 가장 알맞은 것을 고르십시오.

① 사내 연결망의 기능을 과소평가한
② 시장 환경의 변화 양상을 잘못 예측한
③ 중간 관리자의 역할을 단편적으로 이해한
④ 중간 관리자 직책을 수평적 선상에서 파악한

<TOPIK 37회 읽기 [44~45]>

- 어지간하다 算不錯，還可以
- 네트워크 시스템(network system) 網路管理系統
- 중간 관리직 中間管理職務
- 기인하다 源於，因為
- 수직적 垂直的，縱向的
- 다차원적 多層次的，多方向的
- 교차 지점 交叉點
- 조정자 調解人，調停人
- 경영주 經營人
- 직면하다 面臨
- 급변하다 劇變，突變
- 수평적 水平的，橫向的
- 소통 창구 溝通窗口
- 연결망 連接網
- 직관 直觀
- 중재자 仲裁人，和事佬
- 유동적 流動的，變化的
- 위계 位階，等級

筆者中間管理層的職務會隨之消失的觀點提出了反對意見。而且，筆者在文中對中間管理層的重要性進行了強調，所以正確答案為①。

① 即使工作環境改變中，介者扮演的角色依舊會持續存在。
② 在企業的運作中，成員間的對話最為重要。
③ 組織成員負責的工作，隨著不同的公司老闆會有所變動。
④ 若能發展公司內部的連結網，成員間的等級就會消失。

解題時要多注意「(　　)」後面的內容。文中提到中間管理層在組織中的作用並不僅僅是傳遞訊息，所以「(　　)」中的內容是對「中間管理層職責單一」見解的批判，所以正確答案為③。

① 過於輕視公司內部連結網的作用
② 錯誤預測市場環境變動的模樣
③ 片面認知中間管理階層扮演的角色
④ 只橫向理解中間管理階層的職責

閱讀

範例題

※ [44~45] 다음을 읽고 물음에 답하십시오. 각 2점

> 정부는 태양광, 지열 등과 같은 천연자원을 재생시켜 사용할 수 있는 친환경주택 보급을 활성화시키기 위해 신재생에너지 설비를 설치하는 가정에 일정 금액의 보조금을 지급하는 정책을 펴고 있다. 이와 같은 정책은 오염 물질과 온실가스 배출을 줄이고 일반 가정에서 신재생에너지를 사용하게 함으로써 환경을 보호하고자 함이다. 그러나 초기 비용도 많이 들 뿐더러 유지나 보수에도 만만치 않은 비용이 들어가기 때문에 일반 국민들은 선뜻 나서기가 어렵다. 하지만 전기요금은 매년 꾸준히 늘고 있으며 누진세가 적용되어 가정 경제에 적지 않은 부담이 되고 있으므로 장기적으로 보면 이 설비를 설치하는 것이 경제적으로 도움이 된다. 따라서 이와 같은 정부 정책은 (   ) 점 이외에도 경제적인 효과를 기대할 수 있다.

- 태양광 太陽光
- 지열 地熱
- 천연자원 天然資源
- 신재생에너지 新再生能源
- 설치하다 設置
- 정책을 펴다 實施政策
- 온실가스 溫室氣體
- 초기 비용 初期費用
- 보수 報酬
- 만만치 않다 不一般，不容易
- 선뜻 나서다 挺身而出
- 누진세 累進稅，地增稅
- 장기적 長期性的
- 노력을 기울이다 付出努力
- 저비용 고효율 低費用高效率
- 단기간 短期
- 해소하다 緩解，解決
- 저소득층 低收入層

44 이 글의 주제로 알맞은 것을 고르십시오.

① 정부는 환경보호를 위해 많은 노력을 기울이고 있다.
② 더 많은 저비용 고효율의 에너지 설비 개발이 필요하다.
③ 가정 경제의 부담을 줄이기 위해 보조금을 지급하고 있다.
④ 신재생에너지 설비 지원 정책은 다양한 효과를 기대할 수 있다.

政府實施的新能源再生設備支援政策不僅會緩解環境污染問題，同時對減輕國民的家庭經濟負擔有所幫助，所以正確答案是④。

①政府針對環境保護做了很多努力。
②我們需要開發更多低成本、高效率的能源設施。
③政府為了減輕家庭經濟的負擔，提供了相關補助金。
④補助安裝新再生能源的政策，能帶來各種預期效益。

45 (   )에 들어갈 내용으로 알맞은 것을 고르십시오.

① 단기간에 빠른 효과를 낼 수 있다는
② 환경오염 문제점을 해소할 수 있다는
③ 가정용 설비들을 유지, 보수해 준다는
④ 저소득층을 위한 정부 보조금을 늘린다는

由「( )」前面提出的「(除了此以外，還可以在經濟層面上有所期待)」可以判斷出，除了經濟方面的成果還有其他方面的作用。由「( )」後面的「환경오염 물질과 온실가스 배출을 줄일 수 있는 효과(可以減少環境污染物質和溫室氣體的排放)」可以判斷出，答案是關於環境污染和環境保護方面的內容，所以正確答案為②。

①短時間內能出現快速效果的
②能夠解決環境汙染問題的
③幫助維持、修繕家用設施的
④政府為了低收入戶提高補助金

Step 5 實戰練習

※ [44~45] 다음을 읽고 물음에 답하십시오. 각 2점

자유무역협정(FTA)은 국가나 지역 간에 무역을 제한시키는 여러 가지 법적, 제도적인 조치들을 완화시켜서 서로 간의 무역자유화를 실현시키고자 하는 것이다. 따라서 이 협정이 체결된 국가의 수출입 업체들은 다른 업체들에 비해 낮은 관세율이 적용되어 ( ) 많은 경제적 이득을 취할 수 있게 된다. 소비자 또한 질이 좋은 다양한 상품을 저렴하게 구입할 수 있으며 외국인 투자를 늘림으로써 고용을 창출하고 경쟁력을 높일 수 있다는 장점이 있다. 그러나 다른 한편으로는 경쟁력이 확보되지 않은 많은 중소기업들이나 생산업체들은 경쟁력이 떨어져 부익부 빈익빈의 양극화 현상은 더욱 심화된다. 따라서 정부는 협정을 체결하기 이전에 국가와 국민의 경제와 발전에 도움이 될 수 있는지를 먼저 철저하게 조사하고 분석하여 피해를 최소화하는 합리적인 대응책을 마련해야 할 것이다.

44 이 글의 주제로 알맞은 것을 고르십시오.

① 부익부 빈익빈의 양극화 현상을 하루빨리 개선시켜야 한다.
② 자유무역협정은 국가와 국민의 발전과 이익이 우선시되어야 한다.
③ 다른 국가와의 경쟁력을 갖기 위해서는 무역을 자유화시켜야 한다.
④ 양국의 활발한 무역 교류를 위해서는 많은 나라와 협정을 맺어야 한다.

45 ( )에 들어갈 내용으로 알맞은 것을 고르십시오.

① 많은 제품들을 생산해 내므로
② 투자를 위한 환경이 조성되므로
③ 상품의 가격이 경쟁력을 갖게 되므로
④ 구직자들을 위한 일자리가 창출되므로

자유무역협정 自由貿易協定	**제한시키다** 限制，制約	**제도적** 制度性	**조치** 措施
무역자유화 貿易自由化	**협정이 체결되다** 簽署協議	**수출입 업체** 進出口企業	
관세율 關稅率	**이득을 취하다** 獲取利益	**투자를 늘리다** 增加投資	**확보되다** 確保
부익부 빈익빈 富越富貧越貧	**양극화 현상** 兩極化現象	**심화되다** 深入，深化	
최소화하다 最小化	**대응책** 對應政策	**우선시되다** 優先	**조성되다** 組成

閱讀

46-47

Step 1 必考單字

경제성	名 經濟性	이 제품은 가격에 비해서 성능이 좋고 경제성이 뛰어나다. 這件商品與它的價格相比性能佳，具經濟競爭力。
고용	名 僱用	고용을 촉진하기 위해서는 정부와 기업의 협력이 필요하다. 為了促進就業，政府必須與企業協力合作。
기술력	名 技術力量	회사에서는 컴퓨터 분야의 기술력 향상을 위해 애쓰고 있다. 公司正致力於提升電腦領域的技術能力。
논쟁	名 爭論	정부는 기금의 효율적인 운영을 위해 뜨거운 논쟁을 벌였다. 政府為將基金有效運作，正展開激烈的討論。
바탕	名 基礎，基底	신제품은 새로 개발된 기술을 바탕으로 만들어졌다. 新產品是以新開發的技術為基礎製造出來的。
복지	名 福利	회사는 근로자의 복지 향상을 위해 노력하고 있다. 公司正致力於提高勞工們的福利。
취지	名 意圖，主旨	이 법은 쓰레기를 줄이려는 취지에서 시행되었다. 實施這項法條的立意在減少垃圾量。
흐름	名 走向	전 세계 자동차 시장의 흐름이 바뀌고 있다. 全世界的汽車市場走向正在改變。
매진하다	動 邁進，前進	나는 장학금을 타기 위해 학업에 매진하고 있다. 我為了取得獎學金埋首於學業中。
상승시키다	動 使提高	정부의 부동산 정책은 서민들의 전월세 가격을 상승시켰다. 政府的不動產政策提高了一般民眾的房屋租賃價格。
수거하다	動 回收，收集	우리나라에서는 빈 병을 수거하여 재활용한다. 我在國會回收空瓶罐再利用。
전환되다	動 轉換	계약직 사원이 2년 이상 근무하면 정규직으로 전환될 수 있다. 契約勞工工作兩年以上就能轉為正職。
차단시키다	動 斷絕，切斷	스마트폰은 광고성 스팸 문자를 차단시키는 기능이 있다. 智慧型手機有阻擋垃圾簡訊的功能。
차지하다	動 占據	생활비에서 통신비가 차지하는 비중이 높은 편이다. 生活費中通訊費用算是占了很高的比例。

Step 2 必考文法

V-아/어 오다	表示某種動作或狀態一直維持至今。 그분은 30년 동안 김치만을 연구해 오신 분이시다. 他三十年間都在研究泡菜。
A-(으)ㄴ 가운데 V-는 가운데	表示在某種狀態持續期間。 비가 내리는 가운데 축구 경기가 계속되었다. 下雨的期間足球比賽持續在進行。
A-(으)ㄴ 셈이다 V-는 셈이다	表示雖然實際上不是那樣，但情況相似。 두 회사의 계약이 끝나지는 않았지만 사인만 남았으니 계약된 셈이다. 雖然兩家公司還沒正式完成契約，但由於只剩下最後的簽署，因此也可以算是簽約完成了。
V-는 한편	表示在做某事的同時也在進行另一件事。 그녀는 일을 하는 한편 아이도 돌보느라 정신이 없다. 她工作的同時還要照顧小孩，忙得不可開交。

Step 3 題型分析

※ [46~47] 다음을 읽고 물음에 답하십시오. **閱讀下文，並回答問題。**	這是讀以社會熱門話題或對新開發技術的相關短文並解題的題型。內容主要包括對一些社會熱門問題的積極面和消極面的介紹以及對新技術的開發過程、功能作用的簡單說明。內容主題大多以經營經濟、社會、科學等領域的問題為主，所以要在平時的學習過程中累積知識。
46 제시된 문장이 들어가기에 알맞은 곳 고르기 **選擇句子最適合放入文章的地方**	要先掌握句子的內容。要理解句子的前半部分出現的「이런, 이렇게, 따라서, 또한, 그러나, 반면에」等表達方式，然後根據句意找出適合句子填入的位置。尋找適合句子填入的位置時，㉠、㉡、㉢、㉣的前後句也要仔細體會，要注意句與句之間的連接副詞。不過所有的分析過程都要以掌握文章的脈絡為基礎。
47 글의 내용과 같은 것 고르기 **選擇與內容相同者**	題目要求閱讀短文內容，找出與文意相符的選項。一邊按順序閱讀短文，一邊確認選項中的內容是否與文意相符。選項中會出現對話中沒有提及或是與文意相反的內容來干擾解題，在此需多加注意。此外，選項並不是依照對話的脈絡走向按順序給出的，所以解題時要提前閱讀各選項的內容。最後，選項中大多會使用與原文中類似的表達方式說明相同的內容，所以要認真考慮後再解題。

Step 4 考題分析

考古題

※ [46~47] 다음을 읽고 물음에 답하십시오. 각 2점

통계청은 국민들의 실질적인 '삶의 질' 수준을 보여 주는 측정 체계를 구축하여 발표하였다. 이 체계는 삶의 질을 소득, 고용, 사회복지, 여가, 환경, 건강 등 12개 영역의 81개 지표로 표시하는 것이다. (㉠) 근 반세기 동안 한국 사회는 경제 성장을 지상 최대의 과제로 삼아 총력을 기울여 왔다. (㉡) 한편 통계청은 앞으로 측정 지표를 개방하고 국민들의 의견을 수렴하여 측정 체계의 완성도를 높여갈 계획이다. (㉢) 수준 높은 삶의 조건에 대해 지속적으로 전 국민이 함께 고민하자는 취지에서이다. (㉣) 무엇이 좋은 삶인지에 대한 공론화를 통해 추가 항목과 개선 항목에 대한 사회적 합의가 도출되어야 할 것이다.

46 다음 문장이 들어가기에 가장 알맞은 곳을 고르십시오.

현 시점에서 삶의 질 지표가 발표된 것은 경제 일변도에서 국민 삶의 질적 제고라는 방향으로 정책적 관심이 전환됨을 의미한다.

① ㉠ ② ㉡ ③ ㉢ ④ ㉣

47 이 글의 내용과 같은 것을 고르십시오.

① 삶의 질 지표는 통계청의 자체적인 결정에 따라 증감된다. X
② 삶의 질 지표는 국가 차원에서 도달해야 할 목표를 의미한다. X
③ 삶의 질을 측정하는 지표는 논의 결과에 따라 달라질 수 있다.
④ 삶의 질 지표와 함께 정부는 경제 성장을 위해 매진할 것이다. X

<TOPIK 37회 읽기 [46~47]>

- 실질적 實質性的
- 측정 測定,測量
- 체계 體系
- 반세기 半個世紀
- 과제로 삼다 作為任務、作業
- 총력을 기울이다 傾盡全力
- 완성도 完成度
- 공론화 成為公論
- 추가 항목 附加項目
- 합의 意見一致,協商,討論
- 도출되다 得出,導出
- 일변도 一邊倒,傾斜
- 질적 제고 質量上提高
- 자체적 自己的,本身的
- 증감되다 增減
- 국가 차원 國家層面
- 도달하다 到達

選項前面應該填入與「경제 일변도(一面傾向經濟)」相關的內容,所以給出的句子應該放在「한국 사회는 경제 성장을 ~ 총력을 기울여 왔다(韓國社會一直把經濟增長作為重要議題,並用盡全力付出)」的後面。因此,正確答案為②。

由「측정 지표를 개방하고 국민의 의견을 수렴하여 측정 체계의 완성도를 높인다(公開測定標準,在匯集民眾的意見,同時提高系統的完整性)」可以看出,標準是會隨著研究討論的結果而發生變化的,所以正確答案是③。

① 生活品質的指標依據統計部自己的判斷而有所增減。
② 生活品質的指標代表著國家必須達成的目標。
③ 檢測生活品質的指標隨著討論的結果會跟著改變。
④ 除了生活品質指標,政府同時也致力於帶動經濟的成長。

範例題

※ [46~47] 다음을 읽고 물음에 답하십시오. 각 2점

세계 스마트폰 시장이 특허권 소송 논쟁으로 뜨거웠다. (㉠) 스마트폰 업계의 1위를 차지하고 있던 '피치'가 새로운 기술력과 디자인을 바탕으로 무섭게 치고 올라오는 '오성'을 대상으로 자신들의 특허권 침해에 대한 소송을 제기하였던 것이다. (㉡) 이에 '오성'측도 '피치'를 대상으로 자신들의 기술을 침해한 제품을 모두 수거하여 폐기해 달라고 요청했다. (㉢) 왜냐하면 일단 소송이 시작되면 소송에서 지든 이기든 이로 인해 발생한 비용이나 피해는 서로에게 적지 않은 영향을 주며 제품을 이용하는 소비자에게도 마찬가지로 적용되기 때문이다. (㉣) 따라서 특허권은 새로운 기술에 대한 정당한 권리로서 당연히 보호받아야 하지만 소비자들이 받아야 하는 영향도 한번쯤은 생각해 봐야 할 것이다.

- 특허권 專利權
- 소송 訴訟
- 치고 올라오다 迎上來，追上
- 침해 侵害
- 제기하다 提出，倡議
- 폐기하다 廢棄，報廢
- 정당하다 正當的
- 양측 雙方
- 팽팽하다 緊緊的，緊繃繃的
- 취하하다 取消，撤回
- 도용 盜用

46 다음 문장이 들어가기에 가장 알맞은 곳을 고르십시오.

이렇게 양측이 팽팽하게 긴장된 가운데 소송이 진행되었으나 현재는 양측 모두 특허권에 대한 소송을 대부분 취하한 상태이다.

① ㉠ ② ㉡ ③ ㉢ ④ ㉣

由給出句子中的「이렇게」可以判斷出當前句的內容與前句的內容相似。從選項中的「양측이 팽팽하게 긴장됨（雙方都非常的緊張）」也可以判斷出，前面的內容應該是對「雙方保持著絕對對立的立場」的說明。此外，按照邏輯「處於已經撤銷專利權訴訟的狀態」後面應該是對撤銷訴訟的原因或者撤銷訴訟後雙方緊張的對立狀態有所緩解的介紹，所以正確答案為③。

47 이 글의 내용과 같은 것을 고르십시오.

① 두 기업의 소송은 상대방의 기술 도용으로 인한 문제이다.
② 두 기업의 소송이 소비자들에게까지 피해를 주지는 않았다.
③ 오성과 피치는 새로운 기술에 의해 만든 제품을 모두 폐기했다.
④ 특허권은 정당한 권리이므로 두 기업은 끝까지 소송을 진행했다.

五星和pitch因新技術開發引發矛盾，雙雙以侵害專利權為由把對方告上法庭，所以正確答案為①。

① 這兩個企業間的訴訟，是由於對方盜用新技術所引發的問題。
② 這兩個企業間的訴訟並不會對消費者造成損害。
③ 五星和pitch銷毀了所有使用新技術的產品。
④ 專利權是正當的權利，因此兩家公司都訴訟到最後。

閱讀

Step 5 實戰練習

※ [46~47] 다음을 읽고 물음에 답하십시오. 각 2점

> 최근의 흐름에 맞게 환경까지 생각한 미래형 주택이 국내 최초로 개발되었다. (㉠) 일반적으로 주택을 지을 때에는 보온 기능을 위해서 단열재를 많이 넣어야 하기 때문에 벽의 두께도 두꺼워지고 비용도 늘기 마련이었다. (㉡) 그래서 콘크리트와 단열재를 합친 고단열 복합 시스템을 개발한 것이다. (㉢) 이 시스템은 기존과 같은 두께를 유지하면서 단열 성능은 40%나 상승시켰다. (㉣) 그러므로 경제적인 부담도 줄일 수 있는 한편 에너지 사용도 줄일 수 있으므로 경제성과 환경, 두 마리 토끼를 잡을 수 있는 셈인 것이다. 이 시스템이 하루 빨리 상용화 되어 에너지 절약과 경제적인 효과가 나타나기를 기대해 본다.

46 다음 문장이 들어가기에 가장 알맞은 곳을 고르십시오.

> 따라서 겨울에는 보온 효과를 높여 주고 여름에는 외부로부터의 열을 흡수한 뒤 차단시켜 주므로 냉 난방비를 모두 절약하는 효과를 얻을 수 있다.

① ㉠　　② ㉡　　③ ㉢　　④ ㉣

47 이 글의 내용과 같은 것을 고르십시오.

① 이 시스템은 콘크리트와 단열재를 따로 분리시키는 방식이다.
② 새로 개발된 외벽은 이미 전국적으로 사용되고 있는 기술이다.
③ 이 시스템은 경제적, 환경적 측면을 모두 만족시키기에는 부족하다.
④ 고단열 복합 시스템은 기존의 벽과 두께는 동일하지만 더 따뜻하다.

최초 最早，最初	**단열재** 隔熱材料	**두께** 厚度	**콘크리트(concrete)** 混凝土	
고단열 복합 시스템 高隔熱複合系統		**단열** 隔熱	**성능** 性能	**상용화** 普遍使用，普及
두 마리 토끼를 잡다 二者兼得		**보온** 保溫	**외부** 外部，外界	**측면** 層面
열을 흡수하다 吸收熱量	**분리시키다** 隔離，隔開	**동일하다** 統一		

48-50

Step 1 必考單字

개혁	名 改革	정부는 공무원 연금 제도의 개혁을 놓고 찬반 토론을 벌이고 있다. 政府正在針對公務員年金制度的改革進行討論。
대책	名 對策	정부가 내놓은 부동산 대책은 큰 효과를 보지 못하고 있다. 政府制定的不動產政策並沒有造成顯著的效果。
감수하다	動 承受	119 소방대원들은 생명을 구하기 위해 많은 위험을 감수한다. 消防隊員們為了搶救人命而承受許多危險。
강요하다	動 強迫，強求	경찰은 그 사람에게 허위 진술을 강요한 적이 없다고 했다. 警方宣稱從未強迫那個人做虛假的陳述。
공개하다	動 公開	시민 단체는 언론에게 회의 내용을 공개해 달라고 요구했다. 市民團體要求對媒體公開會議內容。
급변하다	動 劇變，突變	사회가 급변함에 따라 생활방식과 사고방식도 변해가기 마련이다. 隨著社會的遽變生活方式和思考習慣，也理所當然會跟著改變。
기피하다	動 忌諱，逃避	요즘 사람들은 힘든 일을 기피하는 경향이 있다. 現代人有迴避辛苦的工作的傾向。
미루다	動 推遲，拖延	오늘 할 일을 내일로 미루면 안 된다. 今天要做的事不能拖到明天。
보장되다	動 保障	인권이 보장되지 않는 사회에서는 인간답게 살 수 없다. 在人權不被保障的社會中，無法活得像人。
부추기다	動 煽動，唆使	광고는 소비자의 소비 심리를 부추겨서 판매를 촉진하는 역할을 한다. 廣告有能夠挑動消費者的消費心理，並提高銷售量的作用。
위축되다	動 枯萎，萎縮	경기 불안으로 투자가 위축되었다. 由於經濟不景氣，投資額也跟著萎縮。
주장하다	動 主張	시간제 노동자는 부당 해고를 당했다고 주장하고 있다. 時薪制的勞工主張被不當解雇。
머지않다	形 早晚，不久	조금만 더 참고 견디면 머지않아 좋은 일이 생길 거예요. 再堅持忍耐一會兒，不遠的將來會有好事發生的。

閱讀

Step 2 必考文法

V-기 마련이다	表示某事的發生是理所應當的。 사람은 누구나 늙고 늙으면 죽기 마련이다. 只要是人都會老，老了後都會死。
N을/를 불문하고	表示無論出現什麼樣的情況都沒有關係，相當於漢語中的「無論……，不管……」。 비빔밥은 국적을 불문하고 모두가 좋아하는 한국의 대표 음식이다. 拌飯是不分國籍，大家都會喜歡的韓國代表料理。

Step 3 題型分析

※ [48~50] 다음을 읽고 물음에 답하십시오.
閱讀下文，並回答問題。

題目大多圍繞當前熱門話題或政策、制度等，所以，要重點理解短文要表達的中心內容和筆者的態度。因此，在平時要盡量多的閱讀與國家政策或法律制度、思想和心裡等主題相關的閱讀材料。

48 글을 쓴 목적 고르기
選擇寫作文章的目的

題目要求選出短文的寫作目的。解題時，應重點分析短文的開始和結尾部分。筆者通常會在內容的前半部分對所提出問題的對象進行介紹。然後由「그러나」等表示對照、對比的連接副詞引出筆者的想法或主張。因此，應先找出表示對照、對比的連接副詞，然後對內容進行分析。此外，內容的結尾部分通常是對全文內容的總結或對中心內容的再一次強調。為了能夠更加準確的掌握短文的中心內容，在平時的學習過程中，應當加強對「요구하다, 반박하다, 제시하다, 지지하다, 제안하다, 분석하다, 주장하다」等相關表達方式的積累。

49 괄호에 들어갈 내용으로 알맞은 것 고르기
選擇適合填入空格者

※ 連接表達
1) 修飾：-(으)ㄴ/는
2) 對照：-지만, -(으)ㄴ/는 반면에
3) 對等：-고, -(으)ㄴ/는 데다가
4) 因果：-아/어서, -기 때문에, -(으)므로

要重點掌握「(　　)」前後句的內容。一般情況下，「(　　)」中的內容是對前文中已經提出的內容的整理或對重點內容的強調，所以，要在準確理解「(　　)」前面內容的同時，觀察連接「(　　)」與前後文的表達方式或單子。

50 밑줄 친 부분의 태도 고르기

選擇畫底線處表現出的態度

畫線部分中體現出的筆者的態度與筆者所提出問題的內容是具有一定的關聯性的，所以，解題時首先要瞭解筆者提出問題的主要內容。筆者通常會透過例如「-겠는가?, -(으)ㄹ까?」等帶有反諷語氣的表達方式或否定的表達方式表達自己批判的態度。「염려하다, 동정하다, 비판하다, 역설하다, 지적하다, 제안하다, 주장하다, 예측하다, 가정하다, 설득하다, 수긍하다」等都是選項中經常出現的表達方式。

Step 4 考題分析

考古題

※[48~50] 다음을 읽고 물음에 답하십시오. 각 2점

성장과 분배는 경제 정책의 양 축이다. 새가 두 날개로 날 듯 둘 중 하나만으로는 국가 경제가 제대로 굴러갈 수 없다. 문제는 어느 쪽에 더 정책의 무게를 두느냐에 있다. 지난 정부에서는 성장률이 올라가면 저절로 분배가 이루어진다는 '낙수 효과'를 기대하고 선성장 후분배 정책을 시행했지만 큰 효과를 보지 못하였다. 1950년대와 1960년대에 일부 국가들이 (   ), 이와 함께 소득 불평등이 크게 완화된 예가 있기는 하다. 그러나 대기업이 주도하는 현재 우리의 경제 구조에서는 발전의 성과가 편중되기 마련이어서 낙수 효과를 기대하기가 어렵다. 그러므로 경제 성장에 따른 소득 불평등 완화 현상은 실현되기 어렵다. 따라서 소득 불평등의 심화는 필연적이므로 이에 대한 획기적인 정책이 마련되어야 한다. 이런 점에서 현 정부가 발표한 성장과 분배의 균형에 목표를 둔 '소득 주도 성장' 정책은 시의적절하다고 볼 수 있다.

<TOPIK 36회 읽기 [48~50]>

- 분배 分配
- 굴러가다 滾動
- 낙수 효과 涓滴效應
- 선성장 후분배 先成長後分配
- 불평등 不平等
- 완화되다 緩和，放寬
- 성과 成果
- 편중되다 側重
- 마련이다 難免，必然
- 실현되다 落實，實現
- 필연적 必然的
- 획기적 劃時代的，巨大的
- 시의적절하다 適時的
- 부과하다 處以，徵收
- 가정하다 假設，假定

48 필자가 이 글을 쓴 목적을 고르십시오.

① 정부의 지원 대책 마련을 요구하기 위하여
② 낙수 효과가 일어나는 현상을 설명하기 위하여
③ 선성장 후분배의 성공 사례를 제시하기 위하여
④ 정부의 새로운 경제 성장 정책을 지지하기 위하여

最後一句中提出「현 정부에서 발표한 '소득 주도 성장'은 시의적절하다（現政府發表的收入主導增長是切合時宜）」，可知筆者對於現在的政府政策持支持的態度，由此可以判斷出，筆者的寫作目的是為了表明支持政府政策的立場。正確答案為④。

①為了要求政府制定支援政策
②為了說明涓滴效應所帶來的現象
③為了提出先成長後分配的成功案例
④為了支持政府新的經濟成長政策

49 (　　　)에 들어갈 내용으로 알맞은 것을 고르십시오.

① 높은 경제 성장을 이루고
② 다양한 분배 정책을 실시하고
③ 성장과 분배가 조화를 이루고
④ 적은 세금을 국민에게 부과하고

※ 선성장 先成長 ⇒ 높은 경제 성장 高經濟成長
후분배 後分配 ⇒ 소득 불평등이 크게 완화
大幅減緩所得不均

「(　　)」的前句中指出，上一屆政府根據涓滴效應實行了「先成長後分配」的政策。「(　　)」的所在句中舉出了涓滴效應的成功實例，所以「(　　)」中應該填入「先成長」的相關內容。正確答案為①。

① 達到高經濟成長
② 實行各種分配政策
③ 平均調節了成長及分配
④ 向人民徵收少量的稅金

50 밑줄 친 부분에 나타난 필자의 태도로 알맞은 것을 고르십시오.

① 소득 불평등 문제가 해소된 상황을 가정하고 있다.
② 소득 주도 성장을 위한 다양한 방법을 제안하고 있다.
③ 이전과 같은 성장에 따른 분배가 불가능함을 주장하고 있다.
④ 정책 변화로 인해 경제 성장률이 떨어질 것을 예측하고 있다.

畫線部分中提到「소득 불평등 완화 현상은 실현되기 어렵다 (緩解收入不均等現像是非常困難的)」，所以正確答案為③。

① 假設所得不均問題被解決。
② 提出所得主導成長的各種方法。
③ 主張過去成長分配的現象不可能實現。
④ 預測政策的改變將會造成經濟成長率下降。

範例題

※ [48~50] 다음을 읽고 물음에 답하십시오. 각 2점

최근 편안한 노후 생활을 위해서 경제 활동이 활발한 청년층부터 노후 준비를 해야 한다는 목소리가 높아지고 있다. 이에 나이를 불문하고 국민연금에 대한 관심이 뜨거워지고 있다. 그러나 국민연금제도의 신뢰도가 추락하면서 가입을 미루거나 기피하는 현상까지 생기고 있다. 이러한 현상이 생기는 가장 큰 이유는 장기적으로 볼 때 국민연금의 재정이 불안하다는 것이다. 현재 우리 사회는 이미 고령화 사회로 접어들었고 노령 인구는 더욱 많아질 것이기 때문에 머지않아 ( ) 소문이 돌고 있다. 노후 생활을 담보로 이러한 부담을 감수하면서까지 그 누가 도박을 하고 싶겠는가? 국민연금제도에 대한 국민들의 불신은 날이 갈수록 깊어지고 있고 정부 또한 뚜렷한 대책을 내놓지 못하고 있다. 국민연금 기금의 운영이 안정성이나 수익성에서 보장이 되어야 국민들의 신뢰를 얻을 수 있다. 따라서 급변하는 시대에 맞게 국민들의 요구를 반영한 국민연금제도 개혁안이 하루빨리 나와야 할 것이다.

- 노후 陳舊的
- 불문하다 不論，無論
- 국민연금제도 國民退休金制度
- 신뢰도 可信度，可靠性
- 추락하다 墜落
- 재정 財政
- 고령화 高齡化
- 접어들다 臨近，進入
- 소문이 돌다 傳出傳聞
- 담보 擔保
- 도박 賭博
- 불신 不信任，不相信
- 뚜렷하다 鮮明，清楚
- 기금 基金，基金款
- 수익성 收益性
- 개혁안 改革方案
- 투명성 透明性
- 고갈되다 枯竭，匱乏
- 설득하다 說服，勸說
- 동조하다 步調一致，同出一轍

48 필자가 이 글을 쓴 목적을 고르십시오.

① 노후 준비의 필요성을 알리기 위하여
② 기금 운영의 투명성을 요구하기 위하여
③ 연금제도 개혁의 필요성을 주장하기 위하여
④ 연금 재정이 불안한 이유를 분석하기 위하여

內容在指出國民退休金制度中存在的問題的同時，在內容的最後提出希望能夠有更能反映國民需求的新的退休金制度，所以，強調制度改革的重要性是筆者的寫作目的，所以正確答案為③。

①傳達事先準備退休生活的必要性
②為了要求基金運作的透明化
③為了主張改革年金制度的必要性
④為了分析年金財政不穩定的原因

49 ( )에 들어갈 내용으로 알맞은 것을 고르십시오.

① 연금 가입이 늘 거라는
② 국민의 신뢰를 얻을 거라는
③ 연금 재정이 고갈될 거라는
④ 편안한 노후가 보장될 거라는

「( )」前面的內容主要介紹了年金制度需要的社會結構，而「머지않아」的含義是對某事馬上就要實現的推測。此外，由句中的「소문（傳聞）」可以判斷出「연금 재정이 곧 없어질 거라는」是傳聞，所以正確答案為③。

①年金的加入人數將會增加
②將會得到國民的信任
③年金的財政將面臨枯竭
④安穩的老年生活將會受到保障

50 밑줄 친 부분에 나타난 필자의 태도로 알맞은 것을 고르십시오.

① 노후 준비를 해야 하는 사람들을 설득하고 있다.
② 연금제도에 불만이 있는 사람들을 비판하고 있다.
③ 연금 재정 문제를 일으킨 사람들을 지적하고 있다.
④ 연금에 가입하지 않는 사람들 의견에 동조하고 있다.

透過問題表明自己對加入國民退休金制度的否定態度。也就是說，筆者對不加入年金的做法持贊同的態度，所以正確答案為④。

①說服必須事先預備退休的人。
②批判那些不滿年金制度的人。
③指責造成年金財政問題的人。
④贊成不加入年金制度的人。

Step 5 實戰練習

※ [48~50] 다음을 읽고 물음에 답하십시오. 각 2점

최근 정부는 스마트폰의 출고가와 판매가의 차이로 인한 문제점을 개선하고자 '단통법'이라는 법안을 실시했다. 이 법은 정부의 보조금을 줄이고 공개해서 투명화하는 대신 요금 할인제를 선택해서 이용할 수 있으며 소비자에게 고가의 요금제나 부가서비스를 강요하지 못하게 하여 ( ) 취지에서 출발하였다. 기존에 제조사나 통신사들의 치열한 경쟁으로 천차만별이었던 휴대 전화의 가격을 통일시켜서 가격의 거품을 없애고 그 혜택을 소비자에게 돌리고자 함이다. 이에 대해 제조사들은 휴대 전화 시장이 위축될 가능성을 제기하고 있으며 통신사들도 소비자들을 끌어들이기 위해 앞 다퉈 보완책을 내놓고 있다. 그러나 현재 비관적인 전망을 내세우며 이 법안의 폐지를 주장하거나 수정을 요구하는 것은 아직 시기상조가 아닐까? 과연 정부의 계획대로 제조사의 단말기 출고가가 인하되고 통신사의 서비스가 개선되어 국민들의 가계 통신비 절감 효과를 낼 수 있을지는 좀 더 지켜봐야 할 일이다.

48 필자가 이 글을 쓴 목적을 고르십시오.

① 새 법안을 제정한 취지를 밝히고 설득시키기 위하여
② 새 법안에 대한 성급한 판단 자제를 요구하기 위하여
③ 새 법안에 대한 폐지나 수정의 필요성을 알리기 위하여
④ 새 법안의 문제점을 분석하고 해결책을 제시하기 위하여

49 ( )에 들어갈 내용으로 알맞은 것을 고르십시오.

① 휴대 전화 시장을 활발하게 하려는
② 제조사의 생산량을 늘리고자 하는
③ 통신사들의 경쟁을 치열하게 하려는
④ 국민들의 통신비 부담을 줄이고자 하는

50 밑줄 친 부분에 나타난 필자의 태도로 알맞은 것을 고르십시오.

① 법안 실시에 대한 부정적인 태도를 우려하고 있다.

② 법안 폐지나 수정을 요구하는 의견에 수긍하고 있다.

③ 휴대 전화 가격 경쟁을 부추기는 유통 구조 개선을 요구하고 있다.

④ 법안을 실시함으로써 발생할 문제들을 비관적으로 예견하고 있다.

출고가 出廠價	**판매가** 售價	**단통법(단말기 유통 구조 개선법)** 手機流通構造改善法			**법안** 法案
투명화하다 透明化	**부가서비스** 附加服務		**제조사** 製造商	**치열하다** 激烈	**천차만별** 千差萬別
통일시키다 使…統一		**거품을 없애다** 去掉泡沫		**끌어들이다** 拉過來，拉攏	
앞을 다투다 爭先恐後		**보완책** 彌補措施	**비관적** 悲觀的	**내세우다** 讓…站出，推出	
폐지 廢除	**시기상조** 時機尚早	**인하되다** 被降低	**절감** 切實感受	**자제** 克制，自我抑制	
성급하다 性急	**수긍하다** 同意，首肯		**예견하다** 預見，預想		

Step 4 參考翻譯

1-2

考古題

早上必須早點起床，才能搭到七點的飛機。

範例題

明天民秀要代表我們部門報告。

3-4

考古題

雖然知道後輩犯了錯，但因為怕他會覺得抱歉，所以裝作不知道。

範例題

一到目的地之後，請一定要和家人聯絡。

5-8

考古題 5-7

噓！連對方的聲音都聽見了。在公共場合中，再小的聲音都可能是噪音。

考古題 8

・請保存在陰涼的場所。
・使用後請務必蓋上蓋子。

範例題 5-7

清涼的旋風！為您的夏日消暑。

範例題 8

・在領取卡片後，直接註冊即可使用。
・若卡片遺失，請聯絡客服中心。

9-12

考古題9

第十屆秋季攝影展－國內九位知名的攝影師共同展覽，在此可以欣賞以家人為主題的特色作品。◎展示日期：2014年11月3日(一)~11月12日(三) ／◎入場時間：10:00~18:00 (周末下午四點為與作家的對談時間) / ◎入場費：5000元。※攜帶您的家族照片，即能免費入場參觀。－首爾展覽館

考古題10

青少年煩惱傾訴對象－男 / 女
父母 / 兄弟、姐妹 / 朋友 / 自己

考古題11-12

早晨報社將在12月20日舉辦韓語演講比賽。這個比賽以在韓國居住的外國大學生為對象，主題為「我與韓國」。欲報名者須將演講的內容撰寫成稿紙十張左右的文章。並於12月5日前以電子郵件寄出。初賽以原稿審查方式進行，進入決賽的參賽者名單預計於官網公告。

範例題 9

第15屆冬季定期工藝品展覽－國內十位知名的工藝品創作者共同展覽，讓您能欣賞到多位作家以傳統及自然為主題創造出的充滿獨特性的作品。展示日期：2015年1月5日(一)~1月11日(一) / 入場時間：9:00~17:00 / 入場費：3000元。※國小學生於平日可免費進場

範例題10

外國人在韓國生活中遇到的困難
東方人 / 西方人
文化差異 / 人際關係 / 溝通 / 生活習慣

範例題11-12

最近，在東大門歷史文化公園附近進駐了東大門設計廣場(DDP)。這一代為東大門的服飾店、縫製、衣料以及時尚相關產業密集聚集的區域，而首爾的代表觀光地東大門也預計隨著DDP的進駐，會成為各項演出、展覽、商業、觀光以及住宿等複合性的文化空間。此處將讓周邊地區得以更加活躍，成為改善都市環境的契機，並將作為「時尚文化觀光地區」正式開發。

13-15

考古題

(가) 政府為了減少這樣的違規情形，預計要實施「良善開車積分制度」。
(나) 這是對於遵守交通規則的駕駛人給予積分而不予扣分的制度
(다) 但是即使有扣分制度，也無法有效減少交通違規。
(라) 一般來說，駕駛人若違反交通規則會被扣分。

範例題

(가) 政府預計要舉辦回收這種廢塑料的活動。
(나) 這樣收集的塑料就可用作發電廠的補助燃料。
(다) 此外，銷售的收入也可以用來幫助生活困頓的人。
(라) 泡麵及零食包裝袋等在日常生活中被丟棄的廢塑料，已逐漸造成問題。

16-18

考古題

在家裡冷藏保存的蔬菜時很容易就枯萎。蔬菜枯萎的理由是因為水分逐漸流失，蔬菜隨著時間一久，就會逐漸枯萎，若要把枯萎的蔬菜變新鮮，只要將蔬菜放入50度

的高溫熱水中沖洗即可，這樣一來，蔬菜就能瞬間吸收足夠的水分，再次變新鮮。

範例題

並不是所有人都會興奮期待節日的到來。近來在節日來臨之前，因家事所衍生的壓力造成頭痛、消化不良、腹痛等症狀的主婦越來越多。像這樣的節日症候群，是因為家事幾乎由主婦們負責而造成，因此，家事最好家人們共同負擔。

19-20

考古題

一位科學家針對個人的社會貢獻度做了研究。原本在成員數越多個人所貢獻的力量也會越大的預期下，進行了研究，然而研究結果卻與預期的不太一樣，群體的人數與他們所傾注的力量大小成反比，反而兩個人所組成的團隊，所具備的潛在性期待值是最高的。

範例題

最近，不使用肥料、農藥等化學性物質種植的有機食品的需求越來越多了，由於不使用化學性藥物的關係，化學物質殘留的問題也因此被解決。另一方面，卻也帶來受細菌汙染的可能性增高的憂慮，因此，即使是攝取新鮮的有機農產品，也必須要清洗乾淨再食用。

21-22

考古題

運動選手若對於失誤有壓力的話，就很難在比賽中獲得好的成績，因此，教練在指導選手時，應盡量避免從口中說出會讓選手直接聯想到失誤的話。舉例來說，溜冰選手會有不能跌倒的壓力，因此，教練不應直接對選手說不要跌倒，而是要提醒他溜冰時要掌握重心，反而比較好。

範例題

最近，有一家信用卡公司發生了的顧客個人資料遭外洩事件，這件事是由於信用卡公司未妥善管理顧客資訊所導致，對此，政府制定了保護個人資訊的法律，然而由於在是事件發生後才採取的行動，所以被批評為是為了安撫民眾的不安所作的亡羊補牢措施。因此，將來必須在問題發生前，就事先準備預防對策才行。

23-24

考古題

忙碌於照顧三個小孩的同時，有一件事我沒得顧慮到。那是在幾天前，幫三個女兒洗澡的時候才得知的事情。我總是為了方便，從最小的孩子洗完後，接著老二，最後才幫老大洗澡。但是，那天當我最後正要幫老大洗的時候，他卻把頭垂著低低地，坐在那一動也不動。在多次的好生安撫下，她才用哽咽的聲音說：「為什麼我總是最後一個？」，在聽到這句話，瞬間，我就像是被打了一拳一樣。為了要把小孩送到幼稚園，幫他們穿衣服梳頭髮的時候，我總是邊對老大說：「幫妹妹們弄完再幫你」，邊讓她在一旁等著，那樣的記憶，浮現在我的腦海中。

範例題

我小學的時候在學校附近有一間小吃店，那間店裡有一位年紀很大的奶奶在賣辣炒年糕，因為奶奶偶爾的疏忽，不時會有吃了東西不付錢就逃跑的小孩子，然而，奶奶卻也總只是爽朗地微笑對著我們說：「多吃點再走吧」。

畢業後20年再次回到那裡，原本的小吃店已經變成了咖啡廳，而我也從同學那聽到關於奶奶的消息。奶奶早就在10年前去世，在收店面時，她將存了50年的錢捐贈給了我們的小學，我聽到這件事的瞬間，我的頭就像被什麼東西打了一樣，對於我們從前那些不懂事的行為，感到無比羞愧。

25-27

考古題

由電視劇改編的音樂劇，更有看頭。

範例題

太過緊身的褲子，腿的血液無法循環，會成為對健康的「紅色警訊」。

28-31

考古題

不論是內容再怎麼厲害的文章，若沒有能吸引讀者目光的標題，就無法讓人產生興趣。能引起讀者興趣的方法，就是擬出讓讀者覺得和自己切身相關的標題，舉例來說：「有一天你突然有了一千萬？」就比「管理錢的方法」這樣的標題好很多，站在讀者的立場想標題的話，會比較能夠引起興趣，並吸引讀者的目光。

範例題

高中教育課程逐漸改變成以考試為主的上課方式，並且減少了體育、音樂、美術等藝體能科目的比重。尤其是，體育雖然屬於教育課程中的一部分，但在實際上課時，以理論教學替代，甚至改為自習的情形甚多，讓正處於成長期的青少年，長時間一動也不動地坐著的話，有可能對骨頭生長造成不良的影響。因此，無論考試再怎麼重要，為了青少年們的身體健康著想，還是必須上體育課。

32-34

考古題

「穿越歐亞大陸計畫」的遠征團隊，開始了從韓國出發，經由亞洲各國，最後抵達德國的遙遠旅程。這個計劃是來自於一個媒體的發想，為了傳遞歐洲和亞洲共同合作的必要性，並以介紹韓國文化為其主要目的。這個由一般市民組成的遠征團隊，將會扮演民間外交大使的角色，而政府也將配合遠征團隊的旅程，舉辦相關韓流活動，並表明將未來推動歐亞能源合作的計畫。

範例題

仁州市為了改善因錯誤路標而誤導外國人的情況，宣布自下個月31日止，將舉辦名為「請更正錯誤的外語指標」的活動。錯誤的外語指標，經由諮詢委員會的審查，將在通報給管理路標的相關單位後，加以整頓，而這個活動，也計劃將給予申報件數多或找出嚴重錯誤的舉報者指定的紀念品。

35-38

考古題

最近，有愈來愈多人開始參與所謂的「療癒」課程。現代人之所以這麼狂熱於療癒的原因，是希望能藉此治癒心靈的創傷，並且對過去的失敗得到安慰，但是和這股熱潮相比，真正能藉此得到內心的平靜和安定的人，並沒有想像中的多，與其被突如其來的熱潮和氛圍影響，漫無目的地跟著去聽療癒課程，更應該往自己的內心尋找能真正治癒自己的力量。

範例題

女空服員在機內，除了提供顧客餐點及飲料之外，在登機及下飛機時，也會幫忙將顧客將行李放上行李架及取下，並且當緊急情況發生時，還有快速並正確地帶領顧客們的重要職責。然而，身著裙裝不但會使行動不方便，就業務處理來說，也無法稱之為最恰當的服裝，因此，為了使業務處理上更有效率，應該改善只為了美觀所強調並規定的裙子長度和耳環的大小。

39-41

考古題

過去在韓國，大多認為地瓜花是百年才開花一次的珍貴物種，然而，最近地瓜花卻失去了他的稀有性，並帶給人愈來愈不受人們的歡迎的印象。這是因為，地瓜花被發現由於氣候異常的關係，已能輕易開花。原本地瓜花是以其在擁有持續高溫且乾燥的氣候的亞熱帶地區才會開花的特性聞名，但是由於地球暖化，造成在韓國的異常氣候現象，使得全國各地都可頻繁看到這種物種。

範例題

隨著網路的發達，數位化環境日益普遍，開始出現了欲將「被遺忘的權利」法制化的聲浪出現。所謂「被遺忘的權利」，是指針對在網路上被製作、儲存及流通的個人照片和交易資訊，要強化其所有權並訂立有效期間，並得要求刪除、修改及永久性地銷毀這些資訊的權利。在現今的時代，我們可以很容易地取得或交換文章和照片，但是當想要徹底地刪除既有的資訊時，卻無法輕易地達成，這是由於，經營入口網站的企業才擁有處理資訊的權利的關係。因此，對此有一部份人提出應該要設計能定下「資訊終止日」，到了該期限，資訊即能自動銷毀的相關系統。

42-43

考古題

小的時候，他真的是一直在仁惠的身旁打轉，即使是被朋友嘲笑說整天只跟女的玩，還是每天一大早就去敲仁惠家的鐵門，然後大喊著「仁惠阿，我們去上學吧」，而當仁惠若無其事地把分兩邊的頭髮撥到肩膀後頭，走到他的前面，李賢碩就會自動跟上去，接著悄悄地抓住仁惠書包的背帶，拉過來幫她揹書包，而學校廁所的牆壁也因此整天出現李賢碩吳仁惠談戀愛的塗鴉，擦都擦不完。

好像是五年級的時候吧，賢碩要搬家的那一天，梅雨淅淅瀝瀝地下個不停。而即使後面的鄰居為了搬行李而整天不得安寧，仁惠也只是躲在房間的角落，一動也不動，就只是那樣待著。然而不一會過後，當卡車啟動的聲音傳來，仁惠卻不自覺地心臟噗通一聲，然後急忙地打開向著院子的窗戶，就在那，淋著雨的賢碩只是一動也不動地抬頭看著仁惠家的窗戶，不知道是不是淋濕雨的關係，一向硬邦邦翹起的賢碩的頭髮下，他的表情，如雨水一般，凝結在那。

範例題

在兒子上小學後開始和岳父一起住，雖然是跟我一樣也是上班族的妻子說「需要能照顧孩子的人」，但我知道是她擔心岳母去世後就一個人生活的岳父，才提議將岳父接過來一起住。但岳父是怎麼樣的存在呢？不就是跟母校老師一樣嚴格的人物嗎？他竟然在我們家發揮他所謂的料理的本能，更別說是他做的料理跟岳母差了十萬八千里，總歸一句話就是壓力更大了，心情也變得很複雜，我連自己的父母都沒這麼好了…，也不能怪我一直想起不想麻煩我們，而選擇回故鄉開洗衣店的父母了。

不久前，岳父的朋友寄來了蒜頭，好像是因為知道岳父喜歡大蒜，所以足足寄來了將近快五百顆，而我也理所當然地認為岳父自己會去剝那些蒜頭，但過了好多天，一堆大蒜還是維持原樣地擺在那，反倒是我對著問，到底什麼時候要剝那些蒜頭的妻子大發雷霆：「不知道是誰的父母在地下洗衣店洗衣服，難道請岳父剝一下蒜頭也不行嗎？」，妻子大聲痛哭地回我：「就不能可憐一下他一個人生活嗎？」之後，我一個人把四百顆的蒜頭都剝完了。

44-45

考古題

最近，還算不錯的公司都會建立網路管理系統，因此有專家指出，在未來負責將企業內的指示事項或訊息傳達給底下職員業務的中間管理職務，將會逐漸消失。這樣的主張，是源自於對中間管理階層所扮演的角色片面的誤解。然而，所謂的中間管理職，並不是只負責垂直性的訊息傳遞，而是同時連結多方的調停人，中間管理職要直接面對經營人以上第一線的成員，並需要能快速連結隨時可能巨變的市場機制，而他更是聚集了組成成員的要求、情緒且進而領導相互溝通的重要窗口。因此，由於中間管理階層屬於需要人類直覺和感性面的工作，所以要以網路取代還是有它的侷限。

範例題

政府為了使利用太陽能、地熱等再生自然資源的環保住宅普遍化，正計畫實施要針對家中設置相關再生能源設施的家庭補助一定的費用。而此項政策也希望能藉由使越多的家庭利用減少排放汙染物質及溫室氣體的再生能源，達到保護環境的目的。然而由於初期費用的龐大，以及後續維持和修繕會花費不少的費用，因此很難引起一般民眾的響應。不過以長期費用的每年持續增加，以及適用累進稅之後將對一般家庭造成不小的經濟負擔這點看來，設置再生能源設施對於解除經濟壓力是有幫助的。因此除了我們需要開發更多低成本、高效率的能源設施這點之外，我們還能夠期待此項政策所將帶來的經濟效益。

46-47

考古題

統計部建構並發表了能夠實際測量國民「生活品質」水準的檢測系統，這個系統將生活品質分為所得、就業、社會福利、休閒娛樂、環境、健康等12個領域共81個指標，將近半個世紀，韓國社會將經濟成長看作最重要的課題，並用盡全力付出。在這個時機點發表關於生活品質的指標，也意味著原本單一著重經濟層面的政策，開始轉而關注如何提高民眾生活品質的改變。另一方面，統計部也計畫將公開測定標準，匯集民眾的意見，提高系統的完整性。這樣做的出發點，來自於希望能持續與國民共同思考到底何為水準高的生活條件，並藉由將好的生活的議題大眾化，達到整體社會對追加及改善項目的協議。

範例題

全世界的智慧型市場因專利權訴訟引發了激烈的討論。在智慧型手機業界中佔據第一位的「pitch」，以利用全新技術和設計在後頭急起直追的「五星」為對象，提出了侵害自身專利權的訴訟，而對此，「五星」也要求「pitch」回收並銷毀侵害自己產品技術的所有商品，雖然是在雙方皆緊繃的情況下展開了訴訟，但目前雙方都處於撤銷專利權訴訟的狀態。這是因為，若是真的展開了訴訟，不管結果是輸是贏，訴訟過程造成的費用以及損失，都會對彼此帶來不小的影響，而對使用商品的消費者而言，也是一樣的情況，因此，雖然專利權為開發新技術所應獲得的正當權力，理所當然應該受到保護，但對於消費者可能造成的影響，也是必須再三考量的。

48-50

考古題

成長和分配是經濟政策的兩個主軸，如同鳥用兩隻翅膀飛翔，一個國家的經濟也無法只靠其中之一就順利運轉，問題在於政策的重心更傾向於哪一邊。由於在上個政府執政時期達到了經濟上的成長，因此，原本期望能夠達成所謂的「涓滴效應」有效分配，然而，實施先成長後分配的結果，卻是沒能有超乎期待的效果。儘管在1950及1960年代，有一部份的國家達到高經濟成長的同時，減緩了所得不均的問題，但是，在我們國家的經濟受大企業主導的結構下，理所當然會偏重於發展的成果，而很難期待會有涓滴效應，要能減緩經濟成長所帶來的所得不均現象，也就更加地困難。因此，所得不均問題愈加惡化是必然的結果，政府也須要對此制定更有力的相關政策，關於這點，現政府以平衡成長及分配為目標所提出的「所得主導成長」政策，可以說是相當切合時宜。

範例題

近來為了安穩的老年生活，出現從青年時期起就要開始替退休生活做準備的聲浪，對此，不分年紀，對國民年金的關注度也愈來愈高，然而，由於國民年金制的可靠性受到質疑，延後加入，甚至迴避這項制度的情況也時有所聞，造成此種現象的主要原因，可以歸咎於就長期而言，國民年金的財政狀況並不穩定。如今我們社會已經正式進入了高齡化社會時期，老年人口的逐漸增加，意味著不遠的將來，年金的財政將面臨枯竭。類似的傳聞甚囂塵上，若還要承受擔保老年生活的負擔，有誰願意去賭這一把呢？民眾對於國民年金的不信任與日俱增，然而，政府至今也能未提出相關明確的對策。國民年金基金的運作必須有它穩定性及收益性的保障，才能取得國民的信賴，因此，必須盡快改革國民年金制度，使其能因應時代的劇變，並反映國民的要求。

Step 5 答案與解析

1 ②

因為昨天下很多雪，所以旅遊的行程都被取消了。
① 會下 ② 下…的關係 ③ 下的程度 ④ 不只下…

旅行行程被取消的原因是「下雪了」，所以「(　　)」中應該填入的慣用表達方式為表示否定原因的「-(으)ㄴ/는 탓에」。

2 ④

昨天在百貨公司買衣服時，也順便買了鞋子。
① 因為買了 ② 為了買 ③ 代替買 ④ 趁著買…的時候

題目意思為「在百貨公司買了衣服和鞋子」，表示兩個動作都完成了，所以應該選擇表示藉助某種機會或契機，同時進行兩個動作的慣用表達「-는 김에」。

3 ③

不管再怎麼困難和辛苦，都要忍耐堅持下去。
① 愈辛苦 ② 竟然辛苦 ③ 即使辛苦 ④ 如果辛苦

題目意思為：即使是在非常艱難的情況下也不要受影響、要堅持。表示「在某種假定情況下不受影響」的慣用表達有「-(으)ㄹ지라도」和「-더라도」。

4 ④

草率處理事情的話，肯定會發生失誤。
① 似乎會 ② 好像會 ③ 不可能會 ④ 當然會

題目意思為：急於處理工作的時候，出現失誤是很自然的事情。慣用表達「-(으)ㄴ/는 법이다」表示前面提到的情況的出現是理所應當的，與其意思相近的慣用表達是「-기 마련이다」。

5 ②

像媽媽的愛一樣，將溫暖保存得很久很久。
① 攪拌器 ② 保溫瓶 ③ 電風扇 ④ 電視

透過廣告詞的「媽媽的愛、溫暖、很久很久」等關鍵字可以判斷出，內容是關於「保溫瓶」的敘述。

6 ①

錯過會後悔的半價優惠！我們替您擴大知識的寶庫。
① 書店 ② 餐廳 ③ 大使館 ④ 美術館

透過句子的關鍵字「知識、增長」可以判斷出，內容是關於書店的敘述。

7 ②

花五分鐘喝，花一秒扔，卻得花 20 年分解。
① 健康管理 ② 環境問題 ③ 安全管理 ④ 商品介紹

題目意思為：喝的時候只需要五分鐘，扔掉連一秒鐘都用不了，但是使用過的紙杯腐爛消失的過程需要 20 年才能完成。此外，透過關鍵字「썩다」也可以判斷出，內容是關於環境保護問題的敘述。

8 ③

－請確實遵照指示的服用方法及用量使用。
－服用後若有身體不適情形，請向醫師或藥師諮詢。
① 換貨指南 ② 產品說明 ③ 注意事項 ④ 購買方法

題目內容是關於服藥的注意事項。透過關鍵字「용량, 지키다, 이상, 상의하다」可以判斷出，內容對服用藥品時應該注意的事項進行了介紹。

9 ④

第 12 屆溫州煙火節
◎日期：2015 年 10 月 3 日（六）19:00~22:00
◎地點：溫州海水浴場
◎對象：不限年齡皆可
◎入場費：免費
◎諮詢方式：電話 038-123-9876
※ 詳細內容請參考官網

① 煙火節於周末二日舉行。
② 由於安全因素，小孩無法參加煙火節。
③ 只有溫州居民可以免費入場。
④ 煙火節相關資訊可以透過網路確認。

題目內容是關於煙火節的介紹。句中提示，標「※」的部分說詳細內容可以參照網頁，由此可見，透過網路也可以獲得關於煙火節的訊息。

10 ③

外國人訪韓目的
男性 / 女性
購物 / 觀光 / 業務 / 美容

① 男性和女性以觀光為目的訪韓的人數皆最多。
② 男性比起觀光，到韓國工作的人數更多。
③ 以觀光為目的訪韓的外國人男性比女性多。
④ 女性比起美容，因為工作訪韓的人數更多。

題目是一幅關於外國人訪韓目的的圖表。用圖表中給出的統計數據與問題相互對照，把無關內容一項項的排除。首先要理解「쇼핑, 관광, 업무, 미용」等單字的含義。總體來說，對於女性，適當的排序應該為「쇼핑 > 관광 > 미용 > 업무」，而對於男性來說「관광 > 쇼핑 > 업무 > 미용」則比較恰當。由此可見，以觀光旅遊為目的訪韓的外國人中，男性多於女性。

11 ③

首爾的漢江開設了「漢江公園夏季露營區」，使得許多市民們能在市中心享受露營的樂趣。漢江夏季露營區過去一到夏天，常常會有讓人不禁皺眉的大量垃圾堆積，為了改善這種負面的形象，開發了展覽及體驗等各種活動，欲展現其全新的露營文化。露營區的使用時間為夏季午後 3 點開始，至隔天早上 11 點，透過官網即可以預約，並可確認租借物品及活動等相關介紹及資訊。

① 露營區的預約可以透過網路及電話。
② 目前在漢江公園四季皆可露營。
③ 可以體驗各種活動的漢江公園露營區已開放。
④ 由於在漢江堆積的垃圾，而無法在市中心享受露營。

題目內容是關於在首爾的漢江即將開放的「漢江公園夏季露營區」的。文中指出，露營區中有展覽和體驗活動等多種項目，首爾市民可以以此為平台更瞭解露營文化。

12 ①

罹患心病的人要與不熟悉的人面對面吐露心事並接受治療，不是一件簡單的事，近來有針對無法輕易用話語表達的情緒，藉由圖畫或色彩抒發並治療心理疾病的方法。使用色彩的治療法，可以使自己的情緒自然被抒發，進而能找出疾病的原因加以治療，而不是僅僅治療與消除症狀。像這樣利用音樂、香氣及美術等來達到精神治療的案例，正逐漸增加中。

① 用話語難以表達的情緒可以用圖畫或色彩表現。
② 利用色彩的治療比其疾病原因，更注重症狀治癒。
③ 為了治療人類的心理，必須要多和不認識的人見面。
④ 有心理疾病的人，會用圖片或色彩表達自己的感情。

題目內容是關於「色彩治療法」的介紹。色彩治療是指透過圖畫和色彩表達用言語無法形容的複雜情感。

13 ①

(가) 因為如此，考試當日若剛好是生日，那一天就不喝海帶湯。
(나) 在韓國，考試前會送給考生特別的禮物。
(다) 代表考試順利上榜的年糕及麥芽糖就為之。
(라) 相反地，考試前不會吃象徵考試滑鐵盧落榜的海帶湯。

(나) 和 (다) 中的其中一句可以作為首句。由於 (다) 中含有「그것이다」，所以不能作為首句，因此 (나) 是整篇內容的第一句。(나) 中的「특별한 선물 (特別的禮物)」指的是 (다) 中的「떡과 엿 (年糕和麥芽糖)」。後面的內容應該是和前面相反的 (라)，(라) 的內容為喝海苔湯會落榜。最後則是對即使是生日的時候也不會喝海苔湯的情況進行介紹的 (가)。

14 ④

(가) 因為過去有特價優惠的關係，所以事實上並沒有什麼效果。
(나) 此制度十年前開始實行至今，往後預計將更注重。
(다) 圖書定價制是指在書上標上定價，並依照定價販賣的制度。
(라) 但是憂慮優惠減少，會使消費者負擔增加的聲浪也不小。

題目的主題是「圖書定價制」。第一句應該是介紹「圖書定價制」內容的 (다)。接著是由「이는」開頭的 (나)。(나) 以「앞으로 보다 강화될 예정이다 (計劃比之前更加強化)」結尾，所以下一句應該是以「- 기 때문이다」結束的 (가)。最後一句是以「하지만」開頭，提出與前文相反內容的 (라)。

15 ②

(가) 售貨員及乘務員等從事服務性質職業的人，又稱作感情勞動者。
(나) 但是，依據研究結果，像這樣強迫自己微笑的人，做事效率會降低。
(다) 相反地，發自內心的笑容，不但會使心情變好，對工作也會有正向的影響。
(라) 這種需要直接面對顧客的感情勞動者，很多時候不管喜不喜歡，都要擠出笑容。

題目是探討關於情感勞動者的工作效率。第一句應該是介紹「情感勞動者」含義的 (가)。下一句是承接 (가) 中提出的「감정노동자」，包含「이런 감정노동자들은」的 (라)。因為 (라) 中提到「미소를 지어야 할 때가 많다」，所以下一句應該是承接這一部分的「이렇게」的所在句 (나)。最後一句是以「반면」開頭，提出與前文相反內容的 (다)。

16 ③

最近透過媒體，經常可以接觸到對腦部有益的飲食相關資訊，然而這樣的資訊，大多沒有經過科學的驗證，花費心思在這些沒有明確依據的資訊上，只吃特定食物的話，反而會使腦部受到更多的壓力。因此，與其著重在特定食物的價值，不如均衡攝取食物，對腦部的健康更有幫助。

① 若不信賴媒體的話
② 勉強地減重的話
③ 只吃特定食物的話
④ 沒有適當的休息的話

透過「(　)」後面的「오히려」可以判斷出，這句中將針對「吃健腦食品」提出反對的意見。由此可見，最後一句中應該提出結論，所以「(　)」中應該填入關於均衡飲食的內容。

17 ④

喉嚨分成食道及氣管兩個部份，氣管將空氣傳達到肺部，而食道則將食物送到消化器官胃中。這個時候，食道會從上面開始依序蠕動肌肉，進行將食物推擠到下側的運動，由於這種運動非常強烈，因此即使我們沒有好好地站著也能消化。

① 就算肌肉發達　②即使不運動
③ 就算空氣進入食道　④即使沒有好好地站著

題目對「食道運動」進行了說明。文中說這種運動非常地劇烈，因此在與「(　)」相同的情況下也能夠消化食物，所以，正確答案為④。

18 ①

說話的時候，每個人聲音的聲調和高低都有所不同。有人的聲音屬於有權威感的聲音，也有人的聲音是慈祥且溫柔的。但是有研究結果顯示，這種聲音的差異在決定一個人的印象上，會成為重要的因素。有一位知名的政治人物，便因此被認為是權威且剛毅的人物，但在他因為疾病而改變聲音之後，卻轉而帶給大眾很仁慈溫暖的形象。

① 在決定一個人的印象上
② 在評價一個人的外表上
③ 在選擇政治人物時
④ 在改變個人的個性時

題目要求判斷「목소리의 차이」是否是填入「(　)」中的「什麼」的重要原因。只要能夠理解「(　)」後面的句子的說明對象就能夠順利地找到答案。聲音的變化可以在大眾的心目中塑造出仁慈溫暖的形象，因此聲音在某種程度上，可以成為決定形象的重要因素。

[19~20]

一直以來，捐贈都只被認知為是捐錢給生活困難的人或從事相關公益活動，但是，近來將個人具備的才能或專業能力分享給他人的才能捐贈，正逐漸受到矚目。金錢上的捐贈，可能流於一次性的侷限，而公益活動則通常沒能考慮到不同個體間的差異，反而才能捐贈能依照接受捐贈的人的特性提供相對應的捐贈，在這點上，可以說是更具效果。

19 ②

① 一定　②反而
③ 終於　④再加上

題目的主題是「才能捐贈的優點」。「(　)」中的句子對前面提到的金錢捐贈的缺點進行了說明，所以「(　)」中應該填入對才能捐贈的長處優點的介紹。由此可見，正確答案為②。

20 ③

① 捐款方式會持續進行的可能性很高。
② 由於新的捐贈方式登場，公益活動正逐漸減少。
③ 才能捐贈會考量個人的差異執行。
④ 才能捐贈在提升個人的能力上具有效果。

內容中指出，慈善活動無需考慮個人差異，而才能捐贈會根據特性提供，因此正確答案是③。

[21~22]

近來，零食的過度包裝造成了問題，相較於零食的份量，外包裝過於龐大，並且，因為零食外不必要的兩三層以上的包裝，造成零食外觀膨脹的效果，進而欺騙了消費者。雖然零食企業需負最大的責任，但是消費者對於這種情況如果隔岸觀火，持續購買這樣包裝的商品，會助長企業過度包裝的行為。因此，消費者必須要不斷地反映這樣的問題。

21 ④

① 如果不予理會　②如果洩氣
③ 如果變膽小　④如果隔岸觀火

題目內容就「過度包裝的問題」進行了說明。「(　)」前面指出了過度包裝問題的存在，這樣的情況像「(　)」一樣持續發展的話，消費者將一直遭受欺騙，所以，表示「認為是與自己無關的事情而在一邊旁觀」的「강 건너 불 보듯 하다」為正確答案。

22 ④

① 選購物品時必須更加謹慎。
② 越大越華麗的包裝，內容物就越好。
③ 消費者不能購買欺騙民眾的企業的物品。
④ 消費者必須針對過度包裝問題提出意見。

解答要求選出中心思想的題型時，應該重點分析內容的後半部分。要對「따라서, 그러므로」等類似的表達方式加以注意。短文最後一句中提到的「消費者要不斷地反應這樣的問題」為整篇內容的中心內容，所以正確答案為④。

[23~24]

想了想，過去 30 年期間，我和母親兩個人生活在狹窄的單人房裡，也吃了很多苦，因為總是叨念著這個時代女生也要好好讀書才行的母親，我才有幸在家境並不富裕的情況下讀到了大學，雖然為了減輕家裡的經濟壓力，我從國二就開始做清晨送牛奶的打工，做到大學畢業，但當每天看著升空的太陽時，我總能稍稍放下厭惡這刻薄的世界和厭倦讀書的心情。不知不覺，我也終於成為了一名社會人士，母親的頭髮也隨著歲月逐漸染白。然而，看著從早到晚做粗活卻從沒有怨言的母親，我的眼眶總不自覺地變得濕潤。「媽，要一直都很健康，不要生病了！」，我反覆著這句話，踏上上班路程，開始新的一天。

23 ②

① 為難　　② 過意不去
③ 感到壓力　　④ 慌張

畫線部分「눈가가 촉촉이 젖어 들었다」的意思是「濕了眼眶」。為了瞭解這部分內容所要表達的心情，需要認真體會前面的內容。透過前文中提出的「媽媽白了頭髮、沒有任何怨言」可以判斷出，「我」當時心裡非常不是滋味，所以正確答案為②。

24 ②

① 我大學畢業後就持續在找工作。
② 母親雖然老了很多，卻沒有休息一直在工作。
③ 母親因為很有唸書慾望，所以讀到了大學。
④ 小時候雖然家境很富裕，但為了累積經驗，嘗試做了送牛奶的工作。

文中指出，雖然媽媽隨著白髮漸漸增多而慢慢老去，但仍舊做著粗活不肯休息。

25 ④

過度的尊敬，反而會造成不愉快。

① 越過度地尊敬越好。
② 適當的尊敬會讓顧客心情好。
③ 尊敬可以消除不愉快的氣氛。
④ 過度的尊敬，也會使心情被破壞。

報導指出過度的尊敬反而不好。

26 ③

知名的藝人們，苦於受網路惡意留言攻擊。

① 在網路上留下惡意留言的藝人因此變有名了。
② 有名的藝人們在網路上留下惡意留言。
③ 以藝人們為對象的惡意留言攻擊問題很嚴重。
④ 藝人們生病感冒的消息透過網路傳開。

在這裡「몸살」的含義並不是「身體不適」，而是指「心理上的壓力和痛苦」，正確答案是③。

27 ④

預期明年的世界經濟成長率將會原地踏步，貿易減少也是原因之一。

① 世界經濟會因為貿易量的減少而變好。
② 世界經濟的活躍會使貿易量減少。
③ 為了使世界經濟活躍，必須讓貿易量減少。
④ 貿易量的減少對世界經濟的成長造成了影響。

文中預測到，明年世界經濟增長率不會提高，將於今年呈現相同的狀態，而貿易往來的減少是這種預測產生的主要理由，因此答案是④。

28 ③

一到夏天，不分你我人群會聚集的地方就是噴水池前了，由於噴水池有美化外觀的價值，在夏天時還有使周邊溫度降低的效果，因此在都市中處處可見。而最近的噴水池，不僅只有這些功能，更與音樂接軌，給予市民全新的享受，也就是配合著音樂的旋律，讓水柱如同在跳舞一般不斷移動，加上各種色彩的照明，引起像是在觀看一齣音樂劇般的錯覺。

① 給記者們氣象預報
② 給孩子們內心的童謠
③ 給市民全新的享受
④ 給藝術家獨特又新奇的想法

題目的主要內容為：音樂噴泉解決了傳統噴泉只能單一的特點，把噴泉和音樂有機的結合，受到了廣泛的關注。這種新式噴泉獨特、華麗的特點讓廣大市民感受到了另外一種享受，所以③為正確答案。雖然「독특하다」的部分是正確的，但文中並沒有體現出關於「기발한 생각」的內容。

29 ④

在韓國，曾經有引起瘋狂熱潮的電視劇，不但單集的收視率到達了平均 80%，而且每當到了撥放電視劇的時間，可以說是萬人空巷，甚至在路上連一台車也看不到，但是最近，卻幾乎沒有能達到這樣高收視率的電視劇了，這是因為即使沒能看到首播，透過電視上重播或網路依然能收看到電視劇。此外，由於每一戶擁有的電視個數增加，家人們可以透過好幾台不同的電視收看各自想看的節目的情形也越來越多了。

① 居住生活變方便
② 網路速度變快
③ 電子機器的使用變多
④ 擁有的電視個數增加

題目中指出，最近電視劇的收視率比以前低，並說明了導致這種情況出現的理由。導致收視率下降的第二個理由是「大多家庭裡有多台電視機，家庭成員會按照各自的喜好收看電視節目」，所以，與「家庭中友多台電視機」相關的內容為正確答案。因此，正確答案為④。

30 ③

為了使韓國的傳統飲食傳播到全世界，正在嘗試各種方法，而其中，將代表韓國傳統飲食的拌飯和速食漢堡作結合形成的拌飯漢堡，正引起廣大關注。這道飲食也在今年五月舉辦的「漢堡選拔比賽」中榮獲第一名，獲選為今年最佳的漢堡料理，在典型的世界化飲食中佔有一席之地的漢堡中，使用辣椒醬及大醬等具有差異性的要素製作成的拌飯漢堡，能得到全世界的注目和喜愛，可以說是令人感到欣慰的事。

① 加入相似的食材
② 反映專家意見
③ 結合有差異性的要素
④ 以怪異的飲食組成

題目就為使韓國的傳統美食「拌飯」國際化而發明的「拌飯漢堡」進行了說明，所以，「(　　)」中的內容應該是對漢堡和拌飯兩種元素結合之後會衍生出怎樣的特點的介紹。因此正確答案為③。

31 ④

國民健康保健機構為了謀求國民的健康生活，除了提高香菸的價位，同時也正在擴大禁菸區域。近來，在住宅區設置禁菸區，又稱為所謂的「禁菸公寓」，正廣受大眾的歡迎。過去韓國的住宅區中並沒有特別設置禁菸區，單單只是依賴於居民的意志，然而禁菸公寓實行之後，不只是公寓內部，附近的公園及其他便利設施也將被指定為禁菸區域，這都要歸功於想要在香菸的危害中守護自己和家人的市民們努力得來的結果。

① 將吸菸視為違法的
② 欲告知非吸菸者立場的
③ 為了國民健康盡一份力的
④ 想要從香菸中守護自己和家人的

由「(　　)」後面的內容可知，禁煙區域的擴大是廣大居民努力的結果。此外，所有的選項都以「-(으)려는」結尾，所以「(　　)」中應該填入表達市民們要劃定禁煙區域意願的內容，因此答案是④。

32 ①

由於最近享受釣魚、登山、露營等戶外活動的愛好者越來越多，料理過程不複雜又能節省時間的戶外即食品備受青睞。原本主要生產軍人緊急備糧的 C 企業的相關商品銷售量大幅成長，可說是盛況空前。戶外食品的核心技術，主要在於其加熱的技巧上，也就是在打開食品後，拉住其中的兩條線，原本包裝中的發熱液體就會流出，進而提高溫度，利用這發熱體的熱度，即能間接加熱食品，因此，即使在戶外沒有任何料理道具，也能輕鬆準備食物，這可以說是它最大的優點。

① 間接加熱技術是使用在戶外食品的主要技術。
② 由於野外活動愛好者增加，軍人們的緊急儲備糧品質也因此提升。

③ 戶外即食品雖然不需要料理道具，但使用過程非常繁複。
④ 戶外食品的加熱食物方式為用火加熱的方式。

正確答案為提出「加熱技術是戶外食品的核心技術」的選項①。「핵심 기술」和「주요 기술」的意思相同。②以生產軍用應急備糧為主的 C 企業也由於戶外活動愛好者的增加，銷售額有了大幅提高。③因為食品食用起來很方便，所以「번거롭다（麻煩，繁瑣）」的敘述是不恰當的。④食品的加熱不是透過火，而是用發熱液體。

33 ②

現在要介紹最近以拯救大自然的親環境方式所進行之蚯蚓農作法。蚯蚓農作法屬於不使用任何農藥及化學肥料的有機農作法，近來，樂活的生活型態逐漸受到各界矚目，而蚯蚓農作法就是利用蚯蚓排泄物的農作法。蚯蚓的排泄物具有很高的排水性及透氣性，對植物向下生根很有幫助，同時，也能改善因為化學肥料而逐漸貧瘠的土壤環境。且由於蚯蚓排泄物含有大量植物生長時所需的要素，能夠有效消除周邊的惡臭及害蟲，因此，蚯蚓農作法以未來的農作法而備受矚目。

① 蚯蚓農作法能減少農藥及化學肥料的使用。
② 近年來民眾越來越重視健康的生活。
③ 蚯蚓會在容易排水的植物根部附近排泄。
④ 蚯蚓農作法的核心在於捕食害蟲並減少惡臭。

選項②中提到的「웰빙」是「健康的生活」的意思。①農藥和化學肥料的用量和蚯蚓沒有關係。③蚯蚓的排泄物可以幫助供水，從而使農作物更容易紮根。④蚯蚓耕種法是指蚯蚓的排泄物可以提高土地的吸水性和透氣性，對改善土質有重要的作用。

34 ④

由於日益發展的手機功能及外觀設計的改變，換手機的周期愈變愈短，因此，每個家庭中沒有在使用的廢棄手機數量也隨之增多。依據環境部的資料顯示，2011 年的廢棄手機回收率為史上最高，而在此之後則正逐漸減少。這樣的情形可以說是一種經濟上的損失及浪費，並且，其被丟棄的手機零件所使用的有害物質，也可能會成為破壞環境的元凶。然而，廢棄手機裡同時也存在大量有再回收利用可能性的金、銀、銅等物質，若正確地回收並合法的再利用的話，不但能保護環境，也能防止經濟上的損失，藉此獲得一石二鳥的效果。

① 廢棄手機的回收率以 2011 年為基準，呈上升趨勢。
② 手機裡含有大量有害物質，最好減少使用次數。
③ 因應消費者的需求，加快了新型手機的上市。
④ 廢棄手機的再利用，對於環境和經濟都具效益。

題目的主要內容為：回收廢棄手機不但可以降低經濟上的損失，同時也能達到保護環境的作用。①以 2011 年為基準，不是「增加」而是「減少」。②文中只針對廢棄手機中的有害物質會破壞環境提出了警告，並沒有號召人們減少使用手機的次數。③導致消費者更換手機的週期變短的並不是消費者的需求，而是手機的功能以及外觀設計的不斷變化。④中的敘述與原文內容一致。

35 ①

外貌也是一種文憑，一到寒假，面臨就業面試的職場新鮮人進出整形診所的頻率便會增加，因為整形能獲得對就業有幫助的外表印象。這種情形不僅只侷限於女大學生們，隨著男學生們的外貌也是一種競爭力的認知加深，也有許多人嘗試將外表整形成較為溫和並容易產生好感的形象，雖然並不是每個人都能得到期望中的完美結果，但也因為有愈來愈多原本對外表沒什麼信心的人，在整形之後重獲自信並開啟更正向的生活，因此大家對整形的好感度也隨之逐漸提升。

① 隨著外表也是文憑的認知度提高，整形手術正受到大家的矚目。
② 由於外表也是一種文憑，因此在面試前一定要去做整形手術。
③ 準備就業面試的人為了取得有好感的外貌，經常去醫院接受治療。
④ 隨著整形手術的普及，對整形中毒的人也愈來愈多。

題目內容是關於以就業為目的整容手術的。最後一句中提到，在外貌方面沒有自信的人在接受整形手術以後獲得了自信，社會生活也變得積極起來，隨著這樣的實例越來越多，人們對整形手術的好感度也逐漸增加。最後一句是對全文的整理，同時也進一步明確了短文的主題。

36 ②

在年輕的上班族之間患有藍鳥症候群的人愈來愈多，藍鳥症候群是指只夢想著幸福，卻對日常的事情感覺不到熱情的現象；或者也可代表那些在工作上碰到困難，不想辦法克服而選擇辭職來解決問題的族群。這種症候群的發生原因，一方面可歸咎於從小受到母親過度保護的家庭環境因素，另一方面則是因為現今的雇傭關係不穩，以及裁員風潮等社會氛圍所導致。然而，有這種症候群的人也必須了解一個事實，沒有付出任何努力，只是一昧地怪罪他人並逃避問題的話，是無法獲得幸福的。

① 藍鳥症候群就是指一昧追求安逸的生活。
② 為了有幸福的生活，必須擁有相對應的努力才行。
③ 人類有將自身不幸無條件歸咎於外在環境的傾向。
④ 父母的過度保護和社會的雇傭關係不穩，造成了藍鳥症候群。

題目內容針對最近「藍鳥症侯群」不斷增加的現象以及原因進行了介紹。為了掌握內容的主題，要重點理解筆者提出主張的，即以「그러나」開頭的結束語（最後一句）。筆者想要表達的主張是「不努力是得不到幸福的」，所以正確答案為②。

37 ③

出版社的實體書市場正在崩毀當中，在過去，只要到了閱讀的季節－秋天的話，周末的書店氛圍總是十分有活力，然而，隨著價格低廉、購買方便的網路市場的擴大，實體書店便逐漸失去立足之地，最後，不論書店規模，因經營困難而倒閉的情形愈來愈多。這種情形不只發生在國內，可以說是全世界的趨勢，實體書店終將難以與縮減店面及人事費用，使書籍價位低廉的網路書局競爭；然而，實體書店對於那些想要瀏覽書況或內容後再購買的消費者而言，卻也是絕對必需的，因此在消費者的立場上，還是希望不是單方面，而是雙方互利共生的結構。

① 網路出版市場正面臨嚴重的經營困難。
② 實體書出版市場能有較少的租賃及人事費用。
③ 消費者期望網路書店和實體書店能夠共存。
④ 實體書出版市場的現況國內與國外有所差異。

題目最後一句以「쌍방의 상생 구조가 양립되길 희망하고 있다」與選項③中的「시장의 공존을 희망한다」的意思相同，所以，解題時只要掌握「공존, 상생, 쌍방, 양립」等單字的含義，就能順利解題。

38 ①

每個家庭的通訊費用負擔都在提高，依據統計部的最新資料顯示，家庭成員共兩名的月均通訊費用達到了15萬元，造成通訊費用增加的主要原因是什麼呢？應該可以歸咎於手機保證金制度所帶來的副作用。保證金制度雖然一開始能減輕購買手機時消費者的負擔，然而保證金高的協議月租費卻得持續繳交2至3年，並且若有違約的情形，還必須負擔違約金，再加上手機保證金制度隨著新產品的上市，需繳交的金額也會跟著提高，結果造成的結構性問題，只會使消費者的通訊費用支出不斷提高，進而加重個人的負擔。

① 手機保證金制度反而會加重消費者的負擔。
② 多虧手機保證金制度，可以很輕鬆購買手機。
③ 手機保證金和約定月租費每一家的規定都不一樣，因此必須要事先比較。
④ 若違反契約就必須給付違約金，因此要謹慎考慮。

題目對「手機的保證金制度」進行了說明。文中指出，整體來看，「手機保證金」不但沒有起到制度本身應有的作用，反而加重了消費者的負擔。特別是在最後一句中，以「개인에게 큰 부담을 주고 있다」對全文做出了總結。

39 ③

汽車業界颳起了一陣新旋風，目前為止所使用的汽車燃料多為揮發性燃料或柴油化學燃料，但是使用化學燃料卻會造成比想像中嚴重的損害，汽車所排放的廢氣使大氣中的總二氧化碳量增加，成為了地球暖化問題的元凶。並且其所排出的汙染物質會與大氣中的水蒸氣相互結合形成酸雨，進而使土壤酸性化，破壞原本土壤中所涵養的微生物。體認到此種環境問題的嚴重性，目前全世界都致力於開發更加環保的能源來源。電動汽車、液態氫汽車以及混合動能汽車等新產品的問世，即是努力後得到的成果，環保的電動汽車也正受到全世界的矚目。

<보기>中指出，汽車排除的有害氣體是造成全球變暖的主要原因，所以<보기>前面的內容應該是對中心內容的進一步說明。後文中可以列舉一些與此相關的事例，ⓒ的後句以「또한」開始，又列舉出了其他的實例，所以<보기>的內容應該放在它前面。

40 ③

由於老年人口的增加，民眾對於養老院也更為關注。養老院依據所在地的不同可分為都市型、都市近郊型及田園休養型等種類，都市型由於位於都市中心，雖然價格相對較高，但能持續地與友人往來，並且在醫療資源和文化服務上都相較於其他類型更加完整，這一點可以說是他最大的優點，而田園休養型價格則比較起來更為低廉，且由於大部分都位於與都市有一段距離的鄉野中，因此可以享受到新鮮空氣和大自然的氛圍，不過它的缺點為，由於距離的問題，家人拜訪和外出活動會相對較困難。都市近郊型則介於都市型和田園型之間，由於其價位和周遭環境都較為適中，因此廣受入住者的喜愛。

題目內容對「老年公寓」分成了三種不同的類型並各自的優缺點進行了介紹。<보기>的內容對其中一種類型的缺點進行了說明。解題時，可以透過對缺點的說明找到相關類型。因為「距離方面的問題」是導致缺點的主要原因，所以也成為了「田園休養型」養老院的缺點，<보기>以「그렇지만」開始，所以對優點的說明後面應該填入<보기>的內容。

41 ②

隨著最近以「李舜臣」為主題製作的電影開出好票房，也再次引發了民眾對李舜臣的關注，李舜臣是朝鮮時代中一名剛毅的武士，並以其卓越的戰略技術聞名，但是若看了在戰爭中他所寫的日記，就會知道他不過是個平凡的丈夫、兒子和情感豐沛的父親。除了時時刻刻都在擔憂母親的安危，在母親的靈前的哭喊更令人切身感受到他撕心裂肺的痛。而戰場上當他面對死去的兒子，由於怨恨和傷痛一整夜都沒闔過眼，日記中所呈現的他的脆弱一面，令人感到無限憐憫。而和此相反，他同時也是一名精通於獲取並利用情報的優秀戰略家，總是能透過和指揮官的戰前會議研究出更具效果的方法，在戰場上更是衝鋒陷陣帶領著其他的士兵，而若緊急情形發生也能有效地應對並做好自我管理，因此能流傳至今的傳奇和名聲，可說是他用血淚所換來，理所當然的結果。

題目內容對韓國歷史人物「李舜臣」進行了介紹。<보기>中的內容是能夠體現李舜臣對母親的敬愛之情的實例。因為<보기>中的實例體現的是李舜臣人性的一面的，所以「평범한 남편이자 아들이었으며 정이 많은 아버지였다（他是個平凡的丈夫和兒子，同時也是以為充滿了愛心的父親）」的後面應該填入對前文作補充說明作用的<보기>的內容。

[42~43]

張幼琳在第一天的時候，連一句話都沒有跟我說，一開始本來想說應該是因為太尷尬才這樣，但這股沉默卻持續了好長一段時間，隔一天，再隔一天，他仍舊一句話都沒有說，而因為想說不是什麼太重要的事，我也就沒特別注意。有一天我嘗試著問他「借我一下橡皮擦」，他當然沒有拒絕，但卻是一副沒有很情願的態度。

（中略）

比起摯友，我和其他的朋友熟得更快，因為個性真的不算是文靜型的，下課短短的十分鐘，我也要跑到運動場玩個一次騎馬才過癮，所以我的周邊總是圍繞著朋友，但這點我的摯友卻跟我完全不一樣，張幼琳他一個朋友都沒有，不管是下課還是中午吃飯時間，他總是一個人待著，也沒看過他主動跟別人說話的樣子，就算有別人先找他說話，他也總擺出一副沒什麼興趣的模樣，雖然這是我後來才知道的，他之所以不受同學的歡迎，就是因為這種傲慢的態度導致。

「拜託，她以為她是什麼公主嗎？」女同學們總是私底下這樣謾罵她。我看著被朋友們排擠而總是一個人行動的幼琳，心裡多少覺得有點可憐，但是幼琳他看起來好像也並不覺得自己一個人很孤單的樣子，所以依舊幾乎沒有跟我講過話。

42 ②

① 在炫耀　② 在冷嘲熱諷
③ 自暴自棄　④ 自我誇耀

畫線部分內容是女同學們對幼琳說的話。透過「흥」可以看出女同學們不太喜歡幼琳，而且「지가 무슨 공주 마마라도 되는 줄 아나 보지？」可以判斷出，幼琳的行為舉止像公主一樣傲慢無禮，引起了同學們的不滿，所以畫線部分的內容是女同學們對她的冷嘲熱諷。

43 ②

① 我個性比較安靜話不多。
② 我覺得被排擠的幼琳看起來很可憐。
③ 就算幼琳主動跟朋友講話，也總是被忽視。
④ 幼琳的周圍總是有很多朋友圍繞著。

透過我比好友更快的和其他同學親近起來的事實說明了「我」的性格並不靦腆，所以①中的「조용하다」是不正確的。雖然「我」也不太喜歡她但是看到她被同學們孤立，「我」還是很可憐她，所以選項②「幼琳看起來很可憐」是正確答案。對幼琳從來不主動和別人說話，時常獨來獨往，所以③和④都不是正確答案。

[44~45]

自由貿易協定旨在消除國家及地區間限制貿易的各種法律及制度上的措施，並實現真正的貿易自由化，因此，簽署協議之國家內各進出口企業，會適用比其他企業體更低的關稅率，透過使商品的價格更具競爭力，獲得更多的經濟利益。消費者也能因此以更加優惠的價格，購買到品質更好種類更多的商品，而就經濟上的立場來看，外國投資額的提升，也能創造出更多工作機會，不過另一方面，由於無法確保競爭力，有許多的中小企業及製造商無法與其他企業合理競爭，將會造成富者越富、貧者越貧的兩極化現象加重，對此，政府應該在締結協議之前，針對是否會對國家及國民帶來真正實質上的幫助，進行徹底的調查及分析，並同時預備使損害最小化的合理對策。

44 ②

① 必須盡早改善富者越富、貧者越貧的兩極化現象。
② 自由貿易協定必須以國家及國民的發展和利益優先。
③ 為了具備能與他國競爭的實力，必須使貿易自由化。
④ 為了兩國頻繁的貿易交流，要與更多國家締結協定。

短文在說明自由貿易協定的同時，在結尾部分提出主張，自由貿易協定究竟是否有助於國家和國民經濟的發展，需要透過適當的調查和分析，給出相應的對應措施。

45 ③

① 透過生產更多的新產品
② 透過組成有利投資的環境
③ 透過使商品的價格更具競爭力
④ 透過創造更多工作機會

解題時要認真分析「( )」的前後文。前文中提到「享受較其他企業更低的關稅率」，也就是說稅率越低價格就越低。而且後文中出現的「可以享受到很多經濟上的優惠」所以，「( )」裡應該填入與價格相關的內容。

[46~47]

跟隨潮流考量到環境問題的未來型住宅，首度在國內進行了開發，一般來說，在建築住宅的過程，為了有保溫的功能，通常會使用隔熱材料，因此，不但會增加牆壁的厚度，費用也會隨之提升。因此，針對這個問題開發了結合混凝土及隔熱材料的高隔熱複合系統，這種系統維持了既有的厚度，卻能提高 40% 的隔熱度，因此，在冬天能增加保溫的效果，而到了夏天，則能隔絕外部所吸收的熱能，達到同時節省冷、暖氣費用的效果。除了能減少經濟上的負擔，另一方面，也能減少能源的使用，兼具經濟及環保性，可以說是二者兼得。期望這個系統能早日普及，實現節約能源並提升經濟效益。

46 ④

仔細分析給出的句子，以「따라서」開始，指出新型住宅冬暖夏涼的特點能夠有效節省空調費用。由此可以判斷，所給句子與所給句子的前一句是因果關係，前一句的內容應該是對能夠節省費用的原因的介紹。仔細分析㉠～㉣的前後句可以發現，因為㉣前面出現了提高隔熱性的內容，那麼後面應該點明能夠減輕經濟上的負擔。

47 ④

① 這個系統分離了混凝土及隔熱材料。
② 新開發的外牆已經是使用於全國各地的技術。
③ 這個系統無法同時達到經濟及環保性。
④ 高隔熱複合系統雖然在牆壁的厚度上與現況相同，但卻能更加保溫。

這種隔熱系統與傳統牆壁的厚度相同，但是隔熱性能更好，所以④為正確答案。文中提出希望這種隔熱系統能夠儘快「普及」，所以選項②是錯誤的。

[48~50]

最近，政府為了改善智慧型手機出廠價及販賣價格差異所造成的問題，提出了所謂的「手機流通結構改善法」，此一法案雖然降低了政府的補助金，並使過程公開且透明化，但能夠選擇資費較為優惠的方案，並使其無法將高價費用和附加服務強加給消費者，原本的立意在於減輕民眾的通訊費負擔，統一降低那些由於製造商和電信公司間激烈的競爭，所導致泡沫化的手機價格，並將其受惠歸返予消費者。對此，製造商提出了手機市場將會萎縮的可能性，而電信公司也為了吸引消費者，爭相提出彌補措施，然而，現在就對這個法案感到悲觀，甚至開始主張要廢除或修改，似乎有些時機過早？到底是否照政府所預想的，製造商會降低出廠價、電信公司會改善服務，而使民眾切身感受到實在的效果，這些需要再多點時間觀察。

48 ②

① 為了找出並說服新法案一開始制訂的目的
② 為了要求抑制對新法案的過早研判
③ 為了傳達廢除或修改新法案的必要性
④ 為了分析新法案的問題點並提出相關解決對策

為了使手機的價格實現公正、透明，政府提出了「流通構造改善法」。透過短文內容可以判斷出，雖然這項法規產生了很多負面的影響，但是筆者還是主張暫且不要急於廢除或修訂這項法規，而是再觀察一段時間。

49 ④

① 欲藉此活化手機市場
② 為提高製造商的生產量
③ 為使電信公司間的競爭更加激烈
④ 減輕民眾的通訊費負擔

「( )」的前句中提出「소비자에게 고가의 요금제나 부가서비스를 강요하지 못하게 하여 (使其無法把高價費用和附加服務強加給消費者)」，後句中又對這項法規的出發點重新加以說明，所以，制定這項法規的目的就在於較少國民的通訊費用。

50 ①

① 擔憂那些對於法案實施的負面態度。
② 同意那些要求廢除或修改法案的意見。
③ 要求改善造成手機價格激烈競爭的流通結構。
④ 提出法案的實施將會產生許多問題的負面預測。

透過目前存在的批判性的意見，說明人們要求廢除或修訂這項法案的意願，另一方面委婉地提出了自己對關於這項法規的否定看法的批判態度，同時也表現出對現狀的擔憂。

附錄

－必考慣用語&俗語整理

－考試專用答案卡、作文紙

必考慣用語 & 俗語整理

和身體相關的慣用語

눈살을 찌푸리다	形容因為不稱心、不喜歡或不滿足而皺眉頭。 그 남자의 무례한 행동은 사람들의 눈살을 찌푸리게 했다. 那個男生無禮的行為讓大家皺起了眉頭。
눈 밖에 나다	形容對某人失去了信任，只剩下怨恨。 그는 약속을 지키지 않아 친구들의 눈 밖에 났다. 他不遵守約定，讓朋友們對他失去信任。
눈 감아 주다	形容對別人的過錯裝作不知道。 직장상사는 이번 일에 대해 작은 실수라며 눈 감아 줬다. 公司上司說這次的事情只是個小失誤，而睜一隻眼閉一隻眼帶過。
콧등이 시큰해지다	形容因為某事感動、激動或傷心而流淚。 엄마는 1년 만에 무사히 돌아온 딸을 보자 갑자기 콧등이 시큰해졌다. 媽媽一看到睽違一年平安無事歸來的女兒，就立刻鼻酸流淚。
입 밖에 내다	形容用言語表達某種想法或事實。 이번 일은 절대 입 밖에 내서는 안 됩니다. 絕對不能跟任何人說這件事。
입을 모으다	形容很多人持一樣的意見。 의사들은 건강을 위해 규칙적인 운동을 해야 한다고 입을 모아 말한다. 醫生們一致表示，為了健康必須規律地運動。
혀를 차다	用舌頭發出聲音，來表達不好的狀態或遺憾的心情。 어르신들은 지하철에서 예의 없이 행동하는 젊은이들을 보고 혀를 차셨다. 老人家在地鐵看到沒禮貌的年輕人不禁咋了舌。
귀가 솔깃하다	形容對別人說的話很感興趣。 물건을 아주 싸게 판다는 말에 귀가 솔깃해졌다. 聽到人家說東西賣很便宜，讓我不禁豎起耳朵。
고개를 젓다	形容用搖頭的方式表達否定或拒絕。 미나의 말에 친구들은 고개를 저어 거절의 표시를 했다. 朋友對美娜說的話紛紛搖頭表示拒絕。
골치가 아프다	形容因為不知道該如何是好而苦悶到頭痛的地步。 그 남자는 요즘 결혼 문제로 골치가 아프다. 那個男生最近為了結婚問題傷透腦筋。

머리를 맞대다	形容為了討論或決定某事相互合作，提出自己的意見。 이번 프로젝트는 모두 머리를 맞대고 대책을 마련해야 한다. 這次的專案需要大家一同商討找出對策。
어깨를 으쓱거리다	形容透過上下聳肩的動作表達自豪的心情。 미나는 장학금을 받았다면서 어깨를 으쓱거리며 교실로 들어왔다. 美娜拿到了獎學金，聳肩自豪地走進教室。
가슴이 뜨끔하다	形容因為自己犯下的過錯而良心不安或非常害怕。 선생님의 말씀에 가슴이 뜨끔하여 사실대로 말해 버렸다. 聽了老師的話後覺得非常不安，就把事情的真相如實說出來了。
가슴을 치다	形容因為心理受到了嚴重的打擊，心痛地捶胸頓足。 할머니는 자식의 사망 소식을 듣고 가슴을 치셨다. 奶奶聽到自己孩子死亡的消息，痛苦地搥胸頓足。
등을 돌리다	形容曾經心意不相通一起工作的人們反目成仇。 사업에 실패하자 그의 친구들마저 모두 등을 돌렸다. 他的生意一失敗，連朋友們全都離他而去。
손을 벌리다	形容向別人索要或乞討。 그 남자는 먹여 살려야 할 식구가 많아 이웃에게까지 손을 벌렸다. 由於那個男生家裡有好幾個人要養，所以甚至向鄰居借錢。
손사래를 치다	形容用搖手的方式表示拒絕或否定。 그 남자는 손사래를 치며 술을 못 마신다고 말했다. 他搖搖手說他不會喝酒。
무릎을 치다	用手拍大腿，形容突然得知某個讓人驚訝的事、突然想起某事的激動心情。 남자는 갑자기 무릎을 치며 "아~! 그렇게 하면 되겠구나!"라고 말했다. 他突然拍了一下膝蓋說：「啊！那樣做就可以了啊！」。
발목을 잡히다	形容被某事困擾或被別人抓住短處。 오늘 일찍 퇴근하려고 했는데 김 부장님께서 시키신 일에 발목을 잡혀서 늦게까지 일했다. 今天本來想早點下班的，但因為被金部長交代的事情綁住，而加班到很晚。
발 벗고 나서다	形容像做自己的事情一樣熱心、積極的幫助別人。 그 연예인은 남을 도와주는 일이라면 항상 발 벗고 나선다. 那個藝人只要是幫助別人的事情，總是積極站出來。

附錄

其他慣用語

가닥을 잡다	形容掌握了某事的情況或理解某種狀況。 이 일을 한 지 벌써 1년이 다 되어 가는데 아직까지 가닥을 잡지 못하고 있다. 雖然已經從事這個工作將近一年了，但還是沒辦法確切掌握。
갈피를 못 잡다	形容無法掌握某事的解決辦法或無法得到判斷某個問題的根據。 선배님이 왜 그러는지 갈피를 못 잡겠다. 實在沒辦法弄清楚到底前輩為什麼要那樣做。
기승을 부리다	形容某種心情或力量非常強烈，以致於無法輕易平息。 봄이지만 여전히 꽃샘추위가 기승을 부리는 날씨가 계속 되고 있다. 雖然已經是春天了，但春寒的成功還在持續中。
골탕을 먹다	形容一次承受很大的損失或是突然遭遇某種困難。 그는 개구쟁이 친구들에게 항상 골탕을 먹곤 한다. 他總是因為愛搗蛋的朋友而吃盡苦頭。
말꼬리를 흐리다	形容沒有辦法確切表達自己的想法，或話尾含糊不清、不能清楚地表達。 미나는 이번 모임에 참석할 수 있을지 모르겠다며 말꼬리를 흐렸다. 美娜說著不知道能不能參加這次的聚會，聲音愈來愈含糊。
몸 둘 바를 몰라 하다	形容由於驚訝、惶恐、羞澀、害羞、感激、稱讚等心情而不知所措。 미나는 주변 사람들의 쏟아지는 칭찬에 몸 둘 바를 몰라 했다. 美娜因為周遭的人的稱讚而顯得不知所措。
물불을 가리지 않다	形容毫不顧忌會發生什麼樣的危險或可能遭遇什麼樣的困難，就盲目行動。 대부분의 부모님들은 자식의 교육을 위해 물불을 가리지 않는다. 大部分的父母為了子女的教育，會不顧一切投入。
맥이 빠지다	形容放鬆或因為失望而失去力氣。 시험을 보고났더니 맥이 빠져서 앉아 있을 힘도 없다. 考完試後氣力盡失，連坐著的力氣都沒有。
바가지를 긁다	形容不愛聽的聲音，一般指妻子向男生抱怨、發牢騷。 매일 아내가 바가지를 긁는 바람에 일할 마음이 생기지 않는다. 每天聽太太發牢騷，連工作的心情都沒了。
발등에 불이 떨어지다	形容做事不能有規律、有計劃的循序漸進，而是拖到最後才開始，造成緊張的局面。 내 동생은 무슨 일이든지 발등에 불이 떨어져야 시작하는 버릇이 있다. 我弟弟有不管是什麼事，都要拖到火燒屁股才開始做的壞習慣。
시치미를 떼다	形容假裝沒做過或假裝不知道。 동생은 과자를 숨겼으면서도 모르는 척 시치미를 떼고 있다. 弟弟把餅干藏起來，還裝蒜說不知情。

실마리를 찾다	形容尋找解決問題的方法和線索。 그 형사는 이번 사건의 실마리를 찾고 있지만, 특별한 증거를 얻지 못했다. 那位刑警雖然在找這次事件的線索，但還沒能得到特別的證據。
줄행랑을 놓다	形容察覺到不好的情況，非常急迫地逃跑。 너무 가난한 젊은 부부는 밤에 다른 사람 몰래 줄행랑을 놓았다. 那對生活極度困頓的年輕夫妻趁著晚上悄悄逃走了。
진땀을 빼다	形容雖然遭遇了困難或為難的事，但是還是積極地去尋找解決方法。 이번 사건으로 인해 관계 당국은 아침부터 이리 뛰고 저리 뛰느라 진땀을 뺐다. 由於這次的事件，相關單位從早上開始就忙進忙出，絞盡了腦汁。
찬물을 끼얹다	形容原本事情進行的很順利，卻因為某種行動而破壞了氣氛。 주연 여배우의 중도 하차는 그 드라마의 인기에 찬물을 끼얹었다. 由於女主角中途辭演，那部電視劇的人氣也被潑了冷水。
하늘을 찌르다	形容某種精神或士氣非常了不起。 그 남자 배우는 드라마 한편으로 하늘을 찌를 듯한 인기를 얻고 있다. 那位男演員因為一部電視劇而人氣一飛沖天。
한술 더 뜨다	形容事情已經很糟糕，卻又做出某種愚蠢的行為使事態更加不堪。 형은 미안한 기색은커녕 한술 더 떠서 나에게 욕을 했다. 不要說連感到抱歉的神情都沒有，哥哥甚至還辱罵我。
허리띠를 졸라매다	形容為了簡樸的生活減少開銷。 올해 물가상승으로 인해 공공기관들이 허리띠를 졸라매기 시작했다. 由於今年物價上漲，讓公家機關開始勒緊褲帶。
환심을 사다	形容為了取悅別人百般努力。 그 남자는 자기가 좋아하는 여자의 환심을 사기 위해 비싼 선물을 준비했다. 他為了討自己喜歡的女生歡心，準備了昂貴的禮物。
활개를 치다	形容意氣洋洋地做某事或好像世界都是自己的一樣恣意妄為。 우리 동네의 폭력배들이 자기 세상인 양 활개를 치며 돌아다니고 있다. 我們社區的暴力份子覺得世界是自己的一樣，到處恣意妄為。

應用慣用語的文法

V-는, A-은	與慣用語連用，前面的部分對後面的名詞有修飾作用，表示事件或事實的行為現在正在進行。 봄이지만 여전히 꽃샘추위가 기승을 부리는 날씨가 계속 되고 있습니다. 雖然已經是春天了，但春寒的威力還在持續中。

A/V-아/어/여(서)	表示前面的內容中提到的行為或情況是後面內容的原因或理由。「-아/어/여(서)」中的「서」可以省略. 시험을 보고났더니 맥이 빠져(서) 앉아 있을 힘도 없다. 考完試後氣力盡失，連坐著的力氣都沒有。
A/V-게 되다	與說話人的主觀態度無關，由於他人的行為或條件造成了某種狀況。 그 남자의 무례한 행동 때문에 저절로 눈살을 찌푸리게 됐어. 因為那個男子的無禮行為，而不自覺皺起眉頭。
A/V-더라	表示向他人傳授經過自己的親身經歷而得知的某種事實或感受。 사업에 실패하자 친구들마저 모두 등을 돌리더라. 他的生意一失敗，連朋友們全都離他而去。
A-아/어지다	表示正在逐漸向某種情況發展。 1년 만에 무사히 돌아온 딸을 보니까 콧등이 시큰해졌어요. 媽媽一看到睽違一年平安無事歸來的女兒，就立刻鼻酸。

常用俗語

가는 날이 장날이다	形容本來打算做某事，卻經歷或發生了事先無法預料的事情。 가는 날이 장날이라고 어렵게 물어서 찾아갔더니 상점이 쉬는 날이었다. 真可說是事不湊巧，辛辛苦苦過去一趟，結果店家竟然公休。
갈수록 태산이다	形容某種情況逐漸惡化或越來越困難。 올해도 청년 실업률이 바닥을 치면서 취업을 앞둔 사람들의 걱정은 갈수록 태산이다. 隨著今年的青年就業率跌落谷底，準備要找工作的人更加憂心忡忡了。
길고 짧은 건 대 봐야 안다	形容某件事情是好是壞要實際經歷過才能知道。 나를 얕잡아 봐도 길고 짧은 것은 대 봐야 아는 것이니 이번 대회에서 한 번 겨뤄 보자. 就算你再怎麼瞧不起我，但路遙知馬力，這次比賽就來較量一下吧。
그림의 떡	形容雖然非常喜歡，但卻無法利用或擁有。 해외여행이 일반화되었다지만 여전히 나에게는 그림의 떡이다. 雖然說國外旅遊愈來愈普遍，但對我來說仍舊是可望不可及。
금강산도 식후경	形容再有意思、再好的事情，也要先填飽肚子才能去做，餓著肚子任何事情都無法實現。 금강산도 식후경인데 점심을 먹고 공장을 둘러보는 것이 좋을 것 같습니다. 俗話說吃飯皇帝大，先吃午餐再去工廠看看，似乎比較好。

개구리 올챙이 적 생각 못한다	形容生活條件或狀態相較從前有所改善的人不考慮從前的狀態，卻像一開始就很好地一樣處事。 미나야~ 개구리 올챙이 적 생각 못 한다고 너도 어렸을 때는 대소변 못 가렸어. 동생한테 뭐라고 하지 마. 美娜阿，人家說青蛙會忘了蝌蚪時期，你小時候也不會自己大小便，不要再說妹妹了。
누워서 침 뱉기	形容本想辱罵別人而說出的話，卻對自己造成了侮辱。 정치인들이 이 문제에 대해 잘잘못의 책임을 서로 떠넘겼지만, 시민들로부터 누워서 침 뱉기라는 항의를 들어야만 했다. 政治人物們忙著互相推卸關於這個問題責任的同時，也必須思考一下民眾的指責終究是自食惡果的原因。
땅 짚고 헤엄치기	形容非常容易、易如反掌。 전문가의 조언을 반영한 이번 프로젝트가 성공하는 일은 땅 짚고 헤엄치기이다. 反映專家們意見而實行的這個計劃，輕而易舉就能成功。
떡 줄 사람은 생각지도 않는데 김칫국부터 마신다	未捉到熊，倒先賣皮。比喻做某事的人還沒有考慮這件事、對方（受益方）就認為是已經完成這件事了。 떡 줄 사람은 생각지도 않는데 김칫국부터 마신다더니 미나는 그 남자가 자기를 좋아한다고 믿고 있다. 俗話說未捉到熊，倒先賣皮，美娜自己相信那個男生喜歡她。
뛰는 놈 위에 나는 놈 있다	天外有天，人外有人。比喻能人之外還有能人。 지금은 네가 제일 인기가 많은 것 같겠지만 언제나 뛰는 놈 위에는 나는 놈이 있다는 걸 명심하고 겸손해야 해. 雖然現在好像是你最紅，但你還是要謹記人外有人天外有天，做人要謙虛。
밑 빠진 독에 물 붓기	往沒有底的缸裡倒再多的水，也不能把缸灌滿。形容投入再多的力量和金錢也無法成就某事。 공부에 소질이 없는 미나를 보습 학원에 보내는 것은 밑 빠진 독에 물 붓기다. 將讀書沒有天份的美娜送去上補習班，根本就是竹籃子打水有去無回。
배보다 배꼽이 더 크다	形容輔助部分比主題部分更多更大。 우리 기업은 막대한 출혈을 감수하고 배보다 배꼽이 더 큰 사은품을 고객들에게 제공하기로 했다. 我們公司決議即使會大虧本，也要提供顧客比購買商品更實惠的贈品。
사공이 많으면 배가 산으로 간다	沒有領舵人的情況下很多人一起划船，船會劃到山上去。形容很多人在一起一味的堅持自己的意見，是無法解決問題的。 사공이 많으면 배가 산으로 올라간다고 많은 사람들이 각자 자신의 의견을 제시했지만 이번 회의는 아무런 결론을 못 내리고 끝냈다. 俗話說人多嘴雜，雖然有很多人提出了自己的意見，但這次會議卻沒能得出一個結論就結束了。

附錄

소 잃고 외양간 고친다	在牛被偷了以後修補牛棚。形容做錯事以後再想辦法也無濟於事。 소 잃고 외양간 고친다고 지금부터 건강관리를 제대로 하지 않으면 나중에 큰 병으로 고생할지도 모른다. 所謂亡羊補牢，若沒有從現在開始就好好顧健康，說不定以後會因大病所苦。
소귀에 경 읽기다	在牛的耳邊唸經，牛一句也無法聽懂經文的意思。形容無論怎樣教授也無法掌握或沒有效果。 김 대리에게 이 기획안 수정은 반드시 필요하다고 말했는데도 소귀에 경 읽기다. 就算我再怎麼跟金代理說務必需要修改這次的計畫案，也不過是對牛彈琴罷了。
수박 겉 핥기	不去品嚐甜美爽口的西瓜瓤，而只舔堅硬的西瓜皮，形容不知道實物的實質而只去關心表象。 나는 여행을 할 때 수박 겉 핥기 식으로 여러 나라를 돌지 않고 한 나라만 정해서 여행하는 편이다. 我旅遊的時候幾乎不走馬看花一次走遍多國，而是比較傾向選定一個國家探訪。
세 살 버릇 여든까지 간다	形容小時候形成的壞習慣，即使長大以後也無法糾正。 세 살 버릇 여든까지 간다더니 친구는 어릴 때부터 손톱을 물어뜯는 버릇을 아직도 못 고치고 있다. 還真所謂舊習難改，朋友小時候愛咬手指甲的壞習慣到現在都還沒能改掉。
천리 길도 한 걸음부터다	形容事情的開始非常重要。 천리 길도 한 걸음부터라고 외국어를 공부할 때 계획을 짜고 천천히 기초부터 배워야 한다. 有句話說千里之行始於足下，在學習外語時必須要從基礎開始慢慢學起。
친구 따라 강남 간다	形容雖然自己不想做，但是也被別人牽制著去做。 가수 김은하 씨는 우연히 친구와 함께 오디션에 참가했다가 가수가 되었다. 친구 따라 강남 간 셈이다. 歌手金銀河是偶然和朋友去試鏡時被選上的，可說是盲目跟隨。
하나를 보면 열을 안다	形容只瞭解一部分就能判斷出全部。 하나를 보고 열을 안다고 출근 첫날부터 지각하는 것을 보니 앞으로 제대로 일을 못할 게 뻔하다. 人家說從小知大，從他第一天上班就遲到看來，以後應該也不會把事情做得多好。

應用俗語的文法

V-는다고, A-다고, N이라고	與俗語連用，透過比較的方式描述某種情況。 가는 날이 장날이라고 어렵게 물어서 찾아갔더니 상점이 쉬는 날이었어. 真可說是事不湊巧，辛辛苦苦過去一趟，結果店家竟然公休。
V-는다는, A-다는, N이라는	表示說話人引用俗語進行表達或引出說話人自己的想法，主要與「생각, 말, 사람」連用。 천리 길도 한 걸음부터라는 말이 있듯이 외국어는 천천히 기초부터 배워야 해요. 有句話說千里之行始於足下，在學習外語時必須要從基礎開始慢慢學起。
V-는다더니, A-다더니	以俗語為例，證明後面的內容是正確的。 떡 줄 사람은 생각지도 않는데 김칫국부터 마신다더니 미나는 그 남자가 자기를 좋아한다고 믿고 있어. 俗話說未捉到熊倒先賣皮，美娜自己相信那個男生喜歡她。
V-는데, A-은데, N인데	用於介紹某種事物或情況時，後面引出具體內容。 금강산도 식후경인데 점심을 먹고 공장을 둘러보는 것이 좋을 것 같습니다. 俗話說吃飯皇帝大，先吃午餐再去工廠看看，似乎比較好。
N으로	以俗語舉例引出手段、方法。 나는 여행을 할 때 수박 겉 핥기로 여러 나라를 돌지 않고 한 나라만 정해서 여행하는 편이야. 我旅遊的時候幾乎不走馬看花一次走遍多國，而是比較傾向選定一個探訪。
N이다	與俗語連用，引出某種情況或狀態，主要用於陳述句中。 해외여행이 일반화되었다지만 여전히 나에게는 그림의 떡이다. 雖然說國外旅遊愈來愈普遍，但對我來說仍舊是可望不可及。

한국어능력시험
TOPIK Ⅱ
1 교시 (듣기)

성 명 (Name)	한 국 어 (Korean)	
	영 어 (English)	

수 험 번 호											
					8						
⓪	⓪	⓪	⓪	⓪		⓪	⓪	⓪	⓪	⓪	⓪
①	①	①	①	①		①	①	①	①	①	①
②	②	②	②	②		②	②	②	②	②	②
③	③	③	③	③		③	③	③	③	③	③
④	④	④	④	④		④	④	④	④	④	④
⑤	⑤	⑤	⑤	⑤		⑤	⑤	⑤	⑤	⑤	⑤
⑥	⑥	⑥	⑥	⑥		⑥	⑥	⑥	⑥	⑥	⑥
⑦	⑦	⑦	⑦	⑦		⑦	⑦	⑦	⑦	⑦	⑦
⑧	⑧	⑧	⑧	⑧	●	⑧	⑧	⑧	⑧	⑧	⑧
⑨	⑨	⑨	⑨	⑨		⑨	⑨	⑨	⑨	⑨	⑨

※결 시 확인란	결시자의 영어 성명 및 수험번호 기재 후 표기	○

※답안지 표기 방법(Marking examples)	
바른 방법(Correct)	바르지 못한 방법(Incorrect)
●	✓ ⊙ ◐ ⊗ ✗

※ 위 사항을 지키지 않아 발생하는 불이익은 응시자에게 있습니다.

※감독관 확 인	본인 및 수험번호 표기가 정확한지 확인	(인)

번호	답		란	
1	①	②	③	④
2	①	②	③	④
3	①	②	③	④
4	①	②	③	④
5	①	②	③	④
6	①	②	③	④
7	①	②	③	④
8	①	②	③	④
9	①	②	③	④
10	①	②	③	④
11	①	②	③	④
12	①	②	③	④
13	①	②	③	④
14	①	②	③	④
15	①	②	③	④
16	①	②	③	④
17	①	②	③	④
18	①	②	③	④
19	①	②	③	④
20	①	②	③	④

번호	답		란	
21	①	②	③	④
22	①	②	③	④
23	①	②	③	④
24	①	②	③	④
25	①	②	③	④
26	①	②	③	④
27	①	②	③	④
28	①	②	③	④
29	①	②	③	④
30	①	②	③	④
31	①	②	③	④
32	①	②	③	④
33	①	②	③	④
34	①	②	③	④
35	①	②	③	④
36	①	②	③	④
37	①	②	③	④
38	①	②	③	④
39	①	②	③	④
40	①	②	③	④

번호	답		란	
41	①	②	③	④
42	①	②	③	④
43	①	②	③	④
44	①	②	③	④
45	①	②	③	④
46	①	②	③	④
47	①	②	③	④
48	①	②	③	④
49	①	②	③	④
50	①	②	③	④

本作答紙為練習用紙。

한국어능력시험
TOPIK II
2 교시 (읽기)

성 명 (Name)	한 국 어 (Korean)	
	영 어 (English)	

수					험	번				호	
					8						
0	0	0	0	0		0	0	0	0	0	0
1	1	1	1	1		1	1	1	1	1	1
2	2	2	2	2		2	2	2	2	2	2
3	3	3	3	3		3	3	3	3	3	3
4	4	4	4	4		4	4	4	4	4	4
5	5	5	5	5		5	5	5	5	5	5
6	6	6	6	6		6	6	6	6	6	6
7	7	7	7	7		7	7	7	7	7	7
8	8	8	8	8	●	8	8	8	8	8	8
9	9	9	9	9		9	9	9	9	9	9

※결 시 확인란	결시자의 영어 성명 및 수험번호 기재 후 표기	○

※답안지 표기 방법(Marking examples)	
바른 방법(Correct)	바르지 못한 방법(Incorrect)
●	✓ ⊙ ◐ ⊗ ✗

※ 위 사항을 지키지 않아 발생하는 불이익은 응시자에게 있습니다.

※감독관 확 인	본인 및 수험번호 표기가 정확한지 확인	(인)

번호	답		란	
1	①	②	③	④
2	①	②	③	④
3	①	②	③	④
4	①	②	③	④
5	①	②	③	④
6	①	②	③	④
7	①	②	③	④
8	①	②	③	④
9	①	②	③	④
10	①	②	③	④
11	①	②	③	④
12	①	②	③	④
13	①	②	③	④
14	①	②	③	④
15	①	②	③	④
16	①	②	③	④
17	①	②	③	④
18	①	②	③	④
19	①	②	③	④
20	①	②	③	④

번호	답		란	
21	①	②	③	④
22	①	②	③	④
23	①	②	③	④
24	①	②	③	④
25	①	②	③	④
26	①	②	③	④
27	①	②	③	④
28	①	②	③	④
29	①	②	③	④
30	①	②	③	④
31	①	②	③	④
32	①	②	③	④
33	①	②	③	④
34	①	②	③	④
35	①	②	③	④
36	①	②	③	④
37	①	②	③	④
38	①	②	③	④
39	①	②	③	④
40	①	②	③	④

번호	답		란	
41	①	②	③	④
42	①	②	③	④
43	①	②	③	④
44	①	②	③	④
45	①	②	③	④
46	①	②	③	④
47	①	②	③	④
48	①	②	③	④
49	①	②	③	④
50	①	②	③	④

한국어능력시험
TOPIK II
1 교시 (쓰기)

성 명 (Name)	한 국 어 (Korean)	
	영 어 (English)	

수			험			번			호		
					8						
0	0	0	0	0		0	0	0	0	0	0
1	1	1	1	1		1	1	1	1	1	1
2	2	2	2	2		2	2	2	2	2	2
3	3	3	3	3		3	3	3	3	3	3
4	4	4	4	4		4	4	4	4	4	4
5	5	5	5	5		5	5	5	5	5	5
6	6	6	6	6		6	6	6	6	6	6
7	7	7	7	7		7	7	7	7	7	7
8	8	8	8	8	●	8	8	8	8	8	8
9	9	9	9	9		9	9	9	9	9	9

※결 시 확인란	결시자의 영어 성명 및 수험번호 기재 후 표기	○

※답안지 표기 방법(Marking examples)	
바른 방법(Correct)	바르지 못한 방법(Incorrect)
●	✓ ⊙ ◐ ⊗ ✗

※ 위 사항을 지키지 않아 발생하는 불이익은 응시자에게 있습니다.

※감독관 확 인	본인 및 수험번호 표기가 정확한지 확인	(인)

주관식 답안은 정해진 답란을 벗어나거나 답란을 바꿔서 쓸 경우 점수를 받을 수 없습니다.
(Answers written outside the box or in the wrong box will not be graded.)

51	㉠
	㉡
52	㉠
	㉡

53 아래 빈칸에 200자에서 300자 이내로 작문하십시오 (띄어쓰기 포함).
(Please write your answer below; your answer must be between 200 and 300 letters including spaces.)

50
100
150
200
250
300

※ **54번은 뒷면에 작성하십시오.** (Please write your answer for question number 54 at the back.)

本作答紙為練習用紙。

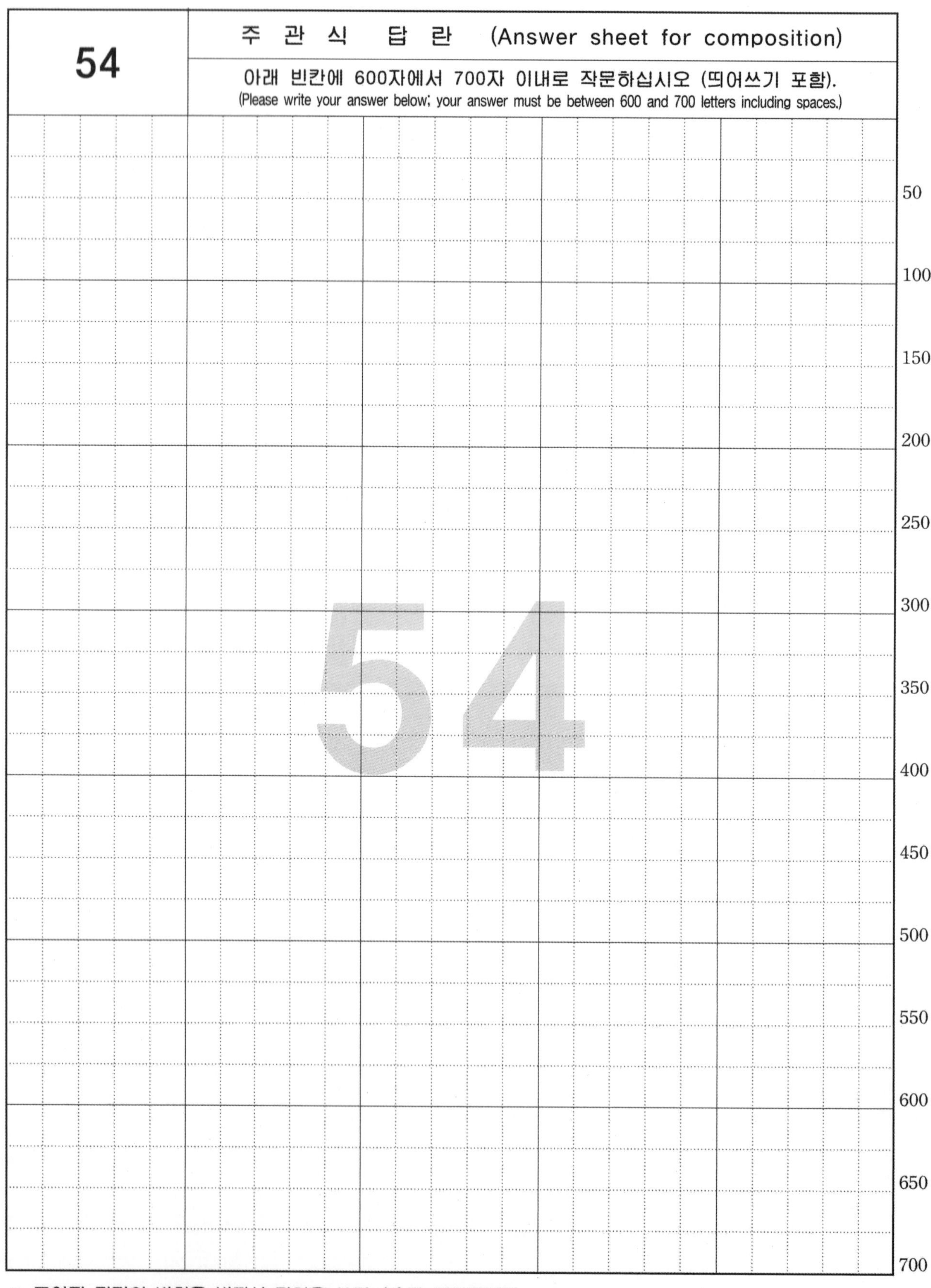

54

주 관 식 답 란 (Answer sheet for composition)

아래 빈칸에 600자에서 700자 이내로 작문하십시오 (띄어쓰기 포함).
(Please write your answer below; your answer must be between 600 and 700 letters including spaces.)

※ 주어진 답란의 방향을 바꿔서 답안을 쓰면 '0'점 처리됩니다.
(Please do not turn the answer sheet horizontally. No points will be given.)

한국어능력시험
TOPIK II
1 교시 (듣기)

성 명 (Name)	한 국 어 (Korean)	
	영 어 (English)	

수 험 번 호

					8						
0	0	0	0	0		0	0	0	0	0	0
1	1	1	1	1		1	1	1	1	1	1
2	2	2	2	2		2	2	2	2	2	2
3	3	3	3	3		3	3	3	3	3	3
4	4	4	4	4		4	4	4	4	4	4
5	5	5	5	5		5	5	5	5	5	5
6	6	6	6	6		6	6	6	6	6	6
7	7	7	7	7		7	7	7	7	7	7
8	8	8	8	8	●	8	8	8	8	8	8
9	9	9	9	9		9	9	9	9	9	9

※결 시 확인란	결시자의 영어 성명 및 수험번호 기재 후 표기	○

※답안지 표기 방법(Marking examples)

바른 방법(Correct)	바르지 못한 방법(Incorrect)
●	☑ ⊙ ◐ ⊗ ✗

※ 위 사항을 지키지 않아 발생하는 불이익은 응시자에게 있습니다.

※감독관 확 인	본인 및 수험번호 표기가 정확한지 확인	(인)

번호	답		란	
1	1	2	3	4
2	1	2	3	4
3	1	2	3	4
4	1	2	3	4
5	1	2	3	4
6	1	2	3	4
7	1	2	3	4
8	1	2	3	4
9	1	2	3	4
10	1	2	3	4
11	1	2	3	4
12	1	2	3	4
13	1	2	3	4
14	1	2	3	4
15	1	2	3	4
16	1	2	3	4
17	1	2	3	4
18	1	2	3	4
19	1	2	3	4
20	1	2	3	4

번호	답		란	
21	1	2	3	4
22	1	2	3	4
23	1	2	3	4
24	1	2	3	4
25	1	2	3	4
26	1	2	3	4
27	1	2	3	4
28	1	2	3	4
29	1	2	3	4
30	1	2	3	4
31	1	2	3	4
32	1	2	3	4
33	1	2	3	4
34	1	2	3	4
35	1	2	3	4
36	1	2	3	4
37	1	2	3	4
38	1	2	3	4
39	1	2	3	4
40	1	2	3	4

번호	답		란	
41	1	2	3	4
42	1	2	3	4
43	1	2	3	4
44	1	2	3	4
45	1	2	3	4
46	1	2	3	4
47	1	2	3	4
48	1	2	3	4
49	1	2	3	4
50	1	2	3	4

本作答紙為練習用紙。

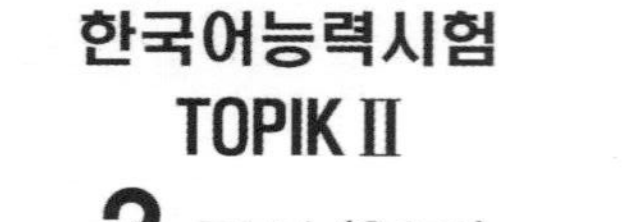

한국어능력시험
TOPIK II
2 교시 (읽기)

성 명 (Name)	한 국 어 (Korean)	
	영 어 (English)	

수 험 번 호											
					8						
⓪	⓪	⓪	⓪	⓪		⓪	⓪	⓪	⓪	⓪	⓪
①	①	①	①	①		①	①	①	①	①	①
②	②	②	②	②		②	②	②	②	②	②
③	③	③	③	③		③	③	③	③	③	③
④	④	④	④	④		④	④	④	④	④	④
⑤	⑤	⑤	⑤	⑤		⑤	⑤	⑤	⑤	⑤	⑤
⑥	⑥	⑥	⑥	⑥		⑥	⑥	⑥	⑥	⑥	⑥
⑦	⑦	⑦	⑦	⑦		⑦	⑦	⑦	⑦	⑦	⑦
⑧	⑧	⑧	⑧	⑧	●	⑧	⑧	⑧	⑧	⑧	⑧
⑨	⑨	⑨	⑨	⑨		⑨	⑨	⑨	⑨	⑨	⑨

※결 시 확인란	결시자의 영어 성명 및 수험번호 기재 후 표기	○

※답안지 표기 방법(Marking examples)	
바른 방법(Correct)	바르지 못한 방법(Incorrect)
●	✓ ⊙ ◐ ⊗ ✗

※ 위 사항을 지키지 않아 발생하는 불이익은 응시자에게 있습니다.

※감독관 확 인	본인 및 수험번호 표기가 정확한지 확인	(인)

번호	답		란	
1	①	②	③	④
2	①	②	③	④
3	①	②	③	④
4	①	②	③	④
5	①	②	③	④
6	①	②	③	④
7	①	②	③	④
8	①	②	③	④
9	①	②	③	④
10	①	②	③	④
11	①	②	③	④
12	①	②	③	④
13	①	②	③	④
14	①	②	③	④
15	①	②	③	④
16	①	②	③	④
17	①	②	③	④
18	①	②	③	④
19	①	②	③	④
20	①	②	③	④

번호	답		란	
21	①	②	③	④
22	①	②	③	④
23	①	②	③	④
24	①	②	③	④
25	①	②	③	④
26	①	②	③	④
27	①	②	③	④
28	①	②	③	④
29	①	②	③	④
30	①	②	③	④
31	①	②	③	④
32	①	②	③	④
33	①	②	③	④
34	①	②	③	④
35	①	②	③	④
36	①	②	③	④
37	①	②	③	④
38	①	②	③	④
39	①	②	③	④
40	①	②	③	④

번호	답		란	
41	①	②	③	④
42	①	②	③	④
43	①	②	③	④
44	①	②	③	④
45	①	②	③	④
46	①	②	③	④
47	①	②	③	④
48	①	②	③	④
49	①	②	③	④
50	①	②	③	④

한국어능력시험
TOPIK II
1 교시 (쓰기)

성 명 (Name)	한 국 어 (Korean)	
	영 어 (English)	

수 험 번 호											
					8						
0	0	0	0	0		0	0	0	0	0	0
1	1	1	1	1		1	1	1	1	1	1
2	2	2	2	2		2	2	2	2	2	2
3	3	3	3	3		3	3	3	3	3	3
4	4	4	4	4		4	4	4	4	4	4
5	5	5	5	5		5	5	5	5	5	5
6	6	6	6	6		6	6	6	6	6	6
7	7	7	7	7		7	7	7	7	7	7
8	8	8	8	8	●	8	8	8	8	8	8
9	9	9	9	9		9	9	9	9	9	9

※결 시 확인란	결시자의 영어 성명 및 수험번호 기재 후 표기	○

※답안지 표기 방법(Marking examples)	
바른 방법(Correct)	바르지 못한 방법(Incorrect)
●	✓ ⊙ ◐ ⊗ ✗

※ 위 사항을 지키지 않아 발생하는 불이익은 응시자에게 있습니다.

※감독관 확 인	본인 및 수험번호 표기가 정확한지 확인	(인)

주관식 답안은 정해진 답란을 벗어나거나 답란을 바꿔서 쓸 경우 점수를 받을 수 없습니다.
(Answers written outside the box or in the wrong box will not be graded.)

51	㉠
	㉡
52	㉠
	㉡
53	아래 빈칸에 200자에서 300자 이내로 작문하십시오 (띄어쓰기 포함). (Please write your answer below; your answer must be between 200 and 300 letters including spaces.)

53

50
100
150
200
250
300

※ 54번은 뒷면에 작성하십시오. (Please write your answer for question number 54 at the back.)

本作答紙為練習用紙。

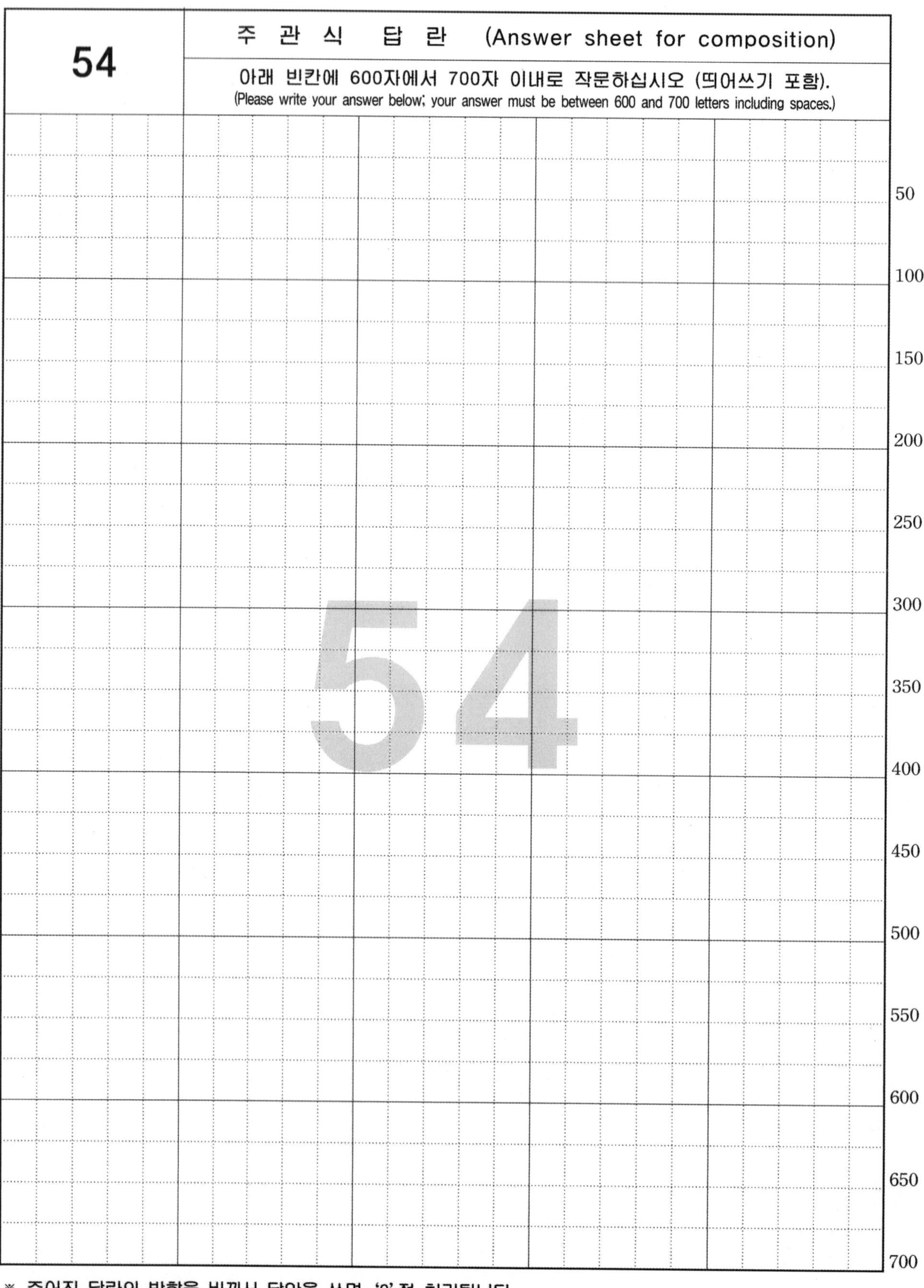

54

주 관 식 답 란 (Answer sheet for composition)

아래 빈칸에 600자에서 700자 이내로 작문하십시오 (띄어쓰기 포함).
(Please write your answer below; your answer must be between 600 and 700 letters including spaces.)

※ 주어진 답란의 방향을 바꿔서 답안을 쓰면 '0'점 처리됩니다.
(Please do not turn the answer sheet horizontally. No points will be given.)

한국어능력시험
TOPIK II
1 교시 (듣기)

성 명 (Name)	한 국 어 (Korean)	
	영 어 (English)	

수 험 번 호											
					8						
0	0	0	0	0		0	0	0	0	0	0
1	1	1	1	1		1	1	1	1	1	1
2	2	2	2	2		2	2	2	2	2	2
3	3	3	3	3		3	3	3	3	3	3
4	4	4	4	4		4	4	4	4	4	4
5	5	5	5	5		5	5	5	5	5	5
6	6	6	6	6		6	6	6	6	6	6
7	7	7	7	7		7	7	7	7	7	7
8	8	8	8	8	●	8	8	8	8	8	8
9	9	9	9	9		9	9	9	9	9	9

※결 시 확인란	결시자의 영어 성명 및 수험번호 기재 후 표기	0

※답안지 표기 방법(Marking examples)	
바른 방법(Correct)	바르지 못한 방법(Incorrect)
●	✓ ⊙ ◐ ⊗ ✕

※ 위 사항을 지키지 않아 발생하는 불이익은 응시자에게 있습니다.

※감독관 확 인	본인 및 수험번호 표기가 정확한지 확인	(인)

번호	답		란	
1	1	2	3	4
2	1	2	3	4
3	1	2	3	4
4	1	2	3	4
5	1	2	3	4
6	1	2	3	4
7	1	2	3	4
8	1	2	3	4
9	1	2	3	4
10	1	2	3	4
11	1	2	3	4
12	1	2	3	4
13	1	2	3	4
14	1	2	3	4
15	1	2	3	4
16	1	2	3	4
17	1	2	3	4
18	1	2	3	4
19	1	2	3	4
20	1	2	3	4

번호	답		란	
21	1	2	3	4
22	1	2	3	4
23	1	2	3	4
24	1	2	3	4
25	1	2	3	4
26	1	2	3	4
27	1	2	3	4
28	1	2	3	4
29	1	2	3	4
30	1	2	3	4
31	1	2	3	4
32	1	2	3	4
33	1	2	3	4
34	1	2	3	4
35	1	2	3	4
36	1	2	3	4
37	1	2	3	4
38	1	2	3	4
39	1	2	3	4
40	1	2	3	4

번호	답		란	
41	1	2	3	4
42	1	2	3	4
43	1	2	3	4
44	1	2	3	4
45	1	2	3	4
46	1	2	3	4
47	1	2	3	4
48	1	2	3	4
49	1	2	3	4
50	1	2	3	4

本作答紙為練習用紙。

한국어능력시험
TOPIK II
2 교시 (읽기)

성 명 (Name)	한 국 어 (Korean)	
	영 어 (English)	

수 험 번 호											
					8						
⓪	⓪	⓪	⓪	⓪		⓪	⓪	⓪	⓪	⓪	⓪
①	①	①	①	①		①	①	①	①	①	①
②	②	②	②	②		②	②	②	②	②	②
③	③	③	③	③		③	③	③	③	③	③
④	④	④	④	④		④	④	④	④	④	④
⑤	⑤	⑤	⑤	⑤		⑤	⑤	⑤	⑤	⑤	⑤
⑥	⑥	⑥	⑥	⑥		⑥	⑥	⑥	⑥	⑥	⑥
⑦	⑦	⑦	⑦	⑦		⑦	⑦	⑦	⑦	⑦	⑦
⑧	⑧	⑧	⑧	⑧	●	⑧	⑧	⑧	⑧	⑧	⑧
⑨	⑨	⑨	⑨	⑨		⑨	⑨	⑨	⑨	⑨	⑨

※결 시 확인란	결시자의 영어 성명 및 수험번호 기재 후 표기	○

※답안지 표기 방법(Marking examples)	
바른 방법(Correct)	바르지 못한 방법(Incorrect)
●	✓ ⊙ ◐ ⊗ ✗

※ 위 사항을 지키지 않아 발생하는 불이익은 응시자에게 있습니다.

※감독관 확 인	본인 및 수험번호 표기가 정확한지 확인	(인)

번호	답		란	
1	①	②	③	④
2	①	②	③	④
3	①	②	③	④
4	①	②	③	④
5	①	②	③	④
6	①	②	③	④
7	①	②	③	④
8	①	②	③	④
9	①	②	③	④
10	①	②	③	④
11	①	②	③	④
12	①	②	③	④
13	①	②	③	④
14	①	②	③	④
15	①	②	③	④
16	①	②	③	④
17	①	②	③	④
18	①	②	③	④
19	①	②	③	④
20	①	②	③	④

번호	답		란	
21	①	②	③	④
22	①	②	③	④
23	①	②	③	④
24	①	②	③	④
25	①	②	③	④
26	①	②	③	④
27	①	②	③	④
28	①	②	③	④
29	①	②	③	④
30	①	②	③	④
31	①	②	③	④
32	①	②	③	④
33	①	②	③	④
34	①	②	③	④
35	①	②	③	④
36	①	②	③	④
37	①	②	③	④
38	①	②	③	④
39	①	②	③	④
40	①	②	③	④

번호	답		란	
41	①	②	③	④
42	①	②	③	④
43	①	②	③	④
44	①	②	③	④
45	①	②	③	④
46	①	②	③	④
47	①	②	③	④
48	①	②	③	④
49	①	②	③	④
50	①	②	③	④

한국어능력시험
TOPIK Ⅱ
1 교시 (쓰기)

성 명 (Name)	한 국 어 (Korean)	
	영 어 (English)	

수 험 번 호											
					8						
0	0	0	0	0		0	0	0	0	0	0
1	1	1	1	1		1	1	1	1	1	1
2	2	2	2	2		2	2	2	2	2	2
3	3	3	3	3		3	3	3	3	3	3
4	4	4	4	4		4	4	4	4	4	4
5	5	5	5	5		5	5	5	5	5	5
6	6	6	6	6		6	6	6	6	6	6
7	7	7	7	7		7	7	7	7	7	7
8	8	8	8	8	●	8	8	8	8	8	8
9	9	9	9	9		9	9	9	9	9	9

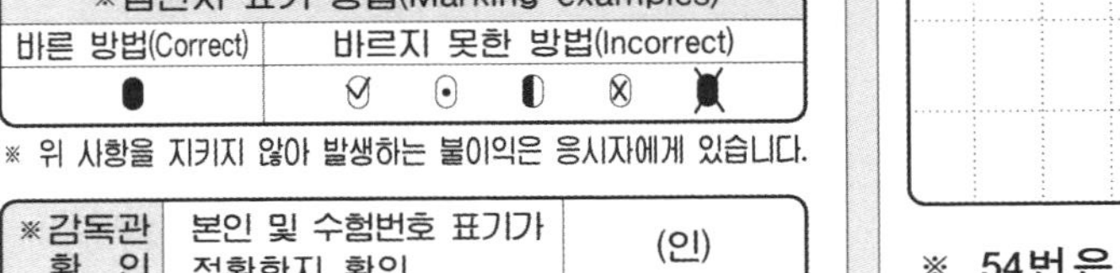

※결 시 확인란	결시자의 영어 성명 및 수험번호 기재 후 표기	

※답안지 표기 방법(Marking examples)	
바른 방법(Correct)	바르지 못한 방법(Incorrect)

※ 위 사항을 지키지 않아 발생하는 불이익은 응시자에게 있습니다.

※감독관 확 인	본인 및 수험번호 표기가 정확한지 확인	(인)

주관식 답안은 정해진 답란을 벗어나거나 답란을 바꿔서 쓸 경우 점수를 받을 수 없습니다.
(Answers written outside the box or in the wrong box will not be graded.)

51	㉠
	㉡
52	㉠
	㉡
53	아래 빈칸에 200자에서 300자 이내로 작문하십시오 (띄어쓰기 포함). (Please write your answer below; your answer must be between 200 and 300 letters including spaces.)

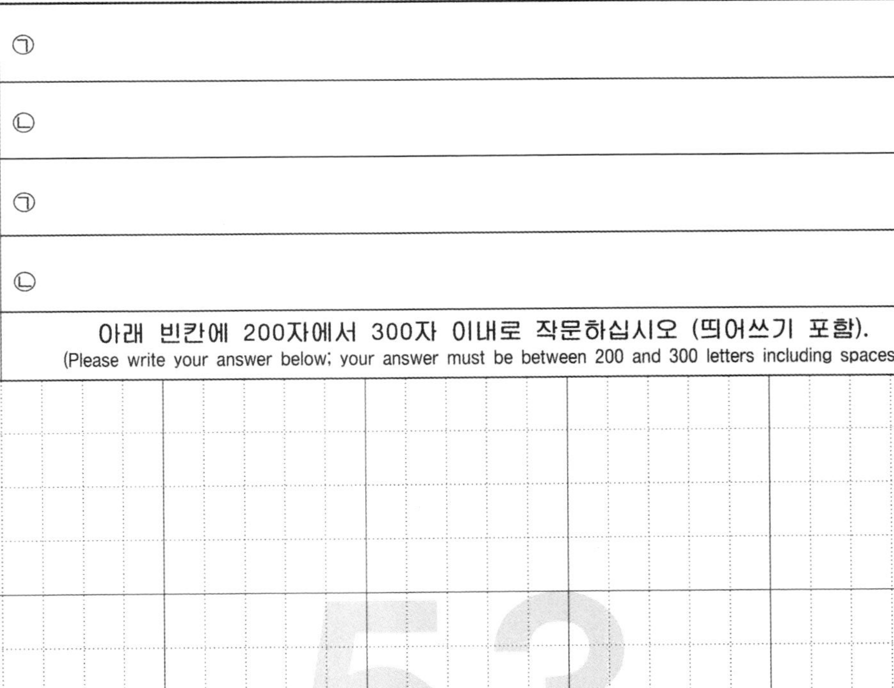

※ 54번은 뒷면에 작성하십시오. (Please write your answer for question number 54 at the back.)

本作答紙為練習用紙。

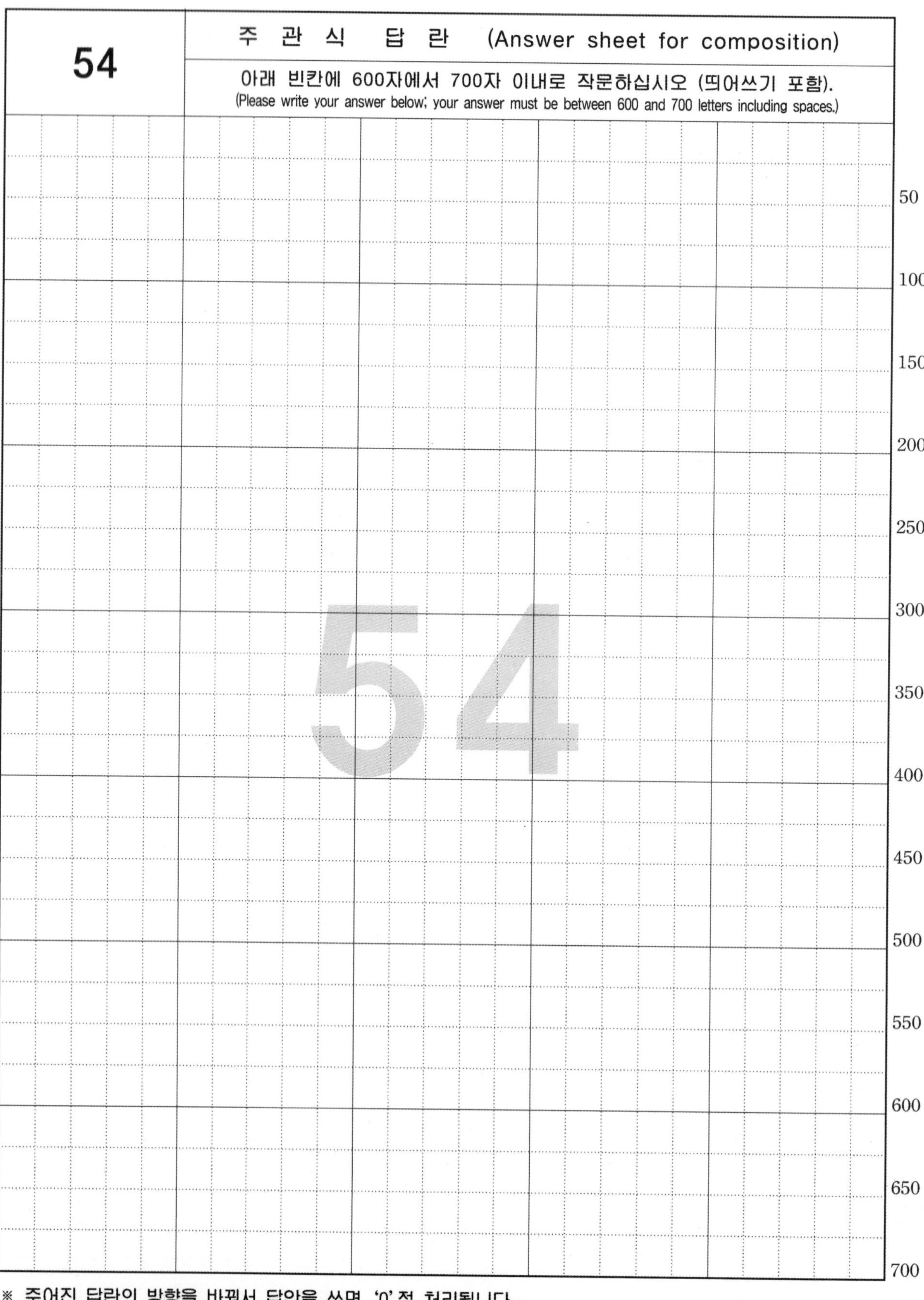

54	주 관 식 답 란 (Answer sheet for composition)
	아래 빈칸에 600자에서 700자 이내로 작문하십시오 (띄어쓰기 포함). (Please write your answer below; your answer must be between 600 and 700 letters including spaces.)

※ 주어진 답란의 방향을 바꿔서 답안을 쓰면 '0'점 처리됩니다.
(Please do not turn the answer sheet horizontally. No points will be given.)

史上最強系列

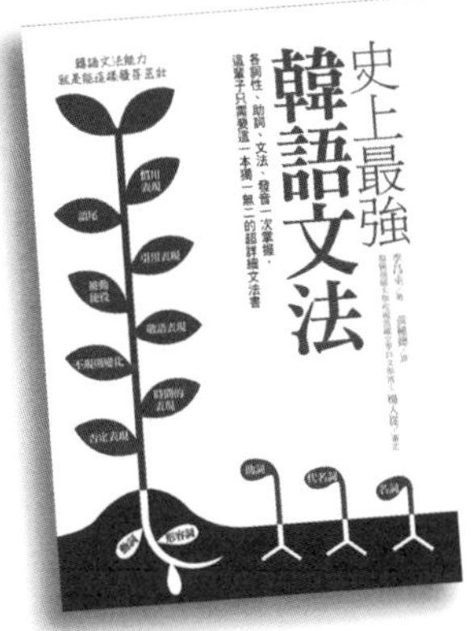

各詞性、助詞、文法、發音一次掌握，這輩子只需要這一本獨一無二的超詳細文法書

把學韓語文法看作種樹的過程這樣更有趣！
史上最強、超級詳細的韓語文法書隆重登場，超詳細的詞性分類及圖表、例句說明，表格清晰讓你一看就懂，奠定學習韓語最穩固的根基。

作者：今井久美雄　定價：399 元

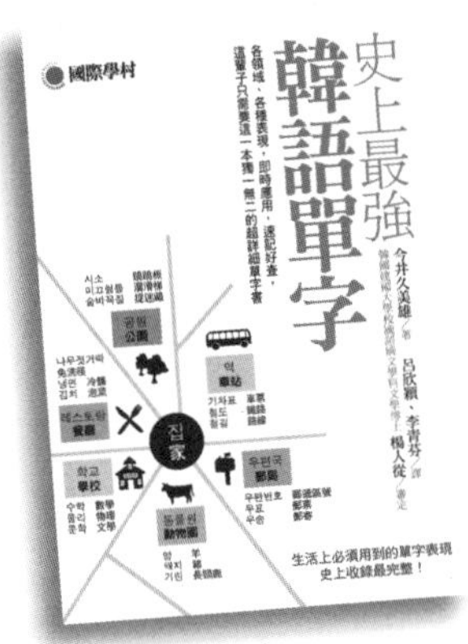

各領域、各種表現，即時應用，速記好查，這輩子只需要這一本獨一無二的超詳細單字書

韓語教學達人作者，傾囊相授的驚人之作！
表格分類清楚！內容最多！易查好用！字彙說明補助！了解韓國實況！依各種不同的功能性分類主題，單字的學習像地圖狀一樣地延伸容易查詢。

作者：今井久美雄　定價：499 元

學韓文絕不能錯過的真正經典用語！史上第一本韓語俗語、慣用語全收錄，一網打盡最道地、最韓式的用法！

用韓國人的思維學韓語！！
課本學不到，字典查不到，老師不常教，但韓國人天天都在用！本書從韓劇電影、報章雜誌等內容著手，就是專門教你用得到的韓語！

作者：曹喜澈　定價：399 元

1000 個單字╳18 種常用文法變化，全面提升寫作、口語能力！

韓語學習者必備！
全書以表格呈現，清楚、好查詢。收錄超過 1000 個單字，每個單字都附大量用法、例句和翻譯，幫助實際運用，自學、教學都適用！

作者：申賢貞、李垠定　定價：550 元

國家圖書館出版品預行編目資料

NEW TOPIK新韓檢中高級應考秘笈 / 金勛等著. -- 初版. -- 新北市 : 國際學村, 2016.06

面； 公分

ISBN 978-986-454-021-1(平裝)

1.韓語 2.能力測驗 3.考試指南

803.289 105006801

台灣廣廈國際出版集團 Taiwan Mansion International Group 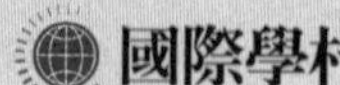

NEW TOPIK
新韓檢中高級應考秘笈

作者 金勛、金美貞、金承玉、LIM RIRA、張志連、趙仁化
譯者 認真、黃冠臻
出版者 國際學村出版社
台灣廣廈有聲圖書有限公司
發行人／社長 江媛珍
地址 235新北市中和區中山路二段359巷7號2樓
電話 886-2-2225-5777
傳真 886-2-2225-8052
電子信箱 TaiwanMansion@booknews.com.tw
網址 http://www.booknews.com.tw
總編輯 伍峻宏
執行編輯 陳靖婷
美術編輯 呂佳芳
排版／製版／印刷／裝訂／壓片 菩薩蠻／東豪／弼聖・紘億／明和／超群
法律顧問 第一國際法律事務所 余淑杏律師
北辰著作權事務所 蕭雄淋律師
代理印務及圖書總經銷 知遠文化事業有限公司
地址 222新北市深坑區北深路三段155巷25號5樓
訂書電話 886-2-2664-8800
訂書傳真 886-2-2664-8801
港澳地區經銷 和平圖書有限公司
地址 香港柴灣嘉業街12號百樂門大廈17樓
電話 852-2804-6687
傳真 852-2804-6409
出版日期 2023年2月7刷
郵撥帳號 18788328
郵撥戶名 台灣廣廈有聲圖書有限公司
（※單次購書金額未達1000元，請另付郵資70元）